徳間文庫

うつけ世に立つ

岐阜信長譜

早見　俊

JN207923

徳間書店

目次

岐阜入城

一

「ええかげん、腹を決めたほうがええがや」

木下藤吉郎秀吉は氏家常陸介直元に向かって言った。美濃国大垣城本丸御殿にある使者引見の間である。直元は、稲葉右京亮良通、安藤伊賀守守就と共に美濃三人衆と呼ばれる有力な土豪だ。

時は永禄十年（一五六七）、厳しかった残暑もようやく去り、爽やかな風に秋が感じられる八月一日の朝だった。金木犀が香るには早いが、庭に咲く桔梗の紫が目に鮮やかである。今年も美濃の大地は黄金色に彩られるに違いない。たわわに実った稲穂がもたらす恵みは、「美濃を制する者は天下を制する」という言葉が、大袈裟ではないことを物語る。

尾張の国主織田上総介信長は手摑みしたいほどに美濃を欲していた。

「稲葉山城が落ちてからでは、遅いがや。なあ、氏家殿」

藤吉郎は答えを明確にしない直元を見据える。直元が三人衆を代表し、稲葉と安藤から信長につくかどうかを一任されているのは藤吉郎もわかっており、今日が最後の談判だと通告した上でやって来た。余裕を示すように口の端に笑みをたたえているが、直元の両目は充血し、目やにが溜まっている。

「稲葉山城、果たして落とせるかな」

この期に及んでまだそんなことを言うとは、腹が決まっていないのだろう。迷うのは、果たして信長が稲葉山城を落とせるのか、落とせたとして、自分たちをいかに遇するのかを案じているからに違いない。

「落ちるに決まっとるがや」

藤吉郎は直元の迷いを断ち切るべく言葉に力を込めた。

「織田が稲葉山城を攻めたこと、何度あったかのう」

直元は皮肉げに口を曲げた。

信長以前、父信秀の代にも何度も美濃を侵し、稲葉山城に攻め込んだ。しかし、斎藤道三によって手痛い敗北を喫している。信長の代になってからも侵攻を繰り返してきたが、攻めあぐねて、落城させるには至っていない。

全く意に介さずに藤吉郎は続ける。

「今回はこれまでとは違う。加治田城主佐藤紀伊守殿を始め、多くの美濃の国人衆が織田にお味方しておるし、既に鵜沼城は落ち、墨俣には織田の出城ができとるがや。稲葉山城は近々の内にも織田勢に囲まれるのだわ。もう一度言うがのう、城が落ちてからでは遅いがや」

「熟柿のように落ちると申すか」

「熟柿……。そんな、あみゃあもんじゃ、にゃあ」

藤吉郎の目は暗く淀んだ。陽気な藤吉郎には不似合な表情が、直元にも切迫した事態であることを伝えたようだ。

「稲葉山城は跡形もなくなるがや。焼き尽くされるのだわ」

「信長さまは、亡き道三さまが心血注いで縄張りされた難攻不落の要害を欲しいのではないのか」

直元の目が戸惑いに揺れる。

「殿さまは、新しい城をお造りになるがや。城ばかりではない。城下町も造り直すお考えだで、井口の城下が新しゅうなれば、美濃も生まれ変わるのだわ」

藤吉郎は傲然と言い放った。

直元が口を閉ざしたため重い空気が漂った。じりじりとした空気を掃うかのように藤吉郎が膝を寄せ、

「今、殿さまの元に馳せ参じれば、本領は安堵(あんど)される。稲葉山城が落ちてからでは取り上げられる。これは、脅しではないがや」

「ならば、力ずくで奪えばよかろう。我ら美濃三人衆が結束すれば、信長さまとて容易には美濃一国を手にすることはできぬぞ」

舐(な)めるなとばかりに直元は胸を反らした。藤吉郎は軽くため息を吐(つ)き、

「無駄な血を流すことはにゃあと思うがのう」

直元はしばし黙考の後、

「ひとまず信長さまに目通り願おう。但(ただ)し、我らとて無条件に降(くだ)るわけではない。何らかの恩賞が欲しい。信長さまは働きに応じて身分、譜代、新参に関わりなく、恩賞を下さるとか。我ら、美濃三人衆がお味方致せば、旗色を鮮明にしておらぬ美濃中の地侍、国人どもが早晩、信長さまになびく。一方、我らが断固として抗(あらが)えば、たとえ稲葉山城が落ちようが、美濃一国、やすやすと信長さまの物にはならぬ」

ようやく直元は腹を割った。要するに恩賞を欲しているのだ。本領安堵では不満なのだろう。自分たちを少しでも高く売りつけたいに違いない。

「そのこと、殿さまの御前にて申されよ」

藤吉郎は乾いた声で告げた。

「承知した。稲葉、安藤を同道致す」

直元は誘いに応じた。

「ほんなら、早々に参られよ。早い方がええですぞ」

釘を刺すように言い置いてから藤吉郎は足早に立ち去った。

十日後、氏家直元、稲葉良通、安藤守就が具足に身を固め、少数の手勢を率いて信長の本陣に参陣した。甲冑(かっちゅう)に身を包んだ藤吉郎が案内の労を取った。

信長は稲葉山城の間近に陣を張っている。

五つ木瓜(もっこう)の家紋が刻まれた幔幕(まんまく)が風に揺れ、周囲を固める侍たちは全身から湯気が立つような緊張を漲(みなぎ)らせていた。足軽たちが脇に抱える長鑓(ながやり)の穂先は天を貫かんばかりだ。馬の蹄(ひづめ)の音、いななきが響き、母衣(ほろ)武者が伝令を伝えるべく忙しげに行き来している。

美濃三人衆はお互いの顔を見合わせ呆然(ぼうぜん)と佇(たたず)んだ。井口の城下は焼け野原と化している。

藤吉郎によると、三人が目通りを願い出たことを聞いた直後、信長は軍勢を率いて美濃に攻め入り、稲葉山とは峰続きとなっている瑞龍寺(ずいりょうじ)山に駆け上がった。

「あまりの速さでな、美濃勢は敵か味方の判断もつかんかったそうだわ」

藤吉郎はおかしそうに言った。

美濃勢が反撃する間もなく、信長は城下を焼き払ってしまったという。折からの強い風に乗り、火は城下を呑みつくし、稲葉山の麓(ふもと)にある武家屋敷も灰塵(かいじん)と化した。最早、稲葉山城は裸城である。目下、周囲に鹿垣を築いて包囲しているそうだ。

信長の迅速果敢さに三人は声を失った。

藤吉郎は幔幕に近づくと、しばし待たれよと幕の内に入って行った。

盾机の両側に床几を据え、織田家の重臣たちが居並んでいる。みな、藤吉郎などいないかのように正面を見据えていた。

奥まった所にこちらを向いて座しているのが織田上総介信長だ。切れ長の目は涼しげだが、岩をも射貫くように鋭い。鼻筋が通り、酷薄そうな薄い唇をへの字にひき結んでいる。日に焼けた浅黒い顔色ながら、少しく憂鬱な影が差していた。

藤吉郎は信長の側で片膝をつき、美濃三人衆が馳せ参じたことを言上した。

「であるか」

信長は短く答えてから藤吉郎を見下ろす。

「三人衆、殿さまの迅速果敢なことに目を見張っております」

「のらりくらりと去就を示さず、自分たちを高く売り込もうという魂胆、浅ましいものよ」

「まったくですわ。ほんでも、ここはお怒りを静めて……」

「腹立たしき奴らだが、少しでも高く売るは当然のことだ。降ってきたからには迎えてやるが、一つ驚かせてやるか」

楽しげに微笑むと信長は藤吉郎に三人を中に入れろと命じた。

藤吉郎は足早に幔幕まで行き、捲り上げると三人に入るよう告げた。

氏家、安藤、稲葉の順に入って来て横並びに片膝をつく。

信長は言葉をかけることなく無言だ。鳶が空を舞う鳴き声が戦場とは思えない長閑さを漂わせている。直元がそっと、藤吉郎を窺う。藤吉郎は信長に向け、

「殿さま、美濃三人衆にございます」

しかし、信長は床几に腰を据え、不機嫌そうに顔を歪ませたままだ。たまりかねたように直元が、

「信長さま、我ら美濃三人衆にございます」

と、にこやかに声をかけた。

「帰れ！」

やおら、信長は立ち上がった。

三人の目が点になった。

「今頃、何しに参った。おれに降らぬのなら、各々の城に戻り、戦の手はずを整えよ。攻め滅ぼしてくれるわ」

信長は憤怒の形相となった。

二

「待たれよ、我ら、信長さまにお味方申そうとまかり越した次第」

直元が舌をもつれさせながら言上した。

「今頃、おめおめとやって参って何を申す」

信長が三人をねめつけたところで、母衣武者が飛び込んで来た。

「稲葉山城に火を放ちました」

うなずくと、信長は空を見上げた。

「おおっ」

織田の重臣たちから歓声が上がった。思わず、三人も振り返る。

「稲葉山城が……」

直元がため息を吐いた。

山頂の本丸、峰々に設けられた砦が燃え始めた。

「麓の屋形にも火の手は回ります」

母衣武者は報告を終えると、勢いよく走り去った。

「跡形もなく焼き尽くせ」

信長は重臣たちに命じた。

稲葉が立ち上がり、

「信長さま、城、城下とも焼き討ちになさるとはいかなることにございますか」

「新しき井口を創る」

信長は言った。

「新しき……」

稲葉と安藤は顔を見合わせた。

「申しておく。井口は〝ぎふ〟に生まれ変わる」

「ぎふ……」

三人が首を捻った。

「唐土の周王朝が岐山という地から起こり、天下を統べた。おれは岐山に倣い、岐阜と名付ける。よき響きであろう。阜とは丘という意味じゃ。殷を滅ぼした周の武王に遠慮し、山ではなく丘に留めておくのよ」

信長の目元が和らいだ。

藤吉郎が指で地べたに、

「岐阜、でござる」

と、書いた。

三人はその字に見入った。

「井口ではなくなるのですか」

直元がいかにも名残（なごり）惜しげに呟（つぶや）いた。

「井口は岐阜として生まれ変わる。稲葉山城も岐阜城としてな」

信長は火の手に包まれた稲葉山城を見上げながら言った。

「新しき、城、城下……」

美濃三人衆は名残を惜しむかのように稲葉山城を見上げている。

「居城へ戻れ。古きものに寄り添いたくば、自分たちの手で守るがよかろう」

信長は再び厳しい目と声を三人に浴びせた。

安藤と稲葉は額（ひたい）に汗を滲（にじ）ませ苦渋の表情となった。

直元が片膝をつき、

「殿さま、是非とも幕営の端にお加え頂きとうございます」

声の限り叫び立てた。信長は鷹のような目で睨（にら）む。心の底までも見透かしてやろうと目を凝らすと直元はたじろぎながらも声を励まし、

「岐阜城に出仕致したく存じます」

「であるか」

信長の言葉は短く、三人は真意が摑めないのだろう。おろおろと視線を彷徨（さまよ）わせた。

「殿さまは、御了承してくだされたのだがや」

藤吉郎が言葉を添えた。

「信長さまに従います」

「どうか、幕営にお加えを」

氏家と安藤はほとんど同時に帰服を願い出た。

「下がれ」

信長は右手を払った。三人は大慌てで立ち去った。

「猿、でかしたぞ」

隅で控える藤吉郎に信長は労(ねぎら)いの言葉をかけた。

「わしの手柄じゃありません。殿さまのご威勢に三人は呑まれたのですわ。城下が焼き払われ、殿さまに射すくまれて、その上、稲葉山城が燃えるのを見て、すっかり怖気(おじけ)づいたのでございましょう」

「三人の者ども、おれが帰れと怒鳴りつけてやったら、目を白黒させおったわ」

信長は悪戯(いたずら)がうまくいった悪餓鬼のように楽しげだ。藤吉郎もひとしきり笑ってからは、

「ほんで、条件はいかになさいますか」

「本領安堵で構わぬ。安堵状を与える」

「それで、よろしゅうございますか」

「岐阜をわが物にした上は、即座に美濃をまとめ上げたい。あ奴らの居城を攻め潰す時が惜しいのじゃ。本領安堵してやれば、あの者どもしばらくは死にもの狂いで働くであろうて。それに、おれの安堵状を受け取れば、おれを主として仕えることの証となる」

「さすがは殿さま。ちゃんと算段なさっておられますな」

「世辞はいらぬ。猿、美濃三人衆が帰服したことを、未だ旗色を鮮明にせぬ美濃中の国人どもに報しめよ」

「畏まりました」

藤吉郎は風のように去って行った。

十五日の昼下がり、信長の本陣に美濃国主斎藤刑部大輔龍興が降ってきた。当世具足ではなく、時代遅れとなった大鎧を身に着けている。わずかな供回りを従え、いかにも敗残をかこつ領主はまだ二十歳にもかかわらず、老人のように背中が丸まっている。

信長の眼前に龍興用の床几が用意された。信長が腰を据えるよう言うと、龍興はうつろな目で、すとんと腰を落とした。

「刑部大輔殿、織田上総介でござる」

声をかけたが、龍興は視線を落としたまま信長を見ようとはしなかった。

「何処へなと落ち延びられよ。命を奪ったりはせぬ」

龍興はがばっと顔を上げ、

「嘘じゃ！　そんなことを言いながら、殺すつもりであろう」

目を血走らせ、喚き立てた。信長は声を落ち着かせ、

「おれは刑部大輔殿から美濃一国を奪った。その上、刑部大輔殿のお命まで頂こうとは思わぬ」

「いかにも」

「暗愚の将など、殺す値打もないということか」

信長がきっぱりと肯定したため、

「おのれ……」

龍興は拳を握り、ぶるぶると震わせた。

「それが不服なら、この場でおれを討ち取るか！」

脇に控える小姓から鑓を摑むや信長は龍興に向かって投げた。穂先が龍興のすぐ脇の地べたに突き刺さる。

「さあ、取れ！」

信長は立ち上がり両手を広げた。龍興は腰を上げて柄に両手を添え鑓を引き抜いたものの、力が余ってよろけてしまう。本陣内のあちらこちらから失笑が漏れた。

それでも龍興が鑓を手にしたとあって、重臣たちが腰の太刀に手をかける。信長は手を

広げたまま身動ぎもしない。龍興は鑓を構えたが、足元はおぼつかなく、とてものこと鑓を使える状態にはない。

「やあ！」

ただ、狂ったように叫び立てるばかりだ。

「やってみろ！」

信長は自らの胸を龍興に向けた。

龍興は膝がかくかくとなり、進むこともできない。信長がゆっくりと歩み寄ると、かかって来るどころか後ずさりを始めた。恐怖で頬を引き攣らせ、顔中から汗を滴らせ、やがて石ころに足を取られて立ち止まる。

ついには力なく鑓を放り投げ、膝から崩れてしまった。次いで四つん這いとなって土を摑み嗚咽を漏らし始める。滂沱の涙が地を濡らし、身も世もなく泣き崩れる龍興を、床几に戻って信長は冷めた目で見つめ続けたが、

「美濃の士、今頃になって愛おしくなったか」

龍興は答えることなく涙を啜り上げ、よろめきながらも立ち上がり、信長に軽く一礼すると踵を返した。去り行く龍興の背中に向かって、

「おれに挑みたくば、いつでも相手になってやる」

すると、供侍の一人が、

「恐れながら、わが殿はこの後、仏門に入るつもりにございます」

侍は長井道利、関城主で龍興の大叔父である。

「わが舅道三殿は入道して美濃国主となったが、孫は国主を追われて坊主となるか」

信長は鼻で笑った。

道利の目から光彩が放たれた。

「美濃武者の意地、お見せしましょうぞ」

道利は龍興が捨てた鑓を手に取った。雑兵たちが鑓を向ける。

「どなたでも構わぬ。長井道利の相手を頂きたい」

重臣たちが床几から立ち上がった。信長は本陣を見渡し、

「長近、相手せよ」

と、金森長近に視線を向けた。背がすらりと高く、大勢の武者の中にあっても立ち姿が一際目を引く。このため戦場にあって信長の命令を伝える赤母衣衆を担っている。

「承知致しました」

長近は背中の赤い絹布を地べたに置き、鑓を持った。二度、三度しごいてから道利の前に立つ。

二人は三間の間合いを取って対峙した。

長近は上段に構え道利は中段だ。

初めに長近が仕掛けた。上段から鑓を繰り出す。穂先が道利の胸を襲う。道利はさっと後ろに飛び、長近の攻撃をかわすや長近の脛を払う。今度は長近が避けた。道利の鑓が空を切る。

二人はぶつかり合った。

柄と柄が合わさりしばし押し合いが続いた。

信長を始め重臣たちの目が釘付けとなる。やがて、若さに勝る長近が優勢となり、道利が押され始めた。

勝機と見たのか、

「てやあ!」

長近は気合いを込めて道利を押した。道利の手から鑓が離れた。間髪容れず、長近が鑓を突き出す。道利は左手で柄を摑むや右手で太刀を抜き放ち下段からすり上げた。

長近の鑓が両断された。

両者、鑓を失ったところで、

「それまでじゃ」

信長が声をかけた。

長近も道利も汗まみれの顔を信長に向け、片膝をついた。

「美濃武者の意地、この目に焼き付けた。これからは、刑部大輔殿をお守りし余生を全うせよ」

信長の言葉に道利は一礼してから立ち上がると、

「金森殿、今度お会いした時は決着をつけましょうぞ」

「望むところ」

長近も応じた。

龍興は振り返ることもなく、肩を落としたまま陣から出て行った。

龍興一行の背中が幔幕に隠れた時、蝶がひらひらと舞った。誰ともなく目で追うと盾机に止まった。色鮮やかな揚羽蝶である。と、何故か信長は懐かしさを覚え、思わず右手を差し出すと信長をからかうかのように蝶は飛び去ってしまった。蝶の行方を目で追ったがじきに視界から消えた。

我に返り、

「猿、龍興のこと、美濃の国外に出るまでは守ってやれ」

「御意にございます」

藤吉郎は龍興一行を追って本陣から出て行った。

美濃国内は井口を焼いた信長を批難するよりは、為す術もなく焼き討ちを許した無力な国主への怨嗟の声に満ちていた。龍興は身ぐるみが剝がれてしまうどころか、命までも奪われかねない。龍興に同情するつもりはないが、美濃国内で野伏せりや百姓たちの手にかかったとあっては外聞が悪い。

新国主信長は寛大であるということを美濃ばかりか、近隣諸国へも知らしめたい。さすれば、あちらこちらから商人がやって来よう。商いを盛んにしたい。商いが盛んになれば、様々な品々と共に情報も集まる。

新しき国造りのためには、人、物、金に加えて情報は欠かせない。

「者ども、勝鬨を上げよ」

信長が命ずると本陣にいる者全てが勝鬨を上げた。

勝利の雄叫びが、焦土と化した城下を覆った。

若かりし頃、清洲の城下を練り歩き、下賤の者どもと交わった。周りはおれをうつけ者と呼んだ。うつけ……。中身が空っぽなことだ。おれは頭が空っぽの馬鹿者と映っていたのだ。

気にはしなかった。

おれからすれば、世の中の方がうつけだ。体面、儀礼、方便……。見せかけを飾ることにばかり汲々となり、中身の伴わない事物に満ちているように思えてならない。

空虚でない本物を創り出してやる。

城も城下もおれの思うさま、おれの目に本物と映るものにする。

「うつけの国造りじゃ！　そこ退け、そこ退け、うつけが通るぞ！」

信長の身体(からだ)を熱い血潮が駆け巡った。

三

「おっとう、おっとう」

弥吉(やきち)は父峰吉(みねきち)の亡骸(なきがら)にすがった。周囲は焼け野原、いくら揺さぶろうが峰吉は言葉を返さない。昨日から降り続く雨が火を消してくれたが、恵の雨と思う者は一人としていない。家を出て三日、帰らぬ父を探し回った。峰吉は戦の混乱の最中、織田の雑兵によって命を奪われたのだった。鑓で刺し貫かれ、無残な骸(むくろ)と化していたのである。

弥吉が語りかけようが、雨に降り込められようが、峰吉は微動だにしない。

「弥吉、おっとうはな、あの世へ逝ってしまったんだわ」

「爺ちゃん、おっとうは死んだんか」

弥吉は祖父宗吉(むねきち)を見上げた。宗吉は無言でうなずく。

「織田勢に殺されたんやな」

宗吉はそれには答えず、

「おっとうを連れて、家へ帰るぞ」

「おいら、許さへん。爺ちゃん、織田の奴ら、許さへん」

弥吉は父親の亡骸にすがったまま声を振り絞った。

目に口に、容赦なく雨が降り注ぐ。

「弥吉、これが戦というものや」

「戦……。戦なら人を殺してもええのか。おっとうを殺してもええのか」

「戦は殺し合いやがや」

宗吉は弥吉の肩を叩き、立つよう促した。焼け跡を怯えながら歩く者たちの声が聞こえる。

「織田のお殿さまは、おそがい（怖い）な」

「今川の五万の大軍を、たったの二千で打ち負かしたお方やでな」

「鬼のようなお方や、なも」

みな、口々に新領主の噂をしている。弥吉は立ち上がり、宗吉に織田のお殿さまの名前を尋ねた。

「織田上総介信長さまだぞうや」

「織田上総介信長……。信長は鬼なんか」

「人に決まっとるがや。人やけど、戦が人を鬼にすることがあるんや」

「爺ちゃんは、何でもかんでも戦のせいにするけど、おいら、おっとうを殺した信長を許さへんがや！」

弥吉ががなり立てたところで、馬の蹄の音が近づいて来た。泥を跳ね上げながら猛然と迫ってくる。周囲の者たちが、道を空(あ)け雨にぬかるんだ地べたに土下座をした。中には慌てる余り、水溜(みずたま)りの中で頭(こうべ)を垂れる者もいる。

弥吉は立ったまま騎馬武者を見上げる。当世具足に身を固め、顔中を髭(ひげ)が覆っており、いかにも戦場が似合いそうだ。宗吉が慌てて弥吉の頭を押さえ、跪(ひざまず)かせた。

数人の足軽を従えた武者が馬上から、

「者ども、安堵致せ」

大音声を発すると甲冑から雨粒が弾(はじ)けとんだ。

続いて、数十人の足軽たちがいくつもの荷車を引いて来る。荷車には巨大な釜や薪、板、木材が山と積まれていた。騎馬武者の命令で次々と釜が据えられる。続いて、大きな盥(たらい)に汲(く)まれた水や米俵も運ばれて来た。

雑兵たちが板と木材で小屋を建ててゆく。雨をものともしない手際よさは戦場さながらで、織田勢の迅速さを感じさせた。

「我は織田家の金森五郎八(ごろはち)長近、新国主織田上総介さまの温情により、炊き出しを致すぞ。者ども、遠慮はいらぬ。存分に食せ」

恐怖に引き攣った人々の表情が和らいでいく。

「程なく家々も建て直すぞ。家を失いし者は、その間、雨露を凌(しの)ぐことができるよう、小屋も用意する」

長近が声を放っている間にも足軽たちによって握り飯が配られる。

「今度のお殿さまは、慈悲深いお方のようや」

つい今しがたまで、鬼と呼んでいた者たちが口々に感謝の言葉を並べ、握り飯を求め始めた。

人々に笑顔が戻る中、弥吉のみは沈痛な表情のままだ。

――握り飯や粥くらいで許さへん――

握り飯や炊き出しに群がる者たちを横目に、弥吉は心に固く誓った。

絶対に信長を殺す。

「爺ちゃん、おっとうと帰ろう」

弥吉が言うと宗吉は峰吉の亡骸を背負おうとしたが、泥にまみれた峰吉は思いの外に重かった。宗吉はよろめき膝を地べたについた。その拍子に泥と雨水が跳ね跳ぶ。見かねた者たちが手伝おうとやって来た。雑兵から荷車が与えられた。数人がかりで峰吉を荷車に乗せる。

そぼ降る雨の中、弥吉たちは黙々と立ち去った。

一月後の九月十五日、秋が深まり、井口、いや、岐阜と改称された城下は日に日に再建が進んでいた。金木犀が香り立ち、戦渦に遭った城下を和ませている。

幸い、稲葉山の山裾、長良川に沿って建ち並ぶ漁師たちの家は戦火を逃れ、それだけに尚(なお)のこと峰吉の死が悼まれる。峰吉と宗吉は鵜飼(うかい)を行う漁師、弥吉は鵜舟の船頭をしながら鵜飼を手伝っている。

弥吉は家の軒先にしゃがみ何をするでもなく惚(ほう)けた顔をしていた。周囲には竹で編んだ籠(かご)が所狭しと並べられている。鳥屋(とや)から鵜舟まで鵜を入れて運ぶ鵜籠だ。

「弥吉、松割木を用意せなあかんがや」

宗吉が鵜籠をかき分けながらやって来た。松割木は、鵜飼を行う際に篝(かがり)に使う。鵜飼が行われない冬に一年分を用意する。まだ九月だ。いかにも早い。

「おっとうがおらんで、おまえがやらなあかん。おっとうは一日に二百本も割っとったけど、おまえなら百本がせいぜいや。早いとこやってまわんと、間に合わんがや」

そうだ、父峰吉は死んだのだ。

宗吉に促され立ち上がると、家の裏手に向かう。大きな木株の脇には松の木が無造作に横たわり、鉈(なた)が転がっていた。峰吉が松を割っていた姿が思い出される。幼い頃には近寄ると危ないから向こうへ行けと注意され、三年前、十歳になった頃から、弥吉が手伝うと目を細めて喜んでくれた。弥吉の力では中途半端にしか割ることができず、結局は峰吉がやり直す、つまり二度手間になるのだが、峰吉は嫌な顔をすることなく、一緒にいさせてくれた。

三歳で母を亡くしたため、母の思い出はない。峰吉は、一人息子を死んだ女房の分まで慈しんでくれた。

「おいら、おっとうみたいになる。おっとうみたいに、仰山、鮎を獲るがや」

松割木を割る手を止め、峰吉は弥吉の頭を撫でた。

思い出に浸っていると、宗吉から背中を叩かれた。生垣に沿って割った後の松割木が井桁状に組まれ、整然と積んである。が、それも残り少ない。まさしく、鵜飼の時節が終わろうとしていることを物語っていた。

「おいら、漁師になんかなりたない」

弥吉は宗吉を振り返った。

「おっとうみたいな漁師になるんやないんか」

宗吉に反論され、首を横に振る。

「ほんなら、何をするのや」

「わからん。何にもなりたない」

「怠けとったらあかんぞ。おっとうは長良川一の漁師やったんや」

「その漁師が戦で殺されてまったんや。戦が起きたら、何やっても、あかんがや」

裏庭を横切り、弥吉は木戸から飛び出した。

「まったく、しょうがないのう」

宗吉はため息を吐いた。


岐阜の城下を歩いた。城下のあちらこちらで家が建てられている。真新しい木の香りが弥吉の鼻先をくすぐった。信長が住む屋形の周囲には、織田の重臣たちの屋敷が普請されつつあり、町人たちの住居とは幅広の道で隔たっている。普請に従事する大工たちの口から大道（おおみち）という名だと聞いた。

大道を歩きながら、

「岐阜……。変な名前やがや」

新領主織田信長が井口を岐阜と改名したとは宗吉や漁師たちから聞いた。岐阜という耳慣れない地名の由来も宗吉から説明されたが、よくわからなかった。かろうじてわかったのは、信長が唐土の故事から取ったということだ。

土地の名前を変えるとは信長さまは変わったお方だ、と宗吉や漁師たちが言っていた。

再建されようとしている城下は斎藤時代よりも大きい。左手に稲葉山を見上げつつ進み、稲葉神社の鳥居を通り過ぎても尚、町造りが行われていた。町の普請が信長の命令で行われていると思うと、雨に打たれた峰吉の亡骸が脳裏を過（よ）ぎり、目頭が熱くなった。秋空が涙で曇る。

岐阜から出て行こう。

そうだ、ここは井口ではない。おっとうがいた井口ではないのだ。おっとうを殺した信長が造っている城下岐阜、そんな岐阜になんか住みたくはない。

弥吉は手で涙を拭うと駆け出した。行く当てもなくひたすらに走る。やみくもに駆けているため、普請に従事している者、見回りの侍たち、物売りなどが行き交いしばしばぶつかりそうになる。苛々しながら進むと、やがて普請場がなくなり人混みも途切れた。一面に野原が広がっている。野原を突っ切れば木曽川に至るだろう。そして、木曽川を越えれば美濃ではない。

そこは尾張……。

なんということだ。信長の領地ではないか。尾張なんぞに行けるものかと立ち止まったところで、賑やかな音曲やら人々の声が聞こえてきた。

——ここは何処だろう——

麓の屋形から二十町ほど来た辺りだ。道行く百姓に尋ねると加納だという。

加納……。こんなに賑やかだっただろうか。

市場が出来ており、真新しい板葺屋根の建物が建ち並んでいた。

市場の入り口には榎があり、幹の脇に制札が掲げられている。

側に行き、何が書いてあるのかと見上げた。しかし、漢字混じりでよくわからない。折よく雲水が通りかかった。

「お坊さん」

呼びかけると雲水は立ち止まってくれた。

「何て書いてあるの」

雲水はこの市場の掟書だと前置きしてからどれどれと、

「一つ当市場にまかり越し者……」

読み上げたものの、弥吉が理解できないことを察したのだろう。一通り黙読してから、

「加納の市場ではな、誰もが商いができるそうじゃ。また、税を納めなくてもいい。借金をおった者はこの地に入れば、取り立てから逃れられるそうじゃよ」

「そんな市場なんか、あるんか」

市場といえば、大きな寺や神社に銭を納めた商人や芸人たちが組合を作り、商いや演芸を行うことが許される場だ。余所者や新参者が入り込むことはできない。ところがこの市場では、誰もが商いや演芸を許されているのだ。城下を焼き払った鬼のような大将である信長とは思えない。

やはり、信長は変わった殿さまなのだろうか。

弥吉の目にも市の人々が生き生きして映る。

「楽市、楽座と言うのだぞ」

雲水は空中の指で文字を書いた。どんな字だかよくわからないが、「らくいち、らくざ」という響きが耳に残った。

「織田の殿さまは、思い切ったことをなさるものじゃのう」

「いいことなのか」

「この活気を見れば、いいことなのだろうな」

雲水は弥吉の頭を撫で、立ち去った。

信長はいいこともするのか。

弥吉は野辺に実った柿の木から、実を一つもぐと懐に入れ、市場の中に足を踏み入れた。塩の俵を積んだ馬が行きかっている。女たちが群がる店を覗くと、鮮やかな反物が並べられ、衣桁には小袖が飾ってあった。向かいの店には、尾張の海で獲れたという魚の干物が山と積まれ、隣は美濃の名産品である美濃紙を売っている。

四辻では、大道芸人たちが芸を競っていた。剣を呑む者、灰の上を歩く者、その中に、人々の輪があった。何やら楽しげな笑い声が上がっている。

弥吉は輪に近づく。背伸びをするが見物人が壁となって見通せない。諦めて背中を向けたところで見物人たちがどっと沸いた。是が非でも見たくなった。四つん這いになって、見物人たちの股の間に潜り込む。文句を言われるのも構わず犬のように進んで最前列に出た。

小坊主が立っている。もっともらしく墨染めの衣を着ているが、弥吉と歳(とし)は変わらない。小坊主のくせに辻説法しているとは生意気だが、人々が笑っているのは妙だ。小坊主の話に耳を傾けると説法ではない。

「あんた、寝てたらあかんがな」

「わしの勝手やろう。ぎょうさん、金が入ったんや。働かんでええがな」

「どこぞに金があるねんな」

小坊主は一人で二役を演じている。しっかり者の女房にやり込められる亭主といった風だ。言葉には上方訛り(かみがたなま)が感じられる。大人の世界のことはわからないが、亭主を演ずる小坊主の情けない表情に、声を上げて笑ってしまった。

「ほら、ここや……。あれ、ああっ、ない……。そうや、ありゃ夢やったがな」

小坊主は言うとぺこりと頭を下げた。笑い声が上がる中、持っていた饅頭笠(まんじゅうがさ)を裏返す。

「お気持ちを頂戴(ちょうだい)できまっか」

愛想を振り撒(ま)きながら、見物人の間を回る。みな、思い思いの銭を入れる。永楽(えいらく)通宝と欠けているびた銭が入り混じり、笠の中でじゃらじゃらと鳴った。

程なくして弥吉の前に立った。

小坊主が笠を差し出すが銭など持っていない。

「いくらでもええから」

「銭なんか持っとらへん」

今になって無一文で家出してきたことに気づいた。

「そらあかんな。只で見物したらあかん。いくらでもええのや。銭でのうてもええ」

話を聞いただけなのに、芸を見たわけではないのに、どうして銭を払うのだ。

「ほんでも、お坊さん、しゃべってただけやないか」

「みんな、笑ってくれたんや。おまえも笑ったがな。それがわしの芸なんやわ」

小坊主は生意気にも自分をわしと言い、上方訛りから美濃の言葉になった。

弥吉は理解できないまま懐の中をごそごそとやり柿を取り出した。小坊主は文句を言うと思ったが、

「こら、うまそうな柿や。ありがとうな」

と、喜んでくれた。

弥吉は小坊主と別れ、市を歩いた。変わった小坊主だった。殿さまが変わり者だと、おかしな連中が集まって来るのだろうか。すると、小坊主の声が聞こえた。小坊主が追いつき二人は菓子屋の前で立ち止まった。見たこともない菓子が目に飛び込んできた。ぽつぽつとした無数の突起に覆われ、小さくて丸い形をしている。

「金平糖というのや。南蛮の菓子やがや」

小坊主が金平糖を買ってくれた。南蛮の菓子に弥吉が戸惑うと、小坊主は食べて見せ、

笑顔を広げた。弥吉も恐る恐る口の中に入れる。突起が舌に馴染まなかったが、小坊主から嚙み砕くよう言われ、思い切って嚙んだ。途端に甘味が口中一杯に広がり、幸せな気分に浸ることができた。

「わし、策伝という」

小坊主は名乗った。

「さく……」

お坊さんの名前は難しい。少年には不似合いな立派な名前のようだ。策伝はもう一度、「さくでん」と一字ずつゆっくりと発音してくれた。

「策伝さんか。おいら、弥吉や。十三になる」

策伝は十四歳だそうだ。

「弥吉は何をやっとるのや。父親はお百姓か」

「長良川の漁師やった。鵜飼をしとったがや。ほんでも、この前の戦で織田の雑兵に殺された」

「そら、気の毒にな」

両手を合わせ、策伝はしばらくお経をあげてから、

「弥吉も、親父さんの後を継いで漁師になるのか」

「わからん。策伝さんは、住職になるんやろう」

「うーん……。好きでやってるわけやない。というか、わしには坊主は向かん」

「ほんなら、なんでお寺に入ったのや」

「うちは侍やった。侍はもっと嫌いやったでな、侍が嫌なら坊主になれって、兄から言われたのや」

策伝の顔が曇った。深い事情がありそうだが、初対面の上に珍しい南蛮の菓子を御馳走してくれた相手に立ち入ったことを聞くことは遠慮した。

「ほんでも、辻説法は好きなんやろ」

「わしのは説法やない。人に面白い話を聞かせて笑わせているだけや。でもな、わしは、笑って暮らせる世の中にしたいと思っとるのや」

「ふ～ん」

そんな世の中くるものかと思ったが、策伝の顔を見ていると否定する気にはなれなかった。

「今度はもっと笑わしたる。ちゃんと銭持って来なあかんぞ」

策伝はひときわ大きな笑い声を放ちながら雑踏に紛れていった。

四

不思議な小坊主策伝と出会い、弥吉は何となく心がうきうきとして家路についた。

家に帰ると鳥屋の前に宗吉や漁師たちが集まっている。鵜飼を行う漁師たちは、各々の鳥屋に二十羽以上の鵜を飼っていた。

騎馬武者がやって来た。

侍は馬から下りると宗吉たちの前に立つ。侍は峰吉の亡骸を見つけた時にやって来た金森長近だった。長近は、

「きたる二十日、殿さまにおかれては鵜飼を見物になる。しかと心得よ」

漁師たちはぼそぼそと口を動かしたが言葉になっていない。

「何だ、はっきりと申せ」

長近がみなを睨みつける。宗吉はみなの気持ちを代弁した。

「お殿さまにご覧いただくのは、わしたちには大きな喜びなのですが、あいにくと明日に、鵜飼は仕舞いです。二十日となりますと、鮎が獲れるかどうか……」

「獲れぬでもよい。長良川の鵜飼とはどのようなものか、ご覧になられるのだ」

長近はこれは信長の命令なのだと釘を刺して立ち去った。長近がいなくなってから、

「勝手なことおおせになるもんやがや」

　誰からともなく不平が口をついて出る。みな、当惑と不満に彩られながら家路についた。

弥吉は宗吉に、

「信長さまは、身勝手なお方や。爺ちゃん、そう思わんか」

「殿さまいうのは身勝手なもんや」

　宗吉は達観している。

「おいらたちは、はい、はいって、何言われても従わなあかんのか。信長さまは、おっとうを殺したがや」

「信長さまを一生、恨み続けるのか」

「恨む。恨み続けとったら、井口、いや、岐阜では暮らせんかもしれん。ほんでも、恨むがや。爺ちゃんは憎くないのか」

「わしは漁師やでな、鵜を使って魚を獲るだけや。殿さまが御覧になりたいと言わしたら、長良川の鵜飼がどんなもんかお見せするがや」

　宗吉の言葉に漁師たちはうなずいた。拒むことなどできはしない。

　信長が見物する。信長が間近にやって来る。

――よし――

弥吉は決意を胸に秘めた。

信長を殺す。

「爺ちゃん、おいら、手伝う」

弥吉が申し出ると、

「そうか」

宗吉は目元を緩めた。どうやら、弥吉が漁師になることに目覚めたと喜んでいるようだ。

祖父を欺くのは申し訳ないが、おいらは絶対に信長を殺す。

五

信長は小牧山(こまきやま)城と稲葉山の麓に建設中の屋形を往復している。斎藤龍興が住んでいた屋形は焼き払い、信長好みの屋形を建てさせているところだ。京の都から庭師を呼び寄せ、金閣、銀閣を始めとする室町将軍の名庭園を己が屋形に再現させようと胸をときめかせていた。新屋形が完成するまで、仮御殿で我慢しているところだ。

八年前の永禄二年（一五五九）、尾張統一を報告するため上洛し、将軍足利義輝(あしかがよしてる)に拝謁した。京の都は戦乱で荒廃していたが、御所や都の寺院には雅(みやび)を感じた。

うつけ世にあって京文化こそが本物だと思った。

建物や庭に施された匠(たくみ)の技に感心し、いつしか京文化を取り入れた風雅な屋形を建てると心に誓ったものだ。二年前に将軍義輝は松永弾正久秀らに弑逆され、都は荒廃の度合いを深めているだろう。匠の技も廃れてしまうかもしれない。技は発揮されてこそ受け継がれる。岐阜城麓屋形の普請は京文化を守ることだとも信長は考えていた。

仮御殿の大広間で金森長近の報告を聞いた。

「きたる二十日に、殿が鵜飼をご覧になること、長良川の漁師どもにしかと命じておきました」

長近は緊張の面持ちで報告した。

「であるか」

いつもながら信長の言葉は短いが、決して不機嫌ではない。

「時節がら、鮎を捕獲することはできぬと申しておりました」

「かまわぬ」

信長が了承すると長近の表情が安堵に包まれた。

「ところで、そなたの弟、美濃の寺におるのであったな」

「浄音寺という浄土宗の寺におります。なにせ、三十歳も歳が離れておりますので、弟というよりは、息子のようなものです。今年で十四歳、七歳の折に浄音寺で出家し、策伝という法名を頂き、十一歳になって京の都に修行に参ったのですが、今は一時、浄音寺に舞い戻っております」

歳の離れた弟が愛おしいのだろう。長近は饒舌になった。

「では、坊主になるつもりでおるのか」

「あ奴は、武者には向きませぬ。なにせ、合戦が大嫌いでございます」

「おれも、好きで戦をやっておるわけではない」

信長が返すと、長近は失言したと思ったのか慌てた様子で、

「あ、いえ、これは失礼申し上げました。わたしとて、戦は決して好きではありませぬが、戦国の世において武者たるもの、戦うことは避けて通れませぬ。恐れておっては生きていくことはできません。弟は争い事というか、侍そのものが嫌なようでした。身体が弱かったせいもありましょうが、武者として生きられぬゆえ坊主になるのがよかろうと仏門に入れたのですが、その坊主修行も……」

長近の物言いは次第に愚痴めいていった。

「坊主もいやがっておるのか」

「困ったものです」

「何かなりたいものでもあるのか」

「芸人になりたがっておるようでございます」

「芸人か」

俄然、興味をひかれた。変わったもの、珍奇なもの、奇妙なものを信長は殊の外好む。

武門に生まれ仏門に帰依する者は珍しくはないが、芸人になりたいとは面白そうな男ではないか。

いつの日か会ってやろう。

「ところで、斎藤龍興でございますが」

長近の口調が硬くなった。

「いかがした」

僅かだが信長の胸がざわめいた。

「出家するとの殿への約束を違え、伊勢長嶋の一向宗徒どもに加わったとか」

「一向宗徒……」

「殿への邪心を抱きおるのかもしれません。命を助けられながら、まことにもって卑怯未練な男にございます」

長近は龍興の所業をなじった。

「好きにさせよ。あ奴、満更ふぬけではなさそうじゃ。それとも、美濃を追われてようやくのこと、武将としての血が騒ぎ始めたか」

信長の本陣で土を摑みながら泣き崩れた龍興の姿が思い出された。長近が渋面を作ったのは、殺しておくべきだったと悔いているのだろう。

「遠からず伊勢もわが物とする。一向宗徒どもがおれに歯向かうのならそれでよし。龍興もろとも片付けてやる」

「早くも、伊勢でございますか」

「尾張と美濃を手に入れた。最早、かつての織田家ではない。尾張の統一もままならずに、四苦八苦し、今川の脅威に怯えていた織田家ではないのだ。伊勢を取るに躊躇はない。その前に城と城下を整えねば」

「御意」

長近も目に力を込める。

「うつけが、うつけでない城と城下を造り上げるぞ！」

信長は胸を躍らせた。

そこへ近習が信長への来客を告げた。

越前朝倉の家臣で明智十兵衛という者が信長への会見を求めているという。

「朝倉が何用にございましょうな。まさか、美濃を平らげたことの祝でもありますまい」

長近がいぶかしんだ。

近習が信長宛ての書状を差し出した。信長は一瞥し、

「足利義秋……」

差出人は足利義秋であった。

十三代の将軍足利義輝の弟である。覚慶という法名で大和興福寺の塔頭一乗院の門跡

であったが、兄義輝が松永弾正に殺されると、幕臣の細川藤孝によって一乗院から連れ出され、還俗して、「義秋」と名乗った。以来、各地を放浪し、今は越前朝倉家を頼っている。

書状には自分を奉戴して上洛せよとある。将軍就任に尽力せよということだ。

脳裏を義輝の姿が過ぎった。御簾を上げて謁見してくれた。貴公子然とした風貌ながらも武家の剛健さを感じた。そのことを裏付けるように松永勢に向かって果敢に斬りかかったという。将軍自らが足利将軍家累代の名刀を振るったそうだ。戦乱で衰弱したとはいえ、義輝こそは征夷大将軍、武と文化の象徴であった。

その弟義秋、京文化の優雅さと征夷大将軍の剛毅な血を受け継ぐ尊きお方から書状が届けられた。いやが上にも胸が躍る。

「通せ」

近習に命じた。自分でも声が裏返ったのがわかる。信長の緊張が伝わったのか長近は退座しようとしたが、残るよう命じた。長近は大広間の隅で控えた。

やがて、素襖直垂に身を包んだ中年の武士が入って来て、大広間の下座に座り両手をついた。

「拙者、朝倉左衛門督さま家来明智十兵衛光秀と申します。こたびはお目通り叶い……」

「朝倉殿の家来が、足利義秋さまの使いとはいかなることじゃ」

信長は光秀の挨拶を遮り、疑念と威圧の籠った視線を向けた。

光秀は面を伏せたまま、

「それがし、義秋さまの家来でもございます」

「二人の主を持つと申すとはいかに。面を上げよ。面を上げて返答せよ」

声の調子を落とすことで余裕を示す。

十兵衛はゆっくりと顔を上げた。

端整な面差しである。

だが、苦労を重ねてきたのだろうか、額には深い皺が刻まれ、老けて見える。

「恐れながら申し上げます。全ての武士は将軍家にお仕えする身でございます。それは、朝倉さまも織田さまも同様。義秋さまの知己を得、わたくしが朝倉さまの禄を食みながら将軍家にお仕えするは当然でございます」

光秀は一言の淀みもなく答えた。

「なるほど、理屈じゃのう。しかし、義秋さまはまだ将軍ではないぞ」

「将軍位を継ぐのは義秋さまを置いて他にはありません。源氏の流を汲む足利家の正統な血筋を受け継ぐ者こそが、将軍となるべきでございます」

光秀は信長の視線をそらすことなく答えた。

「が、義秋さまは朝倉殿を頼っておられるのであろう。朝倉殿に奉戴されればよいではないか」

義秋から頼られた朝倉義景への嫉妬が胸に渦巻く。

「残念ながら、朝倉さまに上洛のご意志はなく、義秋さまにおかれましては……」

「見限っておるか」

思わず笑みがこぼれた。

十兵衛は答えずに平伏した。

「よかろう、おれが義秋さまのお力になろう。すぐにと申したいところじゃが、そなたも見ての通り、岐阜の城下は普請中じゃ。義秋さまをお迎えするにふさわしい城と町にしてからがよかろう」

信長は弾む思いを胸の中に閉じ込めた。

足利義秋がおれを頼ってやって来る。足利将軍の正統な血筋だ。義秋を掌中に握れば、都への道が開かれる。尾張、美濃に加え、伊勢を従えて足利義秋を奉戴し、上洛する。その前に、是非とも義秋に岐阜城を見せたい。京文化の代表である金閣、銀閣やかつて花の御所と呼ばれた室町将軍の御所、都に残る名刹にも負けぬ庭園を備えた屋形を造り上げ、義秋を招く。数多いる戦好きの武将ではないと義秋は思ってくれるに違いない。朝倉家の一乗谷屋形なんぞに負けるものか。

この地を岐阜と名付けた甲斐があった。

「義秋さまを驚かせてみせようぞ。田舎者が都人の度肝を抜くのじゃ」

信長は一日も早い、城と城下の完成を待ち望んだ。

六

二十日、信長の御前で鵜飼を行う日を迎えた。

夕五つとなり、弥吉は四つ差しの鵜籠二つに櫂を天秤のように通して担ぎ、鳥屋を出た。鵜籠には四羽ずつ鵜が入れられている。早朝、宗吉が鳥屋を訪れ、二十羽いる鵜を一羽ごとに喉や腹をさすって体調を確かめた。鳥屋の中で放し飼いにし、その中から鵜飼に使う十二羽を選び出した。

選ぶに当たり、宗吉は一羽ごとに名前を呼んでから喉や腹を撫で、

「どうや、今日、働けるか」

と、語りかける。その様子は古い知己に対するようで、鵜の区別すらつかない弥吉の目には不思議な光景に映って仕方がない。

ともかく選ばれた十二羽を、弥吉と宗吉が運び、堤を歩いている。宗吉は黒い漁服に着替え、頭には風折烏帽子を被っていた。川風が強く、宗吉の風折烏帽子がぱたぱたと鳴った。昨晩から今朝にかけて嵐が襲った。長良川の上流は増水しているだろう。西日に照ら

された川面(かわも)は泥色の濁流で、流れも速い。悠久の流れをたたえる清流長良川の面影はない。鵜飼を行うに当たって、漁師たちは川の様子を見て、鮎が潜んでいそうな岩場や流れを確かめるのだが、今日は弥吉の目にも鵜飼には不向きなほど水嵩(みずかさ)が増しているし、濁っている。

鵜飼には不向きな漁場だと感じ取ったのか、鵜籠に入った鵜の何羽かが騒ぎ出した。宗吉が、「ホ〜、ホ、ホ、ホ」と宥(なだ)める。

宗吉以外の漁師たちや、船頭たちも続々と集まって来た。鵜籠を担ぎ、鵜飼に使う道具を積んだ大八車を引いている。みな立ち止まって川面を見下ろす。

「こんでは、鵜飼はできんわ」

誰からともなく嘆き始めた。

「ほんでも、殿さまは、やれ、って言わっせるがや」

漁師の一人が諦めたように呟いた。みなの視線が宗吉に集まる。

「わしがお願いするがや。殿さまもわかってくださる」

宗吉が言うとみな口を閉ざし、鵜舟の出発点であるまわし場へ向かった。

新領主信長に対する恐れがみなの足取りを重くしている中、弥吉は信長への殺意を燃え立たせた。

まわし場に着く頃には、夕陽が沈もうとしていた。河原では焚(た)き火が行われ、炎が風を受け旗のように揺らめいている。

河原には板葺屋根の桟敷席が設けられ、警固の侍たちが甲冑姿で控えていた。指揮を執るのは金森長近である。

弥吉は船頭の一人として鵜舟に乗り込む。鵜舟には鵜を操る漁師一人、船頭が二人乗る。漁師は舳(みよし)に立つ。下流に向かって右側を西がかり、左側を東がかりと呼ぶ。船頭は船の中ほどで櫂を操る者を中乗り、艫(とも)で操る者を艫乗りと称し弥吉は中乗りを務める予定だ。

鵜飼に出る前とあって、鵜舟は浅瀬にばん木で泊めてある。艫に流れがぶつかり、白い飛沫(しぶき)を上げていた。

「弥吉、とばしに火をつけろ」

宗吉に言われ、弥吉は大八車に向かう。とばしとは、松割木を割って束ねたものだ。こんな日でも信長一人のために鵜飼をしなければならないのかという不満を抱きながらとばしを取り、焚き火から火を付け篝に入れる。

その間に、他の船頭たちが鵜籠から鵜を出してゆく。どの鵜も羽をばたばたと動かし嫌がっているようだ。

「おまえらも大変やな」

弥吉は呟いた。

宗吉は黙々と腰蓑(こしみの)を着ける。

その時、辺りが騒がしくなった。足音に甲冑がこすれ合う音が混じり、長近以下警固の侍を従えた男がこちらに近づいて来た。男だけは具足を身に着けていない。いかにも値のはりそうな羅紗(らしゃ)の小袖を身に着け、それとは不釣り合いな程に粗野な野袴(のばかま)、両足を鹿革の行縢(むかばき)で覆っていた。

――信長か――

弥吉の胸が騒いだ。

意外であった。

もっと、怖い顔を想像していた。今川の五万の大軍をたったの二千で打ち負かし、美濃を奪い取った。稲葉山城や城下を焼き払い、おっとうを殺した鬼である。

ところが、眼前に現れた信長は実に穏やかで、従える侍たちの方がよほどいかめしい顔をしている。鼻の下と顎に蓄えた髭は薄く、細面(ほそおもて)の面差しは涼しげである。

長近が信長であることを告げると漁師や船頭たちは一斉に土下座をした。弥吉もみなに倣う。宗吉がおずおずと、

「お殿さま、せっかくのお越しでございますが、あいにく川は増水して、鵜飼はできんでございます」

「かまわん、始めよ」

信長は命じた。甲高(かんだか)く感情の籠らない乾いた口調が命令が絶対であることを伝えている。

漁師、船頭たちは一言の反論もできず、支度に取りかかる。

艫乗りが鵜の首を揺らす。宗吉は手縄を持って、首に首結い、腹に腹掛けを施そうとした。ところが、鵜は激しく抗い、艫乗りが宥めても聞かない。信長が空を見上げた。雲行きや風を気にしているようだ。警固の侍たちも信長の視線を追いかける。

——今だ——

弥吉は懐に忍ばせていた鉈を右手に飛び出した。峰吉が松を割っていた鉈だ。

——おっとうの仇——

鉈を振りかざし信長目指して駆け寄った。

しかし、信長の遥か手前で、警固の侍が差し出した鑓に足がもつれ河原に横転した。次いで、焚き火を弾く鑓の穂先が見えた。串刺しにされると恐怖に身をすくめた刹那、鵜が侍に飛びかかり、腕を嘴でつついた。侍の口から怒声が上がり手から鑓が落ちる。

次の瞬間には、

「たわけ！」

宗吉が弥吉に覆いかぶさってきた。長近が二人を捕えるよう命じた。河原は騒然となった。鵜飼どころではない。漁師や船頭たちはおろおろするばかりだ。

「手出し無用じゃ。子供だけをおれの前に引き出せ」

弥吉は雑兵二人に腕を持たれ、信長の眼前に引き出された。

「その方、名は」

「弥吉！」

弥吉は吠えるように言い放つと、信長を見上げた。信長と視線が交わった。「殺せ」と心の中で叫んだ。死んだら、おっとうに会える。信長を襲ったと言ったら、峰吉は誉めてくれるだろうか。失敗したことを責めるだろうか。

「父も漁師か」

「この前の戦で殺された。織田の雑兵に殺されたがや」

閉じ込めていた感情が溢れ、泣き声となって解き放たれた。弥吉の慟哭が川風に乗り、河原に響く。信長の目元は厳しくなった。

「それは気の毒であったな」

次いで、宗吉に視線を移した。宗吉も雑兵に両手を摑まれ、顔を河原に伏せられていた。信長は面を上げるよう命ずると、雑兵の一人が宗吉の髷を摑んで引き上げた。

「その方も漁師か」

「はい」

宗吉は名乗り、弥吉の祖父だと言い添えた。

「鵜飼をやって何年になる」

「中乗りを始めたのが十三歳の頃でございますから、もう、四十年にもなります」

「四十年とは長いのう。おまえの息子、つまり、弥吉の父親もよき漁師であったのだな」

「親の欲目かもしれませんが、それは腕のいい漁師でございました」

「おれを恨むか」

宗吉は眦を決し、

「戦を恨みます」

信長は表情を変えることなく、

「おれも好きで戦をしておるわけではない。できれば、戦はしない方がよい。戦なき世になればと願っておる。言葉とは裏腹じゃが、戦なき世を創るには戦をせねばならん。じゃがな、岐阜に戦火が及ぶことは二度とない。おれが生きておる限り岐阜に戦火を及ばせぬ。そのこと約束致そう」

宗吉が平伏すると漁師、船頭たちも一斉に頭を垂れた。ほっとした空気が流れたがそれも束の間のことで、

「嘘や。嘘に決まっとるがや！」

弥吉が喚き立てた。宗吉や漁師たちがおろおろとし、雑兵たちが弥吉に鑓を向ける。

「おれを信じられぬか」

信長は静かに問いかけた。

「信じられん。大人は平気で嘘をつく。ましてや、おっとうを殺した殿さまの言うことが

信じられるわけないがや」

弥吉の暴言ともとれる言葉に長近が、

「図に乗りおって」

と、怒鳴りつけた。

「殺せ、おいらの首を刎ねろ。おっとうのように、漁師のみんなが戦で死ぬのなんか見たない。はよ、殺せ」

弥吉が叫び立てると長近が殴りつけた。弥吉は河原を転がりながらも、「殺せ」と訴え続けた。宗吉が、「やめろ」と言っても聞く耳を持たない。やおら信長は太刀を抜いた。篝火を受け、刀身が煌めく。雑兵たちが弥吉の両腕を摑んで跪かせた。

「わしの首を刎ねてください。弥吉は父親を亡くし、気が変になっておるのです」

宗吉が声を振り絞った。漁師たちは面を伏せたまま肩を震わせている。

「爺ちゃん、余計なことせんでええ。殿さま、はよ、首を刎ねろ」

弥吉は信長を睨み上げた。今夜は更待月の夜、月は亥の刻（二十二時）にならないと昇ってこない。それでも、夜空一杯に星が瞬いている。冥途に旅立とうというのに、星を美しいと思ってしまうのは、覚悟を決めたからなのか、星々の中に父峰吉がいると思ったからなのか。

信長は太刀を振り上げた。星影に照らされた信長の顔は長良川のように清かだ。雑兵が弥吉に頭を垂れさせた。弥吉は首を突き出す。瀬音が耳に優しく、河原の臭いが懐かしい。

頭上で信長が太刀を振り下ろす気配を感じた。宗吉が自分の名前を叫ぶのがわかった。

が、何も起きない。痛くも苦しくもないのは、死んだからか。やがて、雑兵たちに顔を上げられた。目の前に信長が仁王立ちしている。太刀の切っ先を喉仏に向けられ、

「信じぬでもよい。見ておれ。おれが岐阜を戦火に巻き込むことがないこと、しかと見ておれ。よって、おまえの首は刎ねん」

弥吉はぽかんとなった。喜びよりも戸惑いに彩られる。宗吉や漁師たちからは安堵の声が溢れ出た。

信長はみなを見回し、

「鵜飼は漁師どもが鵜を操り鮎をはじめとする魚を獲る。竿や網で獲るのとは違う面白さがありそうじゃ。鷹を使って獲物を獲る鷹狩に似ておるような……。よき鷹を育て操るのは鷹匠じゃ。ふむ……、そうじゃ」

と、一呼吸置いた。

何か思いついたようだ。また、無茶な命令を出すのではないか、と弥吉は危ぶんだ。ところが、

「鵜飼を行う漁師どもは、鵜を育み、操る者たちである。すなわち、鵜を使う匠、鵜匠とでも申そうか。よし、今日より、その方ども、鵜匠と名乗るがよい」

「鵜匠……、でございますか」

宗吉が顔を上げた。漁師ばかりか船頭たちも、「鵜匠」という言葉を口の中で繰り返している。

鵜匠……。弥吉の耳にも心地よい響きとなって聞こえた。

「鵜飼を続けることに誇りを持つのじゃ」

「ははあ」

宗吉が平伏すると漁師たちも額を河原にこすりつけた。

「ならば、鵜匠どもに尋ねる。今から鵜飼はできるか」

「恐れながら、今宵は無理と存じます」

宗吉が答えると鵜匠たちも一斉に首を縦に振った。

「であるか。ならば、後日の楽しみとする。弥吉」

信長は弥吉に視線を転じた。

「おまえ、父を超えたいとは思わぬか。父に勝る岐阜一の鵜匠、いや、天下一の鵜匠になりたくはないか。おれが憎いなら、おれを唸らせる鮎を獲ってみよ」

弥吉は返事をしなかった。宗吉たちは、「鵜匠」などという名前をつけられて感激しているようだが、言葉などに誤魔化されるものか。本当に信長が岐阜で戦を起こさせないのか、それを見極めるまでは信用できない。

黙然と口をつぐむ弥吉を信長は燃えるような目で見下ろし、

「いつまでもうじうじとするは負け犬ぞ。負け犬なら負け犬らしく首刎ねられぬこと、尻尾を振って感謝せよ」

何という言い草だ。これでも大将か。猛然とした怒りが弥吉の胸にこみ上げる。

「負け犬なんかやない」

「ならば勝ってみせよ。負け犬と呼んだおれを見返してみよ」

「勝ったる。おいら殿さまを見返す」

生きる希望ではない。弥吉には何と言い表したらいいかわからなかったが、この時、生への執念が芽生えた。

信長に勝つ、信長を見返す、心の内で弥吉は何度も繰り返した。

「帰るぞ！」

信長の声が、河原を雷光のように走り抜けた。


十二月を迎え、信長は城下を散策した。わずかな供回りを従え、菅笠を被り、粗末な着物を着て気儘に城下を練り歩く。

城下は再建されつつあった。まだまだ満足行く町並みではないが、おいおいと整えてゆこう。

城下の外れまでやって来たところに、うらぶれた草庵がひっそりと建っていた。

何かに誘われるように、足を踏み入れてしまった。

枯草が生い茂り、城下の賑わいから取り残されたような家である。女中らしき女が一人、信長に近づいて来る。腰を折って何用かと無言の内に尋ねてきた。

「喉が渇いた。茶を一杯所望したい」

信長は言った。

「あいにくですが、こちらには御武家さまをおもてなしするような茶はございませぬ」

「茶でなければ、白湯（さゆ）でも構わぬ。飲ませてはくれぬか」

「はあ、ですが……」

女は逡巡（しゅんじゅん）した。

すると、閉じられた引き戸が軋（きし）みながら開いた。

「藤野（ふじの）、そのお方は、欲しい物は何でも手に入れないと気のすまぬ御仁（ごじん）。白湯でよいと申されておられるのです。白湯を用意なされ」

姿は見えないが聞き覚えのある声だ。

記憶の糸を手繰（たぐ）るように空を見上げた。重く伸（の）し掛かるような鉛色が広がっている。遥か彼方（かなた）で寒雷が鳴ったような気がした。頭の中で雷鳴は大きくなる。

ついには雷に打たれ、胸が鷲摑みにされた。

「帰蝶(きちょう)……。帰蝶か」

驚きの声を上げると女が出て来た。地味な小袖に身を包み切り髪にしている。

落飾しているが見間違えるはずはない。女は帰蝶、かつての正室帰蝶に相違なかった。

龍興が落ちて行った時に舞った揚羽蝶が脳裏をかすめた。

鵜飼の盟約

一

年が改まり、永禄十一年（一五六八）の四月を迎えていた。岐阜城と城下町は完成し、新緑の香が満ち溢(あふ)れている。

信長は稲葉山の頂に設けた天守閣へ登った。四重から眼下を見下ろす。

沃野を大蛇のように横たわる長良川が満々とした水をたたえ、憂愁の流れを刻んでいた。

北側には田植えを終えた田圃(たんぼ)が広がり、緑の敷物のような光景は実りの秋を約束している。

南側は真新しい武家屋敷や寺社、町屋が建ち並ぶ。

城下町の周囲は総構(そうがまえ)という、土塁と堀で囲んである。

視線を遠くに転ずれば、西には伊吹(いぶき)山、北の彼方(かなた)には乗鞍(のりくら)、東は木曽御嶽(おんたけ)山の山並が聳(そび)え、今日は霞空(かすみぞら)とあって見通せないが、南には伊勢の海が広がっている。

「小さいのう」

失笑が漏れた。

視線の先には小高い山がある。美濃と尾張の境を成す木曽川の彼方、周囲を平野に囲まれてまるで丸餅のようだ。美濃を奪うまで居城を置いていた小牧山である。

――昨年の今頃は小牧山城から稲葉山を見上げていた――

感慨に浸りそうになったが、まだまだやるべきことは山とある。が、束の間、小牧山城で夢見ていた光景を楽しんでもよかろう。

傍らに控える金森長近に、

「いつまで見ていても見飽きぬな」

「まさしく、絶景にございます」

長近も感嘆のため息を吐く。ひとしきり景色を瞼に刻んだ後、

「足利義昭さま、いつ岐阜にまいられる」

義秋はこの四月、元服をすませ義昭と改名していた。

長近が片膝をつき、

「明智殿の文には……。その、まだいつとは……」

長近はあたかも自分の失策であるかのように顔や首筋に汗を滴らせた。長近を責めたところで仕方がない。それに、今この場で答えが出るものでもなかろう。

ふと、

「長良川の鵜飼、そろそろ川開きであろう」

「御意にございます」

長近の顔が明るくなった。信長の関心が鵜飼に向けられたことでほっとしたようだ。

「今度こそ、とっくりと見物したいものだ」

「漁師、いえ、鵜匠どもも、是非とも殿にお目にかけようと、それは懸命に支度を整えております」

「であるか」

思い出した。

「あの晩の子供……。確か弥吉と申したが達者でおろうな」

「殿のお慈悲で生かされたことは子供でもわかっておりましょう。今頃は殿に感謝し、鵜飼を手伝っておるものと存じます」

「うむ。鵜飼はよいとして、城下に異変が起きてはおらぬな」

御意と返事をした長近だったが、顔が曇ったことを信長は見逃さなかった。無言の問いかけを目に込めると、長近は取り繕うことなどできないと思ったのだろう。

「氏家殿が、城下の外れにある草庵に奥方さまがお住まいだと申しておりました」

美濃三人衆の一人氏家直元が城下の草庵に隠棲しているかつての正室、帰蝶を目にしたという。

　昨年師走の光景を思い出した。

　偶々、立ち寄った草庵に帰蝶はいた。帰蝶は落飾し、亡き父道三の菩提を弔っていた。信長との再会を微塵も喜ばなかったばかりか、暮らしの援助をしようという申し出をきっぱりと断った。いかにも帰蝶らしく、信長の胸に翳りとなって留まった。

「お会いになりますか」

　長近は慎重な物言いをした。

　信長は無言で右手を振った。自分の恥部を家臣にさらすようで、会ったことは黙っていた。信長の機嫌を損じることを恐れたのか、長近も帰蝶の話題はこれきりとした。

「長近、間者どもを束ねよ。領国が広がり足利義昭さまを迎え、今後は益々周辺諸国や都の様子を知りたい。そなたが、わしの目となり耳となる間者を使うのじゃ」

「ありがたき幸せに存じます」

　長近は声を張り上げ平伏した。

　小姓が、

「柴田さま、ご到着にございます」

　柴田とは柴田勝家、佐久間信盛と共に織田家の宿老を任わせている。目下、武田との盟約が結ばれるよう交渉に当たらせていた。

何か動きがあったようだ。
「よし」
信長は山頂から麓の屋形へ向かった。

屋形は稲葉山の西麓、谷を切り開き建てられた。谷川の流れの両側を階段状に平坦地が整えられ、各々の平坦地には屋形や庭が配置されている。全ての建屋が渡り廊下で繋がれているため自在に行き来できるものの、迷路のように複雑で主たる信長自身が迷うほどだ。中でも、本丸表御殿の豪壮さたるや見る者を圧倒する。檜皮葺きの屋根の棟は金箔瓦で飾られ、菊花文、牡丹花文という凝った意匠の飾りが施されていた。これならいつ義昭を招いても恥をかくことはあるまい。我ながら見事な出来だと誇りたい。

表御殿の大広間に柴田権六勝家が控えていた。広々とした空間に新しい畳が敷き詰められ、ほのかに藺草が香っている。蔀戸が開け放たれているため、春光が満ち溢れ、畳の縁の緑が目に鮮やかだ。信長は上段の間に座すなり、

「首尾は」

いつものように言葉短かに問いかける。

武田信玄は甲斐を本拠に勢力を拡大し、信濃全域と上野の西域を支配下に治めて、今は虎視眈々と衰退の一途を辿る今川領を狙っていた。美濃を制覇して信玄の勢力と接するよ

うになり、いつ野望の矛先が向けられるやも知れず、織田家にとっては東の脅威となっている。このため、岐阜に入城する前から同盟を結ぼうと、行き来を繰り返していた。

　勝家は、

「織田家と結ぶことをよしとせぬ重臣どもばかりのようにございます」

だから、どうしたと勝家を見返す。勝家は気圧（けお）されたように、

「引き続き、交渉に当たります」

「何をするにも反対はつきものじゃ。織田家と結ぶことに賛成する者もおろう」

「一人おります」

「誰じゃ」

「信濃飯田城代秋山伯耆守虎繁（いいだじょうだいあきやまほうきのかみとらしげ）殿にございます」

「ならば、秋山から反対する者どもを口説（くど）かせよ」

「では、珍（めずら）かな貢物を贈りたいと存じます。幸い、加納の楽市の評判がよろしゅうございますので、諸国から商人たちが集まってまいります。贈り物には事欠きませぬ」

　勝家はここぞとばかりに言い立てたが、それでは不足であろうと信長は思った。

「ありきたりじゃのう」

「贈り物では不足にございますか……」

　勝家は言葉を止め、何かないかと思案を始めた。しばし後、はっと思いついたように、

「武田は甲州金が豊富であろう。金など、よほどの量を贈らねば、秋山の心は摑めぬぞ」

「金を贈ります」

「この際でございます。大金は覚悟せねばなりません」

勝家が声を励ましたところで、

「驚かせよ」

信長は告げた。

「驚かせる……、のでございますか」

勝家の目が信長の真意を推し量るように凝らされた。

「秋山が驚くような趣向を考えよ」

「珍かな品々と大量の金を……」

「そんなことで驚くものか」

鼻で笑うと、勝家は目を白黒とさせた。

「招け」

短く命じた。多くを語らねば理解できないような役立たずは側に置いておく気はない。

「秋山を岐阜に招くのでございますか。果たして、やって来るでありましょうか」

口に出してから失言と気づいたのか、勝家は慌てて首を横に振り、

「承知致しました。なんとしても秋山を岐阜に招き、歓待致したいと存じます。岐阜の賑

わいを目にすれば、秋山も意を決して我らの味方となりましょう」

「もてなしには、料理、酒、あるいは女だけでは不足じゃ。それこそ目に焼き付き、心に深く残るものを見せよ……。甲斐、信濃では見ること叶わぬもの……そうじゃ、鵜飼じゃ。鵜飼でもてなそう」

　自然と言葉が弾んだ。信長自身も鵜飼を見たいのだ。

「御意にございます」

　打開策が見つかり、勝家の髭面も解れた。

「まさしく、鵜飼見物でございますな」

　勝家が何度もうなずいたところで小姓が来客を告げた。客は、

「明智光秀か。ここへ通せ」

　信長は勝家にも同席するよう命じた。

二

　烏帽子、素襖直垂姿の明智十兵衛光秀が入って来た。光秀は平伏し、堅苦しい挨拶をする。まどろこしさを抱きつつも、我慢して聞いた後、

「庭を見よう」

濡れ縁に誘った。小姓と勝家も従う。光秀は遠慮からであろう。躊躇いを示してから濡れ縁に出ると信長の右後方で平伏した。

「庭、どうじゃ」

信長は庭を見渡した。京の都から評判の庭師を呼んで作庭を命じた。花の御所と異名を取った頃の室町御所、銀閣、金閣の名庭園を参考に丹精を込めて作らせたのだ。築山、滝、池、松、どれもが目を楽しませてくれる。口うるさい京都の公家に見せても、感嘆のため息を吐くに違いない。

果たして、

「まこと、見事な庭でございますな」

光秀は目を輝かせた。

「朝倉殿の一乗谷の屋形も典雅と聞くが」

「おおせの通りにございますが、世辞ではなく、信長さまの御庭の方が遥かに優美にして、そこはかとない風情も漂わせております」

興奮を抑え気味に答える光秀の言葉に嘘はなさそうだ。

してやったり。朝倉の一乗谷屋形を凌駕し、義昭もさぞや満足するだろう。光秀に見せてよかった。光秀の口から義昭に伝わるのは必定だ。

「拙者、京の都でずいぶんと寺院を訪ねましたが、これほどの庭となりますと、戦乱の世ということもあり、まずはお目にかかれませぬ。かしこくも、内裏(だいり)の御庭もずいぶんとさびれてしまわれたとは京雀の専(もっぱ)ら申すこと。こちらの庭には、東山殿(ひがしやまどの)の御庭の風情をうまく受け継ぎ、それでいて決して真似ではない、信長さまならではの趣向も見て取ることができます」

光秀は立て板に水の如(ごと)く述べ立てた。この男、義昭の使者を務めるだけあって京文化に精通しているようだ。織田家中にこれほどの教養を備えた男はいない。

家臣にしたくなった。

ひとしきり庭を誉(ほ)め上げてから光秀は信長に向き直った。信長はおもむろに、

「して、義昭さまはいつまいられる」

「義昭さまは、今日にも信長さまを頼りになさりたいのですが……」

光秀の言葉は曖昧に曇った。

苛立(いらだ)ちを覚えた。はっきりとしない返答ほど嫌なものはない。信玄といい義昭といい、時の無駄というものだ。すかさず勝家が、

「お越し頂けぬわけは、朝倉さまでござるか。すなわち、朝倉さまが引き止めておられる、ということかな」

「いいえ、そうではありませぬ」

むしろ朝倉義景や家中の者たちは義昭の滞在が長引き、内心では迷惑していると光秀は

答えた。義昭は事あるごとに、自分を擁して上洛せよと要請するが、義景は言葉を曖昧にしてのらりくらりを繰り返しているそうだ。

「上さまにおかれましては、最早、朝倉義景を頼るに足りず、と諦めておられます」

光秀は義昭を、「上さま」と呼んだ。義昭を将軍に成る者と崇めているのと同時に信長への威圧を含んでのことであろう。

「では、どうして岐阜にまいられぬ」

勝家が尋ねる。

「お側近くお仕えする方々が信長さまのことを見極めておられるのでございます」

光秀は曖昧に言葉を濁すことはよくないと判断したようで、遠慮せずに言い立てた。勝家がむっとしたが、信長は表情を落ち着かせ、

「おれを見極めるとはいかなることじゃ」

光秀は声を励まし、

「信長さまは、まさしく日の出の勢い。尾張と美濃を併せ持ち、三万を超える軍勢を動かすことができるものと存じます。ですが、いかんせん、あまりに急速に領地を拡大なさいました」

戦乱の世である。日本全国に群雄割拠する大名たちは、それぞれの力に応じて領土拡大を目指している。しかしそれはあくまで確実に足元を固めた上、時をかけて行うものだ。

現に、天下無双を謳われる武田信玄は、信濃制覇に二十年の歳月を要した。対して信長は桶狭間の勝利後七年で美濃を傘下に収めた。側近たちの中に信長の成功を性急に過ぎると危ぶむ者がいてもおかしくはない。

「要するに優柔不断なのだろう」

勝家の髭面が歪んだ。

「拙者も、側近方の煮え切らぬ態度には呆れ、尚且つ腹を立て、一日も早く岐阜へ参られることを上さまには上申しております。ところが、いかんせん、側近の内でお引き止めになる方がおられるのです。そこで……」

光秀はここで言葉を区切った。いかにも思わせぶりだ。勝家が、

「明智殿、勿体ぶった物言いは織田家の気風には合いませぬぞ」

光秀は軽くうなずくと空咳を一つこほんとし、

「信長さまが武田さまとの盟約を確かなものとなさったのなら、側近方に迷いはなくなるものと存じます」

光秀の言葉に責任を感じたのか勝家が唸る。

信長はにやりとし、

「なるほど、武田の脅威を除くことが必要ということじゃな」

「御意にございます。武田さまの力を封じ込めることができたなら、信長さまは後顧の憂

いなく、上洛の軍勢を催すことができましょう。拙者、そのことを上さまにも側近方にも言上致しました。いつまでも、上洛する気のない朝倉家を頼るより、上洛の意志のある大名を頼るべし。目下、上洛の強い意志を持つ大名は織田信長さまのみ。信長さまが万全の態勢で軍勢を都に向けることができれば、上さまのお望みも叶う。側近方が危惧なさっておられるのは武田さまでございます。武田さまの脅威を取り除くことができれば……」

「わかった」

信長は光秀の言葉を遮った。くどくど言われるのは不快だ。信長の不機嫌が武田と交渉に当たっている自分に向けられることを覚悟したように勝家が畏まる。

「出過ぎたことを申しました」

光秀は平伏し、足早に立ち去った。

光秀が去ってから、

「明智光秀、痛い所をついてまいりました」

勝家が言った。

「天下の目はおれと信玄坊主に向けられておるということじゃ」

それを楽しもう。

「いよいよ、秋山のもてなしが大事になってまいりますな」

「鵜匠どもにしかと申し伝えよ」

「よくよく申し伝えます」

「そちよりも、長近を遣わす」

「金森でございますか」

「不服か」

信長は切れ長の目を向ける。

「滅相もございません」

勝家は慌てて頭を下げた。

「おまえは、秋山がしかと岐阜に参るよう段取れ」

「御意にございます」

勝家は言葉を励ました。


野駆けをしようと思い立ち、綾藺笠を被り、小袖に着替え、野袴を穿いて厩へ行った。錦織りの小袖は空色で背中には雲を摑む龍が金糸で縫い取られている。

信長がどの馬を選んでもいいよう、厩では飼葉を絶やすことなく、万全に備えてある。馬は揃って毛艶よく、千里も走りそうだ。信長は鹿毛の馬を選び跨った。馬の腹を両足で締め、手綱を緩める。

いなきを放つや馬は勢いよく走り出した。

屋形を出ると幅広の道に出た。信長の屋形と家臣団の屋敷街を隔てる、その名も大道と呼ばれている。大道は城下を南北に貫く真っ直ぐな道で、縄張りをした当初は岐阜城への敵勢の侵入を容易にさせると危ぶむ声が上がったが無視した。岐阜を戦場にさせないという信念と、行き来しやすい道造りが城下の発展を促すという実利に基づく判断だ。疾風の如く駆けると道行く者たちが大慌てで道を空ける。小袖に描かれた龍と相まって馬上の信長はまさしく天を駆けるようだ。

城下町の外れへとやって来た。つい、帰蝶の住む草庵へと馬首を向けてしまう。我ながら未練がましいと思う。もっともこの未練、いわゆる女への気持ちではない。帰蝶が輿入れしてきて以来、帰蝶に愛情を抱いたことはなかった。

いつのことであったか、帰蝶が不在の奥向きを訪れた。

文机の上に一振りの懐剣があった。見事な拵だ。黒漆に描かれた斎藤家の家紋二頭波が金色に輝いている。思わず手に取り見入ったところに帰蝶が戻って来た。

「何をしておるのですか」

憎悪に彩られた目を向け帰蝶は信長の手から懐剣を引ったくった。

嫌な気分に包まれ部屋を出た途端に自分をなじる言葉が聞こえた。

襖の陰から様子を窺うと帰蝶は道三から与えられた懐剣が穢れたと嘆いていた。挙句に懐剣を抱きしめ、「父上」と言いながらしくしくと泣き始めた。

　信長の全身に鳥肌が立った。

　この一件以来好いたどころか、心を許したこともない。それは帰蝶の方も同じであった。正室として暮らす間、信長を見る目は常に警戒に彩られていた。険を含んだ眼差(まなざ)しであり続けた。極力、言葉を交わすことはなく、若さ溢れるおのが欲情を城の外に求めた。それが、尾張小折の土豪生駒家宗(いこまいえむね)の娘吉乃(きつの)である。吉乃は信長よりも年上、従順で素直、包みこんでくれるおおらかさを持っていた。

　春日に満開の花を咲かせる桜よりも、梅雨空(つゆぞら)に雨打たれる紫陽花(あじさい)を好む女であった。

　吉乃との間に奇妙丸、茶筅丸(ちゃせんまる)、五徳(ごとく)をもうけた。

　帰蝶で満たされぬ思いが吉乃をより愛することになったのかもしれない。吉乃は病で死んだ。二年前、永禄九年（一五六六）のことである。

　それ以前、弘治二年（一五五六）に道三が息子義龍(よしたつ)との合戦で敗死した。信長は道三に戦国武将としてのお手本を見ていた。自分を認めてくれたのは、父信秀と舅道三だけである。道三に死んで欲しくはなかった。盟約があることに加え、道三への畏敬の念から助勢しようと軍勢を催し、清洲を発(た)った。

　しかし、信長の軍勢は義龍が木曽川に配した美濃勢によって阻まれてしまった。その間に、道三は討ち取られた。

道三敗死の報が清洲城にもたらされた時の衝撃は忘れられない。帰蝶も父道三を心から尊敬していた。戦相手が義理の兄とあって、父を危ぶむと同時に心中複雑であったろう。いつにもまして、陰鬱な雰囲気を醸し出していた。父の死を伝えようと奥にある帰蝶を訪ねた。侍女たちに囲まれていた帰蝶は信長を見て父の死を察したのだろう。覚悟の表情だった。

信長は侍女たちを下がらせ、道三の死を伝えた。帰蝶は唇を嚙みしめたが、涙は見せなかった。

「すまぬ。援軍に駆けつけたのだが、力が及ばなかった」

信長は正直に美濃勢に阻まれ道三に加勢できなかったことを語った。帰蝶は能面のような表情を崩すことはなかった。至極淡々と感情の籠らない声で、

「信長殿が美濃勢に勝てるはずはございません。父もあてにはしていなかったと存じます」

道三を失った悲しみと、負け戦で味わった心の傷に塩を塗る帰蝶の言葉に拳が震えた。

今にして思えば、帰蝶は父を失った悲しみ、しかも、実の息子に討たれたという悲劇にどう対処すればいいのかわからず、必死で気持ちの整理をしていたのだろう。持って行き場のない悲しみと怒りを、信長に聞いてもらいたかったに違いない。名ばかりの夫婦関係とあっては、素直に自分の気持ちをぶつけることができなかったゆえの言葉ではなかった

のだろうか。

加えて、父に味方しようとしてくれた信長へ感謝の気持ちを持ってもいたのではないか。

帰蝶の苦悩を自分は受け止めてやることができなかった。

怒りに身体を震わせ、返す言葉とて思い浮かばなかった信長に、

「信長殿、離縁してください」

帰蝶は申し出た。

「離縁じゃと……」

「父は死に、美濃とは手切れとなりました。わたくしが清洲の御城におる理由はございません。子を産めぬ女でもございます」

帰蝶のすまし顔に激しい憤りを感じた。

「黙れ！　そなたが決めることではない。おれが決める。帰蝶、そなたを離縁する」

高ぶる気持ちを抑えながら信長は告げた。

「かしこまりました」

動揺しまいと必死な信長とは違って、帰蝶は乱れることなく平伏した。だがその時、無表情の中に目が光っていた。あれは、涙。まさしく涙だった。

以来、帰蝶は信長の前から姿を消した。美濃へ戻ったが帰蝶は混乱の最中、母の実家である明智家へ身を寄せたとは耳にした。その後、明智城は義龍に差し向けられた軍勢によ

って陥落した。帰蝶の行方はわからなくなった。

それが昨年の十二月に思いもかけない再会を果たした。十一年ぶりのことだ。気持ちが揺れたのは、懐かしさと帰蝶への懺悔、憐みであろう。帰蝶は信長を拒んだ。憐みを受けるなど、誇り高き帰蝶が許すはずもなかった。予想していたことではあったが、わだかまりが胸に澱となって残っている。

なんとか、触れ合いたいと思うのは勝者の余裕だろうか。年齢を重ねたゆえなのだろうか。

それとも未練……。

いや、未練のはずはない。帰蝶を愛したことなどなかったのだから……。

板塀近くの木に馬を繋ぎ中に足を踏み入れた。草むらを踏みしめ、建屋へ向かう。下女らしき女に帰蝶に会いたいと告げた。帰蝶は不在だという。

「待たせてもらおう」

せっかくここまで来たのだ。一日だけでも顔を見て帰ろうと思ったが、下女が今日は帰らないと言った。

「何処へまいった」

下女は知らないと答えるばかりだ。奉公している主人の行く先も知らないとは何をしておるのだ、と怒鳴りつけたくなるのをぐっと堪えて立ち去った。

「帰蝶」

　信長は草庵を見た。苔むした板敷屋根、決して楽な暮らしではないだろう。帰蝶はこの侘び住まいで何を思い、何を生き甲斐として暮らしているのだろう。今でも自分を恨んでいるのだろうか。美濃を制して身近にやって来たことで、憎悪が高まっているのだろうか。

三

　伊勢長嶋にある願証寺は、大坂本願寺の末寺であることから一向宗徒が蟠踞している。木曽川、長良川、揖斐川の三川が交わる輪中を形成する地勢は川の氾濫に悩まされる反面、軍勢を容易に寄せ付けない難攻不落の土地でもあった。周囲を土塁が巡り、寺というよりは、砦と化した境内にはいくつもの建物が軒を連ね、大勢の牢人たちが住まわっている。総勢十万と喧伝される一向宗徒の一大拠点と化していた。

　建物の一つを帰蝶と侍女藤野が訪れた。どんよりとした曇り空が広がる昼下がりのことである。美濃の元国主斎藤龍興に面談を求めるためだ。玄関に出て来た武者に向かって藤野が、

「長井さま、御屋形さまはおいでてございますか」

　長井道利、龍興の大叔父であり、今ではただ一人従う家来である。藤野が龍興を御屋形

さまと呼んだことに苦笑を漏らしたが、帰蝶を見ると目礼し、

「これはお珍しい。わざわざのお越し、痛み入る」

道利は慇懃に挨拶をしてきた。藤野が龍興に会いたい旨を伝えると道利は躊躇いを示した。それでも、岐阜から訪ねて来た帰蝶を思い、ご案内つかまつると玄関を入って行った。

玄関から続く廊下は、じめじめとした空気が流れていた。昼間から酒を飲んでいる者も珍しくはない。鈍色の空と相まっていかにも怠惰な雰囲気を醸し出している。

藤野は顔をしかめたが、帰蝶は無表情で足早に進んだ。道利の案内で奥の書院に入った。

「しばし、お待ちくだされ」

道利は二人を残し出て行った。

「だれきっております」

藤野の忌々しげな嘆きを帰蝶は無視した。

待つことしばし、龍興は道利に伴われてやって来た。

龍興は綾錦の着物に袴、袖なしの羽織を重ねていた。顔は蒼白く、目だけがやたらと血走っている。

「叔母上、しばらくです」

顔つきとは反して、龍興の口調はしっかりとしたものであった。

「息災のようですね」

帰蝶は表情を変えぬまま言葉をかけた。

龍興は黙ってうなずいた。道利が、

「ここは大坂本願寺の末寺、信長も迂闊（うかつ）には手を出せませぬ。一向宗徒の結束は強いものですからな」

すると藤野が、

「まことでございましょうか。女の目にも、緊張のなさが伝わってまいりましたが」

道利はかぶりを振り、

「あれは、この世との別れをしておるのだ。一向宗徒は仏敵を倒すためなら命を惜しまぬ。惜しまぬどころか、極楽浄土へ行くことができると、喜んで死を望む。いつでも仏敵との戦に飛び込めるよう、奴らは酒で気を高ぶらせておるという次第」

道利の言葉に藤野は納得したようで表情が柔らいだ。

「叔母上、今も井口、いや、岐阜にお住まいか」

龍興が聞いた。

「住んでおります」

帰蝶はこの後も住み続けると答えた。

「信長は、叔母上が岐阜にお住まいであることを存じておりますか」

「一度、訪ねてまいりました。たまたまですがね」

帰蝶は信長の来訪を語った。

「信長は、岐阜の城に住むよう勧めてきました。断ると、暮らしが立つよう銭を贈ると言うではありませぬか。もちろん、きっぱりと断りました」

かつての夫を呼び捨てにした。

「叔母上らしいですな」

「岐阜城など見知らぬ城ですし、信長の情けにすがるつもりもございません」

「よくぞ申された」

道利も痛快だと礼賛した。

龍興を見て帰蝶が、

「このまま朽ち果てるおつもりか」

龍興の視線がそれた。

「帰蝶殿、御屋形さまは国と城を奪われ、今は浪々の身、雌伏の時でござるぞ」

道利が割って入った。

帰蝶はきつい目をし、

「信長が憎くはないのか」

声音も野太くて剣呑（けんのん）なものとなった。道利が気圧（けお）されたように口をつぐんだ。

屋根に雨が落ちてきた。

「叔母上は、信長を憎んでおられるか」

龍興が声を絞り出した。

「憎まいでか」

帰蝶の語調に合わせるかのように雨脚が強まり、風も吹いてきた。

「わしに信長を討てと申されるか」

「龍興殿とて、信長が憎うございましょう。よもや、おめおめと負け犬の如き生涯を送るおつもりではござりますまいな。信長を討つことを生き甲斐となされませ」

「そのようなこと……」

龍興は自嘲気味な笑みを顔に貼りつけた。

「信長の手から美濃を奪い返しなされ」

帰蝶は声を励ます。

「叔母上……」

もて余すように龍興は顔をしかめた。

「この後、必ずや信長は軍勢を伊勢に差し向けましょう。その時、長嶋に蟠踞する一向宗徒は信長の軍門に降(くだ)るでしょうか」

龍興が答える前に道利が、

「それはありえませぬな。一向宗徒は決して信長を恐れることなどない。先ほども申したように、仏敵相手の戦となれば命を惜しまぬ。極楽浄土へ旅立てると喜び勇んで戦に赴くでありましょう」

「信長のことです。たとえ、相手が一向宗徒であろうと、百姓であろうと、容赦しませぬぞ。一人残らずなで斬りとすることでしょう」

「それこそが、一向宗徒の望むこと。最後の一人まで抗い続けることでしょう」

道利はここぞとばかりに腰を浮かして言い立てた。

雷光が奔り帰蝶の顔を妖しく浮かび上がらせる。

「なんと頼もしいではありませぬか。龍興殿、伊勢長嶋に蟠踞する十万の一向宗徒とかたらえば、信長とて恐れることはありませぬぞ。あなたは、美濃国主斎藤刑部大輔龍興。軍勢を指揮し、戦に赴くに不足なし。その気にさえなれば、一向宗徒とても一目置くことでしょう」

帰蝶は稲妻に負けまいと声を大きくした。

「だが……」

龍興はまだ迷う風だ。

やおら、帰蝶は懐から懐剣を取り出した。拵に金泥で描かれた二頭波が龍興を威圧する。

「これは、わたくしが信長に輿入れする際、父道三が持たせてくれた懐剣です。いわば、父の形見」

龍興の目が凝らされた。

「わたくしは、この剣で信長を刺そうと思いました」

それが果たせなかったと帰蝶は嘆いた。道利は言葉を呑んだ。

「龍興殿、この剣を受け取りなされ」

「これを……」

龍興は唇を震わせた。

「受け取りなされ」

帰蝶は懐剣を差し出した。受け取ることは、信長を討つという意思表示に他ならないことは龍興にもわかる。帰蝶は龍興を睨(にら)みつけ、懐剣を持ったまま微動だにしなかった。

ぴんと空気が張り詰める。道利も迂闊には口を差し挟むことができない雰囲気となり、風雨が激しさを増す。庭木の枝がしなり龍興への嘲笑に聞こえる。美濃を追われた時、大勢の民から嘲(あざけ)りの言葉と笑いを浴びせられた。

落城の屈辱を思い出して身を震わせたところで、ひときわ大きな雷鳴が轟(とどろ)いた。

龍興の脳裏に信長の声が蘇(よみがえ)った。

「おれに挑みたくば、いつでも相手になってやる」

次いで、鑓(やり)を投げて寄越した時の光景が思い出される。鑓で突いてみろと信長は怒鳴った。両手を広げた尊大な態度が胸に深く刻まれている。

おのれ……信長め。

龍興は眦（まなじり）を決した。

「叔母上、謹んでお受けしたいところですが、叔母上にとりましては大切な剣。お気持ちのみを受け取りましょう」

「では、信長を討つ決意を固めてくださるのですね」

「この斎藤龍興、負け犬で終わりたくはござらん。いや、落ちぶれ果てた我が身を思えば、大言壮語はできません。今のわしは負け犬。しかし、負け犬であっても、信長に吠えかかってみせますぞ」

帰蝶は懐剣を懐に仕舞い、初めて笑顔を見せた。

「龍興殿、わたくしもできる限りの手助けを致します。共に、信長を討ちましょうぞ」

「信長、わが鐺を受けよ！」

雷に光る龍興の表情は一変、蒼白い顔に赤みが差し、武将の逞（たくま）しさが加わっていた。

四

長良川の堤を墨染めの衣をまとった僧侶が行く。といっても、饅頭笠（まんじゅうがさ）から覗（のぞ）く顔は少年、策伝である。策伝は長良川を見下ろすと声を上げて語り出した。

「都にある禅寺に面白き男がおったそうな。その男、実は坊主にあらず。寺の住職に頼まれて坊主のふりをしている寺男のぜんさんでありました。住職の留守中に雲水がやって来て禅問答を挑んだから、さあ、たまらない」

ここで通りかかった雲水が禅問答という言葉に引っ掛かった。

「禅問答か。ぜん、ぜん、とうるさいぞ」

雲水は托鉢笠を右手で上げると顔が覗け、目が据わっているのがわかった。旅に倦んだのか、僧侶らしからぬ、野良犬のような風貌だ。

「ぜんさん、というのは、人の名前でございます」

性質の悪そうな雲水だと策伝は低姿勢に出た。

雲水は理解できないようで、

「よおし、おれが、一つ、生意気な小坊主をへこませてやる」

雲水は腕捲りをして八景だと名乗った。

「ならば始めるぞ。我、大蛇となってその方の五体を取り巻く」

策伝は受けて立つように胸を張り、

「我、大蛇に五体を取り巻かれしは、炎となって焼き尽くす」

八景はにやりとし、

「なんじ、炎となりし時は雨となってこれを消す」

「なんじ、雨となった時は長良川となってこれを受け止める」

ちらっと長良川の川面に策伝は視線を投げる。八景は策伝を見たまま、

「なんじ、長良川の水となれば、我、鮎となって住みつく」

「なんじ、鮎となりし時は鵜となってこれを食らう」

と、策伝が返す。

「なんじ、鵜となれば漁師となってこれを操る」

「なんじ、漁師となりしは、我、織田信長となってこれを従える」

策伝はどうだと言わんばかりに大きく両目を見開いた。八景はひるむどころか、

「ならば、我、武田信玄となる」

静かな口調で返し、口をへの字に引き結んだ。これで、勝負ありと言いたげだ。

周囲の者がざわめいた。策伝は真顔になって、

「何故、武田信玄なのですか」

「決まっておる。織田さまよりも武田さまが強いからじゃ」

「武田さまが、織田の殿さまよりも強いなどということはありえん」

むきになって言い寄る策伝に、

「今に武田に攻め込まれるぞ。岐阜の城下は風林火山の旗で埋め尽くされるのじゃ」

八景は冷笑を放って立ち去った。策伝は苦々しい顔で立ち尽くす。

「策伝さん」

弥吉が策伝に声をかけた。

「おお、弥吉」

策伝は、そういえば弥吉は長良川の漁師だったなと言った。

「まだ、おいらは漁師じゃない。船頭や。船頭をやりながら見習いをやっとるがや。それに、漁師とは言わん。織田の殿さまから鵜匠と名付けられたのや」

「うしょう……」

策伝は首を捻った。

「殿さまが仰せになった。鷹匠にちなんで鵜匠というのや。おいらは漁師でも鵜匠でもどうでもええけど、爺ちゃんや大人たちは有り難がっとる」

弥吉の言葉を受け、策伝はうずくまると、堤に指で、「鵜匠」と書いた。弥吉はそれを見ても、字は読めんからと、「うしょう」という言葉を繰り返す。策伝が立ち上がり、

「よき名前だ。ならば、弥吉も鵜匠になるのだな」

「他にやることないし、ほんでも、すぐにはなれん。爺ちゃんについて鵜を操ることを覚えんと鮎は獲れん。それに、殿さまはおいらに約束した。岐阜で戦を起こさんと。その言葉、嘘やないことをこの目で見てやろうと思うのや」

弥吉は力んだ。

「何を怒っとるのや」

策伝が首を傾げた。

「怒っとるんやない。張り切っとるんや。おいら殿さまを殺そうとした。ほんでも殿さまはおいらを許してくれた」

長良川で信長の命を狙ったが首を刎ねられることなく父を越える鵜匠となってみろと言われたことを語った。策伝は目を丸くして聞き終えると、

「殿さまは弥吉を見所があると思われたのや。ほんでも命は大事にせなあかんぞ」

「もう無茶なことはせん。生きて殿さまを見返したる。負け犬なんかやないってな」

「その意気や」

「策伝さんは、立派なお坊さんになるのか」

「立派かどうかはわからんが僧侶の道を歩んでおる。でも、わしは他にやりたいことがある」

「いつか言っておった話芸で人を楽しませるということか」

「うむ」

策伝が首肯したところで、弥吉を呼ぶ声がした。

「ほんなら」

「うん、しっかりな」

　策伝が見守る中、弥吉は堤を駆け下りて行った。

　河原に鵜舟が引き上げられ、間もなく始まる鵜飼に備えて弥吉が洗っている。洗い終えると、砂で磨く。

「爺ちゃん、先に帰ったらええ。あとは、おいらが磨いとく」

　弥吉が声をかけたところで、

「まだ、帰れん。御城からお使いが参られるそうや」

　宗吉が答えたところで従者を従えた騎馬武者がやって来た。以前にもやって来た金森長近である。甲冑（かっちゅう）は身に着けておらず、烏帽子、素襖姿で河原に降り立った。鵜匠や船頭たちが集められ、弥吉も後ろの方に控える。

　長近はみなを見回し、

「先だっても触れがあったように、きたる六月に武田家より賓客がまいる。ついては、鵜飼をお見せすることになった。殿もご一緒される。よって、その方ら鵜匠の見せどころと心得よ」

　宗吉をはじめ、鵜匠たちは頭（こうべ）を垂れる。弥吉は武田が攻めてくるような気がした。やっぱり、信長が言ったことは嘘か。

「ならば、しかと、申しつけたぞ」

長近は釘を刺すと、馬に跨り、立ち去った。

「えらいことになったな」

誰言うともなく、不安の声が上がった。弥吉が宗吉に、

「爺ちゃん、武田の武将がなんで鵜飼を見るのや」

「殿さまが、武田と仲ようしようということや」

「なんで、武田と仲ようするのや」

弥吉にはその意味するところがよくわからない。それでも、岐阜で戦を起こさないためなのだろうかと漠然と考えた。

「武田と仲ようしたら、戦は起こらんのか」

「仲ええもんとは喧嘩せんやろ。それより、鵜舟を磨くぞ」

宗吉に言われ、弥吉は鵜舟へと向かった。

五

時が流れ五月の末、鵜飼は順調に行われている。弥吉は中乗りとして鵜舟に乗り込み、宗吉を手伝いながら手縄さばきを学んでいた。梅雨に入ったとあって鵜飼に出られない日が続いている。今日は久しぶりの快晴とあって、弥吉は勇んで鵜飼の準備に臨んでいた。

河原で焚き火がされている。炎の揺らめきが夜空を焦がす。稲葉山の山陰が浮かび上がり、頂の天守閣が周囲の篝火を受けて玄妙な世界を醸し出していた。

弥吉は篝火を焚き、鵜舟の準備を行おうとした。すると、一人の男が近づいて来る。いつか、策伝に禅問答もどきを挑んだ雲水八景だった。

「信長さまは、武田の武将を鵜飼でもてなすそうだな」

弥吉が黙っていると、

「信長さまは、武田さまには勝てないと判断なさったんだろうよ」

「違うがや」

弥吉は反発した。八景がおやっとした顔になったが弥吉自身も戸惑った。決して信長を許したわけではない。今でも父峰吉の仇だと思っている。それなのに、信長を悪し様に言われ、言い返してしまった。心の奥底では信長を受け入れているのだろうか。自分でもわからない。

「じゃあ、どうして鵜飼など見せてもてなす」

八景は小馬鹿にしたように鼻で笑う。

「戦をせんためや」

「物は言いようじゃな。だがな、信長さまはこれまで実にたくさんの戦をし、それこそ数え切れぬほどの人を殺してきたお方じゃ。そんなお方が戦をせんというのは、武田さまが恐ろしいのだ」

「そんなことない」

弥吉はいきり立つ気持ちを抑えきれなくなった。

「怖がっておられるのだ。必ずや、武田の軍勢に美濃は攻め込まれる。武田の旗、孫子の旗、風林火山の旗じゃ。覚えておけ。疾きこと風の如く、徐かなること林の如く、侵掠すること火の如く、動かざること山の如し」

八景は誇らしげだ。

「それがどうしたのや」

正直、言葉の意味がわからない。要するに武田の軍勢の強さを自慢しているのだろう。

八景は稲葉山を見上げ、

「あそこに、風林火山の旗が翻るのじゃ」

「岐阜が燃えるんか。ぎょうさんの人が死ぬのか」

「坊主、心配するな。武田の御屋形さまは、おまえたちの命を奪うことはない。それに、鵜飼も続けられるぞ」

「うるさいわい！ 嘘つきや。織田の殿さまも武田の殿さまも……。侍は、大人は、平気で約束を破る。人を殺す！」

弥吉は叫ぶ。

「ま、せいぜい、鵜飼に励め」

八景は衣を翻し、悠然と去って行った。

策伝が堤を歩いていると、金森長近が馬を走らせていた。長近は策伝に気づき、馬上から声をかけてきた。策伝も饅頭笠を右手で上げ、

「おお、策伝」

「兄上、達者そうでございますな」

長近は馬から下りた。二人が並ぶと兄弟というよりは親子である。それほど歳（とし）は離れていた。

「托鉢でもやっておるのか」

「いえ、そういうわけでは……」

「説話か、芸人の真似事か」

長近は笑った。

「兄上、お怒りにならないのですか」

「好きにするがよい。殿におまえのことを話したら、大層面白がっておられたぞ」

「殿さまが……」

「殿は面白い物、奇妙な物が大層お好きじゃからな」

「わたしは、奇妙ですか」

「奇妙も奇妙だ。精々、面白い話をこさえたり、集めたりしておけ。何時の日にか、殿さまにお話し申し上げる機会もあろう」

長近は励めと言い残すと馬で走り去った。

「奇妙か……」

策伝は稲葉山を見上げた。

岐阜城が信長に見えた。

六

六月となり夏の盛りとなった。

稲葉山を蟬時雨が覆い、城下には陽炎が揺らめいている。

酷暑の昼下がり、岐阜城の麓屋形に秋山伯耆守虎繁がやって来た。表御殿の大広間で柴田勝家と対面する。

秋山は大永七年（一五二七）生まれの四十二歳、諱の通り虎のような獰猛さを烏帽子、素襖直垂に包んでいる。後に武田二十四将に数えられる猛将であった。味方につければ、まこと心強い男だ。

「秋山殿、よく、お越しくだされた」

「こちらこそ」

　秋山は慇懃にうなずく。

「道中、ご無事でなにより」

「道中滞りなく旅ができ申した。美濃に入りましてからも、心地よく、いや、美濃に入ってからの方が楽しい旅であったと申せようか」

「木曽路は山道が続きますからな」

　勝家が言うと、秋山は軽く首を横に振り、「さにあらず」と前置きをしてから、

「岩村城での歓待ぶりは、まこと素晴らしきものでござった」

　岩村城は信濃との国境に近い恵那にある山城で、遠山景任が城主を務めている。

「遠山殿の奥方、お艶殿は信長さまのご親類筋とか」

「いかにも。殿の叔母上に当たられる」

　勝家が答えると、

「見目麗しき女性でござった。お名が示すように、実に艶やかであられた」

　秋山という男、裏表がないのか豪胆なのか、それともよほどお艶の美貌に心惹かれたのか、大胆にも他国の城主夫人をてらいもなく誉め上げた。

　当惑する勝家を他所に秋山は続けた。

「信長さまのお血筋は美男、美女揃いとか。近江(おうみ)の浅井(あざい)家に輿入れされたお妹君、まるで天女の如き、お美しさとか」

「お市(いち)さまですな」

勝家の声が心なしか弾んだ。秋山は表情を引き締め、

「目下、武田の家中は信長さまと結ぶことに異を唱える者が多うござる」

がらりと話題を変えた。

一瞬にして、空気が重くなった。

「信長さまの御嫡男奇妙丸さまとわが御屋形さまのご息女松姫さまとの婚儀を破談にすべしと言い出す者もおる次第」

勝家はうなずき、

「一度調(ととの)った婚儀を破談にするとは、両家の手切れを意味します。あってはならぬことですぞ。秋山殿のお力にかかっております。どうぞ、よしなに」

「わしは織田家との盟約を結ぶつもりで、家中を纏(まと)めようと思う。しかし正直申して、形勢はよくない。むろん、お決めになるのは御屋形さま。御屋形さまがお決めになったことには、家中の者たちは従うまでですな」

秋山はどこか突き放したような物言いであった。勝家が言葉を選ぼうと思案をしていると、

「信長さまが武田の背後を突くようなことはなかろうのう」

「と、申されると」

「信長さまと結ぶことに反対する者は、そのことを心配しておる。信長さまは三河の徳川とは既に盟約を結んでおられる。徳川は相模の北条と結ぼうとしておるようじゃ。武田は今川とは盟約がある。徳川が北条と結び今川領を侵すような動きを見せれば、武田は今川に援軍を差し向けねばならない。援軍を出したところで織田が信濃に攻め込むのではという疑念の声が大きくなっておるのじゃ」

「そのようなことは断じてない」

「わしは信長さまを信じたいが、信濃に攻め込まれれば、まずは、わしが相手をせねばならん」

織田勢と徳川勢が信濃に侵攻した場合、南信濃に勢力を張る秋山虎繁が楯とならなければならないのだ。

「ともかく、旅の疲れをお取りくだされ。今宵は長良川名物の鵜飼をご覧に入れる」

「それは楽しみな」

秋山は破顔した。

夜となり、長良川には桟敷席が設けられた。日が落ち、川風が涼を運んでくれる。長良川にはずらりと鵜匠と船頭たちが居並んだ。信長はまず秋山を食事で歓待した。桟敷席に信長が陣どり、その隣に秋山の席を設けさせた。秋山がすっかり恐縮し、

「それはいくらなんでもなりません。美濃、尾張の太守と、席を並べることなどできようはずはございません」

額に汗を滴らせながら遠慮した。ところが信長は涼しい顔で、

「なんの、苦しゅうない」

「いえ、そういうわけにはまいりませぬ。主信玄の顔にも泥を塗ることになり申す。平に、平に、御容赦ください」

秋山は板敷きに額をこすりつけた。信長は冷然と見下ろし、

「武田殿の顔に泥を塗りたくないのなら、この席につかれよ」

秋山は気圧されたように顔を上げる。

「そなたは、信濃飯田城代秋山伯耆守であって、秋山伯耆守ではない。われらはそなたを甲斐、信濃守護職武田信玄殿の名代として迎えておる。名代すなわち、武田殿と等しい扱いを受けるは当然のこと」

秋山も返す言葉がない。黙っていると、

「さあ、座られよ」

信長に促され秋山は信長と並んで座した。ここで信長は立ち上がる。秋山が目を白黒さ

せていると、膳を持って席に戻り、秋山の前に置いた。秋山は額に汗を滲ませ、恐縮しきりだが、頭を下げるのは信玄の名代であることからできないと判断したようで、困惑の表情を浮かべたまま、居心地悪そうに座っていた。

「まずは、一献」

信長は漆塗りの酒器を向けた。秋山は杯を差し出し、信長の機嫌を損ぜぬよう努めた。本膳、二の膳と続く料理の数々は鯉の洗い、鮎の焼き物といった長良川で獲れた川魚はもちろん、伊勢湾で獲れた鮑の煮物、信長が鷹狩で捕獲した雉の塩焼き、酢牛蒡などの野菜が鮮やかな漆塗りの器に盛られて供される。次々と出される素晴らしい料理にもかかわらず、舌鼓を打つどころか、秋山は味さえもわからないような緊張ぶりである。

その間にも鵜飼の準備が着々と進められた。

「では、まいろう」

信長に促され秋山は立ち上がった。

弥吉は宗吉の鵜舟に乗り込んだ。中乗りである。艫で鵜を操る宗吉とは背中合わせだ。櫓を漕ぎながら、宗吉が鵜を繋ぐ手縄のさばき方を学んでいるが、信長のことが気にかかる。今日は信長が武田の武将と共に鵜飼見物をするとあって、鵜匠や船頭たちも緊張をみなぎらせていたが、いざ、鵜飼が始まると鵜を操り、鵜に気をよく鮎を獲らせることに神経を注いでいた。

鵜にも鵜匠たちの意気込みが伝わったのか、いつもよりも鮎の捕獲が多い。

信長と秋山は同じ屋根船に乗った。漆黒の闇に覆われる中、篝火に照らされた川面が揺れ、篝の松割木が爆ぜる音が幽玄の世界を作り出している。鵜が漆黒の川に潜り、鮎を咥えて顔を出すと、

「素晴らしい」

秋山は感嘆の声を上げた。

屋根船は長良川をゆっくりと下り、宗吉の鵜舟と並走した。目の前で繰り広げられる鵜飼の妙に、秋山は身を乗り出している。

舳に立った宗吉は風折烏帽子を被り、黒の漁服、腰蓑に身を包み、左手に十二本の手縄を持っている。手縄の十三尺先に鵜が繋がれていた。手縄を巧みに操ることで、鵜に鮎を捕獲させる。

金森長近が側に侍った。信長は長近に鵜飼について学んでおくよう指示していた。

「あのように鵜匠は手縄で鵜を操ります。川面を照らす篝火によって、鵜は鮎の形や鱗を確かめ、食らいつくという次第にございます」

十二本もの手縄が絡まることなく操られるのは鵜匠の技で、手縄の握り加減が大事なのだと、俄か仕込みの知識を長近は披露した。

獲物を見つけたようで鵜が潜った。宗吉が身を乗り出し、水面すれすれに手を下ろす。鵜が動きやすくしているのだ。

一羽の鵜が川面に顔を出し、潜ることを止めた。宗吉は手縄を鵜舟に引き寄せる。次いで、鵜を船縁に引き上げて右手で首を揉み、左手で嘴を開けると、弥吉が竹で編んだ籠を差し出した。

鵜の口から二匹の鮎が籠に吐き出された。篝から火の粉が飛び散り、鮎の鱗が妖艶な輝きを放つ。

「ほう、ほう」

宗吉はよくやったというように鵜の頭を撫で、川に返す。

「あの籠は吐け籠と申します。捕獲した鮎は一旦吐け籠に入れ、その後せいろに並べます」

長近が言葉を添えた。

信長は返事をせず、宗吉の手縄さばきの妙技に見入っている。弥吉が篝に松割木を足した。

やがて、浅瀬となった。宗吉は手縄を引き寄せ短くした。一連の動作が川の流れのように自然に行われる。

「見事じゃ」

信長も賞賛の言葉を投げかけた。

「噂には聞いておりましたが、ここまで鮮やかなものであろうとは、いやあ、まこと素晴らしい」

秋山は賞賛の言葉すら陳腐だと言い添えた。

「武田殿にもご覧いただきたいものですな」

信長はさりげなく言う。

「まさしく」

秋山は最早、躊躇(ためら)いを示さない。

「爺ちゃん、今夜はよう獲れるがや」

「みんなようやっとる」

宗吉は手縄を操りながら笑顔を弾(はじ)けさせた。

「武田の武将もこれを見たら、きっと、満足なさっとるわ」

信長が乗る屋根船を弥吉はちらっと見た。信長は箸(はし)で鮎の塩焼きを摘(つま)むと頭からかぶりついた。声は聞こえなかったが間違いなく、「美味(うま)い」と言った。

「さあ、もう一仕事や」

宗吉に促され、弥吉と艫(とも)乗りはひときわ力を込めて櫓を操った。

と、

「あれ」

弥吉の声に、

「どうした」

宗吉が振り返った。

弥吉はそれには応えず岸辺に視線を向けた。河原に数人の男たちが鉄砲を構えている。

「殿さま、危ないがや！」

遥か山上の天守閣にも届かんばかりの声を弥吉が放った。が、その直後、弥吉の声をかき消す轟音が河原を走り抜けた。

銃声である。

鵜がばたばたと羽を広げ、水面を激しく波立たせる。宗吉は驚きながらも手縄を離すことなく懸命に鵜を宥(なだ)めた。

「危ないがや！」

弥吉の声が聞こえるや、信長は秋山に飛びかかり、一緒に身を伏せた。秋山は驚きながらも、銃声により事態を理解した。長近が立ち上がり河原に声を放った。闇の中に伏せていた侍たちが動いた。

抵抗する者は斬り伏せられ、捕えられた者も舌を噛み切った。一味の中に八景がいた。

「武田の者でしょう」

秋山が呟いた。

すなわち、織田と盟約を結ぶことに反対する者たちの手の者であるようだ。

「よくも……。汚い者どもめ」

秋山の顔がどす黒く膨んだ。

信長もろとも自分の命までも奪おうとした者たちが武田配下であることに、怒りと恥辱にまみれているようだ。武田武士の誇りを傷つけられた秋山がどう出るか。

信長は表情を消し秋山を見守った。

唸り声を上げていた秋山だったが落ち着きを取り戻し、信長に向き直った。

「信長さま、拙者、信長さまと盟約を結ぶこと、御屋形さまに進言致します。反対する者どもが危惧する織田の信濃侵攻、もしあったなら、その時は拙者が受け止めると申します」

秋山の顔からは、迷いが吹っ切れていた。

「礼を申すぞ、弥吉」

信長は弥吉の方に向いた。

篝火に浮かぶ弥吉は呆然（ぼうぜん）と立ち尽くしていた。

どうして信長を助けたのだろう。

信長が死んだら岐阜で戦が起きるからか。武田に攻め込まれ、大勢の人間が死ぬからか。

それとも信長を見返したいからか。いや、ひょっとして信長を好きになったのか。

「そんなはずないがや」

おっとうの仇を好きになるはずがない。

どうしてだろう……。

信長は美味そうに鮎を食べていた。頭からかぶりつき、むしゃむしゃと食べる姿には、殿さまの威厳も戦の指揮を執る大将の姿もなかった。信長の素顔を見た気がした。こんなにも楽しげに鮎を食べる男がいたことにうれしくなった。

信長に自分が獲った鮎を食べさせたい。

「信長、おいらの獲った鮎を食べさせたるぞ。それまでは死んだらあかんがや！」

弥吉は心の中で叫んだ。

上洛

一

永禄十一年(一五六八)七月二十五日、足利義昭一行が岐阜に到着した。

明くる二十六日の朝、木下藤吉郎秀吉は宿舎として用意された城下西の庄にある立政寺へと赴いた。義昭と近親たちへの献上品が山と積まれた多くの荷車を指揮し、山門を潜ると、明智十兵衛光秀が出迎えてくれた。

光秀は荷駄をしげしげと眺め、感服したように笑みを広げる。太刀、鎧などの武具、それに数頭の駿馬が引かれている。その後ろに連なる長持に秀吉は視線を向けながら、

「小袖の他に、銭千貫文を入れてあります」

「信長さまの忠義、上さまも感じ入られることにございましょう」

光秀の両目が大きく見開かれた。二人とも烏帽子を被り、素襖に身を包んでいる。

「ところで、木下殿、上さまの御屋形はいつ造営なりますかな」

好天の空、夏の終わりといっても日差しは強く二人は松の木陰に身を移した。

「まずは、ごゆっくりなされたらええですわ。岐阜は見物するに事欠かぬです。御城や麓の御屋形、城下の賑わいを見聞されてはいかがか。加納の市などは、わが殿の楽市、楽座のお陰でそれはもう全国から商人や芸人が集まっとるですわ。珍かな品々、珍奇な遊芸、毎日通っても飽きることござらん。それに、何と言っても鵜飼です。上さまは鵜飼を見やあしたこと、ありますかな」

藤吉郎は光秀の問いかけをはぐらかすように捲し立てた。ところが光秀はそれには乗らず、

「御屋形はいつできるのですかな。朝倉家では、このような」

と、懐中から折畳んだ紙を取り出し素早く広げる。屋形の絵図面である。藤吉郎に示しながらあれこれと説明を始めた。本殿はどれくらいの広さ、寝間の広さはどう……。

「寝間の広さは都の将軍御所と同じでござる」

光秀は懇切丁寧に説明を加える。要するに、将軍としての住まいを整えよと言いたいようだ。藤吉郎は絶妙の間で相槌を打つ。

「ほう……」

とか、

「なるほど」

あるいは、
終いには、

「いやあ、気づきませんでした」

「さすがは明智殿、よくぞ御教授くださった。これからも、様々、お教えくだされ」

などともっともらしい言葉で締めくくり深々と腰を折ったが、その実まじめに聞いていないことは光秀の目を盗んで尻を掻いたりあくびを漏らしたりしていたことで明らかだ。

「微力ながら、お力になればと存ずる。上さまがお住まいになるにふさわしい御屋形を築造なされますよう、信長さまに言上してくだされ」

「承知致した」

「信長さまなら造作もないことと存じます。昨年、御屋形を訪れましたがその見事なこと。建物は豪壮にして流麗、御庭の美しさたるやいつまで見ておっても見飽きませなんだ」

「わが殿は、昨今、都や畿内で流行っとるという茶の湯にも造詣を深めておられますでな」

「それは、よきお心がけでございますな。信長さまは近年の内には上さまを奉戴し上洛される御身。当然ながら都の公家衆、有徳人との交わりも生じましょう。その際、茶の湯は欠かせませぬ。まこと、信長さまは先々のことを見据えておいでじゃ」

光秀はひとしきり信長を褒め称えてから、再び屋形築造のことを蒸し返した。藤吉郎は笑顔で聞き、殿に言上致すと繰り返す。

「くどいようですが、この絵図を参考になさってくだされ」

光秀は絵図を差し出した。

藤吉郎は両手で押し頂いた。畏まった仕草に光秀の顔から笑みがこぼれた。藤吉郎も笑顔を返したが目は笑っていなかった。皮肉げに口を曲げ、

「明智殿、上さまのお住まい、都の将軍屋形同様とのことでござるが……」

「拙者、そのように説明致したつもり」

「いや、これはわしの勘違いか、聞き違いかもしれんのだが、今年の二月に足利義栄さまが将軍宣下を受けられたとか。ということは、将軍さまは義栄さま。将軍さまがござらっせる以上、将軍さまとおんなじ御屋形を築造してもよろしいのですかな」

藤吉郎は絵図に視線を落としながら尋ねた。

「それは……」

光秀は一瞬、動揺を示したが、

「義栄さまは、足利家の本流にあらず。源氏の正嫡にあらず。三好どもが将軍として祭り上げておるだけでござる。しかも、未だ都ではなく和泉に留まっておられる。都、すなわち、天下に立ってこその将軍でござる」

「なるほど、ようわかりましたわ」

藤吉郎は絵図を懐(ふところ)に仕舞い、立政寺を出た。

信長は麓屋形内の弓場で弓を引いていた。三人張りの強弓を次々と番(つが)え、的に的中させてゆく。心地よい汗をかいたところで、藤吉郎に向いた。藤吉郎は信長の側(そば)で片膝をつき、控えた。

手巾で身体(からだ)の汗を拭(ぬぐ)い、信長は小袖の袖を通した。据えさせた床几(しょうぎ)に腰を下ろし、小(こ)姓(しょう)が用意した薄茶をぐびりと飲み干す。

「明智殿から、上さまがお住まいになられる御屋形、いつできるのかとしつこう聞かれましてございます」

「らちもない」

失笑混じりに吐き捨てた。

「ご興味にゃあと存じますが、明智殿からこれを」

藤吉郎は光秀から渡された朝倉家が用意していた義昭の屋形図面を差し出した。受け取りはしたが一瞥(いちべつ)して後、藤吉郎に投げ返した。次いで立ち上がり、

「葡萄(ぶどう)の酒を持て」

と、小姓に命じた。

庭の四阿（あずまや）に場を移して藤吉郎の報告を受けた。藤吉郎を苦しゅうないと対面に座らせた。唐机を挟み唐椅子に腰かけて向かい合う。

程なくして葡萄酒が運ばれてきた。透明なギヤマン細工の酒器に血のような酒がたゆたっている。

「飲め」

信長が勧めると、藤吉郎は顔中を皺（しわ）くちゃにして感激し、

「南蛮の者どもは、血のような酒を好むのですな。気味悪いですわ」

「見かけなどはどうでもよい」

信長はギヤマン細工の杯に注がれた葡萄酒を飲んだ。藤吉郎も口をつけたが、眉間（みけん）に皺が刻まれた。

「わしには、どうも、米の酒の方がええですわ」

「よかろう」

信長は酒と肴（さかな）を用意させた。漆塗りの銚子と皿が運ばれて来た。皿からは酸味の匂いが立ち上っている。

「鮎鮨（あゆずし）よ」

信長は言った。

鮎の腹を割（さ）き腸（はらわた）を取り出して塩や酢につけて、瓶（かめ）に入れ、二月（ふたつき）ほど置いて鮎を取り出

してから、水で塩抜きする。そして、飯を鮎の腹に詰め、木の桶に一月ほど漬け込む。長良川の名物だ。

「これが、鮎鮨でございますか。いやあ、噂には聞いとりましたが……、ほんなら、遠慮のうお相伴に与りますがや」

藤吉郎は手づかみで鮎鮨を口に運んだ。くちゃくちゃと音を立てて咀嚼してから、

「うみゃあ」

歓声を上げ杯に注がれた酒をあおった。それから舌鼓を打ち、

「うみゃあ、うみゃあであかんわ」

「もっと他に誉めようがあろう」

藤吉郎は額をぴしゃりと叩いて、

「そうでございますな。舌がとろけると申しますか、頬が緩んで顔中の皺が増えそうですわ」

「皺が増えるのは歳のせいであろう。いや、おまえの場合は持って生まれた面相ゆえではないのか」

藤吉郎は大真面目に、

「酢っぴゃあもんは身体に毒だと言いますわ。酢っぴゃあもんを食べると、皺くちゃになりますで、身体にはようないそうです」

「そうかのう」

信長は抗うように鮎鮨を立て続けに二個食べた。

「皺が増えると歳を取るんで、一年の終わりはしわす、皺の酢、というのですわ」

「なんじゃと……」

「しわす」という言葉を信長は口の中で繰り返し、やがて腹を抱えて笑った。

「皺酢、か。面白いことを申すものよ。猿、よう申した」

藤吉郎はぺこりと頭を下げ、

「正直、申しますと、これ、受け売りですわ。加納の市場で辻立ちの坊主が話しとったんです」

「面白き坊主よのう」

胸が騒いだ。好奇なもの、奇妙なものを見たり、聞いたりすると心が躍る。

「それが、まだ若い坊主ですわ。歳は十五とか。浄音寺の坊主だそうで、名前は確か……」

藤吉郎は名前が出てこず、「ど忘れしました」と額を手で打った。

長近の弟ではないか。岐阜に入って間もなく金森長近から聞いた。弟は仏門に入った。

確か浄音寺だ。仏道修行には身が入らず、大道芸人の真似事をしているそうだ。なんでも、法話代わりに面白い話を語り、尚且つ面白い話を拾い集めているのだとか。

「加納の市場におるのだな。行ってみるか」

長近の弟に関心が向いた。

「ほんでも、殿さま。加納の市には怪しげな者も混じっておりますわ。間者の類が紛れ込んでおるかもしれません」

「間者なんぞ何処にもおろう。加納の市場に限ったことではないわ。岐阜の様子、わしの行いを調べたくば調べればよい」

「殿さまのお命を狙いに来たもんもおるかもしれません」

「そのような不穏な動きを示すものあらば、塩屋が黙ってはおらぬ」

塩屋とは大脇伝内、信長の馬廻りを務めていたが今ではその名が示すように塩の売買を行っている商人で、旅籠も営んでおり加納の市場にあって商いと共に出入りする者たちに目を光らせている。

「そうですな。塩屋殿なら間違いございません。ほんで、足利義昭さまとの対面はいつになさいますか」

「明後日じゃ」

「承知致しました」

藤吉郎は頭を垂れ、立ち上がった。

素早く信長の元を離れる。すると、腹がしくしくと痛み始めた。

「あかん、調子に乗って鮎鮨を食べ過ぎてまった」

それとも、葡萄酒との食べ合わせがよくなかったのか。

「厠（かわや）、厠」

藤吉郎は厠へと急いだ。

入ってからはたと、紙がないことに気づいたが間に合わない。

「ま、こんでええか」

懐から紙を取り出し手で揉（も）んだ。光秀から受け取った絵図である。

二

翌々二十八日の昼下がり、立政寺の本堂に信長と義昭の対面の場が設けられた。祭壇は取り除かれ、床がぴかぴかに磨きたてられて、鏡のように人の影が映っている。吹く風は秋めき、庭を赤とんぼが舞っていた。

奥に真新しい繧繝縁（うんげんべり）の畳が敷かれ、束帯に身を包んだ義昭が座す。義昭に向いて右側には義昭の近臣たちが居並んだ。細川藤孝、和田惟政（わだこれまさ）らが並び、末席に明智光秀が控えている。左側には織田の重臣たち、林秀貞（はやしひでさだ）、柴田勝家、佐久間信盛、丹羽長秀（にわながひで）らが流れ、新参者である氏家直元、稲葉良通、安藤守就といった美濃三人衆も加わっている。みな、緊張に頬を火照らせ信長の到着を待った。

義昭は檜扇を開いたり閉じたりを繰り返し、落ち着かない素振りであるが時折威厳を示すかのように空咳をした。

やがて一陣の風と共に、

「織田上総介さま、御到着にございます」

藤吉郎が濡れ縁で片膝をつき声を張り上げた。

織田の重臣たちが一斉に両手をつき、深々と頭を垂れた。義昭の臣たちも釣られるようにして平伏する。義昭のみは顔を上げたままだが、その目には期待と共に怯えが浮かんでいた。烏帽子、素襖姿の信長は大股で本堂に入ってくると義昭の前にふわりと座った。次いで両手をつき、

「織田上総介信長にございます。こたびは、上さまをお招きしましたること、末代までの栄誉にございます」

目の前に公方がおわす。いや、まだ将軍ではないが、足利将軍家の正統な血筋を受け継ぐ義昭公が自分を頼って来られたのだ。頬がかっと熱くなる。

「ふむ」

義昭はうなずいてから細川藤孝を流し見た。

「信長殿、上さまにあらせられては、特別に直答をお許しである。面を……」

藤孝が言い終わらない内に信長は顔を上げた。

九年前の光景が思い出される。上洛し将軍足利義輝に拝謁した。義輝は尾張統一を祝してくれた。優雅さと剛直さを併せ持った征夷大将軍にふさわしきお方であった。おのずと義昭に義輝の面影を重ねてしまう。

貴公子然とした面長の顔だちは義輝譲りだ。ただ、義輝のような武者ぶりが感じられないのは、なで肩で華奢な身体つきであることに加え、仏門に入っていたがゆえ、武芸を学んでいないからであろう。致し方ないことで、将軍にお就けした暁には優秀な兵法指南役をお世話申し上げよう。

「よう似ておられる」

思わず口から飛び出した言葉に、

「似ておるとは……」

義昭は首を傾げた。

声音も義輝に比べてか細い。

信長は義昭に視線を据えたまま、

「むろん、亡き公方さま。足利義輝公にござります」

「ああ、兄上か」

義昭は二度、三度うなずいた。藤孝が、

「そうでしたな。信長殿は上洛され、義輝公に拝謁なさったのですな。あれは、確か……」

「永禄二年（一五五九）、今から九年前のことでござる」

信長の言葉を受けた藤孝が、

「尾張を統べられたことのご報告でしたな。明くる年には今川の大軍を打ち負かされ、昨年には美濃を掌中にされた。信長殿は、日の出の勢いでございます」

軽く会釈を返すと信長は右手を振った。

三宝を捧げ持った家来たちが続々と入ってきた。義昭や家臣たちが目を見張る。金の延べ板、絹などが眼前に据えられる。

「お受け取りくだされ」

「かたじけない」

藤孝が礼を言うと近臣たちは頭を垂れた。

次いで光秀が信長に向き、

「一昨日、木下殿に申し上げたのでございますが」

信長は即座に、

「御屋形築造のことでございますな」

義昭に尋ねた。

「う、うむ」

義昭の目は金の延べ板に向いたままだ。光秀が、

「信長さまのこと、既に準備万端整えておられると存じます」

「整えてなどおらぬ」

悪びれることなく否定した。

「では、いつから取り掛かられますか」

光秀の声が上ずった。

「屋形の造作はせぬ」

「せぬ……。とは、いかなることで……」

光秀はおろおろとし、藤孝たちも動揺をした。ここに至って義昭の視線が金から信長に戻った。

「ならば、余はこの寺に住めと」

義昭の不満そうな言葉を藤孝が受け、

「この寺、まことに立派でよき住まいと存じますが、将軍の住まいとなりますと、いささか手狭。将軍にはそれなりの体面もござれば」

「無用である」

信長は語調鋭く遮った。藤孝が視線を彷徨(さまよ)わせた。

「余は出家の身であった。寺に住むは苦しゅうはないが。家臣どももとなるとのう……」

義昭は肩を落とした。

「屋形を作っておる暇がないのでござる。屋形が出来る頃には、上さまは都におられましょう」

「と申すと、上洛の時期は……」

義昭の腰が浮いた。藤孝たちは顔を見合わせる。

「五十日……、いや、四十日の内には軍勢を整え、岐阜を発つつもりでござる」

信長は言った。

義昭は満面の笑みとなり、藤孝も興奮を悟られまいと思ってか、表情を引き締めているものの喜びを隠せない様子である。

「やはり、信長殿を頼ったのは正しかった。光秀、そなたの申した通りじゃな」

義昭に誉められ、

「勿体のうございます」

光秀は低頭した。

近臣たちも改めて信長に平伏した。

時を置いて、宴が催された。

二の膳に鮎の塩焼きが上っている。

「余は、川魚は好まぬが、この鮎はまことに美味よな」

上洛の見通しが立ち義昭は上機嫌だ。

「鵜飼で獲ったものにござります。鵜の歯形がついておりましょう」

信長に言われ、義昭は鮎をしげしげと見た。

「鵜に咥えられた鮎は、即座に命を失います。網や竿で捕獲すると暴れおりますゆえ、鮮度が落ちます。鵜に捕らえられし鮎は風味がよいのでござる」

「なるほど、そういうことか」

義昭は舌鼓を打った。

飲み食いがいち段落したところで、

「上さま、一つお願いの儀がござります」

信長は義昭に向いた。義昭は酔いで目元を赤らめ、

「何なりと申されよ」

「それがしの屋形においで下され」

「うむ、是非とも伺いたいものじゃ」

よし、義昭に屋形を見せるぞ。織田信長は尾張、美濃の田舎大名ではないことを見せつけてやる。

三

明くる二十九日の昼下がり、信長は麓屋形の表御殿に足利義昭を迎えた。義昭は藤孝、光秀を伴いやって来た。信長はいつにも増して屋形内ばかりか、城下の往来を徹底して掃除させ、家臣たちの屋敷も清潔にさせた。その甲斐(かい)あってか、藤孝は感嘆の声を上げ、

「上さま、一足早く都にやって来たようにござります」

光秀も庭の滝や池を称賛した。濡れ縁に立った義昭は、

「この庭、ずいぶんと費(つい)えを要したのであろうな」

眺め回してから信長に聞いた。いくらかかったかを答えることは造作もないが銭金の話はいかにも無粋だ。丹精込めた庭をとっくりと味わってもらいたい。信長が返事に戸惑っていると、

「銭千貫、金千貫を献上してくれたほどに富める信長殿じゃ、さぞや財を傾けられたのだろう」

義昭は甲高(かんだか)い笑い声を放った。お歯黒に染まる歯が不愉快に映る。

「恐れながら、あの池の周りは銀閣の裏手に広がる回遊式の庭をお手本と致しました。八代の公方さま義政(よしまさ)公御自ら作庭されたそうにございますな」

　信長は泉水をたたえる池を指さした。晩夏の陽光を受け、底に敷き詰めた白砂が澄んだ水を通して銀色に輝いている。回遊式というだけあって、周囲を築山や小島、橋が架かり、季節の花々が彩りを添えていた。

　池から離れた所にも白砂が敷かれ、いい具合に苔生した石を置いてある。竜安寺石庭を参考にした庭造りだ。

「義政公はのう、本当は銀閣全体を銀箔で飾り立てたかったのじゃ。それが、銭がなくてかなわなんだ。仕方なく銭のかからぬ庭造りに励まれたということじゃ」

　義昭はろくに庭を見もせず、身も蓋もないことを言った。信長はたじろぎそうになったが、

「竜安寺石庭、まことに風雅にして玄妙、一日眺めていても飽きることがございません」

「余は退屈で仕方がない。余はな、都で最も好きな寺院は金閣じゃ」

「如何なるわけでございますか」

「決まっておろう。楼閣全体が金箔で飾り立てられておるではないか。眩いばかりの金色はこの世の極楽じゃ。三代義満公、明との交易で莫大な富を蓄えられたのじゃな」

　なんという俗物だ。銭、金にしか関心がない。こんな男に京文化の守護たるべき足利将軍を継がせねばならないのか。

　眼前の景色が曇り、胸が塞がれた。

うつけ……。

若かりし頃、うつけと呼ばれた。頭が空っぽな若殿だと馬鹿にされた。しかし、自分の目から見れば世の中の方がうつけだと思った。体面や体裁という中身のない空虚なものを大事にし、ありがたがる。そんな世に叛旗を翻してやろう、真に値打ある物を見極めてやろう。都を見物した時、廃れた名刹に本物を見た。累代に亘って受け継がれし文化こそがうつけではない本物、そして守護たる将軍足利義輝公にまことの武士を見た。

義輝の弟とは思えぬぞ、義昭。よくも失望させてくれたな。

このうつけ公方め……。

いやいや、決めつけるのは早計だ。迅速さは武器となるが、短気は敵だ。

永年、仏門に入っておられたのだ。俗世への憧れが強くなったとしても不思議はない。将軍に成れば、きっとお変わりになる。義輝公の血筋なのだから。おれが義輝公に勝るとも劣らぬ征夷大将軍にしてみせる。

翌日の昼下がり、信長は藤吉郎を伴って加納の市場へとやってきた。粗末な小袖に鹿革の行縢、織田の武将が馬の遠乗りの途中に立ち寄ったといった風である。信長と藤吉郎は馬を楽市の入り口を示す榎に繋ぎ、市場へと入った。

相変わらずの賑わいである。

誰言うともなく、

「殿さま、上洛なさるそうや」

「天下をお取りになるそうや」

などという、噂話でもちきりだ。

藤吉郎は自分のことのように誇らしげだ。

四辻に至ると大道芸人たちが各々の芸を競っていた。剣を呑む者、お手玉をする者、火の輪を潜る者、短剣を投げる者、各々のもち芸で見物人を集めている。その中にあって若い僧侶が辻説法を行っていた。

「あの小坊主ですわ。策伝というそうです」

先日は名前を思い出せなかったことを反省し、ちゃんと下調べしているのがいかにも藤吉郎らしい。

「であるか」

信長が返事をすると、藤吉郎は、「策伝」と地べたに小枝で書いた。

策伝の声が響いている。大道芸人たちの声、音曲、見物人たちの歓声にも負けないよく通る声音であり、流れるような名調子でもあった。

「ある男、これが実にしわい。こつこつと銭を貯め、貯めた銭を、地べたを掘って隠そうとしたそうな。せっかく貯めた銭、大事に、大事にしたい。絶対に人に奪われたくはない。

何度も掘り返しては無事かどうか確かめ、それでも、心配で仕方がない。心配のあまり、銭に言ったそうな」

一旦、言葉を区切る。

見物人たちの耳目が集まったところで、

「もし、わし以外のもんが地べたを掘って、おまえを見つけたら、蛇になれ。わしが掘った時だけ銭になれ。ええな。ねんごろに言い聞かせたが、銭が言うことをきくか心配になった。心配の余り、女房に掘らせたそうな。出てきたのは銭。蛇やなかった。男は、この銭は言うことをきかんたわけや」

策伝は永楽通宝を睨み、「たわけ」と怒鳴った。

見物人から笑い声が起きた。信長も声を放って笑った。藤吉郎は手を叩いて喜んだ。

「今日はこれで失礼します。わし、これでも、僧侶。お寺のお勤めがありますからな」

軽やかな語り口調を一変させ、策伝は畏まって告げた。それがまた妙におかしく、見物人たちの爆笑を誘う。策伝は饅頭笠を手に持ち、見物人たちの間を回る。見物人たちは思い思いの銭を入れた。やがて、信長と藤吉郎の前に立った。策伝は藤吉郎のことを覚えていて、

「これは、先日のお侍さま」

「覚えとってくれたか、皺酢の侍だで」

藤吉郎は笠に銭を入れた。策伝は信長を見た。藤吉郎が策伝の耳元で、

「織田の殿さまだがや」

ぽかんと口を半開きにしてから策伝は慌てて坊主頭を下げた。

「挨拶はよい」

信長は右手をひらひらと振る。藤吉郎が、

「どこぞで、休むか」

「それなら」

策伝はこの先にある茶店を告げた。

「ああ、あそこか。別嬪（べっぴん）の女子（おなご）が何人も給仕に当たっとるがや」

藤吉郎は即座に駆け出した。

信長と策伝は藤吉郎の案内で茶店に入った。小上がりに板敷きが広がり簾（すだれ）越しに色なき風が吹き抜ける。藤吉郎が薄茶と茶菓子を頼んだ。策伝は改めて両手をつき挨拶をした。

「無用じゃ」

信長は言う。

藤吉郎が、

「殿さまは、気さくなお方だで、遠慮することはないがや」

策伝はおずおずと頭を上げる。

「その方、長近の弟であるな」

藤吉郎が首を捻ったのは、策伝の顔に長近の面影を見出せないのだろう。

「わたしと兄は三十離れております」

策伝に教えられ藤吉郎は納得したようにうなずいた。

「長近からそなたのことは聞いておった。面白い男と思った。藤吉郎がおまえの奇妙な辻説法を聞き込んでまいって、おれも聞いてみたくなったのじゃ」

「恐れいりましてございます」

「辻で語っておったようなおかしな話を作ったり、集めておるそうな」

信長の問いかけに、策伝は照れ笑いを浮かべた。邪気のないその顔は一人の少年であった。

「剽げた話ばかりを語る。一体、何のために行うのだ」

信長は策伝に視線を据えた。

「それは……」

口ごもる策伝に藤吉郎が、

「遠慮せんでもええ。自分の思ったことを伝えればええがや」

信長も藤吉郎の言葉を肯定するようにうなずいた。

うまく話そうと思案を始めたが中々まとまらないようだ。信長は黙っている。藤吉郎が

気を利かせたように、

「わしも、笑うのは大好きだがや」

はっとしたように策伝が信長を見て、

「恐れながら、殿さまはどのような世をお創りになりたいのですか。天下布武を目指しておられると聞き及びました。天下布武とは、武の力で天下を治めるということですか」

信長は静かに微笑み、

「それもある。しかし、それだけではない。今は乱世だ。古には、帝が直々に治めておられたが、武士が頭をもたげ、公家、寺社、武士で天下を持ち合う世が続いた。ところが戦乱の世となり、国や領地、荘園の境目や秩序は乱れに乱れておる。乱れたままでは平穏な世は訪れぬ。いずれの者かが世を束ねねば戦はなくならぬ。公家や寺社に戦を鎮める力はない。武士が束ねるのが天下のため。つまり、武士の世となることが天下に静謐をもたらすのじゃ」

「では、天下布武とは武士の世を創るというよりは、武によって世を平穏にするということなのですね。平穏が訪れたなら、笑いに満ちた世となりましょうか」

「なる」

信長は即答した。

「本当に、殿さまはこの世の先々まで見通しておいでだがや」

すかさず藤吉郎が追従を挟む。

「安楽に眠ることができる世になればよいのだがな」

信長は遠い目をした。

「安楽な世……。素晴らしき世でございます。わしは、眠っておる者たちが醒(さ)めるような笑い話を聞かせたいのでございます」

「目が醒めるような笑い話か。それはよい。おれは安楽な世を創る。そなたは面白い話を語れ」

「ありがとうございます」

策伝は声を弾ませた。

「こんなことを申しては和尚(おしょう)さまに叱られますが、法話というのは退屈なものばかりでございます。眠くて、眠くてしかたがございません」

「それで、そなた、眠気を払うような話をこさえたり、集めたりしだしたのか」

信長の問いかけに、

「申し訳ございませぬ」

策伝は頭を下げた。

「謝ることはない。笑って暮らせる世、それにすぐる世はなしじゃ」

「そう、そうだがや」

藤吉郎もすかさず相槌を打つ。

策伝は寺では変人扱いされているという。仏法の修行に笑いなどは不謹慎だと評判が悪いそうだ。

藤吉郎が、

「わしもな、幼い頃、寺に入れられたのだわ。悪戯が過ぎてな。ほんでも、坊さんは性に合わんでな、じきに飛び出して針売りをしたのだわ。おみゃあも、悪戯っ子だったのきゃあ」

「いえ、違います」

策伝は目を伏せた。

藤吉郎は鬱屈した策伝の様子に問いを重ねようとはしなかったが、策伝の方から口を開いた。

「わしは幼い頃、父や兄たちから嫌われておりました。ひ弱で、戦嫌い、侍になりたくないと言っていたわしは情けない奴とうとまれたのです。わしは少しでも好かれようと笑いを振り撒くようになりました。振り撒いておりますと、わし自身が楽しくもなりました。人を笑わせ、自分も笑っている時だけは鬱屈した気分が晴れたのです」

策伝は奉公人相手に笑い話や犬や猫の真似をするようになった。奉公人たちとは親しんだが、父親と兄たちからは益々嫌われ、辛く当たられるようになった。飯抜きや、縄でぐるぐる巻きにされて松の枝にぶら下げられる日々を過ごした。主人の目を気にして奉公人たちも策伝の相手にならなくなったそうだ。

「そんなある日、五郎八兄がこいつは侍としては見込みがないから仏門に入れた方がいいと、父に勧めてくれたのです」

「金森殿は優しくしてくれたんか」

藤吉郎の問いかけに、

「今にして思えば優しかったのだと思います。でも、あの頃は優しくは思えませんでした。むしろ一番怖い人でした」

五郎八こと長近は策伝が父や他の兄たちからの不興を買うと、真っ先に大声で怒鳴りつけていたのだそうだ。

「五郎八兄は真っ先にわしを叱ることで、父や他の兄たちからの叱責を受けないよう庇ってくれていたのだと思います。寺に入れたのも、わしを思ってのこと。無理に侍の道を歩ませて合戦で早死にさせぬようにという気遣いであったのでしょう」

策伝の目に薄っすらと涙が滲んだ。藤吉郎も同情を寄せるように二度、三度うなずいた。

ここで信長が、

「辛き幼少の折、おまえがすがったのは笑いなのだな」

策伝は衣の袖で涙を拭った。

「そなたは、間違ってなどおらぬ。笑いがあるということは、平穏な証。世はあまねく、平穏であることが何よりじゃ。平穏を物語るものは笑いぞ。策伝、これからも、笑いを集め、語れ」

策伝は両手をついた。

「よかったがや」

藤吉郎も顔中を皺くちゃにした。

「何よりの励みになります」

「まずは、岐阜を笑いの絶えぬ町とせねばのう」

信長の言葉を藤吉郎が受け、

「殿さま、都も笑いの絶えないように致さねばなりませぬな。まずは、義昭さまや側近方が笑顔になってもらわんと。ああ、しかめっ面をしておられたのでは、こっちまで気が滅入ってしまいますわ」

「策伝、おれは笑って暮らせる世を創るぞ」

「殿さま、そのお言葉信じてもよろしいのですね。わしとお約束頂けるのですね」

「おれは出来ぬことは申さぬ、ましてや約束せぬぞ」

信長はからからと笑った。

四

信長が上洛の軍勢を発したのは九月七日のことだ。

尾張、美濃、伊勢に加え、同盟国である三河の軍勢を率いて岐阜を発した。総勢、五万を超える大軍、立政寺で義昭に約束した四十日に満たない、三十九日後のことである。

まずは、義昭は同道せず、近江平定の後に迎えることにした。

南近江一帯を支配する六角承禎は頑強に抵抗したが、十三日には本拠観音寺山城を陥落させた。

一連の近江平定戦において、氏家直元、安藤守就、稲葉良通といった美濃三人衆は自分たちが先鋒を担わされると犠牲を覚悟したが、信長は彼らを使うことなく勝利を収めた。直元たちは、意外な思いを抱きながらも信長への信頼を高めた。

近江を平らげて後、信長は義昭を奉戴して都を目指した。

二十八日に京都に入り、東福寺に陣を定めた。三好三人衆の一人岩成友通の籠る勝龍寺城を攻撃して翌二十九日には陥落させ、三十日、山崎に陣を移して細川昭元、三好長逸を追い散らし、明くる十月二日には摂津池田に池田勝正を攻めた。勝正は降伏し、畿内で信長に抗う勢力はなくなった。

芥川に本陣を置いた間、信長の上洛を賀する者たちで門前は溢れかえった。

信長は見事上洛を成し遂げたのである。

岐阜の城下も沸き返っていた。鵜匠たちも例外ではない。鵜飼は終わり、弥吉は松割木造りにいそしんでいる。宗吉の横で懸命に鉈を振るっていた。手が痺れ、痛みすら感じなくなっているが弱音を吐くことはない。この木の一本、一本が鵜匠への道だと自分に言い聞かせている。

「休むぞ」

宗吉は大きく伸びをした。弥吉は手を休めない。

「弥吉、無理せんでもええ」

「無理なんかしとらん」

「休むのも仕事や。鵜飼までは長丁場やでな、次の鵜飼のまわしをするのが今の仕事なんや。身体を壊してはなんにもならん」

宗吉が優しく諭してくれ、弥吉は鉈を置いた。視線の先には、稲葉山の緑塊がある。山頂の天守閣を見上げると不思議と安堵に包まれた。

「殿さま、上洛されたとみんな言っとったが、上洛ってなんのことや」

「都にお上りになったのだわ。将軍さまとな」

「それは大したことなんか」

「そら、大したことやろうな」

　宗吉もうまく説明できないようだ。

「戦のない世になるんか。岐阜が戦に巻き込まれることはのうなるんか」

「すぐになるかどうかわからん」

「殿さまは、都にお住まいになるんか」

「岐阜にお帰りになるんやないか」

「きっと、お帰りになるわな。帰ってこな、岐阜が戦になる」

　弥吉は鉈を手にした。


　その頃、伊勢長嶋の願証寺にある、斎藤龍興の宿舎を帰蝶と藤野が訪ねていた。龍興は畳にどっかと腰を据え、忌々(いまいま)しげに舌打ちを繰り返している。傍(かたわ)らに控える長井道利に向かって、

「信長めは、足利義昭さまを奉戴し上洛をしたぞ。近江から都、畿内は残らず信長にひれ伏したそうではないか」

　まるで道利が悪いかのような責め口調である。

「そのようですな」

道利は持て余すようにうなずく。

「なにが、そのようですな、じゃ」

龍興はふて腐れたように横を向いた。帰蝶は包み込むような笑顔で、

「そのように、いきり立たずともよろしいでしょうに」

「叔母上、これが平生でおられましょうか。信長は美濃を奪った上に、天下に号令せんとしておるのですぞ。口惜しきことこれにすぐるものはなし、腸が煮えくり返りおります」

「龍興殿、こうなること予想もなさらなかったのですか」

帰蝶の口調は冷めたものとなっている。龍興は帰蝶に向き直り口をへの字に曲げた。

「亡き父道三さまが申されたこと、よもやお忘れではあるまいな」

「お祖父さまが……」

龍興に視線を預けられた道利が、

「美濃を制する者は天下を制する、でござるな」

帰蝶はうなずき、

「信長は美濃を得たのです。その後、目が天下に向けられたのは当然のことです。いえ、信長は、はなから目を天下に向けておったのでしょう。桶狭間で今川に勝利してから三河に向かわず、ひたすらに美濃を攻め立てたということが何よりの証」

「信長は美濃を手に入れ、わしは失った。よって、信長は天下に立ち、わしはこのような所に巣食っておるということじゃ」

龍興の顔に自嘲気味な笑みが浮かんだ。

「よいではございませぬか」

帰蝶の言葉を気休めと受け取めたのか龍興は益々不機嫌となり、

「叔母上は上洛を遂げた信長が誇らしいのでしょう」

帰蝶は笑顔のまま、

「龍興殿、ものは考えようだと申しておるのです」

「はっきりと申されよ。ここは、政(まつりごと)の駆け引きの場ではない」

「ならば、申しましょう。信長の足をすくえばよいのです」

龍興の目に光が差した。

「信長は上洛を遂げ、天下に立った時から四方に敵を抱えることとなったのです。これまでのように、ひたすらに敵国を攻め立てればよいという身ではなくなるのです」

ここで道利が、

「いかにも」

と、賛同の声を上げた。

道利は帰蝶の言葉を引き取り、

「信長には守らねばならぬものができた。将軍足利義昭さまじゃ。信長は義昭さまという玉を得た。玉を握った者は玉を守らねばならない。信長は守りは不得手であろうて」

龍興は膝を打ち、

「なるほど、守勢に回った信長か」

帰蝶は藤野と顔を見合わせ微笑み合った。

道利が、

「信長は上洛の合戦で、南近江の六角、都に勢力を張っていた三好、松永を追い払った。瞬く間に、畿内一帯を制したのだが、あまりに急なこと。都や畿内の者どもは、頭を垂れて嵐が通り過ぎるのを待つ稲穂の如く従ったふりをしておるに過ぎぬ。決して、信長に心服したわけではない」

「つまり、信長には付け入る隙に事欠かぬということか」

龍興の表情が和らいだ。

「三好、六角は信長に負けたとはいえ命ながらえております。命ある限り、信長への恨みを晴らさんとするでありましょう。かの者たちと手を組み……」

道利の言葉を聞き終えることなく、

「共に信長を討とうぞ！」

龍興は激した。

「よくぞ申された」

帰蝶は深くうなずいた。

ところが龍興の決意に道利が水を差した。

「しかし、三好や六角どもと手を組むとしても、遠く離れた地におってはお互いの連絡が取れぬ」

不安の影が差した龍興に、

「心配めさるな」

帰蝶は声をかけてから藤野に目配せした。藤野はすっくと立ち上がり、座敷を横切ると、濡れ縁に立った。庭先に一人の男がうずくまっている。帰蝶も濡れ縁に向かい、龍興と道利を招いた。二人は戸惑いながらも帰蝶に従い濡れ縁に出た。

藤野が、

「万蔵(まんぞう)、面を上げよ」

言われ万蔵は顔を上げた。小柄な体軀(たいく)、顔立ちを見ればまだ少年だ。

「間者ですよ」

帰蝶に言われても、

「まだ、子供ではないか」

龍興は顔をしかめた。

やおら、万蔵は跳ね上がった。宙を舞いながら棒手裏剣を次々と放つ。雀がばたばたと落ち、万蔵はとんぼを切って着地すると片膝をついた。

「鮮やかな手並みじゃな。子供と思うておったが、腕のよい忍びのようじゃ」

龍興は機嫌を直した。

「この者、一日に二十里を駆けます。韋駄天(いだてん)の万蔵と申します」

「帰蝶殿、どうしてこの者をご存じか」

道利の問いかけに藤野が答えた。

「昨年の信長さまの稲葉山城攻めの最中、織田の手の者に父親と母親を殺されました。親は斎藤家に仕える忍び、この者は、帰蝶さまが匿(かくま)われたのです。よき繋ぎ役となりましょう」

「うむ。使えそうじゃ」

道利は満足げに龍興を見た。

五

十月二十四日、信長は仮の御所となった山科(やましな)にある日蓮宗の大本山本圀寺(ほんこくじ)の本堂で義昭と対面した。義昭は、十八日に将軍宣下を受け、晴れて足利十五代将軍となった。信長を

頼って岐阜にやって来たのが、七月二十五日、三月と経っていない運命の好転に、

「いやあ、まことめでたい」

手放しの喜びようである。幕臣、織田の重臣たちが居並ぶ中、

「信長殿、本日より、信長殿を御父と呼び申すぞ」

「勿体なき、お言葉」

信長は慇懃に頭を下げた。

藤孝が、

「上さまにおかれては、信長殿の忠勤、まことに感謝なさっておられます。よって、信長殿に管領職を授けようとお考えですぞ」

織田の家臣一同がざわめいた。

「すげえがや」

藤吉郎などは辺りを憚ることなく大きな声を上げる。

管領職は将軍を補佐して政を行う足利幕府最高の役職である。細川、畠山、斯波といった足利一門しか就任することができない。いくら有名無実となった幕府とはいえ、足利家と何ら繋がりのない田舎大名が就くのは前代未聞であった。

ざわめきが静まったところで、

「身に余る栄誉なれど、そのこと、平にご辞退申し上げる」

信長は受けなかった。織田の家臣たちからはため息が漏れ、幕臣たちは探るように目を凝らした。藤孝が口の中でもごもごとやっていると、和田惟政（これまさ）が横から口を挟んだ。

「信長殿、遠慮なさることはござりませんぞ」

「遠慮ではない」

信長らしいきっぱりとした口調だ。藤孝と惟政は顔を見合わせた。

口を閉ざしていた義昭がおもむろに空咳をした。一同の視線が集まる中、

「副将軍じゃ。貴殿を副将軍としようぞ」

義昭はこれならどうだと一同を見回した。

「ひえぇ」

藤吉郎が悲鳴を上げるのも無理はなかった。今度は織田の家臣ばかりか、幕臣たちも驚きの様子である。管領でも異例中の異例、いや、足利幕府始まって以来の人事だというのに、管領の上に位置する副将軍に任官せよとは、まさしく空前絶後の誉（ほま）れである。

「信長さま、副将軍職、お受けくだされ」

藤孝の声が裏返っている。呼びかけも信長殿から信長さまへと改まっているのだが、本堂内の誰もが違和を抱いていない。

信長は藤孝には向かず義昭を見据えて、

「勿体なきことにござります。それがし、末代までの誉れと致しましょう」

「そうであろう」

義昭は破顔した。

「栄誉はありがたく頂くとしまして、副将軍の儀は管領職同様、ご辞退申し上げます」

信長が断ると一同は大きくざわめいた。義昭は口をあんぐりとさせ、

「遠慮せずともよいのじゃ。わしが与えると申したなら、誰も異を唱える者はない」

義昭の言葉に幕臣たちは笑みをたたえた。

「ご辞退申す！」

信長は強い口調で返した。

信長の意志が強いと見定めたのか、義昭は口を引き結んだ。

「では、何をご所望か。これほどの武勲を挙げられたのです。何か所望くだされ」

藤孝は懇願口調となっている。

表情を緩め信長は、

「ならば、申し上げます。桐紋と引両筋の旗印を」

足利一門のみが身に着けることを許される名誉だ。義昭は即座に認めた。

「それと……」

さりげない調子で付け加えた。

「堺、大津、草津に織田家の代官を置かせてくだされ」

藤孝は首を捻り思案したが、

「それくらいのこと、よろしかろうと存じます。公方さまは、五畿内いずれの国の守護もお望み次第とお考えであられますが、代官を置くだけとは、まこと信長さまは欲のないお方」

惟政が信長に追従を送り、了承してしまった。藤孝の目は疑念に彩られた。

「信長さま、その意図はいかなることにございますか」

信長が鋭い眼光で見返すと、

「よかろう。好きにするがよい」

義昭も承知してしまったため、藤孝の問いかけは無視され、代官を置くことが決まった。

信長は背後を振り向いた。視線の先に藤吉郎がいる。

「猿、堺から矢銭二万貫とってまいれ」

「承知致しました」

藤吉郎は声を張り上げた。

すると、義昭がそわそわとし出した。藤孝が、

「まさかとは思うのですが、妙な噂を耳にしました」

「どのような……」

信長は首を捻った。

「義輝公を弑(しい)し奉った松永弾正をお許しになられる、とか」

「それは、噂ではなくまことの話でござる」

一点の曇りもない信長の答えに、

「まこととな」

義昭は目をぱちくりとさせた。

惟政は目をそむけたが藤孝は身を乗り出した。

「それはなんとしたことでございましょう。天下の不忠者をお許しになるとは」

「松永は、天下静謐へ向け大いに役立つ男にござる」

「ですが、義輝公を……」

「松永には大和を切り従えさせます」

信長とて義輝を誅した松永弾正は憎い。八つ裂きにしてやりたい。だが、今は奴を利用すべき時だ。義昭が将軍らしくなるまで、幕府の武威が畿内に確立するまで、弾正を使いこなすのが軍略というものだ。

自分が後見となって義昭を天晴れなる十五代将軍にすることこそが亡き義輝への供養である。

「上さまは、将軍と成られたからには天下静謐のために奮闘なさる所存と存ずる。確かに、松永はお兄上の仇(かたき)、憎さも憎しでございましょうが、天下のためには私を捨てねばならぬ

 こともございましょう。お辛いとは存じますが、ここは天下のために、松永を生かしてお使いになるようお願い申し上げます」

信長は義昭から幕臣一同を睨み回した。みな、目をあわせようとしない。

本堂の中には重苦しい空気が漂った。

明くる日、信長が宿舎としている清水寺（きよみずでら）に策伝が訪ねて来た。兄、金森五郎八長近が応対してくれた。「清水の舞台から飛び降りる」で有名な舞台に二人は立った。都の町並みが見下ろせる。

この頃の京都は上京（かみぎょう）、下京（しもぎょう）に分かれている。応仁の乱以来の打ち続く戦乱で焼け野原と化したが、時代を経るに従ってわずかに残った町を中心に惣町が形成され、上京と下京に大別されたのだ。惣町とは数組の町が集まってできた大規模な集落で、町人によって自治が行われている。上京は公家、武家、寺社といういわゆる権門勢力が集まり、下京には商工業に携わる者たちが暮らしていた。

荒廃しているとはいえ、何処となく雅（みやび）な風情が漂っている。

「都見物か」

長近が問いかける。

「和尚さまのお使いで、知恩院（ちおんいん）へ参るのでございます」

「おまえのことだ、都で何か珍妙なる話を見聞きしたのであろう」

「色々とございますが、一番面白いのは、殿さまが副将軍を蹴ったということです」

「それか。いや、びっくりだが、いかにも殿らしいのう。しかし、耳聡(みみざと)いな」

「それはもう、京雀の間では膾炙(かいしゃ)されておりますぞ」

策伝は信長という殿さまが大そう変わったお方だと評判を呼んでいると言った。

「それに、堺や大津、草津に代官を置くというのも殿らしい。堺は交易の湊(みなと)、大津、草津は琵琶湖の両岸に位置する。領国内の関所を撤廃されたことと相まって、畿内と美濃は太い道筋ができ豊富な品々や鉄砲が行き来するのだ」

「都や畿内の面白い話も美濃へもたらされましょうな」

「そういうことだ」

「これからは新しき世の中になりそうな気がします」

「おおさ。新しい世ぞ」

「兄上は京に滞在を続けられるのですか」

「わしは、殿のお側近くにお仕えする身じゃ。殿と共にある」

「殿さまは、京には滞在なさらぬのですか」

「明日にも岐阜へお戻りになろう」

「では、京はどなたが」

「奉行を命ぜられたのは、柴田殿、佐久間殿、藤吉郎、それに明智殿じゃ」

長近は光秀のことをよくは思っていないようだ。

「明智さまは、将軍さまの御家臣ではないのですか」

「そうなのじゃがな……」

長近は顔をしかめた。

「いかがされた」

「明智殿は、以前は朝倉の家臣であった。今は、殿に請われて織田の禄を食(は)んでおる」

「そんなにも戦に強いお方なのですか」

「さてな。朝倉では鉄砲組を任されておったとか。だが、こたびの上洛戦において、格別の働きがあったわけではない」

長近は光秀が軍功なくして、しかも新参の身で自分よりも高禄で召抱えられたことが悔しいのだろう。

「兄上、明智さまは殿さまのところに将軍さまをお連れしたと聞きました。大した功労ではございませぬか」

長近は苦笑を漏らした。

「これからの戦、鑓(やり)働きだけではなくなるのかもしれませんぞ、兄上」

「聞いた風なことを申しおって」

長近は策伝の額を小突いた。
策伝はにっこり微笑んだ。長近も吹っ切れたのか笑顔を弾けさせた。
――笑って暮らせる世――
信長の上洛はそのための一歩、大きな一歩なのだと策伝は確信した。

本圀寺(ほんこくじ)の変

一

　永禄十一年（一五六八）、十一月二十日、帰蝶は一人、長良川北方にある崇福寺(そうふくじ)へとやって来た。崇福寺は臨済宗妙心寺派の寺院、冬晴れの昼下がり、枯田の中に風雅な佇(たたず)まいを見せている。

　今日は、父斎藤道三の月の命日だ。道三が嫡男義龍との親子戦の末に敗死したのは弘治二年（一五五六）の四月二十日のことである。

「あれから、十二年……」

　今年は十三回忌であった。実に寂しいものだった。かつての美濃の国主であった者の法要とは思えなかった。

　道三に代わって国主となった義龍は五年後の永禄四年（一五六一）に急死し、家督を継いだ龍興は昨年信長に追われ、美濃の国は信長のものとなった。

世の変転を思わずにはいられない。

道三は信長を買っていた。

父信秀に先立たれ、孤立無援の中、一族の争いに加えて今川という強大な外敵を抱えていた信長にとっても、道三は頼りになる舅であった。義龍との戦、義龍が一万七千の軍勢を集めたのに対し道三は二千あまり、勝敗は見えていた。それにもかかわらず、信長は舅を助けようと軍勢を率いて美濃へ向かった。

ところが、信長の助勢を予測していた義龍は、美濃と尾張の境を成す木曽川の河岸に軍勢を伏せておいた。渡河したところを急襲され、散々に追い散らされた。

結局、道三を助けることはできなかった。

道三の死後、信長は態度を一転させた。帰蝶からの離縁の申し出をいいことに、道三との繋がりを断ち、義龍と融和を図ろうとしたのである。尾張一国どころか一族の束ねもままならず、更には今川に領内を侵されていた当時の信長の事情を思えば、美濃を敵にしたくなかったのはわかる。

だが、恩を忘れ、道三を殺した義龍と結ぼうとしたことは許せない。生き残るためとはいえ、いかにも冷酷で卑劣だ。

道三の死を聞いた時は、義兄への憎しみを抱いたものだが、次第に憎悪の念は義兄よりも元夫へ向かった。美濃に戻ったとても居場所はなかった。母の里、明智家を頼ったが明智城も義龍の軍勢によって攻め落とされた。

以来、井口の城下でひっそりと暮らしてきた。義兄も父を殺したことのわびのつもりだったのだろう。暮らしが立ち行くように、時折銭を届けてくれた。

義龍が急死すると、信長はまたしても態度を豹変させた。一族の抗争に打ち勝ち、尾張を統一し、その上今川義元（よしもと）を討ち取ったことで自分には熱田（あつた）大明神の御加護があると吹聴し始めたばかりか、義龍の死を天佑と捉え美濃を侵し始めた。

美濃との融和に腐心していたのに義龍が死ぬと掌（てのひら）を返す挙に出ることを、さすがに憚（はばか）ったのだろう。信長は、道三から美濃を譲るという書状が送られていたと美濃攻めの大儀を作った。

美濃一国の譲り状、そんなものを父が信長に書き残したなど聞いたことがない。いや、帰蝶が知らないだけで、道三は実際に書いたのかもしれない。たとえ実在したとしても、美濃侵略の道具に使う狡猾（こうかつ）さが許せなかった。

信長は美濃を掌中にしたどころか、上洛を成し遂げ、天下に号令している。隆盛を誇る信長に比べ、自分のみじめさはどうだろう。

「やめよう」

今日は父の月の命日、今日くらい信長への憎しみを忘れて父の冥福を祈ろう。

首を失った道三の亡骸は、崇福寺の西南に広がる藪の中に埋葬された。誰が葬ったのかはわからない。はっきりしているのは、亡骸には首がなかったということだ。野ざらしにされた亡骸を憐れんだ僧侶がひっそりと葬ったのであろう。斎藤家の菩提寺は長良川の南、岐阜城に近い常在寺だが、義龍との戦で敗死したからには埋葬されるはずもなかったのだ。

ふと立ち止まると、長良川の川風が首筋から吹き込むものの、日輪が降り注ぎぽかぽかとしている。点在する百姓家の軒先から寒雀の鳴き声が聞こえ、野焼きの煙が冬空に吸い込まれていく。地下に眠る父と語らうにはよき冬晴れの日和だ。

信長は長良川の北岸の堤に佇んでいた。金森長近を従え、野駆けをした帰りである。足利義昭を将軍に就け、五畿内に敵対する勢力を追い払った。束の間かもしれないが平穏な日々が続いている。心行くまで鷹狩を楽しもうと、鷹場になりそうな一帯を見てきたところだ。

堤から見下ろすと、長良川がまばゆく輝き、稲葉山が晴天に映えている。川面に揺れる岐阜城が誇らしい。河原に少年が二人いる。

策伝と弥吉だ。

二人は川に石を投げては、楽しげに語らっていた。

長近を促す。長近は一礼すると堤を駆け下った。

長近の足音に気づいた二人が振り返る。策伝が、

「兄上……」

と、父ほども歳上の長近に向かって微笑みかけた。弥吉はぺこりと頭を下げた。

「何をしておる」

「よき日和ですので、弥吉と二人、河原を散策しておったところです。兄上こそ、御城のお勤めはよろしいのですか」

「わしは、殿のお供でな」

長近は堤の上を見上げた。

信長が端然と立っている。

策伝も弥吉も河原に平伏した。信長が降りて来た。

「野駆けの帰り、堅苦しい挨拶はよい」

鹿革の行縢を河原に敷いてあぐらをかいた。次いで、

「弥吉、水を汲んでまいれ」

竹筒を差し出した。

弥吉は両手で受け取ると弾むような足取りで川縁へと駆け出した。水飛沫を上げながら川に入ると、膝の深さの辺りで竹筒に水を汲む。刺すように冷たい川の水を一杯になるま

で汲んでから大急ぎで信長に届けた。

どうしてこんなにも胸が躍るのだ。信長に命じられてはしゃぐとは、一体おいらはどうなってしまったのだ。信長は上洛し、天下に立った。岐阜は平穏だ。戦の影もない。今のところ自分との約束を守ってくれていることがうれしいからだろうか。だとすれば、おいらも意地だ。

いつの日にか、おいらが獲った鮎を食べさせてやるぞ。

信長は弥吉から竹筒を受け取ると、喉を鳴らしながらごくごくと飲み、

「甘露であるな」

と、袖で口を拭った。長近に竹筒を渡し、

「冬の間は暇であろう」

弥吉に声をかける。

「暇ではございませんですわ。殿さまは鵜飼のこと、ちょっともわかっとらんですね。冬に十分なまわし(準備)をせんとあかんのです」

弥吉は冬の間に来年の鵜飼の準備をすることを語った。

鳥屋に飼われた鵜の世話、鵜舟を洗って、

「案外、大変なのが松割木の用意です」

篝にくべる松割木は、その名の通り松の木を鉈で割ってこさえる。一日に百本も割ると、

手が痺れて痛みすら感じなくなる。

「爺ちゃんは言っとります。次の時節の鵜飼で鮎が仰山獲れるかどうかは、冬の間にきちんとまわしをしたかどうかで決まる」

信長は得心してうなずき、

「戦も同じじゃ。戦の勝敗は戦場に出る前に八割方決まる。敵勢を探り、調略の手を伸ばし、しかるべき軍勢を整える」

ここまで言った時、策伝と弥吉がぽかんとしていることに気づき言葉を止めた。

「おまえたちとは無縁のことじゃな」

策伝が、

「この冬にも戦があるのでしょうか」

「岐阜で戦が起きることはない。都や都近くではわからぬがな」

「雪が降っても戦がございますか」

「雪が降ろうが鑓が降ろうが、戦を起こしたがる者はおる」

信長は苦笑を漏らした。策伝と弥吉は顔を見合わせる。

弥吉が、

「美濃は尾張よりも雪深いと、爺ちゃんが言っとりました。飛騨ほどじゃねえが、関ヶ原の雪はすげえって」

「昨年の冬は大したことはなかったが、今年はどうであろうな。関ヶ原の辺り、雪が深いのは伊吹山から吹き下ろす風のせいであろう」

弥吉は知らない様子だが、

「まこと、その通りでございます」

策伝が確信を持って答えた。

「日本武尊、縁の山であるな」

「日本武尊は伊吹山の荒ぶる神を退治せんと山中に入られたところを雹に当たって病を得られ、命を落とされました」

策伝は『日本書紀』と『古事記』に記された日本武尊と伊吹山の故事を語った。信長は黙って聞いていたが、

「伊吹山には多くの薬草が生えておるそうだな」

「古より、薬草の宝庫と呼ばれております」

「いつか、登ってみたいのう」

「冬はお止めになった方がよろしいと存じます。もっとも、雪で登ることなどできませんが」

「伊吹山の神は、冬の間、人が立ち入ることを許さんということだな」

信長は莞爾として微笑んだ。

「都も雪は降り積もります。戦は起きないのではないでしょうか」

「油断はできぬ」

　ここで弥吉が、

「ほんでも、殿さまが公方さまのために、悪い奴らを退治なさったのでございましょう」

「息の根を止めたわけではない。追い払っただけだ。今は大人しくしておるが、目を離せば再び戦を挑んでまいるやもしれぬ。蝿が何度もたかるようにな」

「都には大勢のご家来衆をお残しでございましょう」

　策伝が尋ねた。信長はうなずくと、

「よって、足をすくわれることはあるまいがな」

　弥吉が、

「鮎は冬の間は海で暮らします。海で二寸くらいの身体（からだ）になるまで育ち、春になると長良川に戻ってきます」

「悪党どもも、せめて来春まで都に戻らねばよいがな」

「都も雪深くなるんかね」

　弥吉が策伝に問うと、

「都の近くには比叡（ひえい）のお山があるのや。比叡のお山から吹き下ろす風もそれは冷たい。大雪となることも珍しくない」

「比叡のお山には、偉い御坊さまがおられるんかね」

「大勢ござる。都を鎮護する寺やでな」

策伝が答えた時ひときわ冷たい川風が吹いてきた。

「殿、そろそろお帰りになられては」

長近が風の冷たさを危ぶんだ。

「そなた、先に帰れ」

「殿はいかがされますか」

「ちと、寄りたい所がある」

信長は言った。

二

長近は立ち寄り場所とは何処か聞きたそうであったが、それを聞くのは無礼だと思ったようで口をつぐみ、では、お先に失礼しますと頭を下げて堤を上がって行った。さっと立ち上がると信長は鹿革の行縢を腰に巻き、策伝と弥吉に向かって、

「その方ら、道三殿がお亡くなりになられた地を存じておらぬか」

弥吉は知らないと申し訳なさそうに答えた。弥吉は十四歳、道三が討ち死にを遂げたの

は十二年前だ。二歳では記憶がなくて当たり前である。

「爺ちゃんに聞いてみます」

弥吉は言ったが、

「わしがご案内申し上げます」

策伝が申し出た。

「策伝、道三殿がお亡くなりになられた時はいくつであった」

「三つでした。もちろん覚えておりません。ですが、浄音寺には道三さまを慕う者がおりまして、時折、そっと花を手向けております」

「それは何より。案内致せ」

「承知致しました」

策伝はにこやかに返事をした。

策伝の案内で道三が討ち死にを遂げたとされる地へと向かった。長良川北岸からほど近い、崇福寺の西南に広がる藪の中だという。

策伝が馬の轡を取りながら、

「殿さまは、道三さまのことをいかに思われていらしたのですか」

馬の背に揺られながら信長は稲葉山を振り返った。父信秀の軍勢を撃退した難攻不落の名城は、自分も喉から手が出るほど欲しかったが手に入れると敢えて灰にし、築き直した。

城ばかりか、城下も一新した。

名前も井口から岐阜に変えた。

道三の往時とは様変わりしているはずだが、稲葉山を見上げると道三を思い出すことがある。

実際に会ったのは一度だけだ。

道三の方から会見を申し込んで来た。美濃と尾張の境、どちらにも属していない寺内町を形成する聖徳寺で会見は行われた。

「おれはな、道三殿から色々なことを教わった。戦の駆け引き、政、領内の治め方、そなたと初めて会った加納の楽市、あれもな、道三殿の知恵じゃ」

「聖徳寺での殿さまと道三さまの会見の様子、年寄りたちから聞いたことがあります」

策伝は聖徳寺の会見を語った。

会見が行われたのは、天文二十二年（一五五三）、道三の娘帰蝶が信長に嫁いで四年後のことだった。

道三は、信長がどんな男か見定めようと思った。評判通りのうつけ者であるのなら、しめたもの。尾張へ勢力を伸ばす好機となる。

はやる気持ちを抑えきれず、前もって信長を見ようと思い立ち、聖徳寺近くの百姓家に隠れ、信長の一行がやって来るのを待った。

「殿さまは、うつけの格好で馬に乗っておられたとか」

「男根を描いた湯帷子を着てな、柿をかじりながら馬を進めておった」

信長は柿をかじる真似をした。

「それを道三さまはご覧になられて、殿さまのことをうつけと見なされたとか」

「道三殿を欺くつもりはなかった。まさか、密かにおれのことを見ていようとは、思いもしなかったからな。聖徳寺に着いたら堅苦しい礼装をせねばならぬ。せめて、それまでの間は気楽な格好でいたかったに過ぎぬ」

「道三さまは、殿さまがうつけの格好をなさって会見へ臨むと思われて、御自分も平服で会見の場に出られたとか。ところが、いざ、会見場所に現れると殿さまは髷を結い直され、正装しておられた。目が覚めるような凜々しき若武者ぶりであられたとか」

「あの時の道三殿の顔といったらなかったな」

思い出話をする内に、懐かしさに駆られた。

「道三さまは、殿さまがうつけどころか大変に聡明なお方だと見直され、会見の後、いつしか、自分の子らは殿さまの門前に馬を繋ぐようになる、とおっしゃられたとか」

策伝は道三の予言が実現したと美濃の古老たちが評判していると言い添えた。

「口さがない者どもの戯言よ。おれが美濃の国主となったから、そのような昔話を蒸し返しておるのだ」

「ですが、地下に眠る道三さまはさぞやお喜びでしょう」

「厳しいご仁であったゆえ、まだまだだと不満を抱いておられるやもしれぬ」

信長が言った時、

「あれにございます」

策伝が前方の藪を指さした。

田圃（たんぼ）の中に広がる藪は風に吹かれ、寒々と枝葉を揺らしている。

信長は馬を進め、藪に着いたところで背から下りて、目についた木に繋ぐよう策伝に命じた。

道三と義龍の合戦は長良川を挟んで行われた。この辺り、崇福寺の他は田畑や百姓家があるばかりだ。小勢で大軍に立ち向かうにはふさわしくない場所である。そんなことがわからない道三ではない。

ここから北方にある城田寺（きだいじ）を目指したと聞いたことがあるが、ひょっとして道三は死を覚悟していた、いや、死のうと思っていたのではないか。息子に背かれ、手塩にかけて鍛え上げた美濃の軍勢のほとんどが敵に回ったことに、生きる気力を失ったのではないか。

助勢に駆け付けようと思ったが義龍によって阻まれた。

道三敗死を聞き、恩に報いるとは強くなることだと思った。強くなり、道三が慈しんだ美濃を手に入れ、美濃を豊かにすることこそが恩返しだと心に誓った。そのためには、手段を選ばない。たとえ、義龍に頭（こうべ）を垂れようがかまわない。

　桶狭間の勝利の後、三河へ軍勢を進めるべきだと家臣どもがしたり顔で言上した。今川義元の死をきっかけに、松平元康（まつだいらもとやす）は三河に帰り、今川から独立せんとしているものの、三河国内は混乱にあり、攻めるに格好であるという家臣たちの具申を退け、戦うどころか元康改め家康（いえやす）とは結んで、美濃への侵攻に尽くした。

　弱い土地を奪う、戦国の常法をあえて破って強い敵美濃との合戦にいそしんだ。道三への思いばかりが自分を突き動かしたのではない。漠然とだがうつけではない本物を求めての所業であった気がする。

　上洛し天下に号令するとまでは考えていなかったが、美濃をわが物にすればうつけと呼ぶ者はいなくなると思ったのだ。

　うつけと呼んだ者どもこそがうつけだと見返してやりたかった。

　そんなことを考えながら信長は藪の中へ入ろうとした。

「藪の中にこんもりと土が盛り上がった、小さな塚があります。義龍さまを憚り、塚には何も記されておりませぬが、道三さまの亡骸が埋葬されておるそうです」

　策伝は遠慮してか、藪に向かって合掌すると、黙って立ち去った。

　信長は藪に分け入った。鬱蒼（うっそう）と伸びる枝を払い、塚を探す。ふと空を見上げた。

「蝮（まむし）、あの世に旅立つ前に見た物は何だ」

信長は道三の生前、帰蝶や家臣たちには道三をあだ名である蝮、と親しみを込めて呼んでいた。

木々の間に稲葉山が見える。討ち死にを遂げたのは四月の二十日、若葉が匂い立ち、緑が目に沁(し)みていたことだろう。

塚の前に立った。

こんもりと盛り上がった土に向かって手を合わせ、しばらく無心で立ち尽くした。

どれくらい経(た)ったのだろう。

「おかしなものだ」

道三最期(さいご)の地に立ってみれば、もっと、様々なことに思いが至ると思っていた。美濃を支配下に置き、天下に立った自分のことを誇るつもりでいた。

蝮よ、おれはおまえよりも豪壮にして華麗な城を築き、賑(にぎ)やかな城下町にした。最早、誰も美濃へは一歩たりとも攻め込ませない。

そんな自慢をしようとしたが、言葉にすることができない。

再び、道三の冥福を祈ろうとした時、背後に人の気配がした。

帰蝶は道三が討たれた藪の中に入った。

塚の近くまでやって来たところで、

「信長殿……」

何としたことか、信長がいるではないか。

塚の前で立ち尽くしている。偶々、この地に来たわけではあるまい。道三終焉の地と知っていて、訪れたに違いない。引き返そうかと思ったところで信長が振り返った。

視線が交わった。

「この地であったのだな」

信長らしい、挨拶も前置きもなしの問いかけだ。

「信長殿は、今日が父の月命日とご存じの上でいらしたのですか」

帰蝶の表情は相変わらず能面のようで、心の底が読み取れない。少なくとも、よい感情を抱いてはいないだろう。問いかけにうなずき、

「蝮は稲葉山を見上げながら、往生したのであろうて」

「父は、むごたらしく討たれたと聞いております。数人がかりで組み討たれ、脛を撫で切りにされた上に、鼻まで削がれて、首を刎ねられたのです。とてものこと、稲葉山など見上げるゆとりがあったとは思えませぬ」

帰蝶の物言いは至極落ち着いているが、言葉の端々に救援することのできなかった信長への批難が感じられる。

「それもそうであるな」

帰蝶には遠慮してしまうことを信長自身が自覚している。

「この地に、そなたと二人、こうして立っているのを、地下の蝮が見たらどう思うであろうな」

「信長殿は人は死ねば土に帰るだけ、魂などありはせぬと申されたではありませぬか」

帰蝶は冷笑を浮かべた。痛い所を突かれ、

「いかにも、申したな」

苦笑を漏らしてしまった。

と、

「帰蝶、動くな」

信長は鋭い声を発した。帰蝶の足元の草むらに蝮が這っている。冬眠前の蝮が這い出て来たようだ。

太刀を抜き、切っ先を蝮に向けた。蝮は首を上げ真っ赤な舌を出したが、強い目をして半歩近づくと木立の中に消えた。

「殺さなかったのは、わたしが嚙まれればよいと思われたからですか」

帰蝶の憎まれ口を聞き流し、

「地下の蝮が現れたのかという気がしたのじゃ」

「信長殿らしくもない」

帰蝶は声を放って笑った。

「帰蝶、ここで会ったは蝮の導きかもしれぬ。そなたの住まいに金子（きんす）を持たせるゆえ、受け取れ。たつきにせよとは申さぬ。蝮の供養料として受け取ってもらいたい。そなた、おれが蝮の墓を建てることは望まぬであろう。ならば、供養料を思うさまにせよ」

言い残すと藪を出た。振り返る誘惑を断ち切るべく足早に歩き去った。

三

あくる日、城下の外れにある帰蝶の草庵に信長から銭が届けられた。

「銭千貫でございます」

藤野が驚きの声で報告した。墓どころか、塔頭（たっちゅう）くらいなら建立（こんりゅう）できる銭である。それでも、

「そうか」

帰蝶は無感動だ。

「信長さまは、お方さまのことを気にかけておられるのです。亡き道三さまの供養という名目で銭を届けさせたのは、お方さまへの気遣いに相違ございません」

「憐れみなどはいらぬ」

この銭を岐阜城へ返そうと思ったところへ万蔵が戻って来た。

万蔵は庭先で片膝をつき帰蝶の言葉を待った。忍び装束の覆面を脱ぐと、幼さが残る面差しが現れる。

「ご苦労。長嶋の龍興殿はいつ三好党と合流するのじゃ」

濡れ縁に立ち帰蝶が尋ねた。

「それが、未だ、いつとは申されませぬ」

「この期に及んでも、未だ愚図愚図しておるのか」

帰蝶は眉間に皺を刻んだ。万蔵は龍興と信長に都から追われた三好三人衆との連絡を取っている。日に二十里を駆けるとあって、繋ぎ役にしてよかった。

「御屋形さまは、三好党と合流しようにも、身支度が整わないと嘆いておられます」

龍興は、三好三人衆に侮られない軍装と家来たちを従えて行きたいと考えているが、それには銭がいると不平を並べ立てているのだとか。

「最早、御屋形さまでも美濃の国主でもなかろうに、見栄を張っておるとは情けなや」

「御屋形さまは、お父上さまのことを誇りに思っておられます。亡き義龍さまは、一色の苗字を名乗られました」

義龍は美濃の国主となった当初は道三に美濃から追われた土岐を名乗った。しかし、その後、土岐よりも上位にある一色を名乗ることを目指した。室町幕府において、将軍を助けて政を担うのは管領、軍事を司るのは侍所の頭人である。管領は、細川、斯波、畠山の三家から選ばれ、ために三管領と呼ばれる。侍所頭人には山名(やまな)、一色、赤松(あかまつ)、京極(きょうごく)の四家の当主が就くことから四職と称される。一色家は四職の二番目、斎藤家の前任者である土岐家よりも上位の家格であった。

義龍は死の三月前、永禄四年（一五六一）の二月に一色の苗字と従四位下左京大夫の官位を授けられた。名実共に土岐家の上位に立ったのである。

「御屋形さまは、ご自分を一色家の当主と思われ、細川家の家来筋である三好家、そのまた家来に過ぎない三好三人衆に侮られたくはないという思いが強いのです」

万蔵の報告に帰蝶はきっとした表情となり、

「ならば、銭を持って行くがよい」

信長から届けられた千貫を龍興に届けるよう命じた。

信長の顔が見たい。届けた銭が敵の手に渡ろうとは夢想だにしないであろう。我ながら妙案だと帰蝶はほくそ笑んだ。

「それは、面白うございます」

藤野も破顔する。

「千貫あれば龍興さまも動かれます。では、早速にお届けにあがります」

万蔵も勇み立った。

「銭千貫あれば、手勢とする牢人とて雇うことができる。三好三人衆が巣食っておる、堺で軍装や武具も整えることができるであろう。龍興殿の見栄も満たされるというものじゃ」

帰蝶は遠い空に視線を馳せた。


十一月の晦日（みそか）、信長は岐阜城麓屋形にある表御殿の大広間に氏家直元を招き寄せた。

「二十日、蝮終焉の地に行ってまいったぞ」

上段の間から信長は語りかけた。

「確か、崇福寺の近くでございましたな」

「そこで、帰蝶と会った」

「亡き道三さまのお導きでしょうか」

「導きかもしれぬ。なにせ、蝮が出おったからな」

信長は愉快そうに笑った。直元も笑みを浮かべ、

「帰蝶さま、息災でおられましたか」

「うむ」

一転して信長が表情を曇らせたのを、直元は気づいたようで話題を変えた。

「ところで、少々気にかかることがございます」

　信長は表情を引き締めて、話を続けるよう目で言った。

「龍興さま、長井道利と共に長嶋を出られたとのこと。金森殿にはお報せしました。龍興さまの行方、金森殿が探るとのことにござります」

「龍興めが、何処へ行こうと知ったことではない」

「長嶋に巣食っておりました、牢人どもを数十人引き連れて行かれたようにございます」

「長嶋におれば食うに困らぬものを。長井辺りにそそのかされたか」

「岐阜を狙っておるのやもしれませぬ」

「数十人の小勢で何ができよう。精々、城下に火をつけ、略奪を行う程度であろう。一捻りに潰してやるまで。斎藤龍興、犬死にするのみぞ」

「おおせの通りにございます。岐阜を狙うのでないとすれば……、ひょっとして、大坂本願寺へ向かったのかもしれませぬ」

「本願寺の総本山へか。ありそうなことだな」

　信長はうなずいてから、

「都の様子はどうじゃ」

「今のところは平穏のようにございます」

「公方も満足しておられような」

「公方さまのお口からは語られませんが、側近方から御所造営の願いが出されておるとのことでございます」

直元は言った。

「本圀寺では満足できぬとは公方め、数年前までは坊主であったに、将軍になったら気位ばかり高くなりおって」

信長は薄笑いを浮かべた。

御所を造る前に将軍らしく振る舞って欲しい。武芸の鍛錬、寺院の守護、そして禁裏への奉公、将軍になったうれしさで宴を張ってばかりでは情けない。義輝とは大違いだ。

やはり、見込み違いか。

いや、見捨てるには早いし、惜しい。五万を超える軍勢を動かして将軍に就けたのだ。それに、義昭の立場に立ってみれば、将軍職を楽しみたいのだろう。

あるいは……。

無関心のように見えたが、岐阜城麓屋形を見て羨(うらや)ましくなったのかもしれない。おれの屋形のような御所が欲しくなったのではないか。

京文化に目覚めてくれたとすればうれしい限りだ。義昭を見直すことができる。

「殿が都を去るに際しては、門前まで見送り、殿を父とまで呼び、別れの涙さえも流されました。あれから、一月余りしか経っておらぬと申しますに」

直元も渋面を作った。

「人とはそうしたものよ。望んだものを手に入れたら、更に上の物が欲しくなる。おれとて、ほんの二年前は美濃が欲しくてならなんだ。美濃さえ掌中に収めることができれば本望だと思っておったのじゃ。ところが、いざ美濃を手にしてみれば、これが当たり前のこととなる。当たり前になってしまえば、もっと大きなものが欲しくなるのだ」

御所を造ることに異存はないが、少し気を持たせてやるか。岐阜城麓屋形のような御所が欲しいと言えば即座に普請してやるのだが。

「御所の造営はしばらく先じゃ。公方にはこの冬は今の本圀寺で凌いで頂く。大和興福寺の塔頭、一乗院の門跡であられた頃を思い出して頂くのもよかろう」

「かしこまってございます」

直元は平伏した。


師走になり、龍興と長井道利は堺にいた。

堺の遊郭に居座って宴を張っている。広い座敷で、従えて来た牢人たちも一緒に飲めや歌えやと騒いでいた。

「久しぶりの酒宴よのう。稲葉山城の頃が懐かしいぞ」

龍興は上機嫌である。道利が、

「間もなく、岩成殿が参られます」

岩成とは岩成友通、三好長逸、三好政康と共に三好三人衆と呼ばれている。彼らは、五畿内や阿波にまで勢力を及ぼしていた三好長慶の重臣たちだった。長慶は文武に優れた武将であったが、晩年は病がちとなり、親族を相次いで失って、三好三人衆や松永弾正久秀の台頭を許した。

四年前の永禄七年（一五六四）、長慶が死去すると甥の義継が家督を継いだ。初めのうちは、年若い義継を三人衆は補佐したが、次第に対立するようになり、今では敵対関係にある。友通は三人衆の中にあっても、つとに剛の者と評判である。

「岩成だけか。三好長逸、政康は来ぬのか」

龍興は不満げに鼻を鳴らした。

道利が諫めようとしたところへ、堺の商人今井宗久が入って来た。宗久は堺の自治を行う有力な商人、会合衆の一人で、会合衆にあってもひときわ有徳人として知れ渡っている。鉄砲鍛冶を雇い入れ、鉄砲を製造する鍛冶場を持ち、方々の大名に売って大いに財を築いた。三好長慶の頃から、三好家との繋がりは強い。今回も三好三人衆にはひとかたならぬ支援を行っていた。

「これは、斎藤さま、すっかりご機嫌でございますな」

宗久は上目づかいに挨拶をした。

「宗久、岩成殿しかまいられぬそうではないか。あとのお二方はいかがされたのじゃ」

龍興が酔眼を向けても宗久はけろりと、

「大いなる企てを前に、お忙しいのでございます」

「わざわざ、伊勢から助勢に駆け付けてやったと申すに、一言、挨拶があってしかるべきであろう」

「挨拶には、岩成さまがまいられますのや。ほんでええやないですか」

宗久はしれっと返した上で、龍興一行の堺での滞在費は、三好党持ちだと言い添えた。

「ふん、その程度の扱いか」

龍興は杯を飲み干した。

そこへ、楼閣の主人から友通の来訪が告げられた。

四

廊下に立つ岩成友通は剛の者という評判通り、また、その苗字の印象通り岩石のような風貌をしていた。直垂（ひたたれ）の上からでも分厚い胸板、いかり肩がはっきりとわかる。甲冑（かっちゅう）に身を包めばまさしく無双の勇者となろう。

実際、友通の威勢は辺りを払い、宴の喧騒が潮が引くように静まり返った。遊び女（め）を侍（はべ）

らせ、胸元をはだけて杯を重ねていた連中も居住まいを正し、杯を膳に置く。

そんな武骨な友通であるが一歩座敷に足を踏み入れるや、

「いよ！　いよ！　ご一統さん。いやいや、頼もしい限り。美濃衆ほど頼り甲斐のある方々もありませんな」

顔中を歯にせんばかりの笑みを広げ、金色に輝く扇をひらひらとさせながら龍興の前にどっかと座った。

一同唖然として言葉を失くした。みなの視線を集めた友通は扇を閉じ、牢人たちを睨むと、

「斎藤、いや、一色刑部大輔殿と長井殿のお二方とのみ話をする」

座敷に入って来た時の軽さは消え、風貌通りの野太い声を発した。決して威圧しているわけではないのだが、有無を言わせない迫力に満ちている。牢人たちは、すごすごと座敷から出て行った。女たちも黙って立ち去る。

広々とした座敷に、龍興と長井、友通と宗久の四人が残った。龍興は横を向いた。友通が、

「来る正月、軍勢を催し都に攻め上ります。目指すは本圀寺」

これには道利が、

「本圀寺には公方さまがおわしますぞ」

「いかにも」

友通はそれがどうしたと言いたげだ。

「公方さまを弑逆奉るのでござるか」

道利は渋い顔をしたが、

「ご存知の如く、我ら、今の公方さまのお兄上、十三代義輝公を殺めておる」

これには龍興が苦笑を浮かべ、

「将軍を殺すのは慣れておるということか」

「将軍などは神輿ですぞ。神輿は担ぎやすいものがよい」

友通は座したまま神輿を担ぐ格好をし、「わっしょい、わっしょい！」と楽しげに身体を上下に動かした。宗久も一緒になって囃し立てたが、龍興と道利は鼻白んで騒ぎが静まるのを待った。

龍興と道利が白けていることに気づいた宗久が指で友通の膝をつついた。友通は右肩に乗せているつもりの神輿から肩を外し、龍興と道利に向き直った。

「本圀寺を襲って公方を殺せば、義昭という神輿を担いだ信長は面目丸潰れですわな。信長の権威は失墜、都や畿内で信長に従った者も離反しまっせ。さすれば、我らが天下を制する。信長に追われた六角殿も南近江を回復しますやろうな」

興が乗ると友通は上方訛り、しかも商人言葉になるようだ。

「ならば、美濃も」

道利は龍興を見た。

「美濃から信長を追い出す、いや、信長の首を取り、長良川の河原に晒してやるわ」

龍興も意気軒昂となった。

「いよ、勇ましい！　ほんに感服致した」

友通は扇を開き、龍興を扇いだ。龍興は顔をそむける。

「ところで、わが御屋形さまの処遇でござるが、然るべく、大将として遇して頂けるのでしょうな。御屋形さまは、今は流浪の身にあるとは申せ武家の名門、一色家に連なるお方ですぞ」

道利の横で龍興は余裕の笑みを浮かべた。対して、友通は扇を畳に置くと冷笑を顔に貼り付かせ、

「さて、斎藤はん」

商人が客に呼びかけるような物言いをした。途端に龍興の目元がきつくなった。

「わてなあ、斎藤はんの戦ぶりは知らんよってに、大軍の指揮を執って頂くわけにはまいらぬ」

商人言葉と武家言葉を混じらせる友通は実に人を食っている。道利が気色ばみ、

「御屋形さまは美濃の国主であられた。かつては、一万を超える軍勢を指揮しておられた

のですぞ。軍勢の指揮、戦場での駆け引き、お父上一色左京大夫義龍さまにも引けを取るものではござらぬ」

「そのような勇猛なる大将が信長に追われ、美濃を奪われたのですかな」

友通は小鼻を鳴らした。

龍興のこめかみに青筋が立った。

「わしが、信長に遅れを取ったのは家来どもの裏切りゆえじゃ。信長の誘いに乗り、利を求めて背きし者どもによって負けたのだ」

「お言葉ですが、戦国の世、利によって動くは当たり前のこと。利をもたらすは力でござるぞ」

傲然と返す友通に、

「おのれ、岩成、よくもわしを愚弄したな」

龍興は気色ばんだ。友通は表情を消し、

「ほんなら、斎藤はんの力を見せてもらわなあかんわな」

龍興が言い返そうとするのを制して道利が冷静に問うた。

「承知仕った。して、どのような働きをすればよろしいのですかな」

「先鋒を務めてくれへんか」

友通はまるで酒でも奢(おご)ってくれとねだるような軽い口調で言った。

道利は言葉をつぐんだが、

「あい、わかった。存分に働いてみせようぞ」

龍興が了承した。途端に友通は相好を崩し、愛嬌溢れる笑顔となった。

「期待してまっせ、斎藤はん」

三好三人衆は龍興の力量を見定める算段なのだろう。道利が膳を押し退けて膝を進め、

「軍勢をお貸し頂きたい。堺には一万を超す軍勢が集結しておるとか。その内の千でもお貸し頂けまいか」

「貸す余裕なんぞあるかいな。美濃の国主一色刑部大輔の名で募ったらどないや。牢人、足軽、雑兵どもを雇い、手勢を率いて参じたらええのや。ついては、少ないけど」

友通は皮の袋を置いた。小粒銀が入っているそうだ。道利は屈辱に肩を震わせながらも、かたじけないと受け取った。ここで両者のやり取りを黙って見ていた宗久が揉み手をしつつ、

「及ばずながら、牢人方を集めるお手助けはでけます」

「承知した」

道利は生返事をしたが、龍興はふくれっ面で黙り込んでいる。

やおら、友通は懐に右手を入れたと思うと、
自慢げにたくさんの球が付いた得体の知れない板を取り出した。

「算盤（そろばん）や」

龍興と道利が首を捻ると、宗久が明国渡来の素早く勘定する道具で算盤だと教えてくれた。

友通は算盤球を弾（はじ）き始めた。

ぱちぱちという小気味よい音が響いた後、

「ええっと、まずは一月分やな。千人は到底無理や。仮に五百人雇うとして……。一人当たり日当を百文、飲み食い代に五十文、宿賃は何処かの寺や神社を借りるとして、正月の餅代なんぞも入れるとざっと……、二千五百貫やな」

友通に算盤を見せられたが龍興も道利も理解できない。ただ、二千五百貫という数字だけが頭に残った。

「先ほど五百貫をお渡しした。斎藤殿の持ち合わせはいかほどですかな」

帰蝶からもらった千貫の半分は使ってしまった。

「ざっと、五百貫でござる」

道利が顔をしかめながら答えた。

「ほんなら、残る千五百貫を宗久に用立ててもらうとして、金利は……」

友通が宗久に問いかける。宗久が答える前に、

「もうよい。雇っておる者だけで戦う」

龍興は鬱陶しげに告げた。

友通は算盤をじゃらじゃらと鳴らし、懐中に仕舞うと、

「それがよろしいやろうな。なに、戦で手柄を立てれば恩賞も出る。落とした城や村からも乱取りし放題や。勝てばええ。勝てば儲かるのや」

扇をひらひらと振った。

龍興と道利は押し黙った。

「では、これにて」

友通は巨体を揺らし、のっしのっしと大股で出て行った。宗久もついて出た。

遊郭の玄関に至ると友通は宗久を見下ろし、

「ふん、何が御屋形さまや。気位ばかり高こうて使いもんにならん。あれでは、信長に国を奪われるはずやで」

「まったくでございますな。ですが、どうせ、捨て駒になさるのでございましょう」

「信長の軍勢を打ち負かし、本圀寺の公方を弑逆するには、兵はいくらおっても足らん。猫の手も借りたいがな」

「信長にこれ以上大きな顔をされたらかないまへん。信長、矢銭やゆうて、二万貫を要求してきよりました。堺の面子にかけて信長なんぞに屈する気はおまへん。せやから、三好

さまには是非とも気張ってもらわんと」

「よって、斎藤如き者も手勢に加えるのよ」

友通は遊郭を去った。

龍興と長井は置き去りにされたようにぽつんと座っている。

「まるで陣借り扱いでございますな」

道利は悔しげに舌打ちをした。陣借りとは、戦国時代、主を持たない牢人が手弁当で戦場に駆け付け、手柄に応じて恩賞を得ることを言う。

「それでよい」

龍興は言った。道利には意外な答えであったようで、目をしばたたいた。

「目にもの見せてやる。信長に後悔させてやる。わしを生かしたまま追い出したことをな」

龍興の頬に赤味が差した。酔いのせいばかりではない。闘志を湧き立たせているのだ。

「よくぞ、申された」

膝を打つと道利は蒔絵銚子を持ち、酌をしようとしたが、

「酒はやめる。戦に勝つまではな。勝ち戦の祝杯を挙げるのじゃ」

龍興は杯を膳に伏せた。

「それにしましても、岩成友通、三好党きっての剛の者との評判でしたが、聞くと見るとは大違い。武者なのか商人なのかわからん男でしたな。ひょっとして、三好党にあっては軍勢の指揮というよりは、勘定方を担っておるのかもしれません」

「いや、あの身体つきはまさしく武者であった。あれが上方の武者なのか、それともあ奴が特別なのか……。ま、よいわ。目覚しき戦功を挙げてやるまでじゃ」

龍興の目には一筋の炎が立ち上った。


万蔵は道利の命を受け、友通を尾行した。

友通は鼻歌を歌いながら夜道を行く。四辻に出たところで、牢人たちと出くわした。龍興が雇った者たちだ。誰ともなく友通に銭をねだった。

素早く柳の陰に万蔵は身を隠した。

岩成友通、勘定に長けたお調子者に過ぎないのか、この目で見定めてやる。

「性質の悪い酔っ払いやのう。あかん、あかん、おまえらにやる銭なんぞあるかい」

拒絶して友通は先を急ごうとした。

ところが酔っ払いはしつこい。

五人ばかりが道を塞いだ。

「邪魔や」

友通は右手を払った。これが牢人たちの怒りを買った。太刀を抜き、友通を威嚇する。

「阿呆なやっちゃな」

哄笑を放つや太刀を抜き、右手だけで持つと牢人たちに斬りかかった。一人の首が飛ぶ。

「ひと～つ」

友通は剽げた声を上げ、踊るような足取りで二人目の首を刎ねる。

続いて、

「ふた～つ」

と、四人の首を落としたところで五人目は逃亡してしまった。

「三つ、四つ」

「斎藤はん、もっと骨のある奴を雇わなあかんがな。そない言うとき」

柳の木陰に隠れる万蔵に向かって友通は声を放った。

続いて、路傍に転がる首を蹴飛ばし始めた。四人の首が次々と柳の幹に当たって地べたに落ちる。

「ほな、さいなら」

友通は再び鼻歌を歌いながら歩いて行った。

岩成友通、恐るべし、そして味方となったら実に頼もしい。

年の瀬の寒風に包まれながら万蔵は身体中が火照った。

正月を待たず、十二月の二十八日、三好党は軍勢を発した。

先陣は龍興率いる牢人たちである。まずは攻撃目標を堺から五十町ほど北にある和泉家原城に定めた。守備をするのは、足利義昭によって河内半国の守護に任ぜられた三好義継の家来たちである。

龍興は大鎧に身を固めている。顔は面頬で覆われているが、髭は伸ばし放題だ。父義龍は七尺近い偉丈夫で、面構えもまこと猛々しかった。父と死別したのは、龍興が十四歳の頃だった。父はひたすら怖かった。まともに顔を見ることもできなかった。

そんな父の血筋が花開いたのか、龍興もこれまでのなよやかさがなりを潜め、武者然とした雰囲気を漂わせている。

鈍色の空に覆われた朝、龍興率いる五十人余りの軍勢が家原城の城門前に集結する。

全身を震わせた龍興が、

「道利、これが、武者ぶるいというものか」

「御屋形さま、いよいよでございますぞ。さあ、御下知くだされ」

「かかれ！」

龍興は大音声を発した。

　永禄十一年も終わろうとする年末の朝、雪催いの空に、かつての美濃国主の声がこだまする。

　龍興勢は鬨の声を上げ、嵐のような攻め太鼓を打ち鳴らし、鉄砲や投石を始めた。同時に、弓に備えた鉄盾や竹把を連ねた雑兵たちが城門に押し寄せる。

　更には鉄砲を放ち、矢を番え、巨大な丸太を抱えた雑兵たちが城門に突進した。城内からも応戦の弓や礫が飛んでくる。礫が龍興の兜に当たった。

「おのれ！」

　かえって龍興の戦意を燃え立たせ、道利が止めるのも聞かず、長鑓を手に城門へと駆け寄る。雑兵たちの丸太による突撃で城門が開いた。

　生まれてこの方感じたことのない興奮に包まれ、城内へと突入した。

「殺せ、殺せ！」

　我を忘れ猛り立つ龍興は戦国武将として目覚めた。

五

　家原城を落とした三好党は一万の軍勢を整え、明くる永禄十二年（一五六九）正月二日、堺を出陣した。もちろん龍興も加わっている。家原城陥落に大いなる働きをし、さすがは美濃の国主と、一目置かれるようになった。龍興にはそれが何より誇らしく、自分が本気を出せばこんなものではない、本圀寺攻略はおろか、美濃国主に返り咲く日も遠くはないように思えた。

二日、大雪の中三好党は河内国を侵して出口まで進出した。その間、村々の家を焼き、略奪を繰り返し、女を犯す、という蛮行の限りを尽くした。

明くる三日には、雪が降り続く中、山城国に入り美豆に陣を張った。

ここに至って、本圀寺の将軍足利義昭の元に注進が入った。本圀寺の守りは細川藤賢などの幕臣の他、明智光秀ら織田勢である。総勢二千余りで一万を擁する三好党に抗するには心もとない。

三好党は四日には洛外東福寺に陣を進めた。

都は一面の雪景色である。

三好党が本圀寺を攻撃したのは、明くる五日の早朝だった。数を頼み、大雪をものともせず獲物を目にした獰猛な獣のように襲い掛かった。

龍興も鑓を振りかざし軍兵に混じっている。

岐阜城の信長に本圀寺襲撃の報が届いたのは六日の夕刻である。

「殿さま」

表御殿大広間に金森長近が入って来た。顔は苦悩に彩られている。

「申し訳ございません」

「そなたが謝ることではない。三好三人衆め、性懲り(しょうこ)りもない奴らよ。軍勢は一万と申すが、牢人、野伏せりなど、銭で雇われた者ばかりであろう。寄せ集めよ」

「その寄せ集めの中に、斎藤龍興さまが加わっておられるようなのです」

「龍興が……」

信長はわずかに首を捻った。

「伊勢長嶋から堺へ流れ、三好党に加わったとのことにございます」

長近は自分の探索が足りなかったと詫(わ)びの言葉を並べ立てた。

「もうよい。龍興め、少しは骨のある男であったようじゃな」

何故かうれしくなり、内心でほくそ笑んでから、出陣の支度を命じた。美濃、尾張の織田勢ばかりか、近江の浅井長政(ながまさ)にも援軍を要請する。軍勢が整うのに二日や三日はかかるだろう。

「三好どもが攻めて参ったのは、昨五日の朝であったな」

「御意にございます」

「光秀らは二千か。本圀寺を守る者どもは精兵揃いじゃによって、三日や四日は持ち堪(こた)えるであろうが」

信長は素早く頭の中で算段を始めた。かりに、四日持ち堪えたとして九日までが精一杯である。軍勢が整うのを待っていては間に合わない。まずは、自分が先陣を切る。明朝には岐阜を発とう。

障害は雪である。美濃は例年にない大雪となっていた。

大広間を横切ると信長は濡れ縁に立った。庭は真綿に覆われたような様相を呈し、稲葉山も雪が降り積もっている。雪化粧などという風雅なものではなく、山頂の天守閣はもちろん、山全体が雪に埋もれていた。曇天の空に山鳴りがし、横殴りの雪が舞っている。

「この雪の荒れようはここ何年もないことにございます」

雪しまきの中、長近の声が聞き取れない。

「関ヶ原はこんなものではなかろうな」

信長は呟いた。

明くる七日の払暁、暗く雪が降りやまぬ中、信長は出陣した。従うは十一騎である。みな、甲冑に蓑を重ねている。吐く息は真っ白、言葉すらも凍ってしまうかのようだ。

城門前で荷駄を運ぶ馬借たちが言い争っている。近寄ってみると、誰の荷は軽く、誰のは重いと揉めていた。馬借たちが不満を抱いたまま豪雪を行軍すれば、大事を招くだろう。

凄い勢いで怒鳴り合っていた馬借たちだったが信長が睨むと一斉に口を閉ざした。

「荷の重い、軽いを争っておるようじゃな。よし、おれが確かめてやろう」

馬借たちの荷を一つ一つ手に取って重さを確かめた。特に差はなく、均等に割り当てられている。

「重さに差はなし！」

吹雪を切り裂く信長の声音に、馬借たちは畏れ入り、不平を言い立てる者はいなくなった。

「いざ、京まで駆けようぞ」

信長は馬にまたがった。

行軍は予断を許さなかった。日輪は雪に遮られ、道らしい道もない。徒で動く者たちは膝まで雪に埋まり、一歩踏み出すのにも苦労している。みな、前かがみになり、猛烈な寒さに耐え忍びながらも額には汗を滲ませていた。

立ち止まれば凍死するだけだと歯を食い縛り、関ヶ原に差し掛かった時だ。伊吹おろしが行く手を阻んだ。

薄らと山影を刻む伊吹山は厳然として人の立ち入りを拒み、崇めることすら受け入れてくれない。

あの山が薬草の宝庫なのか。

雪が解け、春の芽吹きの頃に訪れて確かめよう。今後、益々戦は激しくなる。薬はいくらあっても足りない。大規模な薬草畑を作ればよかろう。将兵たちばかりではない。民にも役立つ。

民を苦しめるのは戦ばかりではない。戦から守ってやるのと同様、病からも救ってやりたい。

薬草への思いが募るが、豪雪に覆われた伊吹山からは薬草が繁殖している様を想像することはできない。

すると、

「おい、しっかりせい」

という声が上がった。行き倒れが出たようだ。

「後日、埋葬する」

信長は言った。

今、亡骸を埋葬することはできない。ここで止まってしまえば、凍死者は増えるだけだ。凍死した馬借の荷を公平に分け、先に進む。

関ヶ原を過ぎ、近江国に入ると雪は弱まった。差し込んできた薄日に励まされるように昼には高宮に到着した。近江勢を中心とした軍勢六千が集結していた。都に攻め上っても問題はないだろう。

馬借たちにねぎらいの言葉と駄賃をやる。馬借たちもほっと表情を和らげた。

軍勢を整え都に入った。

九日の早朝のことである。大雪は去り、未だ粉雪がちらついているものの、本圀寺に着陣した時は既に危機は去っていた。三好党は退き、織田勢は見事将軍を守り抜いたのだ。豪雪の中、強行軍でやって来たことを無駄とは思わない。迅速に岐阜から駆け付けたことは、三好党ばかりか畿内の領主たちに、信長恐るべし、の印象を強く刻み付けたはずである。

だが義昭を本圀寺に住まわせたままだったのはまずかった。

三好三人衆を侮っていた。いや、三好三人衆ばかりか、斎藤龍興のことも舐めてかかっていたのだ。

龍興、逃げおおせたか。少なくとも、討ち取った敵勢の中にはいないようだ。

三好三人衆、斎藤龍興、生きている限り戦いを挑んでくるだろう。

最早、温情は施さぬ。

ともかく、御所を造営せねば。

しかも早急にだ。一万や二万の軍勢に攻められても持ち堪えることができる御所を造ろう。堅固にして優雅、武と文化の守護者たる将軍にふさわしい御所を造営すれば、将軍の権威も高まる。義昭も将軍らしくなるだろう。

信長は明智光秀を呼んだ。

「光秀、ようやった」

まずは光秀の奮戦を褒め称えた。光秀は感激の面持ちで平伏する。

「公方さまにお伝えせよ。御所を造営するとな」

「かしこまってございます」

「この春の内に出来上がるように致す」

「春の内とは、いかにも早うございますが。果たしてできましょうか」

光秀は疑念を口に出したがじきに、

「できますな。殿なら必ずや成就なさることでございましょう」

信長が有言実行することを光秀は思い出したようだ。

三好党は散り散りとなって敗走した。洛中は雲霞の如き織田の大軍で溢れかえっている。

龍興と道利は東福寺近くの閻魔堂に身を潜めていた。二人とも甲冑を身に着けているが、
鎧は折れ、面頬も失くして肩で息をしている。織田勢に追い立てられ、手勢は逃げ去った。

無理もない。銭で雇った者たちだ。命をかけ、忠節を尽くすはずはない。

二人は血に染まった顔を見合わせた。

髭と血が龍興を逞しく見せているのが、敗残の中での唯一の救いだ。

息が整ったところで、

「今、一歩じゃったが、信長め」

龍興は悔しげに唇を噛んだ。

「しかし御屋形さま、斎藤龍興、ここにありと、三好三人衆ばかりか、天下に示すことができましたぞ。今頃は、信長も御屋形さまの命を奪わなかったこと、悔いておるに違いございません」

道利は声を励ました。

「負け犬の遠吠えではなく、吠えかかることはできたと思うが……」

龍興の目に緊張が走った。

口をへの字に引き結んで、道利に顎をしゃくる。耳をすませると、人馬の声、甲冑のこすれ合う音が近づいてくる。道利が立ち上がり、そっと格子の隙間から外を覗いた。

雪でぬかるんだ境内は、織田勢の旗指物で満ちていた。

天下人への道

一

「道利、介錯せよ」

血に染まった顔で龍興は道利に向いた。

閻魔堂は織田勢に囲まれている。万事休す。最早、逃れることはできない。美濃国主に返り咲くという望みは夢と消えた。正月の間の夢であった。初夢は無情にも逆夢となったのだ。

「御屋形さま……」

道利もため息混じりに呟いた。龍興は脇差を鞘ごと抜き、目の前の板敷きに置く。

「こんな時じゃ、作法は勘弁せよ」

静かに告げて脇差を抜いた。

せめて城を枕に切腹したかった。敵勢に追い立てられ、逃げ込んだ先の名も知れぬ閻魔堂で最期を迎えるとは。やはり、稲葉山城が落ちた時に死すべきだった。今更悔いても仕方がないが、武将として華々しい最期を遂げたかった。

龍興は未練を払うように首を横に一度振ると鎧直垂に左手をかけ、道利を促す。

「しばらく、お待ちくだされ」

道利は言い置いて観音扉に向かった。龍興が呼び止める間もなく外に出る。龍興も扉まで這いずって行くと、息を呑んで様子を窺った。敵勢の先頭に立つ武将へ道利が歩み寄る。大将のようだ。龍興は目を凝らした。大将が面頬を取った。

「氏家……」

龍興は小さな声を漏らした。

氏家卜全、諱は直元だが、今は卜全と号している。稲葉良通、安藤守就と共に美濃の有力な土豪、いわゆる三人衆の一人だ。三人衆の寝返りにより美濃を失ったのだ。憎んでも余りある男によって、自分は討ち取られるのか。首級を挙げられ、信長の御前に据えられる。信長のことだ、検分の後は京の三条河原か、岐阜という奇妙な名前に改められた井口を貫く長良川の河原に晒すことだろう。

無念じゃ……。

道利は卜全の前で立ち止まった。卜全が右手を挙げ軍勢を止める。甲冑がこすれ合う音が響き渡った。青空に真っ白な雲が光っている。天の美しさに比べ地上の醜さといったらない。雪が解け地肌はぬかるみ、具足に身を包んだ雑兵たちが蟻のように蠢（うごめ）いている。臑当（すねあて）は泥で汚れ、鑓（やり）の穂先が陽光を弾（はじ）いていた。

　道利が片膝をつく。卜全が言葉を発する前に、

「氏家さまとお見受け致す」

　卜全は無言だ。むろん、長井道利のことは見知っている。道利が眼前に現れたということは龍興の所在も明らかになると想像して当然である。道利の出方を窺っているのだろう。

「拙者、濃州牢人長山主水（ながやまもんど）と申します。こたび、織田さまの軍勢に加わり、鑓働きを致しました」

　道利の気迫に呑まれたのか卜全は言葉を返せない。

「氏家さま、拙者、斎藤龍興めを捕らえております。お引き渡し致しますので、恩賞を下されたくお願い申します」

「まこととすれば、大手柄。殿から格別の恩賞が下賜された上に、お取り立てになるであろう」

　卜全の眼が探るように凝らされた。道利の魂胆を推し量っているのだろう。

「こちらでございます。氏家さま、どうぞご案内致します」

　卜全がうなずくと雑兵たちも勇んだ。

「氏家さまのみ同道頂く」

立ち上がるや、道利は卜全を血走った目で睨みつける。

「下がっておれ」

雑兵たちを卜全が怒鳴った。雑兵たちが一斉に閻魔堂から遠ざかる。道利は卜全に一礼すると、階を上がった。卜全も続く。

二人が閻魔堂の中に入って来た。龍興は座したまま二人を見上げる。卜全はしばし立ち尽くした。何か言葉を発しようと口を動かしたが、声を出すことなく、くるりと背中を向けて扉に向かった。両手で扉を閉め、龍興の前に座ると両手をついた。

「御屋形さま、しばらくでございます」

「久しいのう」

龍興は短く言葉を返す。

卜全は道利に視線を預けた。

「氏家殿、見逃してくださらぬか」

道利が声をかけた。卜全が答える前に龍興が、

「氏家、わが首取って手柄と致せ。せめて、美濃の者に討たれることを慰めと致そう」

「氏家殿、武士の情けじゃ」

道利は繰り返し頼んだ。

「長井、介錯」

龍興が声を放ったところで、卜全が立ち上がった。

「この慮外者(りょがいもの)めが。わしの目は誤魔化せぬぞ。わしは、美濃の太守斎藤家に道三さま、義龍さま、龍興さまの三代に亘(わた)ってお仕えした。そちのような痩(や)せ牢人になど欺かれはせぬ。恩賞欲しさにたばかりおって！」

卜全の剣幕は凄(すさ)まじく、安置されている閻魔大王の木像の顔も恐怖に歪(ゆが)むかのようだ。

龍興は口を半開きにして卜全を見上げ続けた。卜全は踵(きびす)を返し、扉に向かう。すかさず道利が追いかけ、

「氏家殿、かたじけない」

と、耳打ちした。

卜全は横目で、

「裏切りのせめてもの罪滅ぼしじゃ。但(ただ)し、二度はない。御屋形さま、見違えましたぞ。わしの知る御屋形さまではない。まこと立派な武将となられた。長井殿のご訓育の賜物(たまもの)じゃな」

「いや、御屋形さまご自身のお力だ。御屋形さまは、美濃を追われて真の武将となられた。蛹(さなぎ)が蝶となられたのだ。そして、この蝶は天高く羽ばたき、必ずや美濃へと帰るであろ

う」

道利は誇らしげに返す。

「信長さま、後悔されるかもしれぬ。いや、後悔されるような大将にお成りくだされ」

卜全は龍興に向かって深々と頭を下げると急ぎ足で外に出た。

道利は卜全の背中に向かって一礼した。

敵勢が潮を引くように立ち去ってゆく。雪と泥が入り混じった境内(けいだい)を一陣の風が吹き抜けた。

鶯(うぐいす)と鳶(とび)の鳴き声が早春の昼下がりを彩っている。


氏家卜全は馬を進めた。

龍興を見逃してしまった。信長に寝返った後ろめたさに加え、目を見張るような龍興の武者ぶりに命を奪うのが惜しい気がしたのだ。が、理由はどうあれ信長に背く行いであった。

知られればどうなるか……。

嫡男直昌(なおまさ)が馬を寄せて来た。

「父上……」

直昌は渋面を浮かべた。卜全が返事をしないでいると、

「閻魔堂から出て来た武者、長井道利ではありませんでしたか」

「さて、どうであったかのう」

「惚(とぼ)けられまするな。間違いなく長井でございました。とすれば、閻魔堂の中には龍興さまがおられたのではございませんか」

しばし沈黙の後、卜全はそうであったと笑顔で答えた。信長への背信に対する開き直りだ。強がりでもある。

直昌は天を仰いだ。

「直昌、今から引き返し、龍興さまと道利を討ち取るか。手柄と致すか」

「父上がお決めになったこと。わたしは従うだけです。ですが、このこと決して他言してはなりませんぞ。墓まで持って行ってくだされ。信長さまは怖いお方ですのでな」

直昌は馬に鞭(むち)をくれ、走り去った。

雪晴れの空が恨めしかった。

三日後、龍興と道利は堺に戻り、遊郭の二階で岩成友通と宴を張った。

「こたびは、今、一歩でござったな。龍興殿、まずは一献」

友通は蒔絵(まきえ)銚子を向けてきた。

最早、友通の顔には龍興への蔑(さげす)みはない。言葉遣いも武家調となり、龍興を一軍の将として扱っている。

龍興は杯を手にすることなく膳に伏せたまま、

「今一歩であろうが、百歩であろうが、しくじったことに変わりはない。喜ぶべきことではない」

龍興はぶっきらぼうに返した。

「まさしく！」

友通は調子良さを取り戻し、金色の扇を広げた。龍興を扇ごうとしたが龍興の厳しい眼差しを見て畳に置く。手持ち無沙汰となった友通は蒔絵銚子を道利に向けようとしたが、道利も拒んだため膳に戻した。

「今回のこと、いかに思われる」

龍興の問いかけに友通は答えず眉間に皺を刻む。

「何が間違っておったのか。しくじりの原因は何だとお考えか、岩成殿」

以前の龍興にはない迫力に満ち溢れている。

「それは……。本圀寺を守る敵勢が、我らの予想を上回るしぶとさであったこと。加えて、豪雪をついて岐阜から信長が攻め上ってきたことであるな」

友通は淡々と答えた。

「信長をして、豪雪をつき岐阜より軍勢を攻め上らせたのは、いかなるわけであろうか」

龍興は尚も問いかける。

「……信長という男の並外れた豪胆さゆえでござろう」

「違うとは申さぬが信長の気性がどうであろうと、そもそも信長が動くことができたのは、居城の周囲に敵がおらぬからじゃ」

「周囲に……」

友通がいぶかしむ。

「信長の背後、あるいは喉下を突くことができる敵がおらぬ。こたびのように、貴殿ら三好党が牢人どもをかき集めて奇襲をかけたところで勝てぬ。勝つには信長に敵する者たちを糾合することだ」

「六角殿とは既に繋がりをつけてござる」

「六角殿だけでは足りぬ」

「というと……」

「一向宗を味方に引き入れる。伊勢長嶋の願証寺と大坂の本願寺に蟠踞する一向宗徒を味方につけるのだ」

「うむ……」

友通は気圧されたようにうなずくのみだ。

「それと、武田……」

「武田信玄を味方に引き入れることなどできるのか。信玄は信長と結んでおろう」

「盟約は結んだ時から破れるものだ」

「信玄という男、相当に慎重だ。そう簡単には我らの味方につくとは思えぬがな」

友通が弱気の見通しを示すと、

「信玄の正室三条の方は本願寺法主顕如の妻如春尼の姉、つまり二人は義兄弟だ」

「兄弟同士争うのが戦国の世でござるぞ」

「信長のもろさが明らかとなれば、信玄も信長打倒に動く」

龍興は強く主張した。

「ならば、再び京に攻め上りましょうぞ。できるだけ早くにじゃ」

友通は引き込まれたように身を乗り出した。

道利が割って入った。

「京を襲撃するには再び軍勢を集めねばなりませぬ。聞けば、信長は公方さまのために御所を造営するつもりとか。守りは堅固となりましょう。こたび以上の大軍を整えねばなりませぬな」

「だから早くにと申しておる」

「銭で牢人を集め軍勢を整えたとて、先だっての二の舞ですぞ」

「信長は、よもやすぐにも我らが攻め込んでくるとは思いもしないだろう。油断をつけば勝機はある。御所ができてからでは遅い」

友通は龍興に言い負かされた不満を長井にぶつけるかのようだ。

自分の考えを進めるべく懐から算盤を取り出して牢人の人数、駄賃、兵糧の値段などを勘定し始めた。岩のような大男が身を屈めて算盤玉を弾く様は滑稽であるが、うなじに光る汗が当人の真剣さと焦りを伝えている。

「目下のわが三好党の蓄えからすると、雇える牢人は三千ほど……。これでは心もとない。堺の商人どもに借りるしか手立てはないが、果たしていかほど用立ててくれるであろうかのう」

軍勢の算段がつかず、友通は算盤をがちゃがちゃと振って顔をしかめた。

「御所を造営するということは、都は信長の軍勢であふれ返っておりましょうぞ。油断など生じるはずはござらん」

道利の言葉を、

「まさしく、とんだ犬死にや」

一転して友通は受け入れた。

豪放磊落な人柄の裏に算盤勘定の算段がつかぬ事には動かない慎重さを併せ持っているようだ。

龍興は、

「信長は昇天の勢いじゃが神ではない。必ずしくじりを犯す。しくじるのは、攻めに出た時じゃ。信長はここぞと思った時には果敢に攻め立てる。父が死んだと聞き、その二日後にはもう美濃に攻め込んできて散々に敗れた。用意周到でいて勢いのままに動いて墓穴を掘る。これからも、信長は誤ちを繰り返す。信長がもろさを見せた時、信玄も一向宗も信長の敵となる」

「龍興殿、よくぞ申された」

友通は龍興への信頼を強めたようだ。

「我ら信長打倒への第一歩を踏み出したのじゃ」

龍興は気が高ぶり立ち上がった。友通も腰を上げ、

「信長を倒すでえ、わっしょい、わっしょい！」

神輿（みこし）を担ぐ真似をして座敷を飛び跳ねた。

「よし」

龍興も、「わっしょい、わっしょい」と続く。道利も加わった。

三人の男は信長打倒という一つの神輿に強い絆（きずな）を築いた。

二

三月となりすっかり春めいた昼下がり、信長は将軍御所造営の陣頭に立っていた。

普請に着手したのは二月の二十七日、辰の一点に着工の儀式が執り行われた。

御所は正方形に整えられる。四町四方の敷地を囲む濠の幅は九間余り、石垣の高さは約五間だ。工期二年は要する大規模な普請を二月で成し遂げると豪語している。その言葉を裏付けるように、五畿内をはじめ、美濃、尾張、三河、近江、伊勢、若狭、丹波、丹後、播磨から人足たちが集められている。それだけでは足りないと、織田の武将たちも足軽を提供していた。

京の都から選りすぐりの鍛冶職、大工、材木商を招集し、畿内近国から材木を取り寄せ、天地も震えるような勢いで普請が続いている。

信長は粗末な麻の小袖にカルサン袴を穿き、虎の毛皮を腰に巻いて籐杖を手に普請場を見て回っていた。

日に一万五千から二万五千もの人足たちが働く大普請は、毎日大軍が陣を張っているようなものだ。人足たちに支払われる銭も、人足たちが落とす銭も莫大である。加えてこれだけの大規模な普請は、戦乱続きの都では見られなかった。連日、大勢の見物客たちが押し寄せ、当然のこと銭を使う。

　信長による将軍御所造営は都や五畿内の景気を大いに刺激しているのだ。

　景気のためばかりではない。

　日本には古来より伝わる優れた匠（たくみ）の技がある。多くの寺院、社（やしろ）を造作してきた技、作庭の技、普請ばかりではない、絵画や工芸にも見とれるような優れた作品がある。岐阜城を普請する際、信長はそれら匠の技を貪欲に取り入れた。伝えられてきた技を受け継ぎ、後世に文化を伝えるのだ。それには、技が結集される大規模な普請はもってこいである。

　自分は将軍を後見している。この先、朝廷も後見することになろう。加えて、優れた文化の後見役にもならねばならぬ。

　戦（いくさ）の世が終われば民の暮らしは安定する。衣食住が満たされれば、民は楽しみを求める。民を楽しませる娯楽、文化がなくば、民の心は荒廃し戦乱の世に逆戻りする。民の笑顔で溢れる世、笑って暮らせる世を創り出さねばならない。

　策伝、そうであろう。

　笑って暮らせる世を創る者こそが天下人だ。

　天下人になれるかどうか、将軍御所造営はその試金石となる。

　しかし、いいことばかりではない。

　大規模で工期に余裕がない普請場のため、事故や喧嘩が起きる。実際、何人かの人足が命を落とした。それでも、信長は普請の中断をさせない。人足たちや織田の武将たちの足軽たちは気が荒れ、些細なことでいさかいを始める。

鬱屈した空気を読み、信長は藤戸石という大石の運搬作業を派手な催し物にしようと考えた。

藤戸石は足利義昭の側近、細川藤賢の屋敷にあった。小山のように大きな石で、いい具合に苔が生し、御所の庭に置くと見栄えがする。義昭もきっと喜んでくれるだろう。

そこで藤戸石を綾錦で包み、花で飾って修羅車に載せ、大綱を何本もつけて数千人の人足に曳かせた。春の陽光溢れる都大路を藤戸石が曳かれて行く間、信長が陣頭指揮を執って笛、太鼓、鼓で囃し立てた。桜の花が咲き乱れる中、さながら祭りのような気分が都を覆った。

藤戸石を包む綾錦が春光を受け、艶やかに輝き、桜の花弁が風花のように舞い落ちている。お囃子の賑わいに見物人たちばかりか人足たちも浮かれている。

祭り気分に浸りながらも、信長は決して気を抜いていない。人足たちの作業の様子を怠りなく見守っている。

と、

「いやわあ!」

絹を裂くような娘の悲鳴が耳に飛び込んできた。

悲鳴が上がった方向に視線を転ずると、被衣に市女笠を重ねた娘を一人の人足がからかっている。他の人足たちが汗を流す中、酒を飲んでいるらしく千鳥足で娘を追いかけ回し、

「別嬪さん、顔、拝ませてえな」

将軍御所造営を穢す不届き者め。

信長は即座に行動した。

全速力で往来を走る。浮かれていた群衆は潮が引くように道を空けた。矢のように駆け抜け人足の背後に立つ。

「下郎！」

信長が叫ぶと人足は振り返った。

酒で赤らんだ頰が緩み、目尻がだらしなく下がっている。

瞬きする程の躊躇いもなく、信長は太刀を抜くや人足の脳天に斬り下ろした。鮮血を飛び散らせながら人足は仰向けに倒れた。血溜りに横たわる人足の、頭蓋骨が割れ、喉までも両断された亡骸を見る勇気ある者はなかった。

人々は恐怖の声すら上げることもできない。みな、呆然と立ち尽くしている。囃子も鳴り止み、藤戸石を運ぶ修羅車も動きを止めていた。

「続けよ」

信長は命ずるとその場を立ち去った。

しばらく間があってから、鳴り物や藤戸石を運ぶ掛け声が背後から聞こえてきた。

しかし、華やいだ空気は消え、そらぞらしい響きとなっている。人々の歓声も無理強いされているかのようだ。

不届きな人足を成敗したことが祭り気分を吹き飛ばしてしまった。一人の人足の死は、普請場に緊張をもたらし、日程の短縮には役立つだろうが人々から笑顔を奪うことになった。

「策伝、許せ」

呟いてから、信長は策伝という歳若い僧侶に影響されている自分がおかしくなった。

三

四月となり、将軍御所の完成が近づきつつあった。

桜は散り、若葉が萌え立つ三日の朝、信長は珍客を迎えることになった。和田惟政の頼みで南蛮の宣教師ルイス・フロイスを引見することになったのだ。

濠に架かる橋に立つ信長は、相変わらず粗末な麻の小袖にカルサン袴、腰には虎の毛皮を巻いているが、それに加えて今日は真っ黒な南蛮笠を被っていた。謁見に臨み、前以てフロイスが贈った品である。フロイスは南蛮笠の他にもヨーロッパ製の鏡、孔雀の羽根、ベンガルの籐杖を献上したが、信長は南蛮笠のみを受け取り、他の品々は返した。

朝日を受けた南蛮笠のビロード地が艶めき、遠目にも信長の異形を際立たせている。

惟政に引率されたフロイスと通訳を務める日本人修道士ロレンソが橋の手前で両手をついた。フロイスは惟政の助言を受け司祭という身分を考慮して駕籠に乗って来たのだが、将軍御所に近づいたところで駕籠を下り、徒でやって来た。

黒い帽子と僧服に鮮やかな羅紗のマントを重ねた異人も信長に劣らず人々の耳目を集める。

信長が橋に床几を据えさせ、腰を下ろしたところで、

「信長さま、宣教師ルイス・フロイス殿と修道士ロレンソにございます。フロイス殿は南蛮のポルトガル国よりデウスの教えを広めるため、天竺のゴアを経て日本に参られましてございます」

惟政が告げた。

「であるか」

信長は短く返した。フロイスは南蛮人らしく、金色の髪と青い目をしている。澄んだ瞳が真っ直ぐ信長を見上げ曇りはない。脇で控えるロレンソが惟政に向かって、

「和田さまに申し上げます。わたくしは……」

ここまで言った時、

「直答（じきとう）を許す」

信長が声をかけるとロレンソは戸惑いの表情となったが、惟政から直接信長さまに申し上げよと言葉を添えられ、改めて信長に向き直った。

「司祭さまは、日本にやって来られまして六年、日本の言葉を習得なさっておられますが、細かな機微まではお伝えできぬ心配がございますので、わたくしが通詞をさせて頂きます」

信長は会釈（えしゃく）をすると尋ねた。

「ロレンソという南蛮の名を名乗るのはいかなるわけじゃ」

いきなりの問いかけにおどおどとしながらも、

「デウスの教えに帰依（きえ）しましたので洗礼名を名乗っております」

ロレンソが答えると惟政が洗礼名の説明を加えようとした。信長は存じておると遮り、フロイスに向かって、

「二親は国許（くにもと）におるか」

「おりまする」

フロイスはたどたどしいが、はっきりと日本の言葉で答える。

「国許に帰りたくはないか」

「デウスの教えを広めるために日本に住み続けます。たとえ、一人でもキリシタンの教徒

がいる限り、日本を去るつもりはございませぬ」

「ポルトガルから日本まではどれくらいの月日を要するのか」

「わたくしはインドのゴアに滞在しておりましたので、直接やって来たのではございませんが、ポルトガルから日本までは、船でおよそ二年かかります」

「二年……」

信長は天を仰いで絶句した。

たなびく白雲が眩しい。岐阜までの距離がいかにも近く感じられた。この世は限りなく広いということか。

「二年とは気の遠くなるような旅じゃな。途中には嵐に遭うこともあろう。戦に巻き込まれる恐れもあるやもしれぬ。患いもしよう。まさしく、命がけの旅であるな。そうまでして、何故日本にまいる」

「この世を創りし、われらの救い主であるデウスの教えを広めるためでございます」

「デウスの教えとは、いかなるものか手短に申せ」

フロイスはキリスト教の教義について語ろうとしたが、複雑な日本語を駆使する必要があることから、ロレンソが信長に伝えた。

日本には八百万の神がいるが、キリスト教によると、この世に神は一柱のみ、その神によってこの世は創られたのだそうだ。神の子たるイエス・キリストはこの世の人々が犯した罪を背負い、自ら十字架に架かって命を落とした。しかし、三日後に蘇り天に昇ったが聖霊となって降った。イエスを神の子、救世主と信ずる者は救われる……。

どうにもよく理解できない。

磔刑に処せられ死んだ者が生き返るはずはない。神だから蘇ったというのは都合がよすぎるのではないか。

疑問はつきないが、日本にもう一柱神が増えたところでかまうまい。それよりも、この南蛮の坊主の話は面白いし、南蛮の文化、技術には日本にはない優れたものがある。繋がりを持てば、見たこともない珍奇なものと巡り合うことだろう。戦に役立つ武具ばかりか、日本にはない学問や文物と接することができるかもしれない。日本古来の文化にも刺激となるであろう。

惟政が、

「フロイス殿は都での布教許可を願っておられます」

「そういえば、都には一軒の南蛮の寺もないな」

信長は首を捻った。

惟政の申し出はフロイスにもわかったようで息を詰めて信長の答えを待った。ロレンソがキリスト教の布教を邪魔する勢力がいることを訴えた。

おおよその想像はできる。

仏教寺院であろう。僧侶たちの中には、仏法を学ばず美食や女に溺れ、蓄財に励む者がいる。キリスト教の布教を許可することで堕落し切った僧侶たちに活を入れてやるか。

「よかろう。都での布教、許す」

フロイスは通訳されるよりも早く、惟政とロレンソの反応で許可されたことを知り、何度も頭を下げた。

ロレンソも全身を震わせ喜びを表した。

信長は改めてフロイスに向き、

「ところで、南蛮にも薬草はあるか」

「ございます」

「南蛮の薬草を日本で育てることはできるか」

「やってみなくてはわかりませんが、可能であろうと思います」

大いなる興味を引かれた。

伊吹山の薬草に南蛮の薬草を加えた薬草園を作ってはどうだろう。今の本草学や医術は唐土より伝わった教えに基づいている。南蛮の本草学と医術も合わせたら、不死は絶対無理にしても、より多くの者が病や怪我から救われるのではないか。

ルイス・フロイス、面白い男だ。

「和田、今少し話を聞きたいが、今日はこれまでじゃ。後日機会があれば、ゆっくりと語らおうぞ」

「ありがとうございます」

惟政が頭を垂れると、

「ありがとうございます」

フロイスとロレンソも声を揃えた。

四

四月の十四日、将軍御所に足利義昭が移った。

信長は公言した二月に満たない日程で御所の造営を成し遂げたのである。御所造営後は禁裏の修繕にも取りかかった。信長の盛名は天を突き、天下の執権と目されるようになっている。一方、信長の名が轟けば轟くほど、足利義昭は鬱屈した日を送るようになった。口さがない京雀などは、早くも信長と義昭の間に亀裂が生じていると囃し始めている。

もちろん、義昭と不仲であるという噂話は信長の耳にも入ってくるが、一々気にしていても仕方がない。京での大仕事を終え、岐阜に戻った。

ただ、義昭を喜ばせようと自ら音頭を取って運び込んだ藤戸石に義昭が一向に関心を示さなかったことに落胆と腹立たしさを覚えた。藤戸石を見て、

「大きな石やな。邪魔やけど、ま、よい。これが金塊やったら、凄いのにな」

義昭の放った言葉が垢となって耳の奥に残っている。

ともかく、岐阜城に戻ったからには気分を変えよう。実際、長良川を見た時はほっとした。

麓屋形の庭に立ち、稲葉山から吹き降ろす山風を味わう。新緑の香に包まれ、実に心地よい。

都での目まぐるしい日々が一段落し、岐阜城で存分にくつろごうと思ったが、そうもしていられない。日々、刻々と様々な報告が届き、次々と決裁すべき事柄が持ち込まれる。三好党は今のところなりを潜めているものの、いつ旗を揚げるかもしれないし、信長に服従している都周辺の国人たちも油断がならない。

そんな折、木下藤吉郎が戻って来た。

大広間で引見をする。

「殿さま、堺から矢銭二万貫、取ってきました」

藤吉郎は全身で役目の成就を言上するかのように大きな身振り、手振りをした。

「ようやった」

信長は誉めてから、

「堺の者ども、ようやく屈服しおったか」

「本圀寺の一件と御所の造営が堺の会合衆どもに織田信長さま恐るべし、ということを心底知らしめたと思われますわ」

「堺の者ども、三好党とは手を切ったのだな」

「織田家の代官を置くことも承知致しました」

「掌(てのひら)を返しおって。つくづくと、利に走る者どもじゃな。もっとも、商人とは利に聡(さと)くなくてはならぬ」

「これで、堺の富が殿さまのものとなります」

藤吉郎は歯をむき出しにした。

「織田家以外に商いをさせないということか」

「それが代官を置く目的なのではございませんか」

藤吉郎は信長の考えを探るように上目遣いとなる。

「いくら締め付けたとて、隙間(すきま)をつくのが商人というものだ。時と銭は、流れを止めることはできぬ」

「ほんなら、堺の商人どもが鉄砲をはじめとする武具を、織田家以外にも売ることに目を瞑(つむ)られるのでございますか」

藤吉郎の目が珍しく口答えをするかのように尖(とが)っている。

「鉄砲なんぞ、欲しがる大名どもにいくらでも売ってやればよい。肝心なのは火薬よ。鉄砲に使う黒色火薬の原料は硝石じゃ。硝石は南蛮船が天竺から運んでまいる。堺でしか手に入らぬのだ。火薬がなければ、鉄砲などはただの木と鉄の屑よ。堺にもたらされる硝石を見張り、黒色火薬を売る量を絞ればよいのだ」

「なるほど、それはええ考えですわ」

藤吉郎は手を打った。

「いずれ、硝石を作る製法を南蛮人どもから習得するつもりじゃ。薬草から作ることができれば、伊吹山辺りで作ろうと思う。さすれば、南蛮船に頼らなくてもよいからのう」

「織田家は無敵になりますわ」

「これからの戦、鉄砲が益々必要だと日本中に知らしめるのだ。大名どもは鉄砲の買い付けに大金を注ぐようになる。台所事情は悪くなるであろう。猿、触れて回れ。鉄砲を欲しがる大名どもを増やせば、堺の商人どもは儲かる。堺が潤えば織田家も富むというものじゃ」

「商人の上前を撥ねるわけでございますな」

信長はにやっと笑い、

「これからは、堺や畿内から岐阜まで円滑に荷駄が届くような仕組みを整える。伊勢を平らげ、関所を撤廃する。関所の儲けで暮らしておった地侍どもはわが配下に加える」

「益々、ええ勘考ですわ」

「感心ばかりせず、おまえも働け」

「お任せくだされ」

藤吉郎は胸を張ってから、

「将軍御所造営の普請場にて殿さまにお目通りしました南蛮の坊主、ルイス・フロイスですが、都での布教が思うようにいかないと困っておりますわ」

「おれは許可をしたぞ」

「ですが……、横車を押す方々がおられて」

「坊主どもか」

「それと、二条辺りからです」

二条、すなわち将軍足利義昭であろう。義昭め、将軍の存在を示そうとしているに違いない。

「五月に岐阜に訴えに来たいと申しております」

「わざわざ、来ずとも朱印状を出してやるが、まあ、よかろう。岐阜の城を見せてやろう。南蛮の城と比べてどうなのか、聞いてもみたい」

「岐阜の城の方がすげえに決まっとります。屋根瓦に金箔を押すなんぞの贅沢は南蛮にもできません。南蛮人は、日本のことを黄金の国と呼んでおるそうですわ」

藤吉郎は世辞ではなく、大真面目である。

「南蛮人どもは、金を求めて日本にやって来るということか」

「そういう不届き者もおるようですわ。油断できんですわ」

ルイス・フロイスはデウスの教えを広めるためにやって来たと言っていた。フロイスの澄んだ青い瞳は言葉に偽りがないことを物語っていた。が、キリスト教の布教は、日本の富を奪うための隠れ蓑（みの）ということか。

人は利で動く。

日本人も南蛮人も変わりあるまい。人の欲に境などはないのだ。それが、証拠に戦はこの世の至る所で行われている。戦は富を求めるために行う。

いや、教えを信じて戦をする一向宗徒のような者どももおるからには、フロイスたちも油断がならない。

ともかくフロイスの目的が布教に加えて金であるのか判断できないが奴の話は面白い。

「南蛮の坊主に岐阜に参るよう申し伝えよ」

「承知しました」

藤吉郎は畳に額（ひたい）をこすりつけた。

五

五月二十七日の夕暮れ近く、長良川の河原で弥吉は祖父の宗吉と鵜飼の準備をしていた。鵜籠から宗吉が鵜を取り出し、弥吉が顎を撫でる。今年も沢山の鮎を咥えてくれなと声をかけたところで、宗吉に、

「南蛮人は目が四つあるのか」

「そんなはずはねえ。南蛮人だろうが目は二つに決まっとるがや」

宗吉はしんどそうで口調が素っ気ない。

岐阜の城下、加納の楽市にある旅籠に南蛮人たちが逗留している。南蛮人一行の中には、目が四つあると評判の男がいるそうだ。

「ほんでも、楽市で見たいう者がおるそうやがや」

「眼鏡というそうや」

「眼鏡って何や」

「目が近うなったら、目に掛ける南蛮の道具や。眼鏡を掛けておるのを見た者が四つ目やと騒ぎ立てたそうや。剛太が言っとったわ」

剛太とは、宗吉の鵜舟に乗る船頭である。

「ふ～ん、南蛮人ってどんな人やろうな」

「そんなことより、鵜飼のまわしをせなあかんぞ」

向けられた宗吉の顔色は悪く、弥吉は心配になった。

「爺ちゃん、具合悪いんやないか」

「大丈夫や」

「休んだ方がええがや」

「平気やって」

宗吉は鬱陶しそうに手をひらひらと振った。


日が暮れ、弥吉は宗吉の鵜舟に乗り込んだ。

今日も中乗りを務める。宗吉は鵜を操るため舳（みよし）に立つ。弥吉とは背中合わせだ。弥吉は櫓（ろ）を漕ぎながら岐阜にやって来た南蛮人のことを思った。目が四つあるというのは嘘らしいが、髪は金色に輝き、目は青いのだとか。真っ赤な血のような酒を飲み、人の肉を食らうそうだ。いや、人肉を食べるということは目が四つあると同じく偽りなのかもしれないが、見たことも会ったこともない人間には違いない。

信長は都で南蛮人を引見したのだとか。怖くはなかったのだろうか。珍奇なものを好む信長のことだ、恐れるどころか、南蛮人との面談を楽しんだのかもしれない。

「弥吉、ぼけっとしとったらあかんがや」

宗吉の叱責と篝火(かがりび)の松割木の爆(は)ぜる音で弥吉は我に返った。篝火に照らされた川面(かわも)から、鮎を咥えて顔を出す鵜を見ると、鵜飼へ心が集中した。

風折烏帽子が川風に揺れ、黒の漁服、腰蓑に包まれた身体(からだ)は背筋がぴんと伸び、宗吉は鵜匠の威厳を漂わせている。左手に持つ十二本の手縄捌(さば)きはいつもながら見惚(みと)れるほどだ。

と思ったのも束の間、

「弥吉……」

宗吉が低くくぐもった声を発し、屈み込んでしまった。

やはり、具合が悪いのに無理をしたのだ。

「爺ちゃん!」

櫓を漕ぎながら声をかける。

「鵜を……」

手縄を摑(つか)む宗吉の手が緩んでいる。自分の身よりも鵜が心配なのだろう。弥吉は櫓を置き、宗吉の傍(かたわ)らに移動した。宗吉は俯(うつむ)いたまま手縄を弥吉に渡そうとした。

宗吉の異変に艫(とも)で櫓を操る剛太も気づいたのだろう。

「弥吉、船を岸に着けるがや」

船を操るのは自分に任せて宗吉の面倒を見るよう大きな声で言った。

「大丈夫や」

宗吉は顔を上げた。声音は弱々しく、篝火に照らされた面差し(おもざし)にはいつもの逞しさ(たくましさ)がない。額に手をやると熱がある。

「爺ちゃん、帰るがや」

弥吉は手縄を預かった。

その時、鮎を見つけたようで鵜が潜った。手縄の一本が引っ張られた。思わず引き返してしまった。鵜が川面に顔を出す。

しかし、大きく開いた鵜の口には鮎も岩魚(いわな)もいない。

弥吉は動転し、更に手縄を強く引っ張ってしまった。十二本の手縄が絡み、鵜がばたばたと羽を動かす。水飛沫(みずしぶき)が上がり、弥吉や宗吉を濡らした。

「たわけ」

宗吉のか細い声が耳の奥にまで届いた。

情けなさと宗吉や鵜への申し訳なさで胸がはち切れそうになった。

翌々日の昼下がり、長良川の河岸近く、宗吉の家を策伝が訪ねて来た。

宗吉は風邪をこじらせたようで熱が下がらない。弥吉がつきっ切りで看病している。

藁葺(わらぶき)屋根の粗末な家は鵜を飼う鳥屋の方がよほど立派だが、宗吉は今のままでかまわないと口癖のように繰り返している。

家の奥、八帖ばかりの板敷きに整えられた寝床に臥す宗吉は血色が悪く、食欲もない。

策伝は弥吉と並んで枕元に座った。ひとしきり見舞いの言葉を述べてから、

「熱が下がらんと聞いたでな、これを持って来たがや」

と、紙に包まれた薬を差し出した。

「ありがてえことや」

弥吉が受け取ると、

「お殿さまが下されたのや」

「お殿さまが……」

「アミガサユリという薬草を煎じた薬ということやわ」

「アミガサユリ……、けったいな名前の薬草やがや」

「伊吹山に生えとるそうや。熱を下げる効き目があってな、お殿さまは宗吉さんが熱を出して寝込んだと聞いて、お取り寄せになられたのやわ」

「爺ちゃんも喜ぶわ」

「宗吉さんは鵜匠の鑑(かがみ)やでな。お殿さまも大そう心配なさっておられる」

策伝は宗吉の寝顔を見た。宗吉は苦しげにうめきながらも眠りの中にあったが薄目が開かれた。

「爺ちゃん、殿さまが薬をくださったがや」

耳元で弥吉が言うと、

「と、殿さまが……」

宗吉は身を起こそうとした。策伝が寝ていた方がいいと諫めた上で、

「殿さまは宗吉さんが一日も早くよくなるよう薬をくだされたのです。殿さまへの感謝はゆっくり寝ることですよ」

「そうや。爺ちゃん、寝とらなあかん」

弥吉にも言われ、

「もったいないがや」

宗吉は信長の厚意に応えるように身を横たえると両目を閉じた。やはり無理をしていたのだろう、すぐに寝息が漏れる。

策伝は視線を弥吉に転じた。

「岐阜の城下にやって来た南蛮人たち、今日御城に向かったそうや。お殿さまにお目通りがかなったでな。宗吉さんが健やかなら、今夜辺り鵜飼見物となったやろうけど……」

「鵜匠は爺ちゃんだけやない」

「お殿さまは殊(こと)の外に宗吉さんを買っておられるがや。お殿さまは、その道を究めた者を大事になさる。鵜匠、鷹匠に限らず、大工、瓦職、絵師、庭師、鋳物師、陶芸職、塗り師

など、匠の技を持つ者を大事になさるのや」

「ようわからんけど、爺ちゃんは長良川で一番の鵜匠や」

弥吉はうれしくなった。

「いや、宗吉さんは天下一の鵜匠や」

策伝の言葉に弥吉は満面に笑みを広げたが、すぐにしゅんとなった。一昨晩のことが思い出されたのだ。宗吉の具合がおかしくなり、動転した自分は手縄を操り損ねた。

鵜匠への道は遠い。

「お殿さまは、南蛮人を歓迎なさるのか」

「南蛮人も客人やでな。お殿さまは、客人のおもてなしにも力を入れておられるがや。岐阜の城、麓(ふもと)の屋形、南蛮人の目にどのように映るのか、楽しみにしておられる。おもてなしがうまくいけば、お殿さまの評判は遥(はる)か南蛮にも轟く」

「お殿さまは、人の評判を気になさるのか」

「気になさるから客人のおもてなしを大事になさるが、それだけやない。人をもてなすことがお好きなのやわ。いや、これはわしの考えやけどな。どうも、そんな気がするがや」

策伝は言った。

宗吉は心なしか顔色がよくなったようだ。

もてなしの城

一

五月二十八日の夕刻、信長は麓屋形本丸御殿の大広間で金森長近を引見した。

「鵜匠宗吉に薬種を渡したか」

「弟策伝に届けさせてございます」

「であるか」

信長は軽くうなずいた。

「宗吉の熱も下がることでございましょう。それはよいとしまして、南蛮の客人に鵜飼を見せたいところでございますが、致し方ございませぬ。他の鵜匠どもは及び腰ですので、南蛮人の前で粗相をするかもしれませぬ。今回は、鵜飼見物は取りやめた方がよろしいかと存じます」

長近の考えに信長も異を唱えなかった。ルイス・フロイスへのもてなしは、南蛮にまで自分の評判が伝わる。自分ばかりではない。岐阜城、岐阜城下の印象が届く。悪評が立ってはならない。フロイスが何を書き送るか確かめることはできないが、心地よいひと時を過ごさせてやりたい。評判も気になるが、フロイスを驚かせたい。

フロイスの驚く顔が見てみたい。青い目をきょろきょろさせる様を想像するだけで愉快だ。南蛮に鵜飼のような漁があるのか知らないが、鵜飼こそフロイスが目を見張る趣向であろうと思っていただけに、見せることができないとは残念だ。鵜飼に代わるもてなしを用意せねば。

「ところで、策伝、いかにしておる」

長近の顔が綻(ほころ)んだ。

「あ奴は、相変わらずでございます。城下や美濃のあちらこちらで辻立ちをし、暢気(のんき)な話をしたり、話を仕込んだりしております。肝心の仏道修行を疎(おろそ)かにしておるのではないかと、少々心配にもなりましてございます」

「心配あるまい。策伝は自分の考えというものを持っておる」

「策伝が、でございますか」

長近は首を捻(ひね)った。

「笑って暮らせる世を創るということじゃ」

「笑って暮らせる世……。いかにもあ奴らしい。いやはや、お笑いでございます」

長近には理解できないようだ。

そこへ、織田家宿老の柴田修理亮(しゅりのすけ)勝家の来訪が告げられ、長近は退出した。長近と入れ替わるようにして勝家が入って来た。四十八歳ながら、戦場にあっては未(いま)だ陣頭に立ち、十文字鑓(やり)を振るう壮健な身体(からだ)を今は甲冑(かっちゅう)ではなく、薄茶色の肩衣に包んでいる。髭で覆われた顔を見上げ、

「南蛮坊主ども、目下わが屋敷にて殿への目通りの日を待っております」

「よかろう。明日、目通りを許す」

「喜ぶことでございましょう。和田殿が念入りに書状をしたため、拙者や藤吉郎に殿への目通りが叶(かな)うよう、くれぐれもよしなにと頼んでこられました」

勝家は髭をしごいた。

「先だって、都で会ったばかりであるのにおれに会いたいとは、バテレン教の布教、うまくいっておらぬようだな」

「ご明察の通りでございます」

「邪魔立てしよるは公方か」

「公方さまもですが、禁裏でも……」

勝家は禁裏への遠慮からか言葉を濁した。信長は曖昧(あいまい)さを嫌う。はっきりと申せという

言葉を目に込めた。勝家も言葉を濁そうとした自分を恥じ入るように背筋を伸ばし、

「日乗殿の差し金でございます」

と、説明した。

日乗とは朝山日乗、日蓮宗の僧侶で後奈良天皇より日乗上人の号を下賜された。僧でありながら政に関わることを好み、朝廷や幕府との繋がりを利用して権力者に取り入っている。信長が上洛すると信長に接近し懐に飛び込んだ。信長も日乗に利用価値を見出し、村井貞勝と共に禁裏御所修繕の奉行を任せている。

日乗はキリスト教を嫌悪しており、たびたび信長にキリシタンの追放を進言していた。ある時信長はフロイスと宗論を戦わせた。一時半に及ぶ宗論の後、日乗は論破されて逆上の余り、信長の太刀を抜いて、その場にいたフロイスやロレンソに斬り付けるという愚行に及んだ。

しばらくは大人しくしていたが信長が岐阜に帰って四日後、持ち前の人脈を活用し朝廷内でキリスト教を快く思わぬ者に働きかけ、キリスト教布教の禁令の綸旨を出させたようだ。

「日乗殿の目から見れば、バテレン教は邪教にしか見えぬのでしょう。和田殿は朝廷との繋がりを持つ日乗殿に対抗するには殿におすがりするしかないと、バテレンどもに岐阜へ直訴に赴くよう申した次第。殿、バテレンどものもの訴えいかになされますか」

「将軍御所造営の場で引見せし時、おれは布教を許した」

「では、改めて布教をお許しになるのでございますか」

「おれは、決めたことを覆したりはせぬ」

「お言葉ですが、綸旨が出ております」

「綸旨などは紙切れじゃ」

舌鋒鋭く言い放つと勝家は啞然とした。気が高ぶる余り、朝廷をないがしろにする暴言を吐いてしまい、さすがに気が差す。

「もっとも、使いようによっては数万の軍勢を打ち負かす力を持つこともある。綸旨を生かすことのできる者が背後におる場合ぞ。日乗如きが小細工を弄して発給せしめし綸旨などは鼻紙も同然ということじゃ」

「御意にございます」

勝家は表情を落ち着かせた。

「今、家臣どもの中には殿がバテレン教に入信なさるのではと、気にかけておる者がございます」

「おれはバテレン教に入信する気はない。ただ、南蛮坊主どもと話をすることは楽しい。二年もの船旅の末に辿り着ける遥かなる国の文物に触れてみたいのじゃ。日本の文物も見せてやりたい。古より受け継ぎし、匠の技をな。都は荒廃しておるゆえ、岐阜の城にて日本の文物がいかなるものか見せてやろう」

「きっと、仰天することでございましょう」

「さて、どんなものであろうな。唐、天竺、南蛮にはさぞや壮麗な建物があろうよ。屋形に呼ぶのは都で引見したフロイスとロレンソの二名にせよ」

「承知致しました」

勝家が両手をついたところで信長は話題を変えた。

「伊勢攻め、秋にも致す。よくよく準備を整えよ。北伊勢は既に膝下にある。残るは南伊勢」

「南伊勢は南朝の忠臣北畠親房（きたばたけちかふさ）公以来の名門国司北畠家が治めております。たやすくは攻め取れぬものと存じますが」

「北畠だろうが伊勢国司だろうが、名ばかりを頼りとするものぞ。古きよき文物は尊いが、大名家となると厄介物に過ぎぬ。乱世にあって武威なき大名などはうつけよ。滅びてこそ天下の役に立つ。潔く滅ぼさせてやろうぞ」

「この柴田勝家、一層の鑓働きをしてご覧に入れます」

勝家はひときわ大きな声で返事をした。

戦場こそが自分の働き場所と思っているようだ。

その頃、伊勢長嶋願証寺に斎藤龍興と長井道利が戻って来ていた。帰蝶もお忍びでやって来ている。

「正月の企て、残念でございましたね」

帰蝶は龍興の健闘をたたえた。

道利の表情も明るく、

「今一歩のところで成就はなりませんでしたが、御屋形さまは天下に武名を轟かせました。三好党の面々にも一目置かれたのでございます」

「龍興殿の武勇は美濃にも聞こえておりますよ」

帰蝶も喜ばしげに目元を緩める。近頃はとみに小皺が目立ち、なるべく表情を動かさないよう心がけているのだが、うれしさの余り笑みを広げてしまった。

「わしの武名などより、信長が美濃にしっかりと根を下ろしておることが問題じゃ」

龍興は冷静だ。

「まさか、諦めましたか」

帰蝶が危ぶむと、

「逆でござる。信長から美濃を奪い返す思いを強くしており申す。美濃を奪われた悔しさから申しておるのではございませんぞ。ちゃんと策を練っております」

「どのような……」

「大坂本願寺と伊勢長嶋の一向宗徒を味方につけます。信長は近々にも南伊勢攻めを行うでしょう。伊勢全土が信長のものとなれば、長嶋が存亡の危機に立たされるは必定でござる」

「一向宗徒を味方につけるのは、既に織り込み済みではございますまいか。それ、長嶋は動かせても大坂本願寺まではいかがでしょう」

「大坂には本願寺法主顕如がおります。顕如を味方につければ、全国の一向宗徒が信長打倒に動きます。よって何としても信長打倒に加わってもらわなければなりませぬ。さらに、朝倉を味方につけます」

龍興の言葉を受けて、

「それがし、朝倉家に繋ぎをつけておるところでござる」

道利は絵図面を出した。畿内を中心とした国が描き込まれており、道利が碁石の黒を置いてゆく。

美濃、尾張、三河、近江、山城、大和、摂津、和泉、すなわち、信長の領国と勢力下にある国に黒石を置き終えた。次いで白石を取ると、

「三好党、本願寺、朝倉……」

などと言いながら阿波、河内、越前に置き、

「この黒石は遠からず白に替わりますぞ」

山城に置いた黒石を白石に替えた。山城ということは京の都だ。都は信長が奉戴した将軍足利義昭のお膝元（ひざもと）、そして、信長の家臣たちが守っている。意図がわからないのか小首を傾げた帰蝶に、

「公方さま、信長に不満を募らせておるとか。信長は朝廷の覚えもよくはござらん。南蛮坊主に都でのバテレン教の布教を許したことが、朝廷の不興を買ったのでござる。公方さまや天子さまは信長を嫌っておられるのです」

道利は言い、

「それは面白い」

帰蝶が理解したことで、道利は興に乗り黒石を指で弾（はじ）いて白石を置き、

「都が白石になれば、今黒石となっておる都周辺の国々も早晩白石に替わるでしょう」

と、摂津や大和、近江に置かれた黒石を白石に替えようとした。だが龍興が止めた。

「これら黒石を白石に替えるには黒石を囲む必要がある。囲むにはここに……」

龍興は美濃の東、信濃を指差した。帰蝶も身を乗り出し、

「武田が味方につけば、信長は四方を囲まれますね」

「まさしく白の勝ちとなりますが、肝心の武田、容易には動きませぬ。昨年、三河の徳川と組んで今川を攻めたばかり。当面、信玄は駿河（するが）を欲しております。家康の背後には信長がおる。よって」

龍興は黒石を三河、遠江、駿河、信濃、甲斐にまで置いた。俄然、黒石が優勢となる。

「一見して不利な局面だが、武田が白にひっくり返れば、局面は逆転する」

龍興に続いて道利が、

「朝倉は信長憎しで家中は染まってござる。家柄で格下の信長に朝倉家が従うわけにはいかないという不満が家中に渦巻いておるのです。その上、朝倉家に身を寄せておられた義昭さまを信長が抱え込んで上洛したのですから、信長憎しとなって当然」

朝倉が反信長に回れば浅井も信長打倒に動くと断言した。

「浅井長政には信長の妹が嫁いで盟約を結んでおるが、所詮は俄か仕立て。朝倉家とは長政の祖父亮政の頃より繋がりがある」

龍興が言い添える。

「龍興殿、頼もしき限り」

帰蝶の目が細まった。道利が、

「ところで、一つ面白いことがございます」

帰蝶が期待の籠った目を向ける。

「実は、本圀寺襲撃の折、我らの窮地を氏家卜全が救ってくれたのでござる。氏家、御屋形さまを裏切ったことを後ろめたく思っておりましょう」

「氏家の所業が綻びというものかもしれぬ。氏家がわしを助けたことが信長の耳に入ったら、信長は美濃三人衆に疑いの目を向け家臣たちの結びつきが乱れるかもしれん」

龍興はほくそ笑んだ。

帰蝶も顔中を皺くちゃにした。皺が増えようが構わない。

二

岐阜城、麓屋形へとやって来たフロイスとロレンソを信長は巨大な石垣が連なる正門前で出迎えた。

戸惑う二人に、

「苦しゅうない、参れ」

気さくに声をかけると、二人の案内に立ち屋形の中へと入った。入るや二人は壮麗な建物群を息を呑んで見上げる。

正門入ってすぐにある能舞台に到ったところでロレンソとフロイスのやり取りが聞こえてくる。フロイスは劇場だと思っているようだ。

能舞台を見せても仕方がない。

無言で通り過ぎ信長は彼らを促して本丸御殿へと向かった。屋形は山の勾配に沿って造られているため、上方に向かって延びる石段を上る。気が逸(はや)ってつい速足になるのを抑え、フロイスとロレンソの歩調に合わせて一段一段踏みしめながら進む。

程なくして本丸御殿に至ると二人は賞賛の言葉を上げた。

驚くのは早いぞ。

内部をとっくりと見るがよい。

信長は本丸御殿に巡らされた濡れ縁を先導して歩いた。

「なんと、清潔な」

フロイスがロレンソに何度も感嘆の言葉を漏らしたように、濡れ縁には塵一つ落ちていない。一枚板で作られた縁は鏡のように磨き立てられ、フロイスやロレンソは自分たちの姿が映りこむのを見つめながら御殿の周囲を巡った。

御殿を囲むようにして趣向を凝らした庭がある。どの庭も新緑の木々が目に鮮やかで、梅雨時の好天に恵まれたことは、天が与えた恵みと信長は思った。フロイスもロレンソも五月晴れの昼下がりを味わうように目を細めている。滝が飛沫を上げ、鳥が鳴く様子はさながら深山渓谷にいるようだ。濡れ縁から見下ろす城下の風景が信長の屋形を訪れているという現実に返らせる。

一通り庭を見てから大広間へ入った。

真新しい畳の香が匂い立ち、障子が開け放たれているため陽光が満ち溢れていた。

信長は上段の間に座し、フロイスとロレンソを間近に招きよせた。

「遠路、遥々、と申したいが南蛮から比べれば、僅かな日程じゃな。それにしても見知らぬ土地を旅するのは心細かったであろう」

「信長さまの治める領国には関所がなく、しかも野盗や盗人もおりません」

フロイスは戦乱の世とは思えない快適な旅であったことを語った。信長は満足げにうなずく。

「先頃、信長さまより布教のお許しが出たにもかかわらず、禁裏より禁令が出たのでございます。禁令が出た裏には日乗上人の働きかけが……」

ロレンソが語り終える前に、

「説明はよい。おれが許したのだ。何ら臆することはない」

フロイスとロレンソは声を合わせて感謝の言葉を並べ立てたものの、不安そうな顔つきである。

「その方らは、禁裏が絶対だと思っておるのであろう」

「おおせの通りにございます」

ロレンソが答えた。

「気に致すことはない。禁裏も公方もわが手の内じゃ」

決して尊大ぶらず、普段と変わらぬ口調で淡々と伝える。

フロイスとロレンソの顔が晴れやかになった。

そこへ、小姓が足利義昭の側近、三淵藤英の来訪を伝えた。ロレンソはフロイスに小声で三淵がやって来ることを囁いた。フロイスの顔が曇る。

「布教を邪魔立てするは、日乗の他に公方の側衆であろう」

義昭の側衆たちは将軍の側近という虎の威を借りて、バテレン教布教の邪魔をするばかりか、諸人に対して極めて居丈高な態度で接するため、評判が悪い。

フロイスとロレンソは遠慮して座を外そうとしたが、信長は苦しゅうないと引き止めた。

丁度いい。

公方の威厳がどの程度のものか、二人に見せつけてやろう。

フロイスとロレンソは隅に控えた。

素襖に身を包んだ三淵藤英が大広間の末座に座る。三淵は平伏し、額を畳にこすりつけ挨拶を始めた。長々とした口上の途中を遮り、

「大儀じゃ。面を上げよ」

上段の間から信長が声をかけても三淵は、「ははっ」と畏れ入るばかりで面を上げようとはしなかった。面を伏せたまま、

「公方さまよりのお願いの儀、申し上げます」

と、前置きしてから、

「近頃都を騒がす邪教を取り締まるようおおせでございます」

「邪教とは何か」

信長が凛（りん）とした声を放つと、

「バテレン教にございます」

三淵の肩が微妙に震え出した。

「バテレン教の布教はおれが許した」

「で、ですが、先頃、畏（かしこ）くも禁裏より、禁令が出ましてございます」

「公方さまも禁裏もおれに従っていただく」

信長は冷然と言い放った。三淵は思わずといった様子で顔を上げた。信長が射すくめるような視線を向けると、飛来した矢を避けるように慌てて面を伏せる。

「おれが申したこと聞こえたな」

「はい……」

蚊の鳴くような声が返された。

「聞こえたな」

今度は語調を強めた。

「聞こえましてございます」

三淵は声を振り絞った。

「ならば都に立ち帰り、公方さまにその旨お伝えせよ」

「御意」

信長の怒りを買うことを恐れてか、三淵はしっかりと返事をしてから、

「恐れながら、次のご上洛は何時頃となりましょうや」

「伊勢を征伐してからじゃ。北伊勢は既にわが支配の内にあるゆえ、南伊勢を従えるつもり」

「ならば、ご上洛は来年の春辺りでございましょうか」

「そんな悠長には構えておれぬ。南伊勢はこの秋にも平定するつもり。よって、年内には上洛する」

半信半疑の様子だったが足利義昭を奉戴しての上洛、本圀寺の襲撃、将軍御所造営に見せた信長の有言実行ぶりを思ったのか三淵は表情を引き締め、

「いつもながら、信長さまの迅速さ、まさしく神の如しでございます」

「御所が造営されたことにより、天下静謐を広く知らしめねばならぬ。ついては、公方さまには畿内近国の諸大名に上洛をせよとの御内書を発して頂きたい」

「お言葉ですが、大名方、応じましょうか」

「公方さまの名で上洛命令を発するのだ。上洛に応ぜぬ者は謀反人ということじゃ」

信長は話はすんだとばかりに横を向いた。

「畏まってございます」

　三淵は大汗をかき、大広間から辞去した。廊下に出ようとしたところでようやくフロイスとロレンソに気づいた。信長に拝謁する緊張で周囲に目配りするゆとりがなかったようだ。そそくさと歩き去る三淵の背中を見ながら、フロイスもロレンソも笑顔を広げた。よほど、三淵に嫌な思いをさせられたようだ。

「誰かある」

　信長が声を放った。

　たちまち、

「はい」

「は」

「ただ今」

　極めて抑揚のある声が一斉に轟き、雲霞の如く家来たちが集まって来た。みな、懸命に走って来たがために息を切らしている。フロイスとロレンソは目を丸くした。

「今後、何者も通すな」

　信長は告げると下がるよう右手を掃った。我先に家来たちがその場からいなくなる。余りに慌てているため、ぶつかってしまったり、磨きぬかれた濡れ縁に足を滑らせたりと大騒ぎだ。端から見れば滑稽だが、当人たちは大真面目、信長という恐ろしい主人に懸命に仕えている。

三淵は屋形を出た。

城下にある逗留先（とうりゅうさき）の旅籠（はたご）へと向かおうと馬に跨（またが）る。馬の背で揺られ、城下の賑（にぎ）わいに身を任せる。たちまち、

「瓜、いらんかね」

路傍で瓜売りが、買ってくれと近づいて来る。

「いらん」

邪険に扱ってもしつこく言い寄ってくる。

「うるさい」

馬上から鞭（むち）で打ちつけようとしたが、城下で騒ぎを起こして信長の勘気を被ることを恐れた。馬から下り銭だけ渡し去ろうとした。瓜売りが瓜と共に書付を手渡した。その目は思わせぶりであった。黙って三淵は書付を懐に仕舞った。

三

会見を終え、信長はフロイスとロレンソを伴い大広間から濡れ縁に出た。

「あと二、三日岐阜に逗留せよ。山上の城へと案内致す」

青空に稲葉山の山影がくっきりと刻まれている。フロイスもロレンソも山上の天守閣を見上げた。家臣たちの間からざわめきが起きた。二人とも家臣たちが動揺する理由がわからないようだ。

「木下を差し遣わす。布教につき要望があれば木下に申せ」

信長は言い渡した。


夕刻、フロイス一行が逗留する加納の旅籠に到着すると、旅籠の主大脇伝内から丁重な出迎えを受けた。盥に入れたすすぎ湯がすぐに用意された。大脇は信長の馬廻りを務める傍ら、加納の楽市にあって塩問屋や旅籠を営んでいる。

「お帰りなされませ」

大脇は愛想がよい。ロレンソが挨拶を返したところで、小柄な男が近づいてきた。猿に似たこの男、京都奉行の木下藤吉郎秀吉だ。

「これは、木下さま」

ロレンソがお辞儀をする。

「屋形で殿さまと会ったのきゃあ」

藤吉郎はそれはよかったと言いながら玄関に上がる。フロイスとロレンソが自室に向かおうとすると、大脇が呼びとめ、部屋を替えたことを告げた。二人は大脇の案内で二階の部屋に入った。これまでの部屋よりも立派な造りであり、広くもあった。

「この旅籠で一番の部屋だわ」

藤吉郎が言う。

それにしても凄い喧騒である。塩や米、味噌、醬油、着物や反物を積んだ荷車が行き交い、売り声が響き渡っているのに加えて、南蛮人を一目見ようという物見高い連中が旅籠の前に押し寄せている。

こう騒がしくては藤吉郎の地声の大きさも気にならない。

信長の引見を受けたということで、フロイスたちの扱いが一変したようだ。

「都からご苦労だがや」

どっかとあぐらをかくと藤吉郎は袴から出た膝をぽりぽりと搔く。別段、痒くはないのだが、こうして見せることで信長との会見を終えた二人の緊張を解しているのだ。

ロレンソが山上の城に招かれたことを語った。

「そら、滅多ににゃあことだわ。山上の御城はな、重臣といえども特別の用向きがにゃあ限り、上ることは許されん。見物できるとは、おみゃあら、よっぽど殿さまに気に入られたのだわ」

ロレンソは顔を輝かせ、フロイスに念のために通訳をした。フロイスは通訳されるまでもなく、山上の城に招かれたことがいかに名誉なのかわかったようだ。

「信長さまは都での布教をお許しくださいましたが、触書について、どのような内容にすればよいか、木下さまと詰めるようお求めになりました」

「綸旨を跳ね飛ばすくらいの朱印状が必要だで。おみゃあらが、望むことを包み隠さずに要望すればええがや。わしは京都奉行として殿さまの朱印状を徹底させるでな」

藤吉郎は自信満々に請け合った。二人が礼を述べると藤吉郎は腕を組み首を捻った。

「それにしても異例のことだがや。山上のお城に招かれたこともそうだが、朱印状の発給もな。殿さまから朱印状を頂くには、金や銀をたんと積まなあかん。大きな寺や社などは、よう承知しておるでな、仰山（ぎょうさん）の金や銀を持参するわ。ほんでも、おみゃあらからは金も銀も銭も殿さまは受け取られんわ。おみゃあらは特別だわ」

実際、フロイスは布教許可に朱印状を出してもらうため、金の延べ棒を持参した。ところが、信長は受け取らなかったのだ。藤吉郎が不思議がるのも無理はない。

「ま、ええわ。殿さまにはお考えがあってのことだで」

組んだ腕を藤吉郎は解いた。

ロレンソが、

「公方さまの家来が来ていましたが、信長さまは邪険に扱われました」

信長と足利義昭の関係がぎくしゃくしているのではという懸念を示した。

「実はな、わしも少々いや、大いに気がかりだがや。公方さまというお方、なんというかのう、床の間を背負っておれん性質のようや。大人しくしとれば、平穏に暮らせるものをな。日がな一日、歌を詠んだり、茶を喫したり、鷹狩を楽しんだりもできるのだわ。うまいもの食べて、酒を飲んで、別嬪を抱いてな、極楽のような暮らしが送れるがや」

藤吉郎は両手を突き出し、唇を尖らせて女を抱く格好をしてふざけたが、フロイスもロレンソも冷めていることに気がついて座り直し、

「おみゃあらの、そんなところを殿さまは気に入られたのだわ」

と、膝を打った。

フロイスは怪訝な顔をしてロレンソを見る。ロレンソが説明しようとしたところで、

「わしがな、酒や女の話をするとな、たちまち、乗ってくる坊主どもがおるのだわ。あちこちの遊郭のことを話したるとな、自分も連れて行けと頼んでくる者もおる」

京都奉行という立場上、藤吉郎は自領の荘園の回復や安堵を願って入れ替わり立ち替わりやって来る、様々な寺院の僧侶と応対する。

「仏、ほっとけでな、坊さんたち自分らの欲得にしか関心がないわ。自分らの要求を好き勝手に言い立てるがや。ほんとうんざりだで。そんでな、そんな坊さん相手にはな……」

戯言を言って相手の気をそらせるのだそうだ。

「金や色、煩悩と戦うのが坊さんだのに、わしら俗な者よりよっぽど取り込まれておるが

や。日本にはぎょうさんの坊さんがおるだで、立派な坊さんも大勢いなさるが、俗世間の垢にどっぷりと浸かっとる坊さんも珍しない。殿さまは、おみゃあらの教えに殉じる姿をえらく気に入られたのだわ」

藤吉郎の口調が熱を帯びた。

ロレンソの通訳を聞き、フロイスはにっこり微笑んだ。

「わかっとると思うが、殿さまは嘘を嫌う。それと、知ったかぶりもだで。嘘や欺瞞を見逃さんお方だがや。おみゃあらは嘘をついたり、知ったかぶりはせんと思うがな。わしからの忠告だでな」

「わかりました」

ロレンソが返事をした。

「それにしても、公方さまもここらでお遊びを止めな、とんでもにゃあことになるで」

「信長さまは公方さまと戦をなさるのですか」

フロイスが危ぶんだ。

「戦にはならんし、戦にならんようにわしら家臣は努めるのだわ」

「信長さまはおっしゃいました。公方も禁裏もわが手の内じゃ、と」

フロイスに言われ、藤吉郎は一瞬言葉を呑み込んだ。

「殿さまらしいお言葉だがや」

「これからも、よろしくお願いします」

ロレンソは丁寧に挨拶をした。フロイスも頭を下げる。

「都に戻ったらわしに何でも言うてちょ。明智殿や丹羽殿にも話ができんことでもな」

藤吉郎は右目を瞑（つむ）った。

四

フロイスとロレンソが山上の城を見物することになったのは四日後であった。

この年は閏月（うるうづき）が設けられているため、翌月であるが暦上は閏五月の三日である。

山上の城までは柴田勝家が案内をした。

「ずいぶんと高い所にあると思うかもしれぬが、なに、緩やかな道もある。まあ、ゆるりと参ろうではないか」

勝家は馬に跨る。フロイスとロレンソにも馬が用意された。ロレンソは遠慮したが、勝家に強く勧められ、信長の厚意を無駄にするわけにはいかず馬の背に揺られることにした。

勝家の従者が馬の轡（くつわ）を取り、麓（ふもと）から七曲と呼ばれる道を登り始めた。

新緑の香が匂い立ち木漏れ日が目に沁みる。木々の隙間（すきま）から長良川の雄大な流れが見下ろせた。

途中、曲輪が設けられた砦で監視の兵たちの視線を浴びた。そのたびに勝家が殿さまの客人であることを告げ、問題なく通ることができた。

三人が行く七曲は岐阜城の大手道ともいうべき、城へ向かう道の中では最も緩やかだそうだが、馬上であるため時に大きく揺れ、ロレンソなどは落馬するのではないかと何度も肝を冷やした。半ば程上ったところで、形振り構わず前のめりの姿勢となった。

「もう、間近ですぞ」

先頭を行く勝家が声をかけると、馬の首にしがみついていたロレンソが顔を上げた。

「ここからは徒だ」

勝家は申し訳ないと言葉を添えたが、ロレンソにはむしろありがたかった。

三人は馬を下り、従者たちに預けた。眼前に大きな門がある。背後には蔵が建ち並んでいた。兵糧米が備蓄されているようだとロレンソがフロイスに言う。実際は煙硝蔵だったことを後日知る。

「まずは、一の門じゃ」

勝家は門の横に設けられた楼閣で監視を行っている兵を見上げ、

「開門せよ」

と、命じた。

門が開き三人は進む。門兵は三交替で昼夜違わず業務に当たっているのだそうだ。

入るとすぐ左手に大きな建物がある。太鼓櫓というと勝家が教えてくれ、

「領国内の領主どもの子らが百人ほどおる。歳の頃、十二から十五までの子らじゃ」

「人質でございますか」

ロレンソが問いかけると、

「人質であるが、殿さまは身の回りの世話をさせ、その中から見所のある者を選りすぐっておられるのじゃ」

勝家が答えたところで太鼓櫓を過ぎ、二の門を潜る。

天守閣が聳えていた。

一階の出入り口に信長が立っている。

天守閣内部に入ることができるのは信長の身内と限られた少数の重臣のみということだ。

フロイスもロレンソも緊張の面持ちで信長に続いた。階段を登り、最上階である四階に上がった。座敷の隅で二人の少年が正座をしている。信長の嫡男奇妙丸と次男茶筅丸だそうだ。二人とも、華美に飾り立てた着物を身に着け、フロイスとロレンソに挨拶をした。

信長は二人を濡れ縁に導いた。

二人は眼下に広がる濃尾平野の絶景に言葉を失った。二人に心行くまで景色を味わわせてから座敷に戻った。既に奇妙丸も茶筅丸も退出していた。

フロイスとロレンソは座敷を見回した。

金彩色の屏風が立ち、二千本もの矢で装飾されている。屏風の前には地球儀が置かれていた。圧倒されたように二人が無言で座っていると、茶筅丸が入って来た。両手で盆を捧げ持ち、盆には茶碗が三つ載っている。

茶筅丸はフロイスの前に盆を差し出した。信長が目で取るよう告げる。フロイスは、

「ありがとうございます」

と、両手で取った。次いで信長が茶碗を取る。三つ目はロレンソが受け取った。信長ばかりか、息子たちまで奉仕させている。豪華な飲食、見世物によるもてなしは、世の権力者であれば珍しくはない。もてなされる者を喜ばすにはひたすらに財力を傾ければよい。しかし、接待を受けている時には満足ゆくものであったとしても、接待する側に気持ちがなければ、一時のものにしか過ぎない。

信長は何よりも心を込めた。柴田勝家、木下藤吉郎といった重臣ばかりか、奇妙丸、茶筅丸といった息子たちも動員してのもてなしだ。バテレンフロイス、遥か南蛮からやって来た宣教師に共感を覚えたのと、驚かせてやりたいという子供じみた気持ちからである。

フロイスはすっかり感動しているようだが、これしきのことで驚くのはまだ早い。これからとっておきのもてなしが待っているのだ。

内心でほくそ笑み、信長は己が趣向を悟られまいと平静を装った。

だが、その前に最も知りたいこと、そして、恐れていることを確かめねばならない。

「布教のことは、おれが許可するよう公方に書状をしたためたゆえ心配致すな」

まずは、二人が一番気にかけている布教のことは解決したと告げる。フロイスもロレンソも感謝の言葉を並べ立てた。

「フロイスに尋ねる。この城、いかに思う。天竺におったと申しておったが、天竺にはこのような城、あるか」

胸の鼓動が高鳴った。

数多あると答えられたら、これまで心血を注いで築き上げてきたものが音を立てて崩れてしまう。

足利義昭を迎えた時よりも、蝮の道三との会見に臨んだ時よりも緊張している。

「インドのゴアにもこのような厳かな宮殿はございません」

フロイスの答えに思わず頰が綻んだが、

「であるか」

わざと素っ気なく答えた。天竺にもないとはフロイスの世辞であろうが、悪い気はしない。フロイスは言葉が足りないと思ったのか、

「宮殿入り口の広場、インドのゴアにあるサバヨよりも遥かに大きく、庭園の美しさたるや見たこともございませぬ」

フロイスが賞賛しているのは、能舞台と本丸御殿を巡る庭だろう。

青い瞳がきらきら輝いている。満更、ご機嫌取りではなさそうだ。そうだ、この男、布教のために身命を賭してきた男、偽りなき生涯を送る者だ。見え透いたおべんちゃらなど使うはずがない。うつけではないのだ。

自分が行ってきたことは間違っていなかった。じわじわと喜びが胸一杯に広がる。

座敷の空気が和んだところで好奇心の赴くままに話をした。

「この世には、様々な国があると思うが、日本のように四季の移ろいはあるのか」

フロイスは笑みを浮かべ、

「四季のある国もあれば、一年を通じて暑い国、寒い国もございます」

「暑いと申すと……」

信長は地球儀を傍らに置きぐるりと回し、日本はここだなと指で指し示す。フロイスは腰を浮かし、地球儀を覗き込んだ。球体の真ん中辺りを指で横になぞり、

「この辺りはとても暑い国です。一年を通じて太陽が燦々と降り注ぎ、裸や薄着で過ごせるものでございます」

と、ロレンソの助けを借りながら答えた。

「ほう、そんなにも暑いのか。では、そのような国に住む者、一年を通じて日に焼けておるのか」

「日に焼けてというよりも、肌が黒い者もおります」

「黒いとはどの程度だ」

「墨のように真っ黒でございます」

「なんと」

俄かには信じられない。

しかし、フロイスが嘘をつくとも思えない。そういえば、大黒天は元々は天竺のシヴァ神のことで、シヴァ神は暗黒を意味するマハーカーラとも呼ばれ、世界を破壊する黒い姿で現れるのだとか。

「一方で寒い国は、一年の多くの月に雪が降り積もり、夏が極めて短いです」

「難儀よのう。蝦夷よりも雪深き国があるのであろうな」

「さらには、一年の内いつまでも日輪が沈まず、夜のない日が続く国もございます」

「それでは眠れまい」

「実際、眠れずに難儀している者もおるとか」

フロイスは言った。

やはり、この世は広い。

「かつて、蒙古はこの世の大半を支配したと申すが」

「チンギス・ハーンは、ここから、ここまでを支配しました」

フロイスの身体が横に動く。それほどに広大な領土を蒙古は獲得していた。

その後も世界の地理や風土、星や太陽に話題が及んで、時の経つのも忘れてしまった。

「ところで、戦はどのように行われるのだ」

「日本の戦よりも激しい戦もございます。特に異教徒との戦は過酷を極めます」

フロイスは十字軍による聖地エルサレム奪回を目指したイスラム教徒との合戦を話した。

「信仰上の合戦か……」

日本でも法華宗と一向宗の間で戦があった。西洋では国の枠を越えて、異教徒征伐の軍勢が催されるのだそうだ。日本でも本願寺などは国を越えて門徒が結束している。信仰は強い絆を作るということだろう。

「いかぬ、話に夢中になり過ぎたな。そなたら、腹がすいたであろう」

信長は隣室へと入った。待機している茶筅丸に食事の支度を言いつける。

「ゆるりと食事をせよ」

その後も歓談の花を咲かせ、やがて食事の用意が整ったという報せが届いた。

隣室に食膳が整えられている。

「よし」

驚かせてやるぞ。

食膳を持って行ってやるのだ。麓の屋形、山上の城で家臣たちは元より将軍の側近からも恐れられていた自分が奥女中のように食膳を運ぶ姿を見れば、フロイスはさぞやびっくりするであろう。山海の珍味、豪勢な料理で客をもてなす王侯は珍しくはない。しかし、食膳を運ぶ王などはおるまい。

信長は食膳を両手で持ち、フロイスの眼前に立つ。フロイスは口を半開きにして信長を見上げた。

しめしめ。

思惑通りだ。フロイスめ、呆気に取られておる。

フロイスばかりかロレンソも驚嘆の余り、おろおろしていた。

「さあ、受け取るがよい」

驚かせるのであって萎縮させてはならない。笑みを広げ優しい声音で呼びかけた。

フロイスは両手で押し頂き頭を下げたまま受け取った。

「汁をこぼさぬようにな」

更に気を配った。

フロイスもロレンソも畏れ入るばかりだ。

「鮎は食したことがあるか」

食膳に載った鮎の塩焼きに視線を落とした。フロイスもロレンソもあると答えた。

「これは、鵜飼で捕獲した鮎じゃ」

信長が鵜飼について説明すると、二人とも物珍しげな目で鮎を見た。

「鮎に歯形が残っておろう。鵜が咥えた痕じゃ。鮎は鵜に咥えられると同時に息絶える。網や竿で釣り上げると鮎は暴れるが鵜飼で獲られた鮎は暴れることがない。よって、身が損なわれることなく美味なのじゃ」

信長の説明をロレンソがフロイスに伝える。フロイスは興味深そうに箸で鮎の身を解し始めた。

「このように食せ」

信長は箸で鮎を摘むと頭からかぶりつき、むしゃむしゃと食べて見せた。

「気取らずともよい。この方が美味い。鮎を存分に味わえるというものじゃ」

信長が笑顔を向けると、二人は頭から鮎にかぶりつき、すぐに破顔した。

和やかな食事が終わると、信長は二人に絹の袷と帷子を土産に贈った。

そして、京都での再会を約束して別れた。

もてなしは終わった。

伊勢攻めに気持ちを切り替えよう。

五

龍興と長井は伊勢長嶋願証寺に、三淵藤英を迎えていた。瓜売りの少年すなわち忍び韋駄天の万蔵の案内でやって来たのだ。

三淵は警戒を呼び起こしている。なにしろ、本圀寺で龍興が参陣した三好党の手痛い襲撃に遭っているのだ。

「書状は読んでくださりましたな」

龍興の問いかけに、

「目は通しました」

三淵が短く答えた。

「公方さまは、信長に不満を抱いておられよう」

「そのようなことはござらん。信長さまを父とも頼みになさっておられる。貴殿は公方さまと信長さまの間柄を裂かんと企てておいでのようだ」

「いかにも」

龍興がすんなりと認めたため、三淵は意外であったようで大きく目を見開いた。龍興は至って落ち着いた様子で、

「三淵殿、信長の庇護の下のままでよいのか。公方さまは満足しておられるのかのう」

「満足もなにも、公方さまは信長さまと共に天下静謐にご尽力なさるのでござる」

「果たしてそうかな。公方さまは英邁の誉れ高いとご評判。であるならば、公方さまがご自分の意志で政をなさりたいはず。そうではござらんか」

「公方さまのお心は、はかり難いものでござる」

三淵は答えに窮している。

「わしは何も三淵殿を責めようというのではない」

龍興は三淵を安心させるように笑顔を浮かべた。それでも、三淵は不安と恐怖が去らないようだ。

「わしは確かに、三好党に加担して本圀寺に公方さまを襲った。しかし、公方さまのお命を頂戴しようなどという考えは露ほどもなかった。わしは、信長に追われた身。今一度、信長の手から美濃を奪い返したい、その一念から三好党に加わった。わが父は幕府相伴衆にもなった一色義龍でござる。公方さまへの忠義は出来星大名の信長なんぞとは比ぶべくもなく厚い。三淵殿とて、公方さまへの忠義心ゆえに下げたくもない頭を信長に下げておられるのでござろう」

「それは……」

三淵の額に汗が滲む。

「今すぐにとは申しませぬ。早晩、公方さまは信長と対立される。信長を許せぬと思われる時がくる。その時には、公方さまには信長打倒の旗頭になっていただきたいのです」

「公方さまが信長打倒の」

最早、三淵は信長と呼び捨てにしていた。

「信長は珍奇なものを殊の外に好む。挙句に南蛮の邪教を都で布教させようとしておるとか。公方さまはお許しになられたのですか」

「公方さまに加えて、禁裏も禁令を出されたのに信長は布教の許可を与えた。公方さまと禁裏を無視してじゃ」

次第に三淵は激してきた。

「この溝は時を置かずして深くなるばかりですぞ。邪教の布教に始まり、政に対する食い違いが生ずる。信長は伊勢に攻め入る。そのこと、公方さまは了解されておられるのですか。いや、伊勢ばかりか、信長は自分に敵する大名を公方さまの名の下に成敗する気でおりますぞ」

道利が龍興の言葉を受けて、

「このままですと、公方さまは信長の傀儡と成り果てるだけでござります」

「しかし、都は信長の軍勢によって守られておる。我らが叛旗を翻すなどできるはずはない」

「むろん、その通り」

あっさりと龍興が受け入れたことで三淵の目に失望の色が浮かんだ。

「ならばどうしようもないではござらぬか」

「ですから、三淵殿、公方さまの側近方の内で信長打倒を志す方々を集うのです」

「そんなことをしたとて……」

「公方さまは信長の腹の中においでです。つまり、信長の腹を食い破ることができるお立場。わしは、かつて、信頼する家来に城を乗っ取られたことがありました。稲葉山城は難攻不落の名城でした。祖父道三の頃より、いかなる敵が攻め込もうが、決して落ちることはなかった。それが、わずか十七人の家来どもによって乗っ取られた。わしの大いなる油断であったが、いかに堅牢な城といえど、内部からの攻撃にはもろいということです」

「だが、軍勢を集めたとて信長に比べれば遥かに劣勢」

「公方さまは手持ちの軍勢こそ少のうござるが、動かせる軍勢となると幾万、いや、幾十万、その気になられれば日本中の大名を動かすことができるのです」

龍興は強く主張した。

「公方さまにお伝え申し上げる。公方さまも、心強い思いをなさることでしょう」

三淵は腹を決めたようだ。


その頃、岐阜の城下にある金森長近の屋敷には一通の書状が届けられていた。家来が、城下をうろつく怪しげな瓜売りを見つけ、尋問しようとすると、氏家卜全の屋敷を訪ねているという。長近の家来を卜全の家来と思い、一通の書状を手渡してきたそうだ。

差出人は斎藤龍興で内容は驚くべきものだった。龍興は本圀寺襲撃の後、敗走中、洛中の閻魔堂に潜んでいたところを氏家卜全の目こぼしによって逃れることができ、書状には卜全への礼が綴ってある。

「まさか」

何者かの策謀に違いない。卜全を陥れるつもりなのではないか。

しかし、筆遣いは龍興のものに違いない。花押も龍興のものだった。加えて、龍興が潜んでいたという閻魔堂の周辺を探索していたのは氏家卜全である。書状は本物と思って間違いなかろう。

卜全め、龍興を裏切った後ろめたさから仏心を起こしたか。

卜全の裏切を信長が知ったなら。

長近は書状を懐中にしまった。

龍興と道利は三淵が帰ってから、

「万蔵もうまくやったようです」

「公方を神輿として担ぎ、信長めの懐に獅子身中の虫を飼っておく。氏家卜全という虫、必ずや役に立つ」

「御屋形さま、策士としても目覚められましたな」

道利はうれしそうだ。

「これから、忙しくなる。朝倉をわが方に引き込む。三好党では、信長打倒の旗頭にならぬが、公方なら立派な旗頭だ」

「これ以上ない旗頭でございます」

二人は俄然強い決意を示した。


八月二十八日、織田勢は雲霞の如く大軍で伊勢路に攻め入った。さながら雪崩のような行軍を続けた。北畠具教、具房親子が籠る大淀城を五十日に亘って包囲し、和議を結んだ。和議の条件として、次男茶筅丸を北畠家に養子として送り込み、実質上北畠家を乗っ取って、十月には伊勢をほぼ平定した。あわせて志摩の水軍九鬼嘉隆も信長に従い北畠の支城大淀城陥落に活躍し、織田家に組み入れられた。信長は伊勢に加え、九鬼の強力な水軍を手に入れた。

信長の前途は洋々として、一切の陰りもないようだ。

次の上洛に信長は胸を躍らせた。

驕り（おご）の静謐（せいひつ）

一

永禄十三年（一五七〇）、二月二十五日、信長は軍勢を引き連れ岐阜を発し、上洛の途に就いている。

昨年の十月、伊勢平定後に伊勢神宮を参拝し、その足で千草峠を越えて上洛した。将軍義昭に拝謁し、伊勢平定を報告するためであった。しかし、義昭は信長が独断で伊勢に侵攻したこと、名門北畠に次男茶筅丸（信雄（のぶかつ））を養子に送り込んで事実上北畠を乗っ取ったことを咎（とが）めた。

義昭は将軍たる自分に一言の相談もなかったことが面白くなかったのだ。不快になりながらも、信長はあくまで天下静謐（せいひつ）のために行ったと主張し、早々に岐阜に帰った。予定を早めた唐突な帰国は、義昭や幕臣たち、さらには朝廷までも慌てさせた。

信長が下した都でのキリスト教布教許可への横鑓に加えて、伊勢平定をも批判、義昭との対立が続いている。

今のところ、義昭に子はない。足利将軍家の正統な血筋を受け継ぐ者がいない以上、義昭を将軍から外すことはできない。従って、将軍らしく振る舞ってもらうよう諫言するしかない。

信長は書状を送った。

五カ条からなる条文は、義昭の行動を大幅に制限するものだった。

何事も信長に相談の上でないと決定してはならない、諸国の大名に勝手に書状を発してはならない、忠節の臣に領地を与える時は信長の分国の内から与える、天下は静まったのだから朝廷の儀礼を疎かにしてはならない、といった条文を義昭に認めさせた。

認めれば名ばかりの将軍、信長の傀儡になり下がってしまうのだが、義昭は呑まざるを得なかった。信長が軍勢を都から引き上げれば、将軍の座から転落することがわかっているからだ。

義昭には失望させられ続けているが、自分がいなくば何もできないと思い知らせたことで溜飲は下がった。

それゆえ今回の上洛は晴れ晴れとした気分で軍勢を進めている。

鉄砲による狙撃を心配して家臣たちは輿に乗るよう勧めるが、好きになれない。輿の中から覗く景色は物足りない。

青空の下、巨大な瘤のように横たわる伊吹山は白雪を頂き、たおやかな稜線をくっきりと刻んでいる。何度見ても、神々しいまでの美しさに溢れている。こんな風景は輿に乗っていては味わえない。

上洛に当たって将軍御所落成を祝し、上洛を促す触状を五畿内および近国の大名たちに発した。御所落成祝いの場には義昭と居並び、諸侯を謁見することになろう。

信長一行は近江に入ると行軍の速度を落とした。豪雪をついての強行軍で近江に入ったのは昨年の正月のことだった。今回は山桜を愛で、春の息吹を味わっての行軍である。行軍というよりは旅のようだ。

二十六日、琵琶湖の南、安土町にある常楽寺の境内に陣を張り、しばし滞在することにした。相撲を催すのである。前以て、常楽寺にて相撲を行うことは近江国中に触れを出している。

勝ち残った者には、褒美はもちろん織田家に取り立てられるとあって、力士ばかりか力自慢の男たちが押しかけている。

境内には信長と重臣たちの桟敷席が設けられ、大勢の見物人が集まった。

この時代、まだ土俵はない。直径五間の円陣を見物人たちの人垣で囲って、相撲を取った。人垣を人方屋と称した。信長や重臣たちが座す桟敷席は円陣を見下ろせるような高さに設けてある。

信長の隣は北近江を領する小谷城主浅井備前守長政が座している。二年前の永禄十一年（一五六八）の正月に妹のお市を嫁がせた。夫婦仲は睦まじく、娘一人をもうけ、今もお市は腹の中に長政の子を宿していた。夫婦仲同様に織田家と浅井家の同盟も揺るぎない。

三河の徳川家康と共に両腕だと信長は信頼している。策伝ではないが、東に家康、西に長政を従えて突き進めば天下布武は夢物語ではない。笑って暮らせる世となろう。

信長が湯帷子という気楽な格好であるのに対し、長政は律儀にも烏帽子を被り紺色の直垂に身を包んでいる。

「兄上、こたびの上洛、まこと祝着にございます。大名たちが王城にて天下静謐を誓えば、乱世も収束に向かいましょう」

「そなたの力、益々もって頼りと致す。頼むぞ」

春の柔らかな日差しを受けて心地好く目が細まる。

「時に、市は息災にしておるか」

「至って健やかにございます。今日も相撲を見たいと申したのですが、身重ゆえ大事をとって城に止めおきました」

「ふむ」

信長の脳裏にお市の白いうなじが浮かんだ。兄の目から見ても美しい女であった。城内の池の畔に佇んでいる様子など、まるで白鶴が羽を休めているようだとは、木下藤吉郎らしい世辞であったが、決して大袈裟な喩えではない。嫁がせるのは勿体なかったが、そういうわけにもいかない。どうせ嫁がせるのなら、お市にふさわしい男と目星をつけたのが浅井長政であり、まさしく正解であった。

長政のふくよかな横顔を見ている内に、気がかりなことを思い出した。

「朝倉殿は上洛なさるであろうかな」

「上洛なさると思います」

長政は肯定したが、その物言いは豪の者には不似合いなくらいに曇っている。浅井家と朝倉家の同盟関係は古い。織田家との盟約のように俄か仕立てではない。

浅井家は長政の祖父亮政の時代に勃興した。浅井家が領するのは江北と呼ばれる北近江の三郡、すなわち、伊香、浅井、坂田郡である。これら一帯は守護大名京極氏の領地であった。ところが、京極家の当主高清は専ら都に住み、領地支配は老臣筆頭上坂家信が行っていた。家信は専横を極めたため、国人領主たちは不満を持ち続けた。

大永元年（一五二一）家信が死に、息子の信光が跡を継ぐと家信と同様の専制ぶりを発揮する。国人たちは不満を露わにし、二年後の大永三年（一五二三）に起きた京極家の後継を巡る家督争いに加わり、国人領主の代表浅見貞則が江北三郡の実権を握った。そして、浅見もまた、上坂家信、信光親子同様の専横ぶりを発揮し、またも国人たちの不満は爆発した。そこで国人領主をまとめた浅井亮政が、大永四年（一五二四）浅見貞則打倒に成功して、江北三郡の領主となったのである。

その後、浅井家は安泰ではなかった。江南に勢力を張る六角定頼にしばしば攻められた。亮政は境を接する越前朝倉家を頼り、支援を受けた。

以来、亮政、久政、長政の三代に亘って朝倉家との関係は続いている。長政が朝倉義景に遠慮するのはもっともだ。

朝倉義景が信長をよく思っていないことは自覚しているし、間者の報告でも確かなことだ。信長の上洛要請に応じるとは思えない。

もし、義景が上洛しなかったなら。

信長ばかりか将軍の命令に逆らったことになる。天下静謐を乱す者は誰であれ成敗せねばならない。

将軍義昭の名の下に。

織田と朝倉が合戦となったら長政はどうするだろう。

人の本性は追い詰められた時にこそ表れる。

無性にこの男の本音が知りたくなった。

「そなた……」

信長の改まった様子に長政は身構えた。

「そなた、天下静謐を乱す者あらば、誰であろうとおれと共に討つ覚悟はあろうな」

「申すまでもないことでございます」

長政は力強く応じた。

思った通りの答えだ。

面白くない。なんとも面白くない。当たり前に過ぎる。

そうだ、この生真面目(きまじめ)な義弟を驚かせてやろうか。いや、驚かせるのではなく、長政という男の奥底に踏み込みたい。

「天下静謐を乱す者、このわしであったら何とする。討ち果たすか」

見据えると長政はわずかに目元を厳しくし、

「断腸の思いで討ちます」

「うむ、よくぞ申した」

この男は信用していい。自分を慕うから味方するというのであれば頼むに足りず。戦国の世にあって人を動かすのは利であるが、利で動く者は信用できない。もっと疑わしきは情による結びつきだ。最も信頼すべきは志を同じくする者だ。天下静謐の大義に共感する者こそが真の同盟者である。

朝倉義景なら討つか、という問いかけは敢えて胸に仕舞った。聞くまでもないことに思えたのだ。

やがて、相撲が始まった。

会場は凄まじい歓声に包まれた。

集まった男たちは、みな、下帯一つとなって取り組みを行った。

結果、鯰江又一郎と青地与右衛門の二人の力士が勝ち残り、信長は金銀で飾り立てた太刀と脇差を与え、相撲奉行として召抱えた。

「兄上、面白うございました」

長政はすっかり満足の様子である。

「このように、相撲見物を楽しむ日が続けばよいのだがな」

澄み渡った青空に薄い雲が光っている。鳶が見物人たちの頭上すれすれに飛び、雲雀の鳴き声が長閑に響いていた。琵琶湖を渡る春風が桜の枝を揺らし、雪のような花弁を舞い散らせる。

「平穏ですな。戦乱の世とは思えませぬ。小谷城から見下ろす琵琶湖の水面は白銀を散らしたようで、兄上にもご覧頂きたいと存じます。拙者も近日中に兵を率い、上洛致します」

「ふむ、都で会おうぞ」

信長が立ち上がろうとした時、見物人がざわめいた。

二

視線を転ずると人混みを掻き分けて人方屋に近づいて来る武者がいる。群集の中にあって頭一つどころか、胸から上が突き出ている。黒地の小袖と裁着け袴に包んだ身は、丈が七尺、体重は六十貫以上もあろうか。大男であるばかりか、立ち上がった熊のような狂暴さを伝え、見物人たちは恐れを成して遠ざかる。人の波が大蛇のようにうねり、人方屋が崩れた。

それでも怖いもの見たさでか帰る者はなく、遠巻きになって大男の一挙手一投足に視線が注がれた。

大男は崩れた人方屋から円陣に入ると鮠江と青地に向かって、

「わしと、勝負せい」

と、怒声を放った。

次いで、信長に向き片膝をついた。人方屋の真ん中に巨岩が置かれたようだ。髭に覆われた顔にあって、獰猛さをたたえた双眸が光を放っている。敵意がないことを示すためか、丸腰だ。織田の足軽たちが長柄の鑓を向けたが、大男は歯牙にもかけず、身動ぎ一つしない。

「真柄ではないか」

長政が声をかけた。

真柄十郎左衛門直隆。朝倉家にあって北国の豪傑の異名を取る勇者である。戦場では太郎太刀と称される五尺三寸の大太刀を振るい、鬼神のような働きをすると評判だ。

「朝倉家家臣真柄十郎左衛門でござる。本日、信長さまの相撲興行を聞き、矢も盾もたまらず参上致した次第。本来なら、相撲を取りたいところでござるが、さすがにそれはできず見物するに留まり申した。が……」

真柄は見物している内に血が騒ぎ、我慢できずに飛び出してきたのだそうだ。

「信長さま、この二名の者と相撲を取らせてくだされ」

真柄は鯰江と青地を振り返った。

この豪傑の相撲が見たくなった。

評判通りの豪の者であるのか、自分の目で確かめたくなったのだ。

「よかろう」

信長は承知した。

「かたじけない」

真柄は喜色満面となって小袖をもろ肌脱ぎにした。見物人たちの間からどよめきが起きた。まるで甲冑を身に着けたような分厚い胸板である。鋼のような胸は真っ黒に日焼けし、肩は大きく盛り上がり、二の腕は丸太のようだ。

真柄に恐れを成して逃げ出した見物人たちが戻って、再び人方屋が形作られた。

「さあ、いくぞ」

真柄は楽しそうに四股を踏んだ。

鯰江も青地も呆気に取られたように口を閉ざしていたが、織田家の相撲奉行に取り立てられた誇りから、

「わしが相手になる」

「いや、わしだ」

と、我先に応じた。

見物人たちは思いもかけない好取り組みに狂喜している。飛び入り参加した豪傑に、惜しみない声援が送られた。

「二人、一度でいい」

真柄は言い放った。鯰江も青地も舐められたと受け止め目をむいたが、

「面白い、やってみせい」

信長の鶴の一声により、二人で真柄に立ち向かった。

巨体に似ず真柄の動きは俊敏だった。

いきなり、鯰江の頬目掛けて張り手を食らわせた。熊が前脚で獲物を仕留めるかのように、迅速で強烈な一撃である。鯰江は二間も吹っ飛び、見物人たちの環に落ちた。人方屋は崩れたが、不満を言い立てる者はなく、どよめきと歓声が上がった。

「不意打ちとは卑怯だぞ」

青地は真柄をなじった。

「相撲取りが人方屋に立つということは、武者が戦場に立つのと同じ。戦場で相手は待ってくれぬぞ。だが、いいだろう。組もうではないか」

二人は人方屋の真ん中で四つに組んだ。

真柄は笑みすら浮かべている。対して青地は力んでいた。全身に力を込める余り、眼が血走っている。

「そんなもんか」

真柄は余裕たっぷりに手で青地の背中を叩いた。

「なにを」

青地の顔が怒りでどす黒く膨らんだ。額には汗が滲み、首筋や背中も汗で光っている。

真柄は左手を離した。

それを好機と見た青地は真柄を吊り上げようとした。しかし、真柄の足は根が生えたように動かない。

さながら、原野に屹立する巨木だ。

青地の息が上がってきた。頃合いと思ったのか真柄は、

「行くぞ！」

と、大音声を放った。

晴天にもかかわらず、雷鳴が轟いたかのように境内が震えた。

信長や長政、見物人ばかりか警固の侍、足軽たちの耳目が集まったところで、真柄は青地に上手投げを仕掛けた。

青地の足が浮き上がったと思うと身体は弧を描いて宙を舞う。一瞬、身体が日輪を塞いだ後、地べたに落下した。大きな音と共に土煙が立つ。

見物人からこの日一番の歓声が上がった。

「見事なり」

信長は立ち上がり称賛の言葉を贈った。身を乗り出し食い入るようにして観戦していた長政も、両手を打ち鳴らした。

真柄は小袖に袖を通し、人方屋をかき分けて信長の面前に侍り片膝をついた。

「召抱えよう。おれの家来となれ」

信長が声をかけると横目に長政が戸惑うのが映った。朝倉家を気遣ってのことだろう。

真柄はにんまりとし、

「御冗談を」

「冗談半分、半ば本気だ。ま、それはよい。それにしても、朝倉殿が羨ましいのう。そなたの武者ぶり、見てみたいものじゃ」

「戦場で見えることになるかもしれませぬ」

「その時は遠慮せぬぞ」

信長はからからと笑った。

「では、失礼致します」

真柄は信長と長政に頭を下げ、去って行った。

境内には興奮が尾を引いている。見物人たちは口々に北国の豪傑を褒め称えた。良いところを真柄に持って行かれたが、不快ではない。

真柄十郎左衛門、朝倉の家臣には不似合いな男だ。

長政は真柄の見事な取り口に感嘆する一方で胸に大きなしこりができていた。

真柄を召抱えようとした信長、冗談だとは言ったが真柄の返事次第では恩賞を取らせ、即座に配下に加えていただろう。乱世にあって武勇に長けた武者を一人でも多く軍勢に加えることは当然だ。

だが、真柄十郎左衛門は朝倉の家臣、浅井家と朝倉家の関係に配慮すれば、自分の眼前で家臣にと誘うことはなかろう。にもかかわらず、あっけらかんと召抱えると誘いをかけたということは、浅井長政などは眼中にない、いや、何をしてもこいつは従うのだと舐め切っているのか。

信長は偉大な武将だ。桶狭間で今川の大軍を破ったことにどれほど興奮し、刺激を受けたことだろう。

信長に武将としての憧れを抱き、思いもかけず妹を娶ることになった。信長の武勇にお市の美しさが加わり、信長への憧憬がより高まった。お市から聞く信長の話に夢中になり、誇らしげに兄のことを語るお市に愛おしさを募らせた。

自分の目は間違っておらず、信長は尊敬するに値する働きをした。美濃を掌中に収め、足利義昭を奉戴して上洛、瞬く間に畿内を制圧した。今や天下の執権として威勢留まるところなしだ。

信長に不安の影はなく、自信には微塵の揺らぎもない。

信長から見れば自分は義弟などではなく、家来の一人に過ぎないのではないか。お市の夫ゆえ目をかけてやるが、少しでも逆らったり役に立たなかったらいつでも切り捨てる。浅井長政なんぞ意のままになると思っているのだろう。

勘繰り過ぎかもしれない、偉大なる義兄に嫉妬しているのかもしれない。

信長は恐れることなどあるのだろうか。信長の顔に怯えが走ることなどあるのだろうか。

……見たい。

長政は信長の顔が恐怖に引き攣る様を思い描いた。

……いかん、何を馬鹿げたことを考えているのだ。

わしはどうかしたのだろうか……。

三

龍興と道利は常楽寺の境内にあって見物人に紛れていた。

二人とも、額には頭襟を施して白い鈴懸けの法衣に身を包み、笈を背負う山伏姿で人混みの中にいる。二人の視線は相撲取りたちよりも桟敷に座す信長に注がれた。が、時が経つにつれて信長から浅井長政へと向けられることが多くなった。

相撲の途中、二人は常楽寺から離れ雑木林を分け入った先にある閻魔堂へと入った。

ふと氏家卜全に見逃がしてもらった時も閻魔堂であったことが思い出される。これも何かの因縁か。閻魔大王も味方になってくれているのかもしれないと龍興は思った。

立ち去る際、真柄は長政に越前への帰途、小谷城まで長政の一行に加わることを申し出て許された。長政は馬上の人となり、侍、足軽が百人ばかり警固に当たっている。真柄は

馬に乗って早々、

「浅井さま、一休みしてまいりませぬか」

「もうちと先がよいのではないか。常楽寺を出たばかりじゃぞ」

長政の言葉を無視するように、

「そこに、案配よく閻魔堂がございます」

真柄は鞭を前方に向けた。

「北国の豪傑も相撲を取り、疲れたか。よかろう」

長政は馬の背に揺られながら真柄の案内に任せた。真柄は一行の先頭に馬を進めた。巨漢の真柄が乗っていると馬が気の毒に見える。馬に負担をかけないよう真柄はゆっくりと野道を行く。野道に並ぶ地蔵の顔が夕陽で赤らみ、常楽寺の鐘が夕七つを告げた。田畑が連なった中に薄ぼんやりと雑木林があった。真柄は馬首を向け、畦道を進む。雑木林を回り込み、裏手に出たところに閻魔堂があった。

真柄は馬から下り長政も続く。

「恐れながら、浅井さまと二人でお話が」

「なんじゃと」

長政は警戒したが、

「是非とも、引き合わせたいお方がおられます」

「誰じゃ」

長政の問いかけには答えることなく、

「お父上さまも了解されたことでござる」

真柄は言い残すと閻魔堂へと向かった。長政は眦を決すると警固の者たちを遠ざけ真柄を追った。

その四半刻ほど前のこと、龍興と道利が待ち受ける閻魔堂の観音扉が開いた。二人と同じく山伏の格好をしている男が入って来た。

龍興と道利は丁重に迎えた。

「六角殿、初めての御意を得ます。斎藤龍興でござる」

龍興の挨拶に続き道利も頭を下げた。

江南の領主であった六角承禎である。龍興の父義龍は承禎と同盟関係にあった。一昨年、承禎は信長上洛の途上、織田勢によって居城である観音寺城を落とされ、領国を追われた。今は甲賀に身を潜め、近江への返り咲きを狙っている。山伏姿に身をやつし、五十の齢を重ねるというのに戦国大名の気概を漲らせていた。

父との縁に加えて、信長によって領国を奪われたという同じ境遇だ。

いわば、龍興と承禎は結びつくべくして結びついたのである。

「お父上はまことの名将でござったな」

承禎の言葉の裏には、義龍が健在であれば信長に美濃を奪われることはなかったという批難が感じられる。案の定、

「お父上が健在であれば、信長めは未だ尾張の片田舎でくすぶり、斎藤と六角で将軍家を守り立てておったであろうの」

承禎は言い足した。

龍興は薄笑いを浮かべ、

「死んだ子供の歳を数えるようなことを申されますな。目下の大事は、信長を倒すことですぞ」

これには承禎も自嘲気味な笑みを漏らし、

「まこと、龍興殿の申される通りでござる」

「信長を倒すには、信長に追われた者同士が力を合わせなければなりません。信長への怨念を結集しつつも決して激情に任せるのではなく、緻密な策を立てねばなりませぬ」

承禎は気圧されたようにうなずいた後、

「多くの大名が信長が発した上洛の呼びかけに応じるようじゃ。上洛した大名どもは、将軍家に臣下の礼をとると同時に信長へも帰服することになる。つまり、信長の天下は盤石となるのだ。そんな信長をいかに倒す」

「六角殿はいかにお考えになる」

「信長という男、驚くほどに警固を手薄にすることがある。公衆の面前に平気で姿を晒す。今日の相撲がよき例じゃ。よって、信長の動きを摑み、刺客を送る。信長が好む鉄砲で仕留めてやろうと思う。甲賀には鉄砲の名手がおるからのう」

　承禎は言った。

「それもよいかもしれませんが、仕損じる恐れがございます。わしは、合戦にて信長を討ち取ろうと考えております」

「合戦で……」

　承禎の眉根が寄せられた。

「信長は己が力を過信して勢いのままに動くことがあります。こたびの上洛に応じる大名が多ければ、さぞや得意となりましょう。自ずと過信が生ずる。そこを突く」

「信長が己を過信しようが、大軍を擁しておることに変わりはない」

　承禎は気乗りしないようだ。

「大軍を擁そうが、狙うは信長の首一つ」

　龍興は両目を大きく見開いた。

　承禎は生唾を呑み込んだ。戦国大名としての勘が疼き、龍興の策に期待を抱いたようだ。

「信長は上洛に応じない者の討伐に向かいましょう。過信した信長は自分に逆らう者が許せないのです」

「何処へ……」

「越前朝倉家」

「なるほど、朝倉義景は上洛せぬであろうな。しかし、上洛しないといっても、果たして信長は越前にまで兵を進めるものか」

ここで龍興は道利を促した。道利は懐中から一枚の絵図を取り出し、板敷きに広げる。五畿内を中心に近国が描かれている。道利は筆で京都を示し、

「信長の軍勢は都を発し、琵琶湖の西を北上し若狭を通過して越前に攻め込むことでしょう」

京都から越前までの道筋を湖西に沿って筆で線を引いてゆく。

「越前に入るまでは順調に兵を進めるでしょうな。勝利を確信して勢いづいて越前に雪崩れ込む」

龍興が道利から筆を受け取り、

「越前の国境を越えたところで、退路を断つ」

織田勢の後ろにバツ印をつけた。

龍興の策にうなずきながらも、

「織田勢の退路を断つのは良策であるが、断つべき軍勢はどこにおる。我らや三好党か。

三好党は阿波に渡っておるぞ。軍勢を催すには時を要する。それに、近江から越前という不慣れな土地、織田勢に悟られることなく背後を突くことなどできるとは思えぬが……」

承禎は不安を拭えないようだ。

龍興は余裕の笑みを広げた。

「織田勢の退路を断つのは三好党ではござらん。近江の地理を知り尽くし、尚且つ信長の信頼厚き者」

「……まさか」

承禎の視線が絵図に描かれた近江に向けられ、江北浅井郡に記された小谷城で止まった。

「浅井が……、浅井長政が信長を裏切ると申すか」

口に出してから、そんなことはあり得ないとばかりに承禎は首を横に振り続けた。

「長政は信長の妹を妻に迎え、信長に心服しておるぞ」

「それを承知の上で申すのです。浅井長政が信長を裏切り、朝倉家と共に信長を挟み撃ちにする、これこそが、必勝の策です」

「確かに浅井ならば、織田勢を追い詰めることはできるが……長政が信長を裏切るとは思えぬ」

龍興は奮気を促すべく、

「常楽寺での信長の長政に対するもてなし、ご覧になったでござろう。信長は長政を信頼しきっておる。長政に裏切られた時の信長の顔が歪む様、顔色を失う様を思い描いてくだされ。妹を嫁がせ、実の弟のように思うておる長政に裏切られる信長、天下を掌握したと得意の絶頂から地獄に叩き落とされる信長、最も信頼する男に裏切られた無念に胸を掻きむしられながら、あ奴は死ぬのです。我らから国と誇りを奪った信長の最期にふさわしいとは思われぬか」

龍興の口調は熱を帯びた。

承禎も双眸に光をたたえた。

「確かに面白い」

「六角殿、お力を貸してくだされ」

「承知した。して、どのようにすればよろしい」

「間もなく、ここに長政が来る」

「まことか……」

承禎の目がしばたたかれた。

「真柄十郎左衛門が連れて来るのです。朝倉家は信長打倒に向けて動き出したのでござる。六角殿は敵同士であったとはいえ、長政とは面識がござりましょう。長政を我らに引き込んでくだされ」

「真柄が常楽寺にやって来たのは、長政を我らに引き込むことが目的であったのじゃな」

承禎は得心が行ったようだ。

「いかにも。ただ、長政には我らがいることは伏せてござる。長政は我らを斬るやもしれぬ。命をかけての面談となり申す。その覚悟はおありか」

「この六角承禎、戦国の世に生きる者でござるぞ」

承禎が身を乗り出したところで、観音扉が開いて二人の男が入って来た。一人が七尺ほどもあろうかという大男のため、もう一人は小柄に見えるが、どうして、どうして、六尺近い偉丈夫である。

「新九郎殿、しばらくでござる」

承禎は長政に向かって恭しく頭を垂れた。

「…………」

長政は言葉を失い呆然と立ち尽くしたが、燃えるような瞳を真柄に向け、

「真柄、貴様……。よくも、たばかりおって」

真柄が答える前に、

「新九郎殿、真柄を責めるでない。そなたを呼んだのはわしの頼み」

承禎が言うと龍興と道利が名乗った。

「なんと、その方らは、揃って兄上に追われし者ではないか」

長政は肩を怒らせ、閻魔堂を出ようとした。真柄の巨体が立ち塞がる。

「退け、退かぬと斬るぞ」

長政は右手を腰に帯びた太刀の柄に添えた。承禎が、

「いくら、新九郎殿の武勇が優れておられても、一対一では真柄には勝てませぬぞ。それに、久しぶりに顔を合わせたのだ。ゆるりと四方山話など致そうではないか」

「六角殿と話すことなどござらん」

長政は強く首を横に振った。

「合戦はいつでもできる。しかし、膝を詰めて話す機会は滅多にはない。まあ、話をしたくなくば、わしの話を聞くだけでよい。その後で、斬りたければ斬ればよい。外には家来どもがおろう。家来に我らを討たせるもよしじゃ。わしの首を信長に差し出せばよいではないか。のう、新九郎」

さすがに承禎は老獪だ。言葉巧みに長政を引き込んでゆく。

「新九郎……」

呼び捨てにされ、長政は苦い顔をした。

今から十二年前の永禄元年（一五五八）、長政の父久政は六角承禎と合戦に及び、大敗を喫した。和睦の条件として、承禎は重臣平井定武の娘を若き日の長政、すなわち新九郎に嫁がせた。その際、承禎の諱義賢の一字賢を与えられ、賢政と名乗らされた。浅井家の家臣たちは怒りの拳に出た。久政を隠居に追い込み、新九郎を当主に据えたのだ。

新九郎は家臣たちに応えるべく、妻を離縁して実家に帰すと承禎との間で、明くる永禄三年の五月に合戦が行われた。新九郎には初陣であったが、見事勝利を収めた。続く永禄四年には賢政を長政と改め、江北三郡を確固たるものとしたばかりか、六角の勢力範囲であった犬上郡、愛知郡にも勢力を伸ばしたのである。

「まあ、座れ」

承禎は自分の前を指し示した。

「浅井さま、話だけでも聞いてもよろしかろう。それくらいの度量があってこその、大将でござるぞ」

真柄に促され、長政は表情を落ち着かせた。承禎は軽くうなずくと、

「新九郎、いや、浅井備前守殿、わしは信長に追われた。息子義治、義定とは別れ別れとなって甲賀へと逃れ浪々の身にある。しかし、何ら臆してなどおらん。近江にはわが旧臣どもが数多潜んでおるでな。近日中にもその者たちを糾合し、鯰江城に拠るつもりじゃ」

承禎の淡々とした口調が自信のほどを伝えている。

長政は口を挟むことなく黙っている。

「わしばかりではない。三好党、ここにおられる斎藤殿、信長に追われし者どもは命ある限り、信長を倒そうと虎視眈々と機会を窺うておるのじゃ」

否定するように長政が右手を振り、

「所詮は蟷螂の斧でござろう。兄上は今や天下の執権、その意に従い畿内は元より近国の大名どもは、こぞって上洛の途に就くのですぞ。申してはなんだが、貴殿らが束になっても敵わぬわ」

「人はな、得意の絶頂にある時にこそ油断が生まれ、綻びが生じる。驕る平家は久しからずじゃ。信長の綻びとは浅井長政、そなたじゃぞ」

承禎は強い眼差しを長政に向けた。

「何を申すと思ったら、そのような戯言か」

長政は鼻で笑い飛ばした。

「さて、戯言でしょうかな」

真柄が口を挟んだ。長政の視線が真柄に注がれる。

「わが朝倉家は信長の上洛命令など応ずるつもりはござらん」

真柄は言った。

「兄上ばかりか将軍家に逆らうことになるぞ」

長政は朝倉家の将来を憂うかのように顔を歪めたが真柄は平然と、

「朝倉家は信長と合戦になることも辞さず」

「義景殿は兄上との合戦を決意なさっておられるのか」

「むろんでござる。浅井さま、浅井家は祖父亮政さまの代より、朝倉家の支援を受けてこられましたな。朝倉家の支援なしに浅井家は立ち行かなかったはず」

長政は額に汗を滲ませた。

「わが朝倉家は信長と戦う」

真柄の声が野太く響く。戦場の法螺貝のような迫力に満ちている。巨軀と相まって、凄まじい威圧となって長政に襲いかかる。

「都へ攻め上るのか」

気圧されまいと、長政は声を振り絞る。

「それでは、王城を侵すことになる。将軍家への謀反ともなります」

「ならば兄上が軍勢を催し越前に攻め込むと、朝倉殿はお考えなのじゃな」

「いかにも」

「いくら、上洛に応じないからといって、兄上が越前へ攻め込むとは思えぬ」

「信長は必ず攻めます。己に逆らう者は容赦なく滅ぼす所存ですぞ。それを承知で我ら越前にて織田勢を迎え撃つのです。そうなったら……」

真柄はここで言葉を区切った。承禎が引き継ぎ、

「そうなったら……、長政殿、小谷から兵を率いて信長の背後を突かれよ。織田勢が、まず攻撃するのは天筒山城。あの一帯は海と山に囲まれ、大軍を動かすには困難な土地。

挟み撃ちにすれば、織田勢は袋の鼠でござるぞ。信長が滅べば長政殿が信長に代わればよい。わしは観音寺城に戻ることができればそれでよし。長政殿は公方さまを守り立て、天下の仕置きをするのじゃ」

ここで龍興が加わった。

「拙者も、美濃を奪い返すことが宿願。天下のことに関心はなし。長政殿にお任せ致す。長政殿は信長のように傲慢ではない。信長は公方さまをないがしろにしておる。それゆえ、公方さまも苦悩しておられる。不快に思っておられるが、信長の力なくしては将軍の座を保つことができないゆえ辛抱しておられるのです。信長に代わる者が現れることを公方さまは願っておられましょう。長政殿こそが、公方さまの後見役にふさわしいお方。信長に代わって天下を治められよ」

長政の息が荒くなった。

「信長は万事休すですな」

真柄は豪快に笑った。

「馬鹿な……」

長政は立ち上がった。一同を見回し、

「今日のところは見逃す。真柄、朝倉殿には上洛されるよう申せ。その方ら、兄上と敵対するのなら戦場で見えようぞ」

　長政は足音高らかに閻魔堂から出て行った。重々しい空気が漂った。残った者たちは長政の言動に、思い思いの思案を巡らせている。しばし沈黙が続いた後、おもむろに道利が口を開いた。

「浅井さまは、誠実なお人柄ですな。信長への義理立てで、我らの企てに応じようとはさらなかった」

　評した道利の表情は失望の色に染まっている。ところが真柄は、

「いいや、浅井さまは我らの策に乗りますぞ」

　豪傑らしい自信たっぷりの物言いである。

「ほほう、どうしてそのようなことがわかるのかな」

　道利の問いかけに、

「我らを成敗しなかったではないか」

　真柄の答えに龍興も、

「真柄の申す通りじゃ。長政殿がその気になれば、家来どもに命じて我らを成敗できたはず。もし、信長への忠義を尽くすのなら、躊躇(ためら)うことなく我らを討ったであろう。そうしなかったのは、迷いが生じたからだ。朝倉家への恩と信長にとって代わろうという野心が芽生えたのではないか」

　龍興の言葉は説得力に満ちていた。

「それでこその戦国武者じゃ。長政め、わしを打ち負かしただけのことはあると申すもの」

承禎も賛同するように膝を叩いた。

閻魔堂内の空気が和んだところで、

「一つ懸念されることがござる」

真柄が疑問を呈した。龍興が黙って促す。

「先ほどは浅井さまの手前、信長は越前に軍を進めると申したが、まこと、越前にまで攻め込んできましょうかな。この計略、信長が越前に攻め込んでこなければ、絵に描いた餅でござる。それと、信長が越前を攻める気でも公方さまが反対されるかもしれぬ。公方さまは一時朝倉家に身を寄せておられましたからな。信長のことですから公方さまに逆らってでも、朝倉攻めを強行するかもしれませぬが……。公方さまのこと、気がかりですな」

真柄は龍興を見返した。

承禎も同様の懸念を抱いたようで謀(はかりごと)の中心人物である龍興に視線を送る。

「ぬかりはござらぬ」

龍興は道利に目くばせした。道利は立ち上がり濡れ縁に出た。床下から韋駄天(いだてん)の万蔵が現れた。忍びが現れたことに承禎と真柄は驚きの表情となったが、すぐに落ち着きを取り戻し、龍興に続いて濡れ縁に立つ。

「万蔵、都へ行き、三淵殿に伝えよ」

龍興は万蔵に書状を託した。万蔵は韋駄天の二つ名の通り、風のように走り去った。

「三淵とは、公方さまの側近の三淵藤英殿でござるか」

真柄の問いかけを龍興が肯定すると、

「公方さまも取り込んでおるのか」

承禎は感心したように龍興を見直した。

「昨年の秋より、公方さまと信長の間はぎくしゃくとしております。公方さまは、信長の傀儡（くぐつ）には終わらずという気概を持っておられ、必ずや、信長打倒に動かれる。朝倉勢が信長を倒すとおわかりになれば、信長の朝倉討伐に異を唱えることはありませぬ」

龍興は淡々と述べ立てた。

真柄も承禎も納得の笑みを漏らした。

「ならば、わしは家来どもを集め鯰江城を奪うとする」

承禎は決意を示した。

閻魔堂を出た長政の胸は大きくざわめていた。

わしが裏切ったら義兄は……。

織田信長は恐怖する。

端整なあの顔立ちが醜く歪むだろう。

見てみたい。信長の引き攣る顔を、切れ長の目が吊り上がる様を。

「いかん……」

何を考えておるのだ。六角、斎藤、過去の遺物に惑わされ幻を見てしまった。

四

二月の晦日(みそか)、信長は都に入ると上京にある高名な医師半井驢庵(なからいろあん)の屋敷に逗留(とうりゅう)した。

都は信長の上洛を祝すかのように満開の桜で彩られている。春光はあまねく京師(けいし)に降り注ぎ、子供たちの嬌声が天下静謐を物語っていた。

笑って暮らせる世、策伝に約束した世の到来を予感させている。

大勢の公家、有徳人、信長の呼びかけで上洛した大名たちが挨拶に訪れた。来客の土産が山のように積み重ねられた様は圧巻だ。

日々がゆったりと過ぎ、四月十日となった。若葉の時節となり、桜に代わって新緑が芽吹き、薫風が鼻腔をかすめる。

半井屋敷の奥座敷で信長は徳川家康と浅井長政と語らった。

「家康殿、遠路、かたじけない」

信長が礼を申し述べると、

「なんの、信長殿が天下静謐に粉骨なさっておられるのです。何を置いても馳せ参じなければならないと思った次第」

家康は無骨な三河武士を絵に描いたような男である。齢（よわい）は信長より八つ下であるから、二十九歳、浅井長政よりは三つ上であった。

「家康殿は、かつて織田と今川の人質として幼き頃を過ごした。織田の人質の頃、おれは見知った」

信長が言うと、

「兄のように慕っております」

家康はにこやかに答える。長政は二人の親密ぶりに目を細めた。

「南近江の六角承禎、観音寺城が落ちて後、甲賀辺りを流浪しておったようだが、近江に戻って旧臣どもを集めておるようじゃ」

信長は間者からの報告で六角承禎の動きを把握していた。長政の表情が引き締まる。

「六角のことはそれがしにお任せくだされ。父の代よりの宿敵でございますゆえ」

「そなたの言葉頼もしく思うぞ」

信長は長政をまじまじと見た。家康が、

「ところで、朝倉義景殿、やはり上洛なさらないようですな」

「朝倉殿は、よほどおれが嫌いなのだろう。家格で劣るおれが義昭公を奉じて上洛し、将軍家を守り立てておることが気に食わぬのだ」

「私心を捨てるのが天下のためと存じますが、朝倉殿、この後に災いとなるような気がしてなりませぬ」

家康は憂いた。

長政は口をつぐんでいる。

「家康殿にあっては、どのようにせよと思われる」

信長が問いかけた。

「いずれ、戦となるのならば、早い方がよろしいと存じます」

家康の言葉を受け、信長は視線を家康から長政に転じた。長政はおもむろに口を開いた。

「わしは、今一度朝倉殿の真意を確かめてはと存じます。わしから朝倉殿に使者を立てます。いえ、一乗谷に出向き、直接朝倉殿の口から確かめまする」

するると家康が、

「浅井家と朝倉家との関係を思えば、長政殿が戦になることを避けようとされるのは当然ですが、朝倉殿の真意など確かめるまでもないと存じます。早々に攻め入るがよろしかろうと」

長政が言い淀むのを見て、

「おれも攻めようと思っていた」

信長が賛意を表すと、長政の喉仏が動いた。次いで信長に向き直り、

「思っていた、とは、今はお考えが違うのですか」

「攻め込む考えに変わりはないが、公方がのう……。何と申すか」

信長は憂鬱（ゆううつ）そうに眉根を寄せた。

昨年の秋以来、義昭とは何かと衝突を繰り返している。朝倉攻めにも異を唱えるのではないか。

「公方さまがいかがされたのですか」

家康が尋ねる。

「公方め、おれのやることなすこと全て気に食わぬようでな。反対することで、己が将軍であることを示したいようじゃ。こたびの改元についてもそうよ」

信長は改元を提案した。義昭も改元には賛同し、禁裏に上奏することを受け入れた。ところが、信長が提案する、〈天正〉ではなく、〈元亀〉という元号を上奏すると主張した。

「おれも考えを全て通すことはよくはないと思い、改元のことは公方に譲った」

しかし後味が悪い。

家康が薄く笑い、

「改元の費用は信長殿が負担されるのでしょう」

改元は、単に宣下すればいいものではない。朝廷の儀礼が必要だ。改元に適った儀礼を行うには、多額の費用を要する。本来なら幕府が負担すべきだが幕府にそんな金はない。信長が出すことになる。

「仕方なきことよ」

信長は五カ条の条書にある、朝廷の儀礼を疎かにしてはならないという項目が裏目に出たことを苦々しく思った。

「おれが朝倉攻めの軍勢を催すと申せば、公方は必ず反対するであろう。公方は岐阜に参るまでは朝倉家に寄宿しておった。二年余りの間、朝倉家からは歓待されておったのだ。その義理もあろうからのう」

「信長殿らしくもない。公方さまの顔色を窺っておる場合ではございませんぞ」

「家康殿は強気じゃのう」

信長が微笑みかけると家康も笑みをこぼし、

「拙者、信長殿の朝倉攻めに加わるつもりで、手勢を引き連れてまいりましたのでな」

家康は千人余りの軍勢を率いて上洛した。

千人とは微妙な数だ。信長が朝倉攻めをすることになれば、参陣できる数ではあるがそれにしてはいささか少ない。おそらくは、家康も判断に迷ったのだろう。果たして信長が朝倉攻めを実施するか。実施しなければ、大勢の軍勢を引き連れるのは無駄となる。

どっちに転んでもいいように率いてきたのが千人という軍勢だ。家康は血気盛んな猛将の顔と、慎重で計算高い策士の一面を併せ持っている。人質暮らしが戦国の世を生き抜くしたたかさを身に着けさせたのだろう。織田家の人質であった頃は無邪気な童(わらわ)であったが、頼もしく成長したものだ。

家康と長政、この二人は両腕だ、と信長は確信した。

「では、これにて」

長政は一礼して奥座敷から出て行った。長政の姿が見えなくなってから、

「長政殿、苦悩しておられましたな」

家康は言った。

信長は答えない。

「信長殿が朝倉を攻めたら、長政殿はいかがなさるでしょう」

「むろん、我らに加わる」

信長は断言したが、いつものような明確さがないことが自覚できる。

長政は義理堅い。浅井家と朝倉家の関係を思えば、征討には加わらなくとも動かずにいてくれればよい。朝倉攻めになったなら、長政には通告しないでおこう。実直な長政を苦しめることはない。朝倉家との関係を大事にする父久政や重臣たちと信長の板挟みとなろう。

長政が感知しない内に、信長が独断で朝倉に攻め込んだということにした方がよい。

ふと気弱になっている自分に失笑した。家康も心配げな目になった。家康の心配を払い除(の)けるように、

「明日、御所に行き公方に言上する。朝倉攻めを行うべしとな」

そう言ったものの、義昭の顔を思い浮かべると気分が塞いだ。ただでさえ、陰気な顔が顔色を失って舌足らずな言葉で理屈ではなく、感情に任せて信長の行いに反対する。

「家康殿、一献どうじゃ」

酒で気分を紛らわせたくなった。

「喜んで」

家康は満面に笑みを広げた。家康とはいわば幼馴染(おさななじみ)である。ひと時、童子に戻り語り合おうか。

五

その頃、義昭は御所の奥書院で三淵藤英を引見していた。

「信長、朝倉を攻めたくてうずうずしておるようでございます」

三淵が言う。

「余を傀儡扱いにしおって。将軍の力を見せてやる。朝倉攻めはさせん。朝倉は余の手駒にするのじゃ」

義昭は不快げに手をひらひらと振った。

「お言葉ですが、朝倉攻め、賛同なされませ」

思いもかけない三淵の言上に義昭がおやっという顔になった。

「先ごろ、お見せしました斎藤龍興よりの書状、それに加えて、昨日、使いの者がやってまいりました」

三淵は龍興たちの企て、すなわち、信長に越前まで攻め込ませ、退路を断って袋の鼠とする計画を語った。義昭の顔が輝く。

「面白いのう」

義昭は小躍りせんばかりとなった。

「よし、朝倉攻めを許してやろう。信長め、喜々として越前へ攻め込むであろう。そして、越前で……」

義昭がにんまりすると、三淵は大きくうなずいた。

明くる四月の十一日、信長は将軍御所の大広間で義昭と対面した。昨夜、家康と語らい、幼き頃の思い出話に花を咲かせ、鬱々とした気分が晴れた。最早、躊躇いはない。天下静謐、そのためには障害となる物はなんであれ、取り除かねばならない。

朝倉攻め、断固として義昭に認めさせる。

型通りの挨拶の後、

「公方さまに言上致します。畏れ多くも、公方さまの御命令に背き上洛に応じないばかりか、返事すら寄越さない不忠者、朝倉左衛門督討伐の軍勢を催したく存じます」

義昭は小さくため息を吐き、

「余は朝倉家には世話になった。浪々の身にあった余を迎えてくれたのじゃ」

「公方さまの恩を忘れぬお心、まことにもって慈悲深きものと存じますが、天下静謐のため私心はお捨てになるべきと存じます」

信長は強い口調で主張した。

義昭は目をしばたたいた。出てくるのは反対の言葉だろう。どのように反論されようと引く気はない。絶対に押し通すつもりだ。双眸に力を込めて義昭を見据えていると、

「信長殿の申される通りじゃ。よかろう。朝倉攻めを許す」

意外にも義昭は受け入れた。

気まぐれであろうか。それとも、何か魂胆あってのことか。

義昭の心の内を読もうとしばし口を閉ざした。すると、

「改元は余の考えを通したのでな、ここは御父信長殿に譲ろう」

義昭は笑みを広げた。

久しぶりに見る義昭の笑顔だ。無邪気な顔つきは、子供っぽいが育ちの良さも感じさせる。

公方め、己が立場をわかってきたようだ。

「かしこまってございます。必ずや不忠者朝倉義景を討伐し、公方さまの御心を安んじてご覧に入れます」

信長は平伏した。

「そうじゃ、禁裏にも奏上しよう。朝倉滅亡の祈禱をして頂くようにな。朝倉義景は朝敵じゃ」

義昭の思いもかけない好意である。

「重ねてお礼申し上げます」

「信長殿、必勝を願っておりますぞ」

義昭が微笑みかけたところで、

「恐れながら、いかほどの軍勢を率いていかれるのですか」

三淵が問いかけた。

「さよう、三万も引き連れようか」

「三万もの軍勢を率いて行かれるとなると、軍勢を整えるのに相当な日数を要するのではございませぬか」

「今月の二十日にも京を発つ」

「御所で催される能の六日後でござりますな。いつもながら、信長さまは迅速なること鬼神の如しでございます。越前は信長さまの軍勢に一呑みにされるでしょう」

三淵の言葉に、近臣たちは大きくうなずいた。

御所落成を祝う能が催されるのは十四日、信長の触状に応じて上洛し共に観劇すると申し入れてきたのは、徳川家康、浅井長政の他に飛騨国司姉小路自綱、伊勢国司北畠具教、河内守護北畠昭高、丹後の大名一色義道、河内の大名三好義継、大和の大名松永久秀たちである。

信長の胸からは義昭に対する疑念は去り、朝倉討伐への闘志で膨らんだ。

「都の守りも怠りなくな」

義昭は言った。

「心配には及びません」

「十兵衛は残しておくのであろう」

十兵衛こと明智光秀は幕臣でもあり、義昭にとっては織田家にあって最も心寄せることができる男に違いない。

「光秀は朝倉家に仕えておりました。朝倉家の内情に通じております。よって、道案内させます」

「なるほど、致し方ないのう」

これも義昭は承知した。

前途に憂いはない。

朝倉家を滅ぼす。さすれば、信長の天下は揺るぎないものとなろう。

天下布武は季節の移ろいのように確かなものだ。

「天高くうつけ舞うわが世の春じゃ」

信長は大いに勢いづいた。

明日への敗走

一

四月二十日、信長は三万の軍勢を率いて京の都を発した。徳川家康、松永弾正、池田勝正や公家の飛鳥井雅敦、日野輝資が加わっている。

永楽銭を染め抜いた絹地の旗指物が薫風にたなびく様が軍勢の威容を示していた。沿道を埋め尽くす見物人たちの中には、公家や僧侶も多数混じっている。馬上を行く信長は金色に輝く南蛮兜と具足に身を固め、緋羅紗の陣羽織を重ねている。背中には白羅紗で織田木瓜と称される家紋が記され、裾には桐の紋が描かれていた。さながら軍神が舞い降りたかのような勇壮にして華麗ないでたちである。

面頬を着けていない顔が陽光に輝き、視線は東山の彼方に向けられていた。不安の影が微塵もない面持ちは凱旋将軍の如きで、信長の勝利を疑う者はいない。

昼前に坂本に着陣すると信長は木下藤吉郎を呼び寄せた。床几に腰を据えた信長の前に当世具足を身に着けた藤吉郎が片膝をつく。

「粟屋越中守への根回し、手抜かりあるまいな」

信長は鷹のように鋭い目を向ける。都で見物人たちに見せたゆとりたっぷりの顔つきとは違う引き締まった表情だ。朝倉攻めに不安が生じたのではなく、大戦を前にして闘志が湧き立って仕方がないのだ。

「粟屋殿は殿さまに従うこと、誓紙にして差し出しております」

藤吉郎にも剽げた様子はない。

粟屋越中守は若狭佐柿の土豪である。越前との国境に近いことから朝倉の圧迫を受け、油断していると滅ぼされる立場にあった。

主人である若狭守護武田元明は朝倉勢に破れて一乗谷に連れ去られた。元明は粟屋にも朝倉に従うことを命じたが粟屋は従わず、朝倉と対立を続けている。そこに目をつけた信長は藤吉郎に命じて織田方につくよう調略させた。

粟屋の屋形から朝倉義景の従兄弟景恒が守る金ヶ崎城までは東に五里、金ヶ崎城の南半里には天筒山城がある。越前に攻め入ったなら、まずはこの二つの城を攻略しなければならない。攻め込むための足掛かりとして粟屋屋形はもってこいの立地にある。

「猿、おまえは先駆けをし、粟屋の屋形に入り我らを迎える手筈を整えよ」

「畏(かしこ)まってございます」

藤吉郎は額(ひたい)を地べたにこすりつけた。


織田勢は順調に行軍を続けた。

琵琶湖の西岸を悠々と北上する。

右には琵琶湖が満々たる水をたたえ、左には比良山脈が綿々と続いている。

山と湖に挟まれた西近江路は、湖面を渡る風と山から吹き下ろす風がぶつかり合い、降り注ぐ陽光も苦にはならない。それどころか、燃え立つような新緑の香を嗅(か)いでいると野駆けに行きたくなってきた。

二十二日には若狭に入り、二十三日には佐柿の粟屋越中守の屋形に陣を張った。

早速、屋形の大広間で軍議を開く。

屋形の主、粟屋越中守は下にも置かぬ丁重な出迎えだ。

大広間にはずらりと床几が据えられ、信長が上段の間、板敷きには織田の武将たちの他に徳川家康、松永弾正、それに粟屋越中守が居並んだ。

「越前に攻め入る。差し当たって金ヶ崎、天筒山の城を落とさねばならぬが……」

信長は諸将を見渡し、明智光秀に視線を据えた。

「金ヶ崎城は北の水の手に弱みがございます。天筒山城は急峻な山上に築かれた天然の要害なれど、東は沼に面し防御が手薄でございます」

　朝倉家に仕えていた光秀は的確に城の弱点を指摘した。

「まずは天筒山城から落とす。間者どもによると守るは精々二千の小勢じゃ」

　信長は一同に向かって言った。粟屋は信長に向き、

「金ヶ崎城でございますが城主は朝倉一族の朝倉景恒、一乗谷より加勢がおいおい集結するものと存じます」

　信長はうなずくと、

「明日は行軍でくたびれておる兵どもを休ませ、明後日に出陣致す」

　大広間に緊張が走った。粟屋が頼もしげに一同を見やる。上段の間近くに座す家康が、

「兄上」

　と、向き直った。

　織田と徳川は名目上は対等な同盟であるが、実際のところは対等ではない。天下の執権たる信長と三河一国をようやく治めた家康では当然ながら力に大きな差が出来た。家康はそのことを自覚し、信長を立て兄上と呼んでいる。血の繋がりはなくとも、兄弟に等しい関係だと織田の武将たちに見せ、信長に対しても敬いと同時に親しむ姿勢をとっていた。

「天筒山城、幾日で落とすおつもりか」

　信長はにやりとし、

「一日、いや、半日だ。二十五日には落とし、明くる二十六日には金ヶ崎城を攻める」

粟屋が、

「ささやかではございますが、膳を整えております」

一同の表情が緩む。生と死の狭間、緊張を強いられる戦場にあって、慰めとなるのは酒と飯だ。多くの兵たちは、日頃口にできない食べ物や酒を腹一杯味わえることを楽しみに従軍している。

粟屋が家来たちに膳を整えさせている間に家康が、

「ところで、浅井備前守殿、いつ参られるのでございますか」

信長は朝倉攻めを長政には通告していないが、長政の方から出陣に応じると連絡を寄越した。

「程なくであろう」

信長らしくない曖昧な答えになってしまったのは、長政から具体的な出陣や行軍の日取りについて未だ報せがないからだ。

「胸騒ぎがしますな」

家康の漏らした一言で信長の胸に隙間風が吹いた。

「浅井勢、来ぬと申すか」

信長は湧き上がった不安を掃い除けるように強い口調となった。

「この期に及んで出陣の連絡がないとなりますと……」

　家康の言葉に一同は動揺した。柴田勝家が家康に、

「浅井さまがよもや朝倉に寝返るなどはないと存じます。浅井さまは、殿さまの義弟、徳川さまと共に天下布武に邁進するお方ですぞ」

「だからと申して、裏切らぬとは限らぬ。長政殿はともかく、お父上久政殿は朝倉家へ深い恩義を感じておられる。浅井が朝倉への義理立てから小谷城を動かないというならまだよい。危ういのは、朝倉側に立って我らと合戦に及んだ場合じゃ。浅井は軍勢を進め我らの背後を突く。越前に攻め入ったところで、我らは挟み撃ちにされるかもしれぬ」

「まさか……、そのような」

　勝家は髭を震わせた。

　重苦しい空気が漂った。みな、朝倉勢と浅井勢の挟撃という最悪の事態を思い描いているのか視線が定まらない。将たちの迷いが兵たちに伝われば、軍勢の士気は落ちる。天筒山城攻撃を前に軍勢が浮き足立ってはならない。

　すると藤吉郎が声を大きくし、

「わしは浅井さまを信じますわ。浅井長政さまは殿さまのお妹君にして天下一の美女、お市の方さまを娶られたのですぞ。お市の方さまが悲しむようなことをなさるはずはござらんですわ。のう、柴田さま」

藤吉郎は勝家に向いた。勝家は眦を決して押し黙っている。

「柴田さまの頭の中はお市さまで一杯のようだがや。柴田さま、ええ加減諦めなされ」

藤吉郎がからかいの言葉を投げると、

「なにを申すか」

勝家は顔を真っ赤にして床几を立った。

「まだ、忘れられんのですな。老いらくの恋は始末におえんですわ。なも」

藤吉郎がぺこりと頭を下げたところで一同から笑いが起きた。勝家は全身を震わせ、

「わしが、お市さまに惚れておるなどと出鱈目を申しおって……、それに、わしをよくも年寄り扱いしてくれたものよ」

勝家から怒りの形相を向けられながらも藤吉郎はけろっとしたもので、

「本当のことを申したまでですわ」

「猿、もう許さん！」

勝家は目をむいて藤吉郎に迫った。藤吉郎はあっという間に大広間を走り抜け、庭に降り立つ。次いで、勝家に向かって尻を向け、右手でぱんぱんと叩くと松の幹に取り付いた。猿さながらの敏捷さで幹を登り枝に跨る。

「浅井さまは裏切りませんわ。ほれ、星も微笑んどります」

今日は二十三夜、下弦の月だ。月の出は夜九つだが、夜空一杯にこぼれんばかりの星が

瞬いている。星が暗雲を遠ざけてくれるようだ。

二

二十五日の払暁、信長は軍勢を率いて粟屋屋形を発した。越前国敦賀郡にある妙顕寺に本陣を据えたところで、都から義昭の使いがやって来た。使者の口上は改元を告げるものだった。二十三日、義昭が推す、「元亀」に改元されたそうだ。

とすれば、今日は元亀元年（一五七〇）四月二十五日、改元直後の華々しい戦をしてみせる。

信長は改元されたことを告げ、全軍を鼓舞した。全軍が改元直後の勝ち戦に向け、いやが上にも奮い立ち、怒濤の勢いで天筒山城に押し出す。

紺碧の空に真っ白な雲が横たわる、これ以上ない戦日和だ。

光秀の言葉通り、天筒山城は三方が切り立った斜面に建つ、難攻不落を思わせる山城であった。守るは朝倉の武将、寺田采女正以下二千の軍勢である。敵勢は城を取り囲む織田の大軍を見ても士気は高い。

城からは大量の木材、石、土砂、熱湯、糞尿などが落とされ、織田勢を寄せつけまいと戦意を高揚させている。

「ひるむな!」

信長は自ら先頭に立ち斜面を登ろうとした。

赤母衣衆ばかりか足軽雑兵が信長の周りを囲む。

「殿さま、危のうございます」

信長を諌める金森長近の声が飛び交う矢玉や怒号でかき消された。

信長の近くにも容赦なく矢玉は降り注ぎ、数人の雑兵たちがばたばたと斃れた。金色に輝く甲冑とあって格好の的であるが、信長は眉一つ動かすことなく、

「続け」

太刀を振り上げる。

「おれを阻む者などはおらん。矢も弾も避けてゆくわ!」

初夏の日差しを受け、白刃が煌めいた。

矢玉が飛び交う戦場にあってもたじろぐことのない信長に、将兵は燃え立つ。法螺が吹かれ、銅鑼や攻め太鼓が激しく打ち鳴らされた。矢玉避けの竹把や盾を連ね、梯子を手に雑兵たちが斜面を駆け上がる。

攻め下ってきた敵勢とぶつかり合った。具足がこすれ、刀鑓がぶつかり合う音や雄叫びが重なり、血飛沫が舞う。屍と化した者はもちろん、手傷を負い斜面をのたうつ者も敵

味方問わず捨て置かれ、ひたすら頂上を目指す。

信長は乱戦に身を投げる内に頭の中が冷めてきた。天筒山城の士気は高いが、疲労と共に戦意は失われる。三万の軍勢を以て間断なく攻め立てれば、半日持ち堪えるのが精一杯であろう。明日には金ヶ崎城に兵を向けることができる。金ヶ崎城も一呑みにし、木ノ芽峠を越え、朝倉の本拠である一乗谷まで攻めに攻める。

前途はまさしく今日の空のように明るい。が、不安の雲が脳裏を去らない。

浅井長政……、どうした。

と、その時、

「殿！」

大音声と共に長近が飛び掛かってきた。信長は長近と共に斜面を転がった。直後、耳をつんざく破裂音が轟き、土砂が降りかかってきた。

焙烙玉である。

周囲がぼやけ何も聞こえない。無音で激闘が繰り広げられている。血や汗、硝煙……戦場の臭いがしない。まるで蜃気楼を見ているようだ。

気が付くと、長近や何人もの馬廻りが取り囲み、長近に肩を揺さぶられていた。

信長はすっくと立ち上がり太刀を構え直す。ぼんやりとだが、戦場の音と臭いが戻ってきた。

「おれに構うな。攻めよ」

言った途端によろめいてしまった。すかさず、長近が肩を貸してきた。

一瞬でも心に隙間が生じれば死が待っている。

戦場の鉄則を忘れるとは、我ながら情けないと自分を責めた。

気を取り直して将兵を叱咤する。馬廻りに鉄砲の用意をさせた。即座に数丁の鉄砲が届く。筒先を群がる敵に向け、次々と放った。命中したり外れたりしたが闘志をかきたたせるには十分だ。鉄砲を放ち尽くしたところで、

「弓を持て！」

声を張り上げる。

三人がかりで弦を張らねばならない強弓を手渡された。信長は難なく矢を番えて射た。矢は阿鼻叫喚の戦場を切り裂き、一直線に飛んで雑兵の胴丸を刺し貫いた。背中から矢尻が出た雑兵が後方に飛び、駆け下りて来た味方にぶつかって二人が串刺しとなった。

続いて、二の矢、三の矢を放つ。

その間にも織田勢は敵勢を押し戻しつつ柵に迫った。何人もの雑兵が梯子を柵にかけ城内に入る。続いて、鉤縄を柵に引っかけ数人がかりで引き倒した。ついには柵が破られ、織田勢は城内へと雪崩れ込んだ。

信長は弓を馬廻りに渡し、太刀を掲げて斜面を上り始めた。城内の激闘が耳に伝わって

くる。

予定通り夕刻には天筒山城を落とした。

千三百七十に及ぶ首級を挙げる大勝利である。

城内からはいつ果てるともない勝鬨（かちどき）が上がる。一乗谷にも届かんばかりの勝利の雄叫びは、金ヶ崎城に拠（よ）る朝倉勢の戦意を挫（くじ）くことだろう。

初戦を飾って、湧き立つ織田勢に不安の影はなかった。


明くる二十六日、藤吉郎が軍使となって金ヶ崎城に向かい城の明け渡しを求めた。難攻不落の天筒山城を半日で落とした織田勢に恐れを成したのか、城主朝倉景恒は明け渡しに応じた。続いて、南方にある疋田城（ひきたじょう）の城兵も退去した。越前国八郡の内、敦賀郡一帯がわずか二日の間に信長の掌中に落ちたのだ。

この後は、木ノ芽峠を越え一乗谷までは一息に攻め立てる。

本陣を据えた妙顕寺では、雑兵たちが祝い酒に酔い、本堂に床几を据え居並ぶ諸将も上機嫌だ。明るい顔にあって家康のみは口を閉ざしている。今も浅井長政への疑念が拭（ぬぐ）えないのだろうが、不用意に発言することを差し控えているようだ。

信長は瓶子（へいじ）を家康に向けた。家康は両手で杯を捧げ持ち信長の酌を受ける。

「長政のことを考えておるのか」

「何か言うてまいりましたか」

家康は目をしょぼしょぼとさせた。

小さく首を横に振る。家康は笑顔を取り繕い、

「長政殿は実直なお人柄。兄上と朝倉の板挟みとなっておられるのでしょう。兄上と朝倉、双方に義理立てをしたい。それには、動かぬことと決められたのではないでしょうか」

家康の見立てが長政の梨のつぶてを説明できる唯一の理由だと信長も自分を納得させた。

ここで、長近がやって来て耳打ちをした。間者たちが戻ってきたという。信長は黙って本堂を横切ると濡れ縁に立った。数人の間者が階の下で控えている。長近が報告するよう促した。

「申し上げます。浅井勢、小谷城を発し、こちらに向かっております」

織田勢に加勢する動きではない。織田勢に加わるなら、自分に知らせてきたはずだ。

「長政が裏切りを……」

おれの目が甘かったのか。将軍義昭を傀儡のように操り、禁裏を守護して天下をわが物にしたという驕りが長政を見る目を曇らせたのか。

この期に及んでも、長政を信じたい気持ちが心の片隅に残るのは未練というものか。ところが、未練を木っ端微塵に打ち砕くように、

「琵琶湖を渡る水軍の中には浅井勢の他、六角勢が混じっております」

という報告がなされた。

浅井と六角が手を組んだことを意味している。

「おのれ、長政め」

長政への怒りに身体中が掻きむしられた。憤然と踵を返し本堂に戻る。大股で足を踏み鳴らしながら床几に向かった。信長のただならぬ様子に談笑の声がぴたりと止んだ。みな、息を呑んで信長に視線を向ける中、一人、家康のみは落ち着いている。

「殿さま、どうなさいましたか」

藤吉郎の言葉を遮り、

「浅井が裏切った」

信長は野太い声を発した。

本堂の空気が凍りついた。

信長の言葉に合わせるかのように、次々と浅井裏切りの報告がもたらされた。

「浅井長政、よくも……。恩知らずな男だで」

藤吉郎が地団駄を踏んだ。

三

「さて、いかにするかのう」

信長は板敷きに小姓に命じて絵図を広げさせた。越前、近江、飛騨、美濃、若狭、山城といった国々が描かれている。杖を手に立ち上がり、絵図の側にどっかとあぐらをかいた。続いて、諸将も車座になって絵図を囲む。

「木ノ芽峠を越え、一乗谷へ軍勢を進めれば背後を浅井勢に断たれるは必定だ」

信長が一同を見回すと佐久間信盛が、

「軍勢を二乗谷攻撃と浅井勢に備えるものとに分けてはいかがでございましょう」

すかさず藤吉郎が、

「今から、軍勢を分けるのは難儀ですわ。兵糧や陣立てを大幅に変えねばならんです。兵たちの士気も下がるんと違いますか」

佐久間は藤吉郎を睨み返したが、軍勢を二手に分けることの愚を感じたようで言い返さなかった。勝家が、

「しゃにむに一乗谷まで攻め込むがよろしいかと存じます。天筒山城、金ヶ崎城をみれば、朝倉勢恐るるに足りず。浅井勢が進行してくる前に、一乗谷を落とせば浅井勢も為す術が

ござらん」

　これにも藤吉郎が、

「ほんでも、浅井勢に近江との国境を封鎖されれば、お味方は越前で足止めをくいますわ。越前に留まれば都周辺は手薄となります。再び、三好党が都を襲うやもしれませんがや。都だけではないですわ。浅井勢、六角勢が岐阜に向かうかも知れんです」

　藤吉郎のもっともな意見に勝家は歯ぎしりをした。そこへ家康が、

「天筒山城の朝倉勢は必死でしたが、金ヶ崎城と疋田城はもろかった。天筒山城を落とされ、士気が落ちたのかもしれませんが、拙者はそこに作意を感じます」

「わざと退却した……。我らを木ノ芽峠の向こうに引き込むためということだな」

　信長の言葉に家康が重々しくうなずいたところで、物見から戻った間者が濡れ縁で平伏して報告した。木ノ芽峠の向こうは朝倉勢で満ち溢れているという。一乗谷から朝倉の本隊が出張ってきたようだ。

「越前深くで迎え討つのではなく、近江との国境近くで撃退する構えですな。我らに突破されれば、一乗谷までは一気呵成に攻め込まれる。そのことを承知の上での布陣です。朝倉勢の強気の布陣が、浅井勢との連携が堅固であることを物語っております。北近江の地を知り尽くす浅井勢は、水も漏らさぬ陣立てで我らに襲いかかりましょう」

　淡々とした口調で語る家康の意見はまこと理に適ったものだ。勝家が苛立ちを示し、

「朝倉、浅井勢もろとも蹴散らすまで。我ら三万の軍勢ですぞ。朝倉、浅井合わせても二万がよいところでござろう」

勝家の剣幕にも平静を保ったまま、

「確かにお味方は三万。さりながら、三万の内頼りになるのは、美濃、尾張勢一万、我ら三河勢は千に足りない有様でござる」

家康は手勢の少なさを詫びたが誰も咎めはしない。信長が弟とも思う同盟者家康への遠慮というよりは、今回の朝倉攻めが急なことゆえ、家康の軍勢が整わないことは当然と受け止めている。それよりも、家康の言葉は一同の胸に深く突き刺さった。

まさしく家康の言う通りだ。

美濃、尾張という織田の本国から連れて来た軍勢は一万、他は出陣の際にかき集めた都周辺の土豪たちだ。彼らは織田勢が窮地に立ったとなれば、我先にと逃げ出すだろう。

「都へ引き返す」

信長は結論を言い渡した。自分でも意外なほど冷静であった。

敗走する軍勢ほど脆いものはない。敵勢ばかりか落ち武者狩りも待っている。

息が詰まる中、明智光秀が膝を進めた。

「殿におかれましては軍勢とは離れ、少人数で都を目指されるのがよろしかろうと存じます」

それでは危ういという声も上がったが、

「よかろう」

信長は光秀の進言を受け入れた。実際、軍勢と共に進めば時を要する。行軍する間に朝倉勢に攻めかかられ、交戦している内に浅井勢がやって来る。

今は迅速に都を目指すことが肝要だ。となると、少人数でこの場を逃れるのが上策。将兵を置き去りにすることになるが、置き去りにした軍勢が朝倉、浅井勢の攻撃目標となろう。

光秀が、

「わたしが都までの道案内を申し上げます」

信長がうなずくのを見て、

「浅井勢はお味方が辿った西近江路を攻め上がってきましょう。従いまして若狭街道を進み、朽木谷を越えて都に入られるのがよろしかろうと存じます」

光秀は西近江路よりも西の道、若狭街道を都まで扇子で辿った。

「朽木谷を通るということは、北近江の土豪朽木元綱殿の領地を進むことになりますわ」

藤吉郎が危ぶむと光秀は、

「既に朽木殿を説き、お味方に加わることを承知させております」

朽木を信用していいものかどうかはわからない。しかし、窮地を前に逡巡していてはならない。迷いは身を亡ぼすのだ。

「さて、殿軍であるが」

殿軍、すなわち退き陣を務める者を決めねばならない。敵勢を引きうけ、敵の進軍を鈍らせ、味方が退却する時を稼ぐ。退却に当たって最も過酷な役目である。全滅しても不思議はない。

「それがしに、ご命じくださりませ」

勝家が肩を怒らせ申し出た。

それを遮るように信盛が、

「拙者がお引き受け致す。柴田殿、京童が織田勢を唄っておること知らぬか。かかれ柴田に退き佐久間。つまりじゃ、織田家中にあって先陣を務めるのは柴田勝家、退き陣を務めさせるなら佐久間信盛と囃しておるのよ。他愛もない童歌なれど、子供の目は時として確かなもの。殿軍、まさしく佐久間信盛の出番じゃぞ」

と、武者震いした。

反論しようとした勝家を藤吉郎が制し、

「その童歌には、わしと丹羽さまのことも歌われておりますわ。木綿藤吉に米五郎左。丹羽五郎左衛門さまは米のように大事なご家来ということ。木綿は安いが便利なもんですで、わし木下藤吉郎は、身分は低く大身ではにゃあが便利な男ということですわ。ここは、便利使いできるわしが引き受けます」

「黙れ、猿。でしゃばりおって」

　勝家が鼻白む。

「柴田さま、いや、みなさま、粟屋殿の館で浅井裏切りの話題になった時、わしがふざけてうやむやにしてしまったですわ。あのとき、真剣に浅井の裏切りを検討しとれば、こんな窮地にはならなんだがや」

　藤吉郎は板敷きを拳で叩いた。

「いや、木下殿の責任ではない」

　光秀が庇ったが、

「わしのせいですわ。柴田さま、佐久間さま、ここは汚名返上させてください。手柄を立てさせてくだされ」

　藤吉郎は両手を合わせ懇願した。

　勝家と信盛は口をつぐんだ。

「猿、殿軍を任せる」

　信長は静かに告げた。

　藤吉郎の顔を立てたというよりは、この危機、藤吉郎ならうまく切り抜けるだろうという淡い期待ゆえである。

「ありがとうございます」

両手をつき、藤吉郎は声を励ました。

「光秀、案内せよ」

信長は座を払った。

平伏する藤吉郎の横を通ったところで足を止め、

「猿、生きて戻れ」

藤吉郎は肩を震わせ額を板敷きにこすりつけた。

将たちが次々と出て行く。本堂は慌しくなった。藤吉郎も立ち上がり、

「さあ、忙しなるがや」

殊更に明るく言い放った。勝家が藤吉郎の前に立った。

「柴田さま、小谷城を落とせば、お市さまに会えますぞ」

「こやつ、舐めおって」

勝家は左手を藤吉郎の具足の隙間に差し込み、持ち上げた。藤吉郎は足をばたばたさせながら、

「図星でござりましょう」

勝家はしばらく睨んでいたがにんまりと笑い、

「ぶん殴るのは、今度会った時じゃ。猿、生きて都に戻ってまいれ、思い切りぶん殴って

やる」

手を離すや大股で歩き去った。

藤吉郎は尻餅をつき、

「鬼柴田、案外とうぶだがや」

自分の頬を両手で叩いて気合いを入れた。

信長は馬に跨った。従うは金森長近の他、馬廻り衆が五十騎ばかりである。

「やり直しだな」

朝倉を成敗すれば、都周辺の敵は一掃され天下静謐はなる。隙を窺おうと三好党や六角、一向宗徒、それに斎藤龍興がいかに動こうが所詮は蟷螂の斧となるはずだった。

甘かった。

蔑んできた者たちを笑えない。

「龍興、おれを笑うか」

自分でも思いもかけず斎藤龍興のことを思い出した。

四

二十八日の夜更け、いや、もう二十九日になろうとする深夜、斎藤龍興と長井道利は若狭街道を朽木谷に向かう途中にある檜峠に身を潜めている。この辺りはその名の通り、檜や杉が鬱蒼と生えた一帯だ。その樹間に龍興と長井は野伏せりたちを百人ばかり雇い、山中にあって信長がやって来るのを今や遅しと待ち構えていた。

「うまくいきましたな。信長は袋の鼠」

道利がほくそ笑んだ。

「信長の泡を食った顔が見たかった」

龍興もくすりとしたがすぐに表情を引き締め、

「浅井勢は湖西の道を越前に向かっておる。当然、信長は間者より浅井勢の動きを摑んだであろう。となれば、信長は若狭街道から朽木谷を越えて都に向かうはず」

龍興の言葉に道利もうなずく。

織田勢が越前敦賀の地で朝倉勢、浅井勢と合戦に及べばそれでよし。散々な負け戦となる。ところが信長のことだ。必ず戦場から逃れる。龍興はそう思い、朽木谷に差し掛かる手前、檜峠で待ち伏せることにした。山並が迫る狭隘な街道、大軍の移動は無理だ。

案の定、韋駄天の万蔵の報告では、信長は少人数で朽木谷越えをするつもりのようだ。敦賀を発ったのは一刻ばかり前、信長を守るは五十騎である。

全ては龍興の狙い通りである。

峠の頂に木の柵を設け、林の中に野伏せりたちを潜ませた。月籠の夜とあって龍興たちは闇に溶け込んでいる。夜風に揺れる木々の枝が静寂を際立たせていた。

待ちに待った馬の蹄の音が近づいてくる。

万蔵が小躍りし、

「信長、来よりましたわ」

続いて道利が、

「いざ手柄を立てろ」

野伏せりたちを叱咤する。

程なくして、松明の一団が峠に上って来た。

樹間から野伏せりたちが姿を現す。間髪容れず、鉄砲が放たれ矢も射かけられた。突然の襲撃に馬が数頭棹立ちとなった。

「いくぞ、信長」

龍興は鑓を手に峠を駆け下りた。

柵に阻まれた信長一行に野伏せりたちが殺到する。闇の中に怒号が飛び交い、刃がぶつかり合って火花が飛び散った。

一行の中から二騎が街道を外れ、山中に走り込んだ。

「信長だ」

龍興は二騎の内の一騎が信長であると直感した。道利も気づき野伏せりたちに、

「我に続け」

大音声を放つ。

ところが獲物を前にした野伏せりたちは襲撃をやめようとしない。それでも、

「敵の大将首を取った者には、黄金百枚じゃぞ」

という呼びかけに気がついた者が二十人ばかり束になって龍興と道利に従い、茂みの中に入った。

枝を切り掃い、草むらを踏みしめ山道を行く。野伏せりたちが掲げる松明に二人の鎧武者が照らし出された。信長ともう一人は馬廻りのようだ。

「かかれ!」

道利の掛け声と共に野伏せりたちは二人に迫る。

「囲め」

龍興の指図で何人かが二人の背後に回る。

信長と長近は檜を背中に立ち尽くした。周囲を松明が行き交う。

「金森長近、決着をつけようぞ」

道利は勇み立った。

暗闇の中から、

「討ち取れ！」

という声がこだました。

野伏せりたちは目をぎらつかせ、鑓や太刀を手ににじり寄って来る。

信長は活路を見出そうと闇に目を凝らす。しかし、蟻の這い出る隙間もない。こうなっては、強行突破しかない。

信長が太刀を抜き、長近は鑓を構える。

すると、長近に決着をつけようと迫る野太い声が聞こえた。長近が目を凝らすと、松明に長井道利が浮かんだ。道利がいるということは龍興も野伏せりに混じっているということだ。いや、龍興と道利は野伏せりを率いて信長を待ち構えていたに違いない。

「稲葉山城落城の折の決着をつけようぞ」

道利は鑓をしごいた。

「よかろう」

長近が応じたところで、野伏せりたちがばたばたと倒れた。

木立の陰に身を潜めていた龍興がいぶかしむと、男たちの胸や首には矢が突き立っている。続いて夜風を切り裂く鋭い矢音がし、次々と矢が木々に突き刺さる。

木々を縫って万蔵が駆けて来た。

「朽木ですわ。朽木元綱が手勢を率いて信長を助勢せんとやって来ました」

「朽木じゃと」

龍興が万蔵を見返す。朽木元綱のことなどまるで頭の中になかった。

「明智光秀が朽木を信長の味方になるよう説いたそうです」

「おのれ」

歯噛みをする龍興に、

「御屋形さま、残念ですが、ここは引きましょうぞ」

道利が言上した。

「今、一歩ぞ」

龍興は唾を吐いた。

「朽木勢、百五十人余りです」

万蔵の報告に龍興は冷静になった。山中を見回すと、野伏せりたちは恐怖の余り浮足立ち、一人が逃げ出すや、雪崩を打って我先に闇の中に消えていく。

「所詮は傭兵じゃな」

乾いた声で呟くと龍興は山中に分け入った。

「金森、おまえの首は信長共々預けておく」

道利も龍興に続いた。

万蔵は一人、信長を追った。闇に覆われた山道をひたすらに走る。馬群が見えたが信長が何処にいるのかまではわからない。

「お預けか」

万蔵は夜空に向かって棒手裏剣を放った。

信長は窮地を脱した。

金森長近が、

「危ないところでございました。まさか、斎藤龍興と長井道利が殿のお命を狙おうと待ち構えておったとは」

「おれが、若狭街道を駆けることをあらかじめ知っておったようだ。ということは、龍興め浅井か六角と繋がっておるようじゃな」

信長が返したところで、光秀が馬を進めて来た。すぐ後を一人の甲冑武者が馬に揺られている。朽木元綱であろう。案の定、

「朽木元綱にございます」

朽木は馬を下り、片膝をついた。

「大儀」

信長は生死の窮地に立ったにもかかわらず、平静に声をかけた。恐怖心や疲労の欠片(かけら)も見せない信長に、朽木は感じ入ったようだ。敗軍の将を迎えるとは思えない丁重さで、

「信長さまをわが屋形へお迎えいたすこと、恐悦の極みにございます」

「であるか」

信長は無表情に告げると峠を振り返った。明日の朝には朝倉勢が木ノ芽峠を越え、藤吉郎が殿軍を務める金ヶ崎城に襲いかかるだろう。

「これからは、朽木殿がお守りします」

光秀は得意顔である。

長近が礼を述べ立てた。

京都への帰路は見通しが立った。あとは、織田勢がどれくらいの損害で戻って来るかだ。公方め、どんな顔で出迎えるであろう。まさか、今回の浅井、朝倉の連合に義昭が関与しているとは思わないが、おれの負け戦を喜ぶに違いあるまい。

都で態勢を立て直す。岐阜に戻って軍勢を再編し、今度は浅井、朝倉勢と堂々と雌雄を決してやる。斎藤龍興の息の根も止めてやる。

龍興と長井は山中で休息を取っていた。

信長を今一歩まで追い詰めながら、取り逃がした悔しさはあるが、

「信長め、顔を引きつらせておったぞ」

龍興は気持ちを新たにするように、笑い声を上げた。

対して、

「千載一遇の機会を逸しました」

道利は悔しげだ。

万蔵も無念の形相で、

「おらがもうちょっと早く信長たちを見つけていたら、今頃は信長の首がここにあった」

「道利、万蔵、そう気落ちするな」

龍興の励ましに道利は気を取り直したが万蔵は沈んだままだ。

「帰蝶さまに顔向けできねえ。おら、必ず龍興さまに信長を討って頂くと約束してきた」

「万蔵、おまえが悪いのではない。信長の悪運の強さ、いや、わしの謀（はかりごと）が甘かったのだ。朽木が信長に味方するとは算段違いであった。負け惜しみついでに申すと、朽木が助勢するなど岩成友通の算盤（そろばん）でも勘定できなかっただろうさ。叔母上にはわしから文を書く」

龍興は万蔵の肩を叩いた。

万蔵はうなだれたままうなずく。龍興は続けた。

「この後にいくらでも機会はある。考えてみよ、信長は上洛以来、いや、三年前の美濃取り以来、破竹の勢いであった。負けを知らずに天下取りに邁進しておったのだ。こたびの敗北、悔しさで身を震わせておるであろう」

龍興の言葉に道利は首肯した。

三万の大軍で越前に攻め込んだ。朝廷は信長の勝利を祈禱し、将軍や公家をはじめ都大路を埋め尽くす人々の見送りを受けての出陣であった。それが、こともあろうに信頼していた義弟に裏切られ、家来たちを置き去りにして敗走したのである。古今東西稀に見る負け戦だ。この敗戦で、信長に従っていた都周辺の土豪たちは離反するだろう。信長に追われた三好党、六角は息を吹き返す。一向宗徒も黙ってはいまい。

加えて、

「武田信玄じゃ」

龍興は言った。

「信玄。これで、信長のほころびを見たことでございましょう」

道利もうなずく。

「信玄が我らにつけば、信長が頼るは家康のみ。周囲を敵に囲まれ、信長と家康はまさしく四面楚歌じゃ。面白くなってきたぞ」

龍興は草むらに寝転がり空を見上げた。林立する木立の隙間に覗く紫の空が乳白色に染まり出した。白々明けだ。

「早速、三好党に繋ぎをつけましょう。長嶋の一向一揆も動かします。美濃へも楔を打ち込みましょう」

道利の考えに龍興は、

「氏家か……。あの男、信長に謀反するであろうかのう」

「謀反せずとも、信長に氏家への不信を抱かせればそれでよし。織田家中、特に美濃三人衆に乱れが生じましょう」

道利の言葉に万蔵の目も輝きを放った。気を良くしたのか道利は舌が滑らかになった。

「六角殿も甲賀より近江に入られ、旧臣方も多数馳せ参じたとか。南近江が再び六角殿の勢力に入れば京と岐阜を結ぶ道が閉ざされます。六角殿、信長を闇討ちすると申しておられましたな」

「刺客を向けると申しておった。この手で信長を仕留めることはできぬが構わぬ。信長の死も望むが、美濃国主への返り咲きこそが宿願じゃ」

空が一段と明るみ、野鳥の囀りが聞こえ始めた。空気が澄み、新緑の香に包まれると戦闘の疲れが押し寄せ、睡魔に襲われる。稲葉山の夢でも見るか。いや、夢ではない。龍興は美濃国主への返り咲きを確信した。

五

「あっ」

帰蝶は悲鳴を上げた。

鉄砲が放たれ帰蝶の身体は谷底へと落ちていった。

両手を動かしもがく。周囲は真っ暗闇だ。肩で息をしながら落ち着けと自分を叱咤する。

やがて、両目が開かれた。

頭上で嫌な音がする。すぐに雨音とわかった。篠つく雨が降り続いているようだ。

怖い夢を見た。白絹の寝巻きは汗で背中に貼り付いている。半身を起こし、安堵のため息を吐いた。夜更けの静けさの中で、屋根を打つ雨音のみが響いている。今、何時であろうか。今日は五月十九日、いや、もう二十日になっただろうか。梅雨時とあって連日の雨模様だ。

鬱陶しい時節だがこの雨が秋の恵みをもたらすのだ、と父道三が言っていたのが思い出される。わかっていても、寝間に湿った空気が籠り汗で濡れた寝巻きが不快だ。身体を拭き、着替えようかと思ったところで襖越しに藤野の声が聞こえた。

「万蔵が戻りまして、火急にお伝えしたいことがあると申しております」

「万蔵が……」

帰蝶は呟くと身支度を整えてから会うと告げ、台所で何か食べさせておくよう命じた。

雨降る夜道を万蔵は駆けに、駆けて来たのだろう。一刻も早く報せたいことがあるのだ。

信長のことか、はたまた龍興の身に何か起きたのか。

鉄砲で撃たれた悪夢が正夢となっているのかもしれない。龍興が銃撃されたのだろうか。

帰蝶は胸騒ぎを覚えながら着替えをした。


「万蔵、ごくろうですね」

帰蝶は台所の土間で控える万蔵に声をかけた。万蔵は握り飯を食べ終えたところだ。帰蝶が板敷きに座ると、既に板敷きで控える藤野が万蔵に報告を求めた。

「申し上げます。本日の昼下がり、千草峠にて織田信長、鉄砲で撃たれ落命したようでございます」

万蔵は帰蝶を見上げ言った。

「なんと、ついに信長が……」

藤野は感極まったように口ごもった。

すると、悪夢は信長が撃たれたことを告げていたのか。ぼんやりとしていると藤野が、

「仔細を申せ」

と、万蔵に声をかけた。

万蔵によると、信長は朝倉攻めの敗戦後、都で態勢を整えた。信長の敗北により、都周辺、特に近江が騒がしくなった。浅井長政が南近江に兵を進め鯰江城を占拠すると、六角承禎も旧臣を募って甲賀から南近江に進出した。都と岐阜の往還に支障が出るため、信長は南近江の諸城に織田の武将を配置した。

それでも、一向一揆の蜂起は激しくなり、岐阜への帰途は東山道ではなく千草峠を越えて伊勢に入り、伊勢から岐阜を目指す道をとった。

「そこに六角さまが狙いをつけ、甲賀きっての鉄砲の放ち手杉谷善住坊(すぎたにぜんじゅぼう)を雇い、信長が千草峠を越えるところで狙撃させたのでございます」

千草峠は近江と伊勢の国境、標高約三百三十三丈の高地にある。人気(ひとけ)のない林間の狭隘な道を、信長は百騎ばかりの近習(きんじゅ)と馬を進めていた。

「して、信長は間違いなく死んだのですね」

藤野が問いかける。

帰蝶の胸の鼓動が高鳴った。信長の死への期待が気持ちを高ぶらせているに違いない。

「落馬して峠を転がり落ちました。杉谷善住坊はわずか十二、三間(けん)の間合いで鉄砲を放ちました。しかも、二つ玉です。よもや、仕損じることはございません」

万蔵は善住坊の脇で狙撃の様子を見ていたそうだ。二つ玉とは鉄砲に二発の玉込めをして放つことをいう。百間先の鳥の目も撃ち抜くといわれる善住坊が万が一にもしくじることはない。

狙撃直後、直ちに狙撃者の探索が始まったため万蔵と善住坊は散り散りに逃げ去った。

「奥方さま、信長が死にました。こんなにもめでたいことはございません」

藤野は興奮で身を震わせた。

「確かに信長は死んだのじゃな。落馬しただけではないのじゃな」

帰蝶は念押しをした。

「間違いないかと……」

万蔵の口調が曖昧に濁った。

落馬までは見届けたが、生死までは確かめる余裕がなかったのだろう。

明くる日の昼頃、雨にもかかわらず信長が二十一日に岐阜に帰城するという話題で城下は湧き立った。夕刻、万蔵が馬上で揺られる信長を確認したことを報告した。善住坊は仕損じた。二つの弾丸は信長を掠めただけだったそうだ。藤野は激しく落胆した。

しかし、帰蝶は何故かほっとした。

――どうしてだろう――

信長が生きていると聞いて胸を撫で下ろしている。昨夜の胸の高鳴りは信長の身を心配する気持ちが引き起こしたのだろうか。

帰蝶は呆然とその日を送った。

雨は降り止まず、心の中までしっとりと濡れそぼった。

五月の晦日、空は晴れ渡った。

信長は久しぶりに鵜飼を見ようと思い立った。宗吉の病も癒えたそうだ。

来月には出陣が控えている。浅井、朝倉勢相手に大戦をするつもりだ。家康も軍勢を引き連れて加勢すると申し出た。戦支度を整えつつ、束の間の憩いを楽しもう。

夕刻、長良川の河原で宴を催した。幔幕を張り、床几を据えて酒と料理を並べた。主だった将たちは近江や都に赴かせているため、近習や馬廻りたちとの少人数での宴席である。

川風に幔幕がたなびき、織田木瓜が揺れる。夕陽を浴びた稲葉山が茜に染まり、岐阜城に薄化粧を施していた。岐阜城と長良川、そして川面に浮かぶ鵜舟、まさしく我が家に帰って来たくつろぎを覚える。

「長近、策伝はまだか」

長近に声をかけたところで、幔幕が捲り上げられた。墨染めの衣に身を包んだ策伝が入って来て、片膝をついた。

「苦しゅうない。今日は、おまえの話が聞きたくて呼んだのだ。面白い話を聞かせよ」

信長が気さくな口調で声をかけると策伝は立ち上がり、長近をちらっと見た。長近がうなずき返す。

策伝は笑みを広げた。

しばらく会っていない内に、背が伸び顔つきも大人びて見えた。

「都のあるお坊さま。無類の魚好きでございます。ですが、僧侶の身とて、ご自分で買いに行くわけにはいかず、寺男を使いにやっておりました。ところが、ある日寺男が病で寝込んだそうで、お坊さま、仕方なくご自分で魚を買いに行かれたそうな。頭巾を被り、小袖を着て身分を隠して魚屋へ。あいにく魚屋は店仕舞いをしており、戸が閉っておりました。そこで、お坊さまは戸を叩き……」

ここで言葉を止め、策伝は右の拳で戸を叩く真似をした。

信長は身を乗り出す。

信長の興味を引いたことを確かめたのか、より一層笑みを深め、

「家の中から誰だと問われました。お坊さま、思わず、在家から魚を買いにきた、と」

策伝はぺこりと頭を下げた。

僧侶は俗人を在家と呼ぶ。俗人が自分のことを在家と称することはない。従って、お坊さまは咄嗟に返した言葉で、僧侶とばれてしまったということだ。

「馬鹿な坊主よのう」

信長が笑うと、長近たちも一斉に笑い声を上げた。

話が受けたことに安堵の表情を浮かべた策伝は続けた。

「和田惟政さま、殿さまに忠義を励み摂津国高槻の御城主にご出世なさいました」

策伝の話に和田惟政が出るとは意外だ。

これは面白そうだと信長は床几に座り直した。

「和田さま、殿さまを敬うこと、それはもう大変なものでして、殿さまより下賜された西陣織の小袖を後生大事に身に着けられ、すっかり着古してしまわれました。それで、せっかくの京小袖が台無しになってしまわれたそうでございます」

信長下賜の京小袖のうらぶれた様がおかしいが、惟政の忠義を物語る話でもあるだけに、長近以下、どう反応していいか迷っている。信長も押し黙った。

淀んだ空気が伝わらないのか、策伝は衣の袖を摑んで剽げた格好をし、

「京小袖の袖からは綿が出ておかしいこと、おかしいこと、綿が出た、和田が出た」

信長は膝を打って哄笑を放った。

長近たちも、綿と和田を引っかけた洒落に気づき笑い声を上げた。

空は紫に染まり星が輝いている。鵜舟の篝火が川面を照らし、鵜飼が始まったことを告げていた。

「策伝、大儀。今後も一層、面白き話を集め、こさえよ」

「畏まってございます」

「おれは、必ずや笑って暮らせる世を創る。我が命ある限り諦めぬぞ」

「うれしゅうございます。うれしゅうございますが、殿さま、お楽しみになられたのですから、ただという法はござりません」

策伝は右手を差し出した。長近が腰を浮かし、「控えよ」と叱りつけるが、

「その方の申す通りじゃ」

信長は小姓から革袋を受け取り、策伝に与えた。

両手で受け取ったものの策伝は身体をよろめかせた。小粒銀がぎっしりと詰まっているようだ。

「こんなには……」

策伝が目を白黒させたが、

「おれの値踏みじゃ」

「ですが、もらい過ぎです」

遠慮する策伝を信長は、「近う」と手招きをした。首を傾げながら策伝が側にやって来た。信長は策伝の耳元で、

「こたびはしくじった。驕りで目が曇っておったのだ。正直、堪えたぞ。おまえの話、うさ晴らしになったわ。その礼よ」

信長は長近らと座を払った。

河岸に着けられた屋根船に向かう。

家臣たちには見せなかった敗戦で打ちひしがれた心が、岐阜の風景と策伝の話で癒された。岐阜の山河に響いた笑い声、腹の底から笑うと鬱屈した気分が吹き飛び、わくわくと楽しくなる。

笑って暮らせる世、民の笑顔で満ち溢れた世にする。それには、治める者にも笑いが絶えてはならない。

悲しいかな、戦乱の世にあって為政者が笑うのは戦に勝利した時だ。

信長は鵜舟を眺めながらも浅井、朝倉との戦に心を向けた。

「笑わせるは泣かせるより難し、じゃな……」

信長は失笑を漏らした。

長良川の香が清かに鼻腔をくすぐった。

姉川の戦い

一

浅井攻めの好機が到来したのは日輪が大地を焦がし、口を利(き)くのも億劫な酷暑の昼下がりであった。

浅井の家臣近江坂田郡鎌刃城主(かまはじょうしゅ)堀秀村(ほりひでむら)が織田方に寝返ったのである。これにより、美濃との国境防備のために築いた長比城(たけくらべじょう)と刈安城(かりやすじょう)の城兵は城を捨て逃げ去り、小谷城までの道が開かれた。

六月十九日、信長は二万五千の軍勢を率いて岐阜を出陣した。

二十一日、小谷城の西にある虎御前山に本陣を据え、城下町ばかりか村々、谷の隅までも徹底して焼き討ちをさせた。

兜(かぶと)を脱ぎ、床几(しょうぎ)に腰かけると小姓(こしょう)たちが左右の両側から大きな団扇(うちわ)で扇(あお)ぐ。竹筒の水を喉を鳴らしながら飲み干し、眼前に聳える小谷山を見上げた。

小谷城は、近江と美濃に跨る伊吹山系の支脈である小谷山に築かれている。本丸は標高約百五十六丈の頂きにあった。峻険な山全体に設けられた曲輪内は、具足に身を固めた将兵たちの戦意が漲っている。難攻不落という評判に偽りはなく、力攻めをしては日数と多大な犠牲を要することは明白だ。浅井勢を小谷城からおびき出し、野戦にて決着をつけるのが上策であるが、焼き討ちという挑発にも長政は乗ってくる様子はない。

木立の隙間から盛夏の強い日差しが降り注ぎ、蟬時雨が辺りを覆っている。眼下には焼け出された領民たちが右往左往する姿があった。炎天下、せめて日輪を避けようと林に向かう様は蟻の群れのようだ。

長政を恨め。おまえたちを見殺しにする領主をな。信長は薄笑いを浮かべた。

「猿」

信長は木下藤吉郎を手招きした。

藤吉郎は信長の前に伺候し、片膝をついた。

「浅井勢、いかにしたものかのう。一向に山から下りてはこぬわ」

小谷城に視線を預けたまま尋ねる。

「わしにお尋ねにならんでも、殿さまのお考えは決まっておられましょう」

藤吉郎はにこやかに答える。信長は藤吉郎を睨み、答えるよう求めた。藤吉郎は首をす

くめ、

「浅井勢が下りてこんのは、朝倉の援軍を待っておるからと思いますわ」

「朝倉勢が到着する前に、小谷城を攻めてはどうか」

語調鋭く信長は問いを重ねた。

「無謀だと思いますわ。大きな犠牲を払った上に、背後から朝倉勢に包囲されますでなも」

藤吉郎の言う通り、城攻めの最中朝倉が援軍に駆けつければ、江南で蠢動（しゅんどう）する六角も勢いづくだろう。更には三好党が再び京都を窺（うかが）うのではないか。

「浅井勢をおびき出す工夫を申してみよ」

「横山城（よこやまじょう）を攻めます」

藤吉郎は即答した。小谷城下にやって来るまでに藤吉郎なりに策を練っていたようだ。小者のように辞は低いが抜かりのない男である。

横山城は小谷城の南方二里にある浅井方の城塞だ。長浜平野の東に位置し、南北百五十丈、東西百三十五丈に及ぶ要害だった。

「横山城攻めの最中に朝倉の援軍が到着しましょう。さすれば、浅井勢は強気となり横山城を救援するために山を下りるものと思います」

信長は小姓から絵図面を受け取った。

「となると、合戦の場は」

絵図面を広げ視線を落とす。藤吉郎も覗き込む。

「姉川か」

鞭の先で絵図面に描かれている姉川をなぞった。

姉川を挟んで対陣する。

河原と田畑が広がるこの地は大軍がぶつかり合うには格好の場である。

「程なく、家康も軍勢を引き連れて馳せ参じる。浅井と朝倉を合わせた軍勢、いかほどであろうな」

「朝倉が一万、浅井が八千余りでしょうか」

「家康は五千を連れてまいる。選りすぐりの武者と兵どもをな。我が軍勢と合わせて三万だ」

「野戦は軍勢の数がものを言いますで、姉川で合戦に及ぶことができればお味方の勝利は決まったも同然ですわ」

藤吉郎らしい陽気な笑顔を弾けさせた。

信長も同感だが、ふと一抹の不安を抱いた。浅井、朝倉勢との合戦への不安ではなく、今の状況についてだ。

「おかしいと思わぬか」

信長は例によって言葉を略して尋ねた。藤吉郎は心得たもので、

「四月の朝倉攻めを境に敵が活気づきました。しかも、敵同士がまるで手を組んでおるように殿さまに歯向かってまいります」

「敵同士の要となる者がおるということじゃ。誰と思うか」

信長の問いかけに答えるのを一瞬躊躇った後、

「公方さま……」

藤吉郎は声を潜めて答えた。

「おれも公方かもしれぬと思うが、公方はおれに歯向かうだけの肝が据わっておるか」

「公方さまにその度胸はなくとも、焚きつける者がおるかもしれませんわ」

「公方の取り巻きどもか。ふん、是非もない。自ら戦おうとはせず、他人の力を利用することしかできぬ輩じゃな」

信長は足利義昭の俗物ぶりに思いを巡らせた。

二十二日、信長は虎御前山の陣を払い、横山城に向かった。横山城の北方に突き出た尾根、竜ヶ鼻に本陣を張り、横山城を四方から囲むよう陣触れを発する。陣替えが完了したのは二十四日のことだった。

予想通り朝倉勢到着の報せが物見より届いた。大将は朝倉義景の名代景健、総勢一万が

小谷城の東にある大依山に陣取ったという。

本陣で信長は甲冑を身に着けず、烏帽子を被り、鎧直垂姿で床几に腰かけている。藤吉郎が引き続き物見に朝倉と浅井の動きを探らせます、と報告したところで甲冑姿の徳川家康がやって来た。

「遠路、大儀だ」

信長は床几から立ち上がり家康の手を両手で力強く握りしめ、感謝の意を伝えた。

「兄上、今回は越前での恥辱を晴らしましょうぞ」

「馬鹿に意気込んでおるではないか」

「当たり前でござる。浅井長政には煮え湯を飲まされたのですからな」

「確かにな」

信長が唇を嚙むと、

「これは、失礼しました。屈辱を味わわされたのは、わたしよりも兄上でございますね」

「敵勢は朝倉が一万、浅井は八千じゃ」

「わが徳川勢、是非とも朝倉勢と対陣致したくお願い申し上げます」

家康は頭を下げた。

二

「それは、無謀ですわ」

　藤吉郎が横から口を挟んだ。

　信長も、

「朝倉勢は一万じゃ。徳川勢は五千、倍する軍勢であるぞ」

「一万であろうと、二万であろうと目にもの見せます。書状にしたためました通り、戦慣れした者を選んで連れて参りました。兄上も桶狭間では十倍以上の今川勢を打ち破られたではございませぬか」

「あの時は、背に腹は代えられなかったのだ」

「徳川家としましては、このような大軍との合戦は初めてのこととて、家来どもも勇み立っております」

　三河武者の意地を見せたいということだ。炎暑三河から駆け付け、気概を見せる家康の気持ちを無にしては徳川勢の士気に関わる。

「よかろう。存分に働け」

　信長が了解すると、家康は日焼けした顔に笑みを広げ立ち去った。藤吉郎が、

「殿さま、大丈夫ですか。家康さまは力んでおられますぞ。徳川勢がいかに強かろうが、朝倉勢は倍する軍勢、朝倉勢に押され徳川勢が崩れれば、わが方も危のうございます」

「家康の顔を立ててやる。家康は若いに似ず、戦場での駆け引きは大したものだからな。今後益々戦は続く。家康が真に頼りになるか見極めることにもなろう」

「ようわかりました」

藤吉郎は頭を掻いた。


二十七日、朝倉勢が大依山を陣払いした。もしや、撤収するのではないかとも疑われたが、深夜になり浅井勢と共に山麓に軍を進めた。程なく、姉川の北岸には夥しい数の松明が行き交い始めた。甲冑のこすれ合う音、馬の嘶きが響き渡り、夜蟬の鳴き声が止む。

朝倉勢は西の三田村に着陣し、浅井勢は東の野村に陣取った。

信長も陣触れを発した。

横山城に拠る敵勢への備えとして、氏家卜全、安藤守就、丹羽長秀の軍勢五千を残し、織田、徳川勢二万五千は姉川の南側に陣を移した。姉川を挟んで織田、徳川連合軍と浅井、朝倉連合軍が対陣した。浅井、朝倉は一万八千だ。数からして、よもや負けることはあるまい。

姉川の水深は深い所で三尺ほど、人馬が渡るに不自由はない。

織田勢は浅井勢と向かい合う。

先陣は坂井政尚（さかいまさひさ）が任され、池田恒興（いけだつねおき）、木下藤吉郎、柴田勝家、森可成（もりよしなり）、佐久間信盛の軍勢が布陣し、信長の本陣まで十三段の構えである。

朝倉勢と対陣する徳川勢は先陣を酒井忠次（さかいただつぐ）、以下、小笠原長忠（おがさわらながただ）、石川数正（いしかわかずまさ）勢が家康の本陣までに構えられ、本陣の背後に榊原康政（さかきばらやすまさ）が陣取った。信長は朝倉勢との兵力差を考慮し、稲葉一鉄（いなばいってつ）の軍勢を徳川勢に加えた。

早朝だというのに烈日が河原を焦がし、川面（かわも）を煌（きら）めかせている。恨めしいほどの青空には入道雲が居すわっていた。遮る物がない田畑を浅井、朝倉勢が埋め尽くし、陽炎（かげろう）に揺らめいている。

卯（う）の刻、合戦の幕が上がった。

坂井政尚の軍勢が浅井勢に向かって弓を射かけ、鉄砲を放つ。たちまちにして、伊吹山の頂にも届かんばかりの銃声と怒声が辺りを覆った。

浅井勢が川を渡った。攻め太鼓、銅鑼（どら）を打ち鳴らし、法螺貝（ほらがい）を吹きながら坂井の軍勢に襲いかかる。

将兵たちの当世具足の背中に立つ旗指物がはためき、激しい水飛沫（みずしぶき）が立つ。坂井勢の弓、鉄砲をものともせず魚鱗の陣形で押し寄せる浅井勢は、無数の旗指物のせいで林が動いているようだ。

飛び道具で応戦していた坂井勢の真ん中に鑓衾を連ねた浅井勢が突っ込んだ。陣形を崩されながらも坂井勢は反撃に転ずる。

敵味方入り乱れての戦いとなっては、弓や鉄砲は使えない。双方、鑓を突き合い野太刀をぶつけ合っての命のやり取りとなった。

面頬から覗く双眸はいずれもぎらぎらとし、旗指物は折れ、穂先を失った鑓を振り回す者、刃こぼれしようが構わず太刀を振るう者で河原は満ち溢れた。空は土煙で覆い尽くされ、敵と味方を包み込んでいる。

奮戦虚しく坂井勢は崩れ、雑兵たちが後陣の池田勢に雪崩れ込む。勢いづいた浅井勢の追撃が加わり、池田勢も突き崩された。

河原には首を失った亡骸、鑓を持ったままの腕、土まみれとなった旗指物が散乱し、足を取られようものなら、たちまち鑓が襲い掛かる。亡骸が浮かび、だくだくと血が流れる川にもかかわらず、炎天下の戦で渇き切った喉を潤おそうと水面に首を突っ込む者が後を絶たない。

彼らは渇きを癒すことと引き換えに刀鑓の餌食となってゆく。

木下勢も危くなった。

予想以上の浅井勢の猛攻に必死で応戦していたのだが、味方は次々と討ち取られ、ついには陣が崩壊した。

「留まれ！」

藤吉郎は声を振り絞る。しかし、怒号、銃声飛び交う戦場とあって、いくら地声の大きな藤吉郎といえど声はかき消された。たとえ将兵たちの耳に届いていたとしても、無人の原野を行くが如き浅井勢を止めることはできなかっただろう。

味方の苦戦に信長の本陣も動揺した。

信長は床几から立ち上がり、金森長近を呼び寄せた。

「味方は大軍、ここは河原じゃ。この暑さに河原を走り回っては敵勢の勢いが衰えるは必定、うろたえることなく持ち場を固めよと触れてまいれ」

「御意にございます」

長近は一礼すると馬に乗り、駆けて行った。背中で揺れる赤母衣がじきに土煙で見えなくなった。

本陣を防御する盾や竹把に続々と矢と銃弾が命中する。

「おのれ、長政め」

信長は小姓に鉄砲を持って来るよう命じた。弾込めされ、いつでも放つことができる鉄砲が十丁用意された。二十匁筒と呼ばれる大口径の鉄砲だ。小姓たちに持たせ竹把の側に行く。

「危のうございます」

小姓や馬廻りたちの声を無視し、信長は鉄砲を受け取ると竹把の隙間から筒先を突き出した。間近に迫る敵勢はない。半町程先に浅井の旗指物を背負った騎馬武者が数騎見えた。迷わず引鉄をひいた。

騎馬武者が馬から落ちた。気を良くして次々と鉄砲を放つ。大口径の鉄砲とあって、半町の距離をものともせずに弾丸は鎧を貫く。

立ち込める硝煙の臭いに武者の血が騒いだ。

一方、徳川勢は苦戦しながらも朝倉勢を押していた。

「康政に川の下を渡り朝倉勢の脇腹をつかせよ」

家康は馬上から伝令に命令を飛ばす。

榊原康政の軍勢が姉川の下流を迂回した。朝倉勢の左面から横鑓を入れる。これが功を奏し、朝倉勢の右翼に綻びが生じた。

すかさず家康は全軍に押せと号令を発した。

陣形が崩れた上に浅井の援軍という意識が朝倉勢の士気を落としたようだ。徳川勢の猛攻にじりじりと押し戻されてゆく。程なくして、戦場から離脱してゆく者が出始めた。こうなると、軍勢はもろい。逃亡した者たちを追うように後陣が敗走し始める。

先陣に踏み止まっている者たちも味方が崩れる様に浮足立つ。動揺する朝倉勢にあって、ただ一人真柄十郎左衛門直隆だけは北国の勇者ならではの戦いを繰り広げていた。

七尺の巨体にふさわしい五尺三寸の大太刀を振るい、徳川勢を斬りまくる。

射かけられる矢を叩き落とし、徳川勢の真っ只中で暴れ回った。繰り出される鑓の穂先を斬り飛ばし、太刀を両断し、真柄の周囲には死骸の山が築かれた。兜を失って髪を振り乱し、面頬も割れて剝き出しとなった顔面は血に染まっている。

まさしく鬼神の如き武者ぶりだ。

しかし、朝倉勢が総崩れとなった今、徳川勢に囲まれた真柄の命脈は尽きようとしていた。

北国の勇者の奮戦ぶりを目の当たりにした徳川の将兵たちは、恐れから称賛の目となり、今では死を惜しんでいる。囲みながらも鉄砲で狙う者はいない。

やがて、朝倉の総大将景健が無事落ち伸びたという報告がもたらされた。真柄は笑みを浮かべた。大将の無事を聞いて覚悟を決めたようだ。

「わしの首を取って手柄としたい者はかかってまいれ」

真柄は大太刀を構え直した。

将兵の中から三人が進み出た。小笠原長忠の家臣向坂式部、五郎次郎、六郎五郎の三兄弟だ。

まずは、式部が鑓で突進した。真柄は難なく鑓を撥ね飛ばす。続いて五郎次郎と六郎五郎が左右から太刀で斬りかかる。応戦するが、足元が定まらず真柄の動きは目立って鈍くなった。

思うようにならない巨体に失笑を漏らし、思いもかけず四股(しこ)を踏んでしまった。

「信長と相撲を取りたかったのう」

場違いな言葉を発すると、真柄は大太刀を下げてあぐらをかいた。三兄弟を睨み上げ、

「手柄とせよ」

大太刀を抱き両目を閉じた。

太郎太刀と呼ばれる長寸の太刀を抱きながらあの世へ旅立とうとする真柄の顔は、土と血にまみれながらも穏やかだ。悟りを開いた行者、いや、戦場で死ねることに無上の喜びを感じている根っからの武者である。

凄惨な戦場にあって、あっぱれなる真柄十郎左衛門の最期(さいご)であった。

真柄の死に顔は、莞爾(かんじ)として微笑(ほほえ)んでいた。

正午過ぎ、朝倉勢が崩れたのを見、信長は横山城を包囲していた安藤守就、氏家卜全の軍勢を呼び寄せ浅井勢に突撃させた。早朝からの奮戦と朝倉勢の瓦解(がかい)により、浅井勢も退却を始めた。

　昼八つ半には勝敗は決した。

　浅井、朝倉勢は姉川から姿を消し、横山城も陥落した。姉川と河原には敵味方無数の亡骸が横たわっている。人ばかりではなく、馬も無残な骸を晒していた。西日に照らされた戦場に生暖かい風が死臭を運んでくる。

　野草が血で赤黒く染まり、後にこの辺りは血原と呼ばれるようになった。激戦の末の勝利である。浅井、朝倉勢は千百人、織田、徳川勢は八百人を超える死者を出した。

　夜の帳が下りた戦場に将兵の亡骸から鎧や鑓、太刀を奪おうと近在の百姓や野伏せりが群れ出した。供養をしようと集まった雲水たちの読経が寂しげに響き渡り、水辺に近い草むらで飛び交う蛍が朽ちた者たちの魂のようだった。


　信長の本陣に諸将が集まった。

　戦勝を祝うかのように盛大な篝火が焚かれ、星空を焦がしている。

「兄上、追撃しましょうぞ。一気に小谷城を攻め落とすべきです」

　家康の声はかすれていた。家康ばかりではない。居並ぶ織田、徳川の重臣たちは声を嗄らし、将兵たちを叱咤しながら戦場を疾駆していたため、喉が潰れている。

　ただ信長のみは、

「深追いはせぬがよい」

凛（りん）とした声音で家康を宥めた。

「敵は戦意を失い、併せて損害も大きいですぞ。難攻不落の小谷城といえども落とせぬことはございません」

家康は言葉にならない声を補うためか、身振り手振りを交え訴えかけた。

徳川勢に倍する朝倉勢を押し戻し、北国の勇者真柄十郎左衛門を討ち取った。勝利は徳川勢の奮闘によりもたらされたものだとは織田の諸将も認めている。家康は大いなる自信を持ったようだ。

勝ち戦であろうと家康の領地が増えるわけではないが、信長へ大きな貸しを作った。徳川勢の武名を天下に轟（とどろ）かせもした。家康が戦国武将として生きてゆく上で、大いなる財産を得たことは間違いない。

信長は家康の意見を聞き取った上で諸将を見回し、

「味方の損耗も激しい。こたびの戦はこれまでとする」

断を下した。

家康はこれ以上の申し立てを遠慮するように口を閉ざしたが、己が戦功を誇るかのように胸を張った。信長は再び重臣たちを見回す。そして藤吉郎で視線を止めた。

「猿、横山城を任せる」

藤吉郎は床几から立ち上がったものの大きくよろめいた。決して大袈裟（おおげさ）な仕草ではなく、疲労困憊（こんぱい）ゆえだとは誰しもが思った。

「ありがたき幸せに存じます」

藤吉郎はかすれ声で答えると、汗と埃にまみれた顔に笑みを広げた。草履（ぞうり）取り、小者から成り上がり城主となったのである。喜びもひとしおであろう。

やおら勝家が立ち上がると藤吉郎の前に立ち、

「猿、金ヶ崎での約定、忘れてはおるまいな」

怒鳴りつけるや右の拳で藤吉郎の頬を殴った。藤吉郎の身体が弾け飛んだ。大の字になった藤吉郎は目を激しく瞬かせた。地獄の殿軍を生き抜いた褒美である。勝家は手を貸し藤吉郎を立たせ、「よかったのお」とねぎらいの言葉をかけた。本陣が和んだところで、

「長政の首、ひとまず肥え太った胴に繋（つな）いでおいてやる」

信長は陣を払った。

三

七月六日、信長は都に入ると馬廻りだけを引き連れ、二条にある将軍御所へ入った。甲冑に身を包んだまま大広間で義昭に戦勝を報告する。居並ぶ幕臣たちは口々に賞賛と喜びを伝えてきた。上段の間に座す義昭も、

「まことめでたき限りじゃのう」

三淵藤英が、

「これで、天下静謐は成ったも同然でございます」

義昭がその言葉を引き取り、

「まさしく、信長殿のお陰じゃ。して、どうであろうな。今こそ、副将軍職を受けてはくれぬか」

「先般も申しましたように、それがしは己が栄達のために粉骨砕身働いておるのではござりませぬ。官職の事は平に御容赦くださりませ」

信長は慇懃に返す。

「そうか……、残念じゃのう」

義昭は落胆したかのように肩を落とした。

「それに、天下静謐はまだまだ遠いと存ずる」

信長の言葉に一同がどよめいた。細川藤孝が目を見開き、

「こたびの大勝によりまして、浅井、朝倉は当分立ち上がれないと存じます。三好党は四国で逼塞し、六角の動きも鈍っております」

「細川殿が申された者ども、決して大人しくはしておりませぬ。隙あらばと窺っておりますな。そして、それらの者どもをけしかけ、操ろうとする者がおるような」

信長は鷹のような視線で見回した。みな、信長の視線から逃れるようにして目をそむける。義昭も黙り込んだ。

義昭は淀んだ空気を和らげるように、

「ともかく、今日は信長殿の大勝利を祝そうではないか」

「御意にございます」

いち早く三淵が答えた。

「ならば、宴じゃ」

義昭のあっけらかんとした口調が虚しく信長の耳を過ぎていった。

やがて宴が張られた。

素襖に着替え、信長は義昭の近くに着座した。

義昭が上機嫌で、

「信長殿、舞を一差し所望したい」

「拙者のつたない舞など、公方さまのお目を穢すだけでござる」

「そう申されるな。是非にも見たいのじゃ」

酔いが回ったせいか義昭は執拗だ。

「信長さまの舞は、それは見事なものだと拙者も耳に致しております」

三淵が調子よく言い添える。

信長は三淵を睨み据え、

「誰から聞いたのかは存ぜぬが、公方さまにお目にかけるほどではない。それに、今は舞い上がっておる場合ではない」

三淵は目を白黒させた。

「まあ、よい。ならば、一献」

義昭が取り繕うよう酒を信長に勧めた。白けた空気が漂い、みな黙々と杯を重ねた。信長は座を払おうと腰を浮かした。

まずいと思ったのか三淵が信長を引き止める。義昭も引き攣った笑顔を浮かべ信長を見ている。仕方なく腰を落ち着け口を真一文字に引き結んだ。空気がぴんと張り詰める。

「浅井、朝倉には勝利しましたが、根絶やしにしたわけではござらん。一方、三好党も怪しげな動きを示しております。いつ、阿波より渡海し、都を窺うことになってもおかしくはござらん」

すると、一年半前の三好党による本圀寺襲撃のことが一同の脳裏を過ぎったのか、重い沈黙に閉ざされた。

「三好の者どもが結束して都に攻め込むとお考えか」

義昭にとっては三好党が最も怖い存在のようだ。

「三好党、結束すれば大軍にもなります。浅井、朝倉と手を組むことにでもなれば、東と西から挟み撃ちとなりましょう」

信長の口調はあくまで冷静だ。

「阿波に兵を向けてはどうじゃ」

今こそ三好党を討伐する好機だと義昭は考えたようだ。

「今、四国に兵を送るゆとりはございませぬ。阿波、讃岐はなんと申しても三好党の本国、その勢力をしっかりと根づかせております。討伐するとなれば三万の軍勢を渡海させねばなりませぬ。船の算段は何とかするとして、近江の動きにもわが軍勢を割き、都周辺の警固に兵を駐屯させる中、三万の軍勢をとても四国には向けられませぬ」

信長の理路整然とした言葉に義昭は反論できない。藤孝が信長に向き、

「恐れながら信長さまには何か方策をお考えではございませぬか」

信長は義昭を見たまま、

「大坂の本願寺……」

呟くように言った。

義昭の目がしばたたかれた。

大坂本願寺は全国に莫大な門徒を擁する浄土真宗本願寺派の総本山である。十一世法主顕如は門徒たちから御仏のように崇められ、顕如のために死ねば極楽浄土に行けると信ず

る者たちばかりだ。

「本願寺がいかがしたのじゃ。既に信長殿は五千貫の矢銭を取っておられようが」

義昭の目が凝らされた。信長の心の内を推し量っているようだ。

「大坂の地から退いてもらおうと思います」

信長の言葉に一同は息を呑んだ。

義昭も言葉も発せられないでいると藤孝が、

「顕如殿が承知するとは思えませぬが」

「承知させるまで。大坂の地は天下一の境地でござる。その天下一の境地に巨大な伽藍や夥しい建屋を巡らし、寺内町を形成する本願寺は大名の如きもの。周囲を海と大河に囲まれた本願寺は天然の濠に守られた巨大なる城、御仏の教えを授ける場にはふさわしくはござらん。それがしは、信仰を阻むつもりはない。一向宗の教えを否定はせぬ。従って、顕如殿が望む国に替地を用意し、費用も負担する所存。御仏の教えはどこにおろうと行うことが出来るものでござる」

言葉短かな信長にしては珍しく熱弁を振るった。話している内に興奮のため頬が朱に染まった。

三淵が恐る恐る口を開いた。

「本願寺が大坂の地を退いて後、その地をいかがされるのですか」

「知れたこと。建屋は接収し、わが軍勢を常駐させる。さすれば、三好党はもとより西国にも睨みを利かせることができよう」

「そ、それは素晴らしきお考えでございます」

三淵は賛意を表した。

「近日中にも本願寺に使者を送るつもりでござる。ついては、公方さまよりも使者を同道させて頂きたい」

義昭に一礼すると三淵に視線を向けた。三淵は目を伏せた。

「そうじゃな。しかしながら、本願寺に大坂から立ち退けとは、あまりにも急で事が大きな問題ゆえ、みなともよくよく相談せぬことには……」

義昭は周囲を見回した。

幕臣たちは顔を曇らせ視線が定まらない。信長の要求は無謀だと言いたげだが、異を唱えるだけの勇気を持つ者はいない。

信長は楽しむかのように幕臣一人一人に視線を這(は)わせた。

「もう一度申し上げる。それがしは本願寺に大坂の地から退去することを求めてまいります。公方さまにおかれましても、とくとお考えくだされ。大坂の地にわが軍勢を入れることは天下静謐のためには、最善の策と存ずる」

太い声で念押しをした。

宿舎としている下京の本能寺に戻ると、書院に明智光秀を呼んだ。

「公方に本願寺を大坂から退去させる一件を申し越した。公方め、目を丸くしておったぞ」

光秀は表情を硬くし、

「本願寺退去、顕如殿は承知すまいと存じますが……」

「承知させねばならぬ。その方が使者に立て」

光秀は畏まって頭を下げた。

「加えて、公方の動きに目を光らせよ。おれを陥れんとする動きがあるか見張るのじゃ」

「公方さまが殿さまに逆意をお持ちであると明らかになりましたなら、いかになされますか」

「殺すまで」

信長が即答すると、光秀の顔が恐れと躊躇いに染まった。上唇が微妙に震え、言葉が出てこない。朝倉を見限り織田の家臣となったが依然義昭の近臣でもある。信長と義昭の間が決裂することは何としても避けたいようだ。

「冗談じゃ。殺す……、とは考えてはおらぬ」

信長は表情を柔らかにした。

光秀は黙って信長の言葉を待った。

「公方を殺しては、三好、松永の二の舞だ。天下の信用を失う。それにな、まだまだ公方の使い勝手はある。浅井が裏切り、おれの周囲は敵ばかりとなった。当分、戦は続く。時には、公方めに役立ってもらわねばならん。将軍の座につけてやったのだ。おれのために力を尽くすのが当たり前であろう」

「いかにもよきお考えでございます」

光秀も声音が明るくなった。

「よって、公方は生かさず殺さずが一番だ。但し、動きは把握しておかねばならぬ。おれの知らぬところで身勝手な振る舞いはさせぬ」

信長の刃物のような目に射すくめられ光秀は両手をつき、書院を出て行った。

入れ替わるようにして金森長近が入って来た。

「妙な風聞を耳にしました」

長近は躊躇いがちに前置きをした。信長は静かにうなずく。

「昨年の正月、本圀寺襲撃についてでございます。あの時、三好党に斎藤龍興殿が加わっておりました」

「そのように聞いておる」

「三好党が敗走した折、当然ながら龍興殿を探しました。あいにく、行方は摑めず、捕らえることはできませんでした。ところが、龍興殿の所在を突き止めながら逃した者がおると……」

「誰だ」

腹の底に冷たい炎が立ち上る。

「氏家卜全殿にございます」

長近は早口に答えると信長の怒りから逃れるように平伏した。

「氏家が……。確たる証でもあるのか」

「いえ、あくまでも噂でござります。これより、事の真偽を確かめようと存じます」

「無用じゃ」

理由は定かではないが氏家卜全が裏切るとは思えない。

長近の目が戸惑いに揺れた。

「氏家がおれを裏切ることなどはあり得ぬ」

信長が断じたため、長近は承知しましたと頭を垂れてから、

「龍興殿は三好党に加わり、美濃国主への返り咲きを狙っておるとか。さながら、六角が江南の地を回復せんと蠢動しておるのと同様でございます」

「六角といい、龍興といい、亡霊の如き者どもじゃ」

龍興の父義龍が六角承禎と同盟を結んでいたことを思い出した。龍興が朽木谷で待ち構

えていたことを考え合わせると、三好党と六角も繋がっているのかもしれない。

「龍興、阿波におるか」

「所在はわかりませぬが、見つけ次第、殿さまの御前に引き立てたいと存じます」

長近は声を励まし言上した。

龍興とは稲葉山城陥落の際に対面した。あの時のしおれた落ち武者が、美濃国主に返り咲きを狙っておるとは片腹痛い。せっかく助命してやったというのに分をわきまえぬ愚か者だ。しかし、愚か者は厄介だ。自分の技量を過信し勝算の立たない合戦を仕掛けてくる。

「その必要はない。見つけ次第殺せ」

信長は冷然と告げた。

長近は畳に額(ひたい)をこすりつけた。

やがて面(おもて)を上げた長近であったが退出しようとはしない。目で用向きを問うと、

「恐れながら、小倉実房(おぐらさねふさ)殿の室、佐代殿が見つかりましてございます」

長近は言った。

小倉実房は近江国愛知郡小椋荘の土豪で、六角承禎の家来だったが早くから信長に味方し、先頃の金ヶ崎での敗走の後、南近江千草峠を越えて岐阜へ帰る信長を助けてくれた。それが承禎の逆鱗(げきりん)に触れ、居城を攻められて敗死、妻子は行方知れずとなっていたのだ。

自分に味方したがために夫を失い、幼子を抱えたまま逃亡の暮らしにあるという佐代を

哀れみ、行方を探させていたのだ。

「通せ」

信長に命じられ、長近は書院を出て行った。

うつうつとした気分が多少は晴れた。

程なくして、長近に伴われ佐代が入って来た。二人の幼子を連れている。どちらも男の子であった。佐代は二人の子と共に両手をついた。

「小倉殿には一方ならぬ世話になった。また、おれの為にお命を落とされたこと、深くお詫(わ)びとお悔やみ申し上げる」

信長は丁寧に言葉をかけた。

面を上げ佐代は信長を見据えた。瓜実顔(うりざね)で整った顔立ちだ。抜けるように白い肌が青みを帯びているのは逃亡暮らしの疲労ゆえか。だが、それが色香となって立ち上り、両目が利発そうに澄み渡っている。

信長の胸が疼(うず)いた。

「ありがたきお言葉でございます。されど、わたくしも武将の妻、夫を亡くしたこと、戦乱の世の定めと思っております」

佐代は臆することなく答えた。

しっかりとした物言い、信長の視線を受け止めてもたじろぐことのない態度、肝が据わる様は、言葉を交わすことが楽しかろうと期待させる。

「そうは申しても、おれには責任がある。この後は、岐阜の城にてお子共々お世話致そう」

「感謝申し上げますが、どうぞお気遣いなさりませぬよう」

「それではおれの気がすまぬ」

「二人の子供の世話くらい女の手でもできます。鍋の一つもあれば、飢えさせはしません」

佐代は微笑んだ。美麗さに母の強さが加わった。

「鍋一つもあればか……。なるほど、言いえて妙じゃ。佐代、気に入ったぞ。おまえたちを連れ帰る。決めた」

信長は長近に佐代親子を岐阜に同道する手配を命じた。

長近は佐代と子供たちを連れ、書院を出て行った。

意地でも佐代親子の面倒をみたくなった。小倉実房に対する義理と佐代親子への同情ばかりではない。

「惚れたぞ、一目惚れだ」

信長は仰向けになり、両手を激しくばたつかせて身悶えした。

天井に佐代の顔が浮かぶ。

面白き女だ。佐代などという、もっともらしい名前はふさわしくはない。おれが名をつけてやる。

「そうだ」

がばっと起き上がった。

「鍋……、鍋がよい。お鍋だ」

岐阜城で再会するのが楽しみだ。

四

七月八日信長は京の都を発し岐阜へ向かった。

三日後、十一日の昼下がり岐阜城に入城した。二十日ばかり留守にしただけなのに、妙に懐かしくなり、ほっとした気分に包まれ、久しぶりに鵜飼を見物したくなった。

明くる十二日の夜、信長は屋根船に金森長近とお鍋と名付けた佐代、二人の子供、甚五郎と松寿を招いた。

「鵜飼を見たことはあるか」

「ございませぬが、さぞや面白いのでございましょうね」

鵜舟の篝火を受けたお鍋の顔が好奇に輝いた。

「見たこともないのに、面白いとどうしてわかる」

追従で言ったのならお鍋という女もうつけだ。

信長の視線にうろたえることなくお鍋は、

「殿さまの目を見ればわかります。きらきらと輝き、まるで童のように楽しげですわ。わたくしは殿さまを信じます。さぞ鵜飼は面白きものなのでしょう」

小賢しい答えだが悪い気はしない。お鍋の利発さが愛おしくなった。

視線を転ずると川面には篝火が揺らめき、稲葉山が薄っすらと陰影を浮かび上がらせている。川風が頰を撫で、束の間の安らぎを覚えることができた。

「弥吉、今日は鵜を取ってみい」

鵜舟の艫から宗吉が声をかけた。信長の上覧であるというのに緊張を表すこともなく、普段と変わらない手縄捌きである。中乗りとして櫓を漕いでいた弥吉は振り返り答えに窮した。

「爺ちゃん、ええのか。お殿さまがご覧になっとられるのや」

「なんや、お殿さまの前では手縄を操れんと言うんか」

宗吉がからかいの笑みを返した。

「やるわ。やったる」

弥吉は言った。宗吉が中乗りとなり、弥吉は十二本の手縄を左手に握った。松割木の弾ける音が耳をつくと、視線を川面に向ける。

篝火に照らされた川面に鮎の鱗が浮かび上がる。鵜が顔を出したり潜ったりを繰り返す。鵜に縄が引っ張られる。以前だったら、これだけで弥吉は慌てふためき、縄を強く引いていた。

鳥屋で池に鵜を潜らせ何度も鍛錬を繰り返してきた。手縄が絡まないよう鵜を操るのは容易ではなかったが、休むことなく繰り返したお陰で鵜に自分の気持ちが伝わるようになった。今では落ち着いて鵜の動きに合わせ、縄の握り加減を変えることができる。一日も早く長良川で手縄を操りたいとうずうずしていたところだ。

それが、信長上覧というまたとない夜に宗吉は機会を与えてくれた。宗吉の期待に応えたい。信長にも自分の鍛錬を見せたい。焦りも驕りもなく、長良川の清流のように澄み切った気持ちで鵜飼に臨まねばと自分を諫める。一方で、鵜たちにどうか一匹でも鮎を咥えてくれと念じずにはいられなかった。

一羽が顔を出し、口に鮎を咥えていた。弥吉は一呼吸置いてから手縄を引き寄せ、鵜舟の縁に上げた。

「ほほ〜う、ようやった」

弥吉は鵜の頭を撫でてから、右手で首を摑み、左手でそっと嘴を開く。

「ほれ」

宗吉が吐け籠を差し出してくれた。

籠に鵜の口から鮎が吐き出された。

篝火を受け、鮎の鱗が銀色に輝いた。弥吉の胸が高鳴った。

――おっとう、鮎獲ったがや――

吐け籠の中の鮎は塩焼きにして父の墓前に供えようと思った。涙で篝火が滲んだ。だが、感傷に浸っている場合ではない。

「弥吉、ぼけっとしとったらあかんぞ」

宗吉の叱責が飛んできた。

弥吉は手縄を握り直した。


「おお、弥吉ではないか」

信長は腰を浮かし、弥吉の手縄捌きに見入った。篝火に映し出される弥吉の顔は真剣そのもので、それゆえか大人びている。背丈もずいぶんと伸びたようだ。黒い漁服の上からでもがっしりとした身体となったことがわかる。十二本の手縄で鵜を操る姿は、年齢を重ねたことに加えて日頃の鍛錬を窺わせた。

弥吉は宗吉譲りの鵜匠の血筋と日頃の鍛錬を物語るかのようなしっかりとした手つきで鵜を操っている。

お鍋や子供たちも船縁(ふなべり)から身を乗り出しはしゃいだ声を上げた。親子の喜びようを見て信長もうれしくなった。おれを信じてよかったなと内心でお鍋に語りかける。

やがて、屋根船は遠ざかった。

お鍋が鵜舟を見送るかのように立ち上がった。

この時、屋根船が揺れた。

ふらつくお鍋を信長は抱き止めた。鵜にも負けない黒髪が揺れ、甘い香が信長の鼻孔をくすぐる。

「す、すみません」

粗相をしたかのように詫びるお鍋に熱い眼差しを注いだ。

お鍋はしっかりと信長の視線を受け止めた。信長に抱かれたことを己が定めと悟ったように思えた。

お鍋を座らせると長近に向いた。

「宗吉、まだ身体が万全ではないのでしょうか」

長近が言った。

「そうではあるまい。孫の育った様をおれに見てもらいたかったのだ」

「殿さまの目からご覧になっていかがでございますか」

「よくやっておる。この調子で励めと申してやれ」

「御意にございます。では、弥吉が獲りし鮎を御前に備えましょうか」

「無用じゃ。あ奴が一人前の鵜匠になってから食そう」

信長に言われ、長近は深々と頭を下げた。


屋根船を河岸に着け、お鍋親子を屋形に送らせて後に長近と向かい合った。

「先日、ご報告申し上げました氏家殿のことですが……」

長近は昨年正月の本圀寺襲撃の際、氏家卜全が龍興を見逃したことをぶり返した。

「ふん、らちもないことじゃ」

おそらくは、織田家内の攪乱(かくらん)を狙った龍興が仕掛けた罠(わな)だろう。

「氏家殿が裏切ることはないとお考えでございますか」

長近は不満げだ。

「氏家のことはよい。それより、伊勢長嶋の動きはどうじゃ」

「一向宗徒どもの動きが活発になっております。盛んに武器弾薬を運び込み、牢人どもを多数雇い入れておる様子」

「大坂よりの指図が飛んだか」

信長は大坂本願寺に退去するよう申し入れたことを思った。義昭はのらりくらりと使者を向けることを先延ばしにしている。信長の立ち退き要請を受け、本願寺はもめているのだろう。矢銭ですませてくれと伝えてきたのはその表れである。

ひょっとしたら、大坂と長嶋で対立が生じているのかもしれない。ならば、歓迎すべきことだ。本願寺が割れるのは喜ばしい。

「伊勢長嶋の一向宗徒どもの中には大坂を弱腰だと嘲っておる者がおるとか。殿さまよりの立ち退き要請を蹴ることが出来ず、かといって戦おうともしないと不満を言い立てておるそうです」

長近の報告は大坂と長嶋が対立していることを裏付けた。

「伊勢長嶋の備えは氏家に任せよう」

信長の決定に、長近は心配そうに口をつぐんだ。

「心配ない。氏家が龍興に寝返ることなどない。第一、三好党と共に合戦に加わっておるとは申せ、龍興は牢人の身じゃ。牢人から恩賞を受けることはできん。恩賞のことだけではないぞ。氏家卜全という武骨な男、おれを欺く器用さはない。長良川の鮎の如き男ぞ。長良川の鮎、鵜に食らいつかれたなら覚悟を決める。氏家はおれの口に食らわれたのじゃ。じたばたせずおれのために働きおるわ。うむ、鮎、やはり、美味じゃ」

信長は頭から鮎の塩焼きにかぶりついた。

五

予想通り、三好党は阿波から渡海し大坂に上陸した。

七月二十一日、三好長逸、三好政康、岩成友通という三好三人衆に、阿波から一族の武将が加わり、斎藤龍興と長井道利も参陣して総勢一万三千の軍勢である。

昨年の本圀時襲撃の失敗を反省し、今回は城を設け拠点とした。摂津の北、野田（のだ）、福嶋（ふくしま）にあった砦を大規模に改修し、堅固な城塞にして立て籠（こも）ったのだ。

海と大河を天然の濠とした野田、福嶋城は周囲を沼田に囲まれ、一万を超える軍勢が拠る大城塞と化している。

本丸御殿の奥書院で龍興と長井、三好三人衆の一人岩成友通が会合を持った。

「龍興殿の策、順調に進んでおりますな。信長め、さぞや慌てふためいておりましょう。いやあ、さすがは龍興殿、見上げたものですわな。軍勢の指揮ばかりか、謀（はかりごと）の才もお持ちとは。唐土（もろこし）の諸葛孔明（しょかつこうめい）もかくありきですわな」

友通は得意のよいしょも絶好調である。

「信長はまだ滅んではおりません」

龍興は冷静に返す。

友通がうなずき、

「ですが、命脈が尽きるは必定」

「いかにも」

道利が力強く応じる。

「浅井と朝倉、姉川で敗れましたが、まだまだ意気盛んでござる。負けたことが幸いし、信長打倒により一層の執念を燃やし始めたようですぞ」

友通は朝倉と浅井が近々にも兵を挙げることを話した。

「それは頼もしい」

道利が喜びの声を上げる。

「兵を挙げるのはいつですかな。姉川で合戦があったのは六月の二十八日、将兵の損耗甚だしかったと耳にしておりますが」

龍興の問いかけに、

「我らがこの地で兵を挙げれば、信長は軍勢を率いて参りましょう。当然、合戦となる。さすれば都は手薄となります。その時、浅井、朝倉勢が近江から都を脅かすという手筈でござる」

友通が答えると、

「信長は立ち往生しましょうな」

道利は勝利を確信するかのように表情を明るくした。

「朝倉と浅井が都に攻め込んでくるなら、我らは城を出て攻勢に転じます。やがて、わが本国の阿波よりも軍勢が駆けつけます。信長は我らと浅井、朝倉に挟み撃ちにされ、枚方辺りで滅亡するはず」

友通の見通しに賛同するように龍興は深くうなずき、

「六角殿も江南で蜂起する。旧領を回復なさるであろう」

龍興は言い添えた。

三人が勝利の実感を嚙みしめたところで友通が、

「信長亡き美濃には、当然のこと龍興殿が国主として返り咲かれるでしょう」

龍興は浮かれることなく、

「信長が出陣してくることを待ちましょう」

静かに答えた。


三好党が野田、福嶋城を拠点とし、都を窺う情勢となったことに憂慮した足利義昭から信長に上洛を要請する書状が届いたのは八月一日のことである。

信長は浅井、朝倉と六角の動きを見定めながら三万の軍勢を率い、二十日に岐阜を発した。秋が深まり、野畑に蜻蛉が舞う長閑な光景の中、都に向け行軍を続ける。

二十三日に上洛し、二十五日に京都を発した。淀川沿いを大坂に向け軍勢を進める。幸いにして好天続きだ。麗らかな秋日差す淀川の両岸は夥しい軍勢に埋め尽くされた。堤ばかりか河原に連なる薄を踏み倒しながら織田勢は悠々と進んで行った。

二十八日に天王寺に着陣した時には既に先陣として、松永久秀や幕府奉公衆が野田、福嶋城を囲んでいた。信長の率いる織田勢と加えて五万を超す大軍である。

天王寺には信長着陣を聞きつけた大坂、堺、尼崎、兵庫といった商い盛んな地から大勢の有徳人が献上品を持参して来た。信長は機嫌よく応じ、三好党成敗を前に余裕を示した。

月が替わって九月三日、信長の要請を受けた足利義昭が出陣、摂津中島城に入城した。

続いて八日、信長は本陣を天満ヶ森に移し、野田、福嶋城を取り巻く天然の濠を埋草や土砂で埋め立て、攻城の準備に入った。更には十日、中津川に船橋を架ける。

十二日、信長は義昭と共に野田、福嶋城の北、海老江村を本陣とした。三好党の拠点福嶋城まではおおよそ十町の距離である。義昭は本願寺への使者派遣をのらりくらりとかわしたことを詫びるように、信長の出陣要請に応じていた。兄義輝の仇三好党成敗となれば、義昭とても知らん顔はできないというわけだ。

軍事面で当てにはできないが、将軍という看板は天下に一つしかない。将軍を頂くことにより、三好党の非を天下に喧伝する。

村の庄屋の屋敷を接収し改造、仮の御殿とし、早速大広間で軍議が催された。時代遅れの大鎧を着用した義昭は、上段に床几を据えて総大将の風格を漂わせようと胸をそらしていた。しかし、諸将は義昭ではなく信長を見ている。

　信長はおもむろに一同を見回し、

「三好党の奴輩、野田、福嶋城に拠り、性懲りもなく天下静謐を乱そうとしておる。よって、退治に及ぶ。猿、調略の手筈を申せ」

　藤吉郎は床几から立ち上がり、

「既に三好方より香西越後守、三好政勝の両名を寝返らせました」

　香西越後守と三好政勝は二十八日に城を出て、織田方に合流していた。

「三好党は寄せ集めの集団、結束は固くはござりません」

　藤吉郎は続けた。

「敵城には斎藤龍興もおるのか」

　信長の問いかけに、藤吉郎はいると答えた。

「野田、福嶋城は懲りない者どもの巣窟よな」

　信長は吐き捨てた。

「敵勢はどれくらいおるのじゃ」

　上段から義昭が身を乗り出した。信長が、

「おおよそ、一万三千です」

「我らは五万、一息に攻め込めばよい。古来より、大軍に兵法なし、と申す」

義昭は将軍としての威厳を示すように声を張り上げた。兵力差のみを捉え、戦は容易に終わると思っているようだ。野田、福嶋城の西は海に面し、北、東、南は幅広の濠が巡り、その周囲は沼田が広がっている。力攻めで容易に落ちるものではないが、浅井、朝倉、六角の動きも気になる以上、日数はかけられない。

「むろん、そのつもりでござる」

信長が応じると庭で大きな音がした。

信長は立ち上がり大広間を横切った。板敷きを踏みしめる信長の足音が響き渡る。荷車に載せられた大筒が次々と運び込まれて来る。

濡れ縁に立ち大筒を見下ろす。義昭や諸将も集まってきた。

「これは、凄いのう」

義昭が感嘆の声を漏らした。

砲門が黒光りして、いかにも頼もしげである。

「これを、敵城壁の側に設けた井楼に上げよ」

信長が命じた。

「大筒で敵を吹き飛ばすのやな」

義昭は興奮している。

「大筒ばかりではなく、鉄砲も放ちます」

城に攻め込む前に、城中に銃火を浴びせて敵の士気を挫(くじ)くつもりだ。このため、根来(ねごろ)や雑賀(さいか)から大勢の傭兵を雇った。彼ら紀州の地侍たちは鉄砲を巧みに使いこなす。信長の要請に応じて五千の傭兵たちが三千丁もの鉄砲と共に馳せ参じている。もっとも、傭兵ゆえ敵の城にも多数の雑賀衆が入城していた。

既に銃撃戦は始まっており、信長が城攻めに本腰を入れれば、日本の歴史上かつてない大量の鉄砲が火を噴くことになろう。

「雑賀、根来といった紀州の鉄砲の放ち手も参集しておりますで、三好の奴ら鉄砲で蜂の巣になりますわ」

藤吉郎の言葉を疑う者はいなかった。


福嶋城内では動揺が広がっていた。信長の調略によって香西越後守と三好政勝が寝返ってしまった。織田勢の戦意は天にも届かんばかりである。

城内からは和睦すべしという声が上がっている。龍興は友通を小部屋に連れ込んで、

「岩成殿までが弱気にはなられますまいな」

「信長の勢い凄まじく、腰が引けた者がおるのじゃ。だがな、決して和睦はせぬ。わしの責任で戦は続ける」

調子良さがないことが事態の深刻さを伝えている。

「決して和睦などなさるな。数日持ちこたえるだけでいい」

龍興は思わせぶりな物言いをした。

「数日……と、申されると」

数日という言葉に友通が反応した。

「大坂本願寺が立ち上がり、信長の背後をつきます」

「まことでござるか」

「信長は本願寺が戦を仕掛けてくるとは思っておりませぬ。わしが伊勢長嶋の一向宗徒どもに頼み、大坂と不仲であるという噂を流させました。大坂は腰抜けで信長と戦おうとしない、と。信長が本願寺に備えることなく我らを攻め立てておるのは、わしの策に引っかかったとみてよい」

「龍興殿、よきお働きですぞ。ようわかりました。決して和議などはせぬ。さすがは今孔明ですな。いよ、凄い！」

いつもの友通に戻った時、庭で轟音が轟いた。

龍興と友通は庭に飛び出した。

濠の向こうに立つ井楼から大筒が砲声を轟かせている。鉄砲も次々と放たれた。足軽、雑兵たちがばたばたと倒れてゆく。

「負けるな、こちらも放て」

友通は阿修羅の形相で命じた。

命じるまでもなく雑賀衆が櫓に昇って行く。土壁には籠城に備えて石打棚が設けられ、踏み板を渡してある。雑賀衆は踏み板にも上り、土塀の上から鉄砲を放つ。石打棚には上らず、武者走りに屈んで鉄砲狭間から弾丸を浴びせる者もいた。

天地が割れんばかりの銃声が響き、硝煙が立ち上る。

「戦じゃ、戦じゃ。信長に負けるな。ほれ、わっしょい、わっしょい！」

友通は神輿を担ぐ格好をし和議などしないと城内に触れ回った。

「殺せ、織田の者どもを一人残らず殺せ」

龍興も全身に血をたぎらせた。


信長は海老江の本陣にあって戦況を見つめていた。

「三好が和議を請うてまいったが、応ずるつもりはなかろうな」

義昭も俄然強気である。

「むろんのこと」

信長も当然のように答える。

櫓の大筒が放たれるたびに義昭は小躍りをした。最早、勝利を疑う者はいない。野田、福嶋城が落ちるのも時の問題のように思えた。

信長は前線からもたらされる報告に耳を傾ける。不安をかき立てる事は起きていない。しかし何故か、背筋に冷たいものを感じた。

胸騒ぎがする。

「いかがされた」

義昭は信長の異変に気づいたようだ。

「いや、何でもございませぬ」

信長が見返すと、

「信長殿、武者震いですな」

義昭は笑みを広げた。その能天気な面差しに内心で舌打ちをし、信長は天を見上げた。鉄砲や大筒で空気が震え土煙で秋空が霞んでいる。雲の動きが速くなり、風が冷たい。

渡辺の津の漁師たちによると、嵐がやってくるそうだ。

嵐の中の戦か。

その晩、漁師たちの言葉通り風が強まった。

そして、強風に負けない早鐘の音が信長の耳にもはっきりと届いた。

大坂本願寺が兵を挙げたのだった。

第六天魔王

一

「ひるむな」

信長は馬上にあって全軍を叱咤（しった）した。

眼前には激流と化した江口川があった。野分の時節、増水した大河の前に織田勢は渡し場で立ち往生している。

元亀元年（一五七〇）九月二十三日のことであった。

野田城、福嶋城攻めの最中、大坂本願寺が挙兵した。法主顕如の呼びかけに応じ、雑賀衆をはじめ、多くの信徒が本願寺に馳せ参じ、織田勢の背後を脅かした。それに加え、浅井、朝倉勢が都に向け進軍したという。

信長は陣を払い帰洛することにした。だが、織田勢の行く手を阻んだのは三好党でも一向宗徒でもなかった。嵐によって増水した大河である。

増水などという生易しいものではない。

水がみなぎり滝のような音をたて、大蛇がのたくっているかのようだ。一歩でも足を踏み入れれば、川底に引きずり込まれ、亡骸となっても浮かび上がらないのではとさえ思える。

雑兵たちは息を呑み呆然と立ち尽くしていた。渡し場にもかかわらず、渡し舟がない。流されてしまったのではない。江口の百姓たちの話で一向一揆勢が隠したことがわかった。向こう岸には竹鑓を持った一向一揆勢が勝ち誇って気勢を上げている。

「よくも、本願寺め」

信長は馬上で歯嚙みした。

またしてもだ。

浅井長政に続いて本願寺にも背後を突かれた。長政と違って本願寺とは盟約を結んではいない。警戒を怠ってはならない相手であったにもかかわらず、油断し切っていた。

これも慢心がもたらした失態か。

今回は将軍足利義昭を帯同しての合戦であった。五万の大軍を催し、根来、雑賀といった紀州の傭兵集団を雇い大量の鉄砲を集め、万全の備えで三好党壊滅を目指したのだ。それが、本願寺が挙兵したことで目算が狂った。浅井長政に背かれた時と同様、目前の勝利が一瞬にして消え去った。その浅井長政は朝倉義景と共に近江坂本に兵を進め、宇佐山城を守る弟織田信治、森可成などをはじめ優秀な武将を討ち取った。

宇佐山城はどうにか守ったものの、二十一日には浅井、朝倉勢は逢坂山を越えて、醍醐、山科を焼き討ちにし、京の都まで肉薄している。

「殿、渡し舟を手配致します」

金森長近が馬を進めてきて言上した。

「舟など待っておれぬ。たわけが！」

信長は鞭で長近の肩を打った。長近は即座に馬を下り、河原で土下座をした。

自分の失態と敵への怒りを家来にぶつけてしまった。

おれはここまで落ちたか……。

「おのれ！」

反省などいらぬ。

浅井長政や本願寺への憎しみも棚上げだ。今は川を渡ることだ。

信長の怒りを浴び、面を上げられずにいる長近を見下ろし、

「舟を待っておっては、三好党と一向一揆勢に攻めかかられる。直ちに渡るぞ」

長近は顔を上げ、

「お言葉ですが、ご覧のように川は水かさを増し……」

長近の言葉を聞き流し、信長は川に馬を乗り入れた。五間ほど進み、浅瀬がないか、いや、きっと浅瀬があると信じて確かめる。

深さを確かめるべく上流、下流に馬を進める。程なくして浅瀬が見つかった。増水した川に惑わされていたが、意外にもたやすく渡ることができそうだ。

「渡れ！」

信長は大音声で命じた。

馬上の武者ばかりではなく、足軽、雑兵も徒で渡れるほどの水深だ。激流に圧倒されたままだったら、いつまでも立ち往生しているところだった。

見える物しか信じぬ。

改めて自分に言い聞かせ対岸を目指し渡った。

全軍が無事渡河し、一向一揆勢は逃げ去った。

二十三日の夜半、都に戻った信長は休む間もなく、翌二十四日には軍勢を率いて逢坂山を越えた。織田勢の旗指物を見た浅井、朝倉勢は坂本の陣を掃い比叡山に上った。

坂本の寺院を接収した本陣には討ち死にした弟信治への弔意を述べに公家や有徳人が訪れたが、相手にしている場合ではない。

本堂外陣に床几を据え、信長は甲冑を脱ぎ、鎧直垂姿で腰かけた。すぐに明智光秀が足早に伺候した。光秀の甲冑がこすれ合う音が本堂内に響く。

「本願寺に対し、公方さまは和睦の労をお取りになられたようでございます」

足利義昭は大坂本願寺の挙兵を知るや、朝廷に和睦の勅願を要請した。朝廷は義昭の要請を受け、山科言継を使者として大坂に下向させようとしたそうだ。ところが、浅井、朝倉勢が京都に迫るに及び、山科言継は大坂下向を見合わせた。

「公方め、おれに恩を売ろうとしたであろうに叶わなかったということか」

義昭の得意顔が脳裏を過ぎり、悔しさで胸が焦がされる。本願寺と和睦する気などなかったが、勅使に来られては厄介なことになっていたはずだ。

三好党、本願寺、浅井、朝倉、示し合わせたかのように兵を挙げた。江南では六角承禎も動きを活発にしている。敵が繋がっているのは明らかだ。奴らを繋げるもの、扇の要になっているのは足利義昭だと思っていた。

しかし、義昭は浅井、朝倉が都にまで攻め込んでくることを知らなかった。知っていれば、勅使下向はうまく運んだはずだ。第一、信長を窮地に追い詰めながら、本願寺との和睦の労を取ることはあるまい。信長が滅ぶさまを、高見の見物で楽しんでいただろう。

となると、奴らを繋げるのは……。

思案を続けていると光秀が、

「伊勢長嶋の一向宗徒の動きが気にかかります」

光秀の表情が心なしか柔らかなのは、義昭が和睦の労を取ったことで信長との敵対が避けられたからだろう。織田家の禄を食みながら義昭の近臣でもある光秀は板挟みに遭い苦悩しているに違いない。

どっちつかずではなく腹を決めろ、いいとこ取りなんぞ虫が良すぎるぞ、と心の内で光秀に迫ったが、今は光秀のことより目の前の敵に気持ちを集中せねば。

大坂本願寺法主顕如は各地の一向宗徒に仏敵信長を討てと檄を飛ばした。岐阜を留守にしている間、長嶋の一向宗徒が蜂起するだろう。

野田城、福嶋城に籠る三好党に備え、摂津国内の各城を堅固に守備させているため、三好党は容易に上洛できまい。

物見が、浅井、朝倉勢は織田勢が攻め寄せると、比叡山に登り蜂ガ峰、青山、壺笠山に布陣したことを告げた。既に信長の耳には入っていたが、念のため物見に確かめさせたのだ。

比叡山延暦寺は、延暦七年（七八八）、最澄が開創した天台宗の総本山である。都の鬼門に位置する王城鎮護の寺院とあって、朝廷との結びつきも強い。現に当代の法主覚恕法親王は正親町天皇の弟である。また、法然、栄西、親鸞、道元、日蓮等々、数多の名僧が延暦寺で修行したように、日本の仏教の中心であり、神聖にして侵さざる聖域であった。

そんな延暦寺が浅井、朝倉勢を受け入れるとは堕落したものだ。

光秀が、

「延暦寺より、十人の僧侶が参りましてございます」

「手回しがよいな、よし、通せ」

浅井、朝倉勢を直ちに山から下ろさせなければならない。比叡山に逃げ込まれたままでは、軍略上からして厄介だ。浅井、朝倉勢は三万だという。比叡山に籠れば城攻め同様の軍勢が必要だ。通常、城攻めには三倍の兵が必要とされる。三万は大袈裟（おおげさ）で、たとえ二万の軍勢としても六万以上の軍勢を布陣させねばならない。三好党への備え、近江の一向一揆勢の掃討にも軍勢を割（さ）かれているとあっては、六万の軍勢で比叡山を囲むことはできない。

僧侶たちは信長の面前にやって来た。

床几が与えられ各々（おのおの）腰を落ち着けてから信長は告げた。

「これより、わが味方となれば、わが領国にある延暦寺の領地は元通りにお返しする」

僧侶たちは無言だ。揃って表情を消し、信長を見返している。人を小馬鹿にしたようなその態度には腹が立つが、今は我慢だ。

「しかしながら、出家の道理で一方に味方できないというのであれば、浅井、朝倉方にも味方せず、我が軍勢の動きを邪魔立てしないでもらいたい」

またも僧侶の返事はない。

信長は光秀に目配せした。光秀は書状を広げ読み始める。信長が伝えた言葉を二カ条にし、天下布武の朱印を捺した朱印状である。

光秀から朱印状が僧侶の一人に手渡された。

信長は僧侶たち一人、一人に視線を預け、

「もし、この二カ条に背いたならば、根本中堂、日吉大社をはじめとして、一山悉く焼き掃う」

淡々とした口調が、冗談でも脅しでもないことを僧侶たちにわからせたはずだ。

二

明くる二十五日、信長は比叡山の麓を包囲させた。

引き連れてきた諸将に砦を築かせ、いつ浅井、朝倉勢が攻め下ってきても大丈夫な陣構えとする。織田勢ばかりか、比叡山の西麓将軍山の古城には野田城、福嶋城の戦いで降ってきた三好政勝、香西越後守や足利義昭が派遣した幕府軍が陣取った。

こうして比叡山に拠る浅井、朝倉勢と対陣を続けた。むろん指をくわえて浅井、朝倉勢が下りてくるのを待っていたわけではなく、夜には比叡山に忍び入り放火をさせる。

浅井、朝倉勢は一向に山を下りようとはしないため、十月二十日になって朝倉義景に使者を送った。いつまでも対陣を続けても仕方がない、いずれかの場所で合戦に及ぼうという呼びかけであったが、朝倉も浅井も応じようとはしなかった。

何の動きもないままに日数だけが過ぎてゆく。この間、近江にいる一向宗徒が一揆を起こし、木下藤吉郎と丹羽長秀が鎮圧に当たった。

十一月になって、一向一揆勢を鎮圧した藤吉郎がやって来た。床几に腰を据える信長の前に座り、

「まったく、浅井長政も朝倉義景も臆病風に吹かれて、仏にすがっておるようではあかんですわ」

藤吉郎は言葉を尽くして浅井、朝倉をなじった。

「ならば、浅井と朝倉が山を下りる手立てを勘考致せ」

信長は苛立ち（いらだち）を藤吉郎にぶつけた。

三好党と一向一揆の動きは封じている。

南近江の六角承禎が甲賀郡菩提寺城（ぼだいじじょう）の近くまで迫ったが、兵力不足で立ち往生している。

織田勢と対峙（たいじ）している敵も動きを止めているのだ。両陣営は冬の時節、熊や蛇が冬眠するように、じっと息を潜めていた。

「配下の者数人で樵（きこり）に扮して延暦寺に行きますわ。延暦寺が持っておった領地に加えて北

近江の浅井の領地を山分けしようと持ちかけます。ほんで、浅井、朝倉勢を山から追い立ててもらいますわ」

藤吉郎らしい調略である。

「延暦寺が承知するとは思えぬな」

信長は言下に否定した。

藤吉郎は腕組みをした。再び知恵を絞っているようだ。

「我慢比べぞ。我らが音(ね)を上げるか、浅井、朝倉が痺(しび)れを切らすか。間もなく雪が降る。朝倉は越前に帰ることができなくなるだろう。来年の春まで持ち堪(こた)える兵糧があるとは思えぬ」

信長は広縁に出て空を見上げた。

分厚い雲が垂れ込めた雪催(ゆきもよ)いの空が広がっている。

十一月二十一日の夕刻、悲報がもたらされた。

伊勢長嶋の一向宗徒に備えて設けた小木江城(こきえじょう)を守る弟織田信興(のぶおき)が、伊勢長嶋の一向一揆勢に攻められ切腹して果てたのである。信治に続く兄弟の死だ。信治は三弟、信興は五弟である。この二月の間に立て続けに弟を失った。

二人とも見殺しにしたような気がして、信長は悔し涙にむせんだ。

身内の死を悲しむ暇もなく厳しい対陣が続く。浅井、朝倉勢も憎いが、延暦寺にも腹が立つ。

さすがに我慢も限界だ。

信長は光秀を呼んだ。

本陣とする寺の奥書院で信長は光秀を引見した。二人とも兜は脱いでいるが、具足に身を包んだままだ。

光秀は平伏し、

「公方さまへ使いに立てと申されますか」

信長はにやっとし、

「よくわかっておるな。今こそ公方に役立ってもらう」

足利義昭に浅井、朝倉との和睦の労を取らせることにした。

「浅井も朝倉もここらが潮時だ。朝倉義景は雪で越前に帰れなくなることを危ぶんでおるに違いない。公方から声がかかれば、和睦に応じよう」

「御意にございます」

「公方も喜んで和睦に動くであろう。但し、公方に手柄を独り占めさせては後々祟る。お上にも動いて頂こう」

天皇と将軍が和睦に立つ。信長も浅井、朝倉も面目が立つし、義昭も将軍らしい役目を果たせる。自分と義昭の板挟みに苦しむ光秀ならばうまく義昭を懐柔することだろう。

二十八日、近江三井寺(みいでら)に足利義昭と禁裏の使者として関白二条晴良(にじょうはるよし)がやって来て織田と朝倉陣営に和睦を呼びかけた。敢えて、浅井は無視された。

将軍と関白というこれ以上ない仲裁者によって十二月十三日に和睦は成った。

十四日、信長は勢田の山岡景隆(やまおかかげたか)の城まで軍勢を撤退させ、十五日早朝から浅井、朝倉勢は比叡山を下った。

十六日、信長は帰途に就き、明くる十七日に岐阜に戻った。

元亀元年は間もなく暮れる。まさしく苦境の年であった。天下静謐(せいひつ)目前と思っていたのが、天下静謐どころか激しい戦(いくさ)続きの日々だった。

「戦をするたびに敵が増えてゆくのう」

笑うしかなかった。

三

二十日、冬晴れの昼下がり、信長は長近を伴って野駆けをした。年の瀬を迎えた城下はあちらこちらの民家で煤掃いが行われ、正月支度にいそしんでいる。加納の楽市は相変わらずの賑わいだ。

信長は楽市の入り口に植えられた榎に馬を繋ぎ、長近と共に楽市を見て回った。戦は続いているが、岐阜の城下には戦火が及んでいない。そのせいか相変わらず楽市は活気に溢れ、行き交う者たちには笑顔がある。安堵と、この暮らしを守らねばという責任が押し寄せる。

ふと、雑踏の中に見かけた女がいる。

誰であったか。

そうだ、藤野……、帰蝶の侍女だ。声をかけようかと思ったが思い留まった。帰蝶が自分を拒絶する以上、藤野も相手になってはくれまい。

知らぬふりをしようとしたが、藤野が薬を買い求めていることが気にかかった。すると藤野と視線が交わった。藤野はすぐに顔をそむけ、立ち去ろうとした。

「逃げずともよい」

迷うことなく信長は引き止めた。

藤野はばつが悪そうに深々と頭を下げた。

「帰蝶は息災か」

「はい、お健やかにてお暮らしでございます」

「ならば、その薬はそなたが飲むのか」

信長に指摘され、藤野の視線が泳いだ。

「左様にございます」

「まことのことを申せ」

信長の視線に射すくめられ、藤野は言葉を詰まらせた。萎縮させてはならぬと信長は表情を和らげた。

「帰蝶の具合、悪いのか」

「お風邪を召されまして、お熱が少々」

「医者には診せたのか」

藤野は返事をしない。

「医者を遣わそう。むろん、帰蝶には内緒だ。医者に診させた方が安心じゃによってな」

信長は藤野の返事を待たず、長近を伴い馬に跨った。


藤野は草庵に戻った。

寝間に入ると、帰蝶はうつろな目で布団の上に半身を起こしていた。

「お方さま、横になっておられませ」

藤野は枕元にある火鉢の灰を火箸でかき混ぜた。岐阜の冬は厳しい。北国ほどではないにしろ、時として深い雪に閉ざされる。幸い今年は豪雪には祟られていない。それでも、隙間風(すきまかぜ)は凍えるように冷たく、病人には何よりも毒だ。

　布団の周りに屏風を立て、火鉢を枕元と足元に置き寒さを凌(しの)いでいるものの、大雪でも降れば心もとない。

「よき、お薬がございました」

「さようか」

　帰蝶は返事をした途端に咳(せ)き込んだ。

「さあ、横におなりになって」

　藤野は帰蝶を寝かしつけた。

「龍興さま、大そうなご活躍だそうです。先頃の長嶋の一向一揆も龍興さまの差し金とか」

　藤野は帰蝶を励まそうと織田勢が苦境に立たされた様子を語った。帰蝶は目を閉じ時折うなずくだけだ。

　藤野は白湯(さゆ)と薬を用意し、帰蝶の身を起こして飲ませた。帰蝶の喉仏がこくりと動いた。元々、紋白蝶のように色白な帰蝶だが、今は白いというよりは蒼白(あおじろ)く透き通るようだ。

「藤野、わたしは死にませぬな」

　やおら、帰蝶は言った。

不意をつかれた藤野は表情を厳しくしたが、じきに目元を緩め、

「もちろんですとも。間もなくお正月です。新年を迎える頃にはお元気になられます」

「どうしたのであろう。胸の中にぽっかりと穴が空いてしまったようじゃ」

帰蝶自身、どう説明していいのかわからない。

この虚しさは何だろう。信長への憎しみが萎えている。信長が甲賀者に狙撃されたと聞いて動揺し、無事だと聞いてほっとした。あれほど憎んでいたのに、あの日以来、急速に信長への憎悪の炎が小さくなっている。

信長を許したわけではない。

父を裏切ったことを忘れるものではないし、好感を抱くことなどあり得ない。

では、何だろうか、このもやもやとした気持ちは。

病んでいるからだろうか。病が信長打倒への闘志をしぼませているのだろうか。

頭の中に靄がかかったまま帰蝶はまどろんだ。

どれくらい経っただろうか。藤野が医者を呼んだという。

「お医者など要りませぬ」

頑なに医者に診せることを拒んできたが、しまいには折角だからと折れて診てもらうことにした。少しは気分がよくなったのは、粥を食べたからだろうか。

信長はその晩、麓屋形表御殿の書院で長近を引見した。

「帰蝶、病んでおるようだな」

「お城に迎えられますか」

「あやつは承知すまい」

信長は肩をそびやかした。

「気がかりでございますか」

「そりが合わなかったが、もし、病で死なれでもしたら、寝覚めが悪い」

「これにて失礼致します」

長近は居心地悪くなってか、奥書院から出て行った。

信長も居たたまれなくなり、書院を出ると奥御殿へ向かった。鵜飼見物のしばらく後、お鍋を側室とした。

艶やかな容貌もさることながら、利発さに引かれ言葉を交わすのが楽しい。お鍋の側は居心地がよく、寵愛が深まる一方だ。

「殿、お渡りになる時は前以てお伝えください」

お鍋は心持ちすねたように口を尖らせた。侍女たちは平伏している。

「会いたくなった気持ちのままに来るのは不都合か」

「女は男の方を迎えるには、支度をせねばならぬのです。殿さまは女心がおわかりになりませぬな」

ずけずけとした物言いながら不愉快な気持ちにはならない。

「支度だと……。まるで戦だな」

「さようにございます。殿さまがお渡りになるのは、側女にとりましては戦でございます」

お鍋はさらりと言ってのける。

「なるほどのう」

信長はごろんと横になると、お鍋の膝に頭を置いた。女中たちが慌てて部屋を下がる。

「何か、嫌なことでもございましたか」

お鍋が案ずるように覗き込む。

「嫌なことなど、年中だ。一々、気にはしておれぬ」

信長はあくび混じりに答えた。

「では何が……」

「よいではないか」

信長はお鍋の問いかけを制し両目を瞑った。

「年が明けると早々に戦が続くのでございますか」

「しばらくはなかろうがな……。お鍋、仏を敵に合戦するのはいかがであろうな」

「今度は御仏と合戦なさるのですか」

「おれにその気がなくとも、一向宗徒どもはおれを仏敵と見なして戦を仕掛けてまいる。この上、比叡山を敵とすればおれは天下一の極悪人となろうな」

「戦のことは女子(おなご)にはわかりません。卑怯な言い分ですが、それが女子でございます。女子はひたすらに殿方の無事のお帰りを待つばかりでございます。たとえ天下一の悪党でありましょうと、魔王でありましょうと、お帰りを待つばかりにございます」

「で、あるか」

信長は睡魔に身を任せた。

四

元亀二年（一五七一）が明けた。

二月になり、浅井の有力武将磯野員昌(いそのかずまさ)が降ってきた。信長は磯野を許し、居城である佐和山城(さわやまじょう)を明け渡す代わりに高島郡を領地として与えた。思いもかけない厚遇に磯野は感激した。もちろん、浅井の諸将に向けた策である。織田に降るのが得策だと示したのだ。

佐和山城には丹羽長秀を入れた。

既に南近江の六角とは和睦している。江南、すなわち岐阜と京の都を結ぶ道は確保されつつある。

二月二十日、薄曇りの昼下がり、表御殿の書院に信長は氏家卜全を呼んだ。

卜全は神妙な面持ちで信長に対面した。

顔色が冴えず、肌寒いにもかかわらず、額には薄らと汗が滲んでいる。

還暦を迎え、身体の具合が思わしくないのか、いや、龍興を見逃した一件を気に病み、信長から責め立てられると怯えているのだろう。

信長は穏やかな笑みをたたえ、

「伊勢長嶋の一向一揆勢は大いなる脅威となった。喉下に突きつけられた刃の如きものじゃ。かねてより、長嶋の者どもはそなたに任せておった」

「御意にございます。ご命令あらば、いつなりと手勢を率いて討伐に向かいます」

卜全は声を励ます。

「長嶋を侮ってはならぬ。その方の手勢だけで攻め滅ぼせるものではない。征伐に向けては十分なる軍勢を催すつもりだ。浅井、朝倉どもが妙な動きを見せる前にな。その方にはわが軍勢の要となってもらわねばならん。目覚しき働きを期待しておるぞ」

「身に余るお役目、氏家卜全、粉骨砕身致します」

「還暦を迎えたのじゃ。身体をいとえ」

信長は気遣いを示し会見を打ち切った。

信長との謁見を終え、卜全が表御殿を出たところで息子の直昌が立っていた。信長直々の呼び出しを受けた父の身を案じ、待っていたようだ。

「長嶋攻めを仰せつかった。軍勢の要を担えとのありがたいご命令じゃ」

卜全は直昌を安心させようと笑みを投げかけた。

しかし、直昌の不安は去らないようで、

「本圀寺の一件、お咎めはなかったのですか」

「なかった」

「殿のお耳に入っていないとは思えませぬ」

直昌は声を潜めた。

卜全は答えに詰まった。

直昌の言う通り、龍興を見逃したことが信長の耳に入っていないとは思えない。今日の呼び出しは、龍興を見逃した一件を糾されるか、処罰を申し渡されるものと覚悟していた。

ところが、信長は一言もその件に触れなかった。

知らないのか、知っていて敢えて話題にしなかったのか。

知らないのであれば安心だ。

いや、安心できない。知った時の信長が怖い。

では、知っていたとしたら……。

信長は自分を許したのではあるまい。伊勢長嶋攻めで目覚しき手柄を立てよ、立てなければ処罰する、ということか。

ええい、ぐだぐだと考えていても仕方がない。伊勢長嶋で手柄を立てればいいのだ。

「疑心暗鬼となっては己を滅ぼすぞ。直昌、我らの敵は一向宗徒どもじゃ」

「父上、戦の差配はわたしにお任せくだされ」

「たわけたことを申すな。まだまだ若い者には負けぬ」

卜全は快活な笑い声を上げた。

雲間から薄光が差してきた。

五月となった。

梅雨空にもかかわらず伊勢長嶋願証寺の一向一揆勢は意気軒昂であった。

願証寺境内に設けられた陣屋の奥座敷で龍興と長井道利は酒を酌み交わしている。雨音が戦に荒ぶった気持ちを静めてくれるどころか、高めている。

龍興は髭についた酒を袖で拭いながら、

「三好の者ども、口ほどにもない。性根が入っておらんわ」

「またしても、すんでのところで信長めは命永らえました」

信長が比叡山の麓(ふもと)で浅井、朝倉勢と対陣している最中、野田城、福嶋城の三好勢を加勢しようと淡路(あわじ)から三好家の重臣篠原長房が軍勢を率いて加わる手はずだった。篠原勢を加えて大軍としてから、織田勢を蹴散らして京都へ進軍する予定だったのだ。予定通り事が運べば、近江志賀で浅井、朝倉勢と対陣する信長を挟み撃ちにして都は三好党が制圧できたのだ。

それが、十一月十二日、松永久秀の斡旋(あっせん)で篠原は信長と和睦して兵を引いてしまった。あっと言う間に思惑は外れた。

「篠原め、腰砕けになりおって」

龍興は歯嚙みした。

悔しさが梅雨のように胸の中で降り止まない。

「信長めはまこと運がよい。あ奴の悪運は侮れん。そのこと、今回も思い知ったわ」

龍興が言うと、

「信長は自分には熱田大明神の御加護があると申しておるとか」

道利も苦々しげに唇を歪(ゆが)めた。

「何が熱田大明神の御加護じゃ。調子に乗りおって。しかし、そうそう悪運も続かぬ。今年こそ悪運尽きる。長嶋の一向宗徒ども、信長の弟を討ち取ったことで意気が上がっておる」

三好党のだらしなさが一向宗徒の働きを際立たせ、頼もしくてならない。

「まさしく、今年こそ信長が滅ぶ年となりましょう」

道利が返したところで龍興はふと、

「気がかりなのは武田信玄じゃ。信玄、慎重なことはわかるが、中々腰を上げようとはせぬ」

龍興はぐいっと杯の酒を飲み干した。

「氏家卜全、苦しい立場のようでございますぞ」

道利は氏家が龍興を見逃したことが信長の耳に入ったらしいと言った。

龍興はほくそ笑んだ。

五月十二日、信長は伊勢長嶋を攻略せんと五万の軍勢で岐阜を出陣した。

津島に着陣したところで軍勢を三手に分け、長嶋の北方より攻めかかった。

一揆勢は願証寺を中心に数十箇所に砦を設け果敢に応戦した。長良、木曽、揖斐（いび）の三川に囲まれた輪中地帯は大軍が攻めるには難儀を極める。十三日の朝から攻撃を仕掛けたものの、梅雨時とあって長嶋を取り囲む川が増水し、思うように行軍できない。

そこへ応援に駆けつけた雑賀衆の鉄砲が五月雨（さみだれ）のように降り注ぐ。

進退ままならない大軍であることが裏目に出て、損耗は大きくなるばかりだ。一向一揆勢を殲滅するどころか、織田勢が壊滅しかねない。

十六日になり、

「引け！」

雨中、信長は馬上にあって怒声を放った。

一向一揆勢は仏敵信長と戦い、死ねば極楽浄土に行けると信じ、矢玉を恐れることなく向かってくる。殺しても、殺しても、しゃにむに襲い掛かってくるのだ。死を恐れぬ者ほど強い者はいない。どれだけ鉄砲を放とうと、命を捨てた者には通用しない。

つくづくと厄介な敵が生まれたものだ。

撤収の最中、信長はこの恐るべき敵を相手にいかにして戦えばよいかを考えた。

あ奴らの目を覚まさせる必要がある。

あの世ではなく、この世でこそ生きるべきだ。幸福はこの世で摑むもので、極楽浄土に求めるべきではない、そのことを知らしめねば。

それには……。

笑って暮らせる世、毎日が楽しくて笑いが絶えない世にすることだ。この世に未練を持たせることだ。

しかし、笑って暮らせる世を創り出すには戦を続けねばならない。平穏な世を実現させるためには、より多くの戦を勝ち抜かねばならないのだ。

「殿、危のうござる」

氏家卜全に声をかけられた。と、次の瞬間には弾丸が信長の頬をかすめた。避けた拍子に兜から水飛沫が飛び散る。

馬を進める氏家卜全の姿が雨に煙っている。

「氏家、しかと一向宗徒どもを食い止めよ」

「かしこまりました」

雨で表情はわからないが、卜全の声音は強い決意に彩られていた。

殿軍を務める柴田勢が押しまくられている。もたらされる報告では柴田勝家が手傷を負ったという。

今こそ意地を見せてやる。

「氏家卜全、殿軍を引き受けた」

卜全は手勢をまとめ、一向一揆勢に向かって行った。

「一向宗徒ども、われは氏家卜全なり。討てるものなら討ってみよ」

馬上から卜全が叫び立てる。

ここが死地だ。戦場を離脱して生き延びたとしても、信長の不信は拭えまい。いや、信長から疑われようがどうでもいい。一人の武者としての生き様をここに刻みたい。

「父上、自暴自棄になってはなりません」

直昌が馬上から声をかけてきた。

「自棄ではない。ここが死に場所と思い定めたのだ」

「死んでなんとなりますか」

「武者たる者、戦場で散れば本望じゃ」

「それは敗軍の将の申すこと。後日を期するべきです」

必死で訴える直昌に、卜全は静かに首を横に振った。

父の決意が固いと思ったのだろう。直昌は口を閉ざした。

「直昌、そなたは生きて帰れ」

「わたしもご一緒致します」

「ならん。それこそ犬死にぞ」

卜全は鞭で直昌の馬の鼻っ面を叩いた。馬が棹立ちになる。直昌が馬を御している間に卜全は軍勢を進めた。雨水を蹴散らすが、ぬかるんだ道が行軍を鈍らせる。おまけに向かい風とあって、雨と矢が容赦なく降り注いでくる。

程なくして氏家勢は一揆勢に囲まれてしまった。四面は筵旗に埋め尽くされている。獲物に群がる蟻の大軍のように一揆勢が追い詰めてくる。配下の者たちは悉く討ち取られ、卜全自身も兜も面頰も失い、ざんばら髪が雨でぐっしょりと頰に貼りついた。旗指物は折れて肩には矢が刺さっている。

卜全は馬を下り鑓を手にした。

一揆勢に首を取られるのは無念だが、精々暴れて死に花を咲かせよう。

鑓を一揆勢に向けた時、

「氏家ではないか」

群がる一揆勢をかき分けて一人の鎧武者が徒で近づいて来ると面頰を取った。

その時、雷光が走った。

稲光に武者の顔が浮かぶ。

「御屋形さま」

鑓を手にしたまま卜全は龍興に見入った。

髭に覆われた顔といい、風雨も気にしない大鎧姿といい、以前にも増した堂々たる武者ぶりだ。

龍興は一揆勢を遠ざけた。

手傷を負い、立つのもやっとな卜全を座らせる。

「氏家、わしに仕えぬか」

龍興は誘いの手を差し延べた。卜全は血に染まった顔に当惑の表情を浮かべた。

二年前の別れが二人の脳裏を過ぎる。

三好党による本圀寺襲撃に加わった龍興は織田勢に敗れ、東福寺近くの閻魔堂(えんまどう)に隠れているところを卜全に見つかった。あの時、顔を鮮血に染めて助けられたのは龍興の方だった。

「それはできませぬ」

卜全は腹から声を絞り出した。

「信長に義理立てするか。信長は、おまえを疑っておるぞ。わしを見逃したことが耳に入っておるからな。今回、信長はおまえを使い捨てにした。一揆勢の只中(ただなか)におまえを残し、見殺しにしたのじゃ。酷薄な信長など見限り、わしに仕えよ。手勢を率いてわしの元に参ぜよ。大坂本願寺も伊勢長嶋願証寺も喜んでおまえを迎える」

卜全が本願寺に寝返れば美濃の土豪たちは動揺し、信長は美濃内部にも敵を抱えることになる。土豪たちがはっきりと敵対しなくても疑り深い信長のことだ。疑心暗鬼を募らせ、美濃国内の粛清に走ることだろう。

「さすれば、織田は内から崩壊する。どうじゃ、氏家、信長の命運は尽きるぞ。現に見てみろ、この体(てい)たらくを。信長は自分の膝元にある伊勢長嶋すら思い通りにはできぬのじゃ。

五万の大軍を擁して無様な負け戦をした。昨年の越前攻めでは浅井に背後を突かれ、野田、福嶋城でも本願寺に背後を脅かされた。滅びるのは間もなくじゃ」

雨と風が強まろうが龍興の饒舌の妨げにはならない。

卜全は口を閉ざしたままだ。

「氏家、悪い話ではあるまい。わしは信長を滅ぼし、美濃国主に返り咲く。加増し、重臣筆頭にしよう」

龍興は笑みを投げかけた。

鑓を杖代わりにして卜全は腰を上げた。よろめきながら龍興の背後に控える一揆勢に、

「我は氏家卜全なり、一向一揆の者ども、覚悟せよ」

と、一揆勢に飛び込んだ。龍興が止める間もなかった。

雷鳴が轟き、卜全に放たれた銃声をかき消した。

銃弾を受け、水溜りの中に仰向けに倒れた卜全の顔に満足げな笑みが広がった。

雷雨吹きすさぶ伊勢長嶋に氏家卜全の死に花が咲いた。

五

伊勢長嶋の負け戦にもひるむことなく、八月十八日、信長は軍勢を発した。

長嶋の仇を近江で討たんと、近江国中の一向一揆勢を果敢に攻め立てた後、上洛をするという噂を近江や都周辺に流した。

ところが都には向かわず、近江の各地を転戦し、九月十一日になって大津にある山岡景猶の城に入った。

大広間に諸将を集め軍議を開く。

上段の間に据えた床几に腰を下ろすと信長は一同を見回した。

みな視線を正面に預け、信長と目を合わせようとはしない。信長の威勢に気圧されているのと同時に、これから発せられる命令を聞くことに恐怖を感じているのだ。

「明日の比叡山攻めにつき、軍議を催す」

殊更に淡々と告げることで、比叡山焼き討ちが既定の企てであることを伝えた。

一同無言である。

今更、何をひよっておるのだ。情けない輩め。

「何をうじうじとしておるか。よもや躊躇っておるのではなかろうな」

諸将が息を呑む中、柴田勝家が一同を代表する形で信長に向いた。

「殿、比叡山焼き討ちのこと、思い留まることできませぬか」

「できぬ」

信長は強く首を横に振った。

「おれは昨年、延暦寺に対して二カ条の朱印状を出した。決して無謀な内容ではなかった。それどころか、延暦寺には有利な約定であった。にもかかわらず、延暦寺からは何の返事もない。応じられぬのであれば、応じられぬわけと、要望があるのならば、その旨、使者を立て申し越してまいるのならわかる。さすれば、話し合いの余地もあろう。返事がないということはおれを無視したということじゃ。延暦寺はおれを無視したのじゃ」

抑えていた気持ちが高ぶり、歯止めが利かなくなった。

一同は怒りを向けられないよう目を伏せた。

「延暦寺は王城鎮護の聖域ということにあぐらをかき、驕り高ぶっておれを見下した。仏法に身命を捧げるべき僧侶でありながら、禁制であるはずの女を侍らせ、肉食に耽溺しておる。売僧とは奴らのことよ。おれは、仏に代わって売僧どもに罰を下すのじゃ」

信長は眦を決した。

比叡山延暦寺は古来よりの伝統と文化を受け継ぐべきであるのに、威を借りて好き放題にやってきた。仏法を奉じるとは上っ面ばかり。中身の伴わない空虚な寺、まさしくうつけ寺だ。

「うつけ寺、焼き尽くすべし!」

武者震いに甲冑がかたかたと鳴った。

次いでぎろりとした目で家臣たちを睨み回し、

「猿！」

　怒鳴った。

　藤吉郎は信長を向く。

「おれの話、わかったな」

　藤吉郎は床几から立ち上がり床に正座をした。

「殿さま、わしを延暦寺に遣わしてくだされませ。坊主どもを説き伏せます。二度と殿さまに背かんよう約束させます」

　比叡山焼き討ちをすることで、信長が世間の評判を落とすことを恐れているのだろう。それはわかる。わかるが藤吉郎の言葉は諸将をひるませるだけだ。

　やおら信長は立ち上がるや、上段から降り足早に藤吉郎の前に進んだ。

「この慮外者（りょがいもの）めが。おれの命が聞けぬと申すか」

　言うや足蹴にした。藤吉郎が吹き飛んだ。

「殿さま、お許しくだされ」

　素早く身を起こし藤吉郎は両手をついた。

「おれに逆らうなら直ちにこの場を去り、比叡山に登れ！」

　信長は怒声を浴びせながら藤吉郎を打擲（ちょうちゃく）した。

　許しを請い床を這（は）い蹲（つくば）る藤吉郎を、みな息を呑んで見入っている。

「猿に限らず、おれに従えぬ者は直ちに比叡山に行け。髪を下ろし、太刀、鑓を捨て坊主となるがよい」

異を唱える者はなく、大広間は水を打ったような静けさに包まれた。怒りを藤吉郎にぶつけたことで波立った気持ちが静まり、上段の間の床几に腰掛けた。

「ならば、申し渡す。まずは明朝、坂本と堅田を焼く」

信長は言った。

坂本は比叡山の麓にある近江一の門前町、堅田は琵琶湖に面した交通の要衝で、浅井、朝倉に与している。

「次いで、日吉大社を焼く」

日吉大社は延暦寺の守護神、平安の世に延暦寺の僧兵たちは日吉大社の神輿を担いで都に強訴に出向いた。神輿に歯向かう者は罰が当たると豪語し、万民をひれ伏させたという。

「続いて山に攻め上がり、根本中堂をはじめ、仏堂、僧坊を一棟も残すことなく焼き尽くし、坊主どもはむろんのこと、仏法修行の場にいてはならぬ女、子供に至るまで殺し尽くせ。いかなる高僧、名僧であろうと例外はない」

信長は語調を強めた。

勝家が、

「法主覚恕法親王さまはいかがすればよろしいのでしょうか」

いくらなんでも、天皇の弟を殺すわけにはいかないと思っているようだ。

「例外はない」

当然のように信長は冷たく言い放った。

「しょ、承知致しました」

勝家は頭を下げた。

信長は光秀を向き、

「法親王さまは、山上におられるのか」

「幸いにも、山上にはおられぬとのことでございます」

光秀はさらりと言ってのけた。

一同の間から安堵のため息が漏れたところで、

「建物全てを焼き掃い、動く者全てを殺し尽くせ！　延暦寺をこの世から消し去れ！」

信長は床几を立った。

奥の書院に移り光秀を呼んだ。

「万事、抜かりはないな」

「御意にございます」

光秀はこくりと頭を下げた。光秀には坂本周辺の土豪を仲間に引き入れるよう命じた。

そればかりか、予め朝廷に比叡山焼き討ちを通告し、留め立てはできぬことを言い渡す役目を与えた。覚恕法親王が山を留守にしているのは光秀の働きによるものと察せられる。

「禁裏は沈黙を守ります」

光秀は言った。

「たとえ悪名を高めようとやり遂げねばならぬ」

光秀は賛意を表すように勢いよく両手をついてから、辞去しようと腰を浮かした。が、腰を落ち着け、

「恐れながら、この明智十兵衛光秀、殿さまに命を捧げる決意を致しましてございます」

冷静な光秀とは思えない熱い言葉が口から溢れ出た。

黙って見返す。

「わたしは、織田信長さまの家来、足利義昭さまの家来ではございません」

どうやら、義昭を見限ったと言いたいようだ。

「励め」

信長は乾いた声で告げた。

明くる日、織田勢は坂本、堅田、そして、日吉大社を焼いた。間髪容れず、勢いに乗って全山焼き討ちを実行する。

武将、足軽、雑兵たちは目につく建物を燃やし、人を殺して回った。王城鎮護の聖域が地獄と化してゆく。

「殺せ！　焼け！」

光秀は吠え立てていた。

自らも鑓を振るう。赤子を抱いて命乞いする女を蹴飛ばし、赤子ごと串刺しにした。返り血で具足は赤黒く汚れ、織田家切っての文化人の面影はない。

光秀ばかりか阿修羅の形相（ぎょうそう）で暴れ回る織田勢にあって、信長のみは冷めていた。

血に飢えた悪鬼とは遠い存在だ。うつけ寺が滅ぶさまを目に焼け付けている。仏法の威を借り、この世に恐れるものなどないと驕（おご）っている者どもが泣き叫んで助けを求める。仏に助けを請うのではなく、憎んでも余りあるおれの軍勢にすがっているのだ。

真面目に仏に仕えてこなかった証（あかし）だ。己が不真面目さゆえに仏を頼れない者どもよ。

「信心が足りぬぞ」

信長は冷笑を放った。

根本中堂以下、東塔、西塔、実に五百棟以上の堂舎が灰燼（かいじん）に帰し、多くの仏像、経書などの寺宝が失われた。

六

翌十三日、信長は焼き討ち後の残骸の整理や延暦寺の領地接収を光秀に命じ上洛した。

二条の将軍御所に足利義昭を訪ねる。大広間で対面した義昭は化物（ばけもの）でも見るかのようにすくみ上がっている。近習たちも一言も言葉を発せられない。

「公方さまには、ご健勝の様子、何よりと存じます」

信長が挨拶をすると、

「う、うむ……」

義昭はやっとのことで返事をしたものの歯が噛み合わず、かちかちと歯を鳴らすばかりだ。

「昨日、比叡山を焼きました」

信長は焼き討ちの工程を淡々と報告した。義昭の顔面は蒼白となり、お歯黒の歯がやたらと目立つ。近習たちも視線が定まらない。三淵藤英などは犠牲になった者たちの冥福を祈るかのように両手を合わせた。だが、信長が睨みつけるとあわてて手を離す。

都からは比叡山が燃える様子はよく見えたはずだ。義昭たち幕府の連中ばかりか禁裏も、京都中の者たちも童に至るまで目にしたはずだ。恐怖に身をすくませ、ただただ呆然と見上げていたに違いない。

龍興は道利と共に伊勢長嶋で信長による比叡山焼き討ちを聞いた。

「信長め、とうとう常軌を逸しおったわ」

龍興は吐き捨てた。

「信長の命運もここに尽きました」

「信長は日本中の寺院を敵に回した。寺院ばかりではない。天台宗に深く帰依する武田信玄が信長の暴挙を放ってはおくまい」

龍興の顔が輝く。

道利もうなずいた。

「武田信玄が動けば信長を圧迫する巨大な壁が東に聳える。信長の唯一の味方徳川家康もろとも信玄は信長を呑み込む。信玄という山が動くぞ。考えただけでも血が湧き立つ」

龍興は興奮を隠せなかった。

十五日、策伝は坂本にやって来た。

坂本は延暦寺の門前町ということもあり繁盛を極めていた。琵琶湖を渡り入港する船は引きも切らず、大勢の行商人が行き交い、市が立って活気に溢れていたのだ。

それが、建物は焼き尽くされ、黒焦げとなった廃材からは煙が立ち昇っている。そこかしこに焼死体が転がり、織田の雑兵たちが片付けに当たっていた。人の亡骸にもかかわらず焼けた建物と同じ、塵(ごみ)としか扱われていない。

策伝は両手を合わせ経文を唱えた。

ただ、祈ることしかできなかった。

「殿さま……」

これも笑って暮らせる世を創るためなのでございますか。

真っ黒に焼けただれた子供たちの亡骸を積んだ荷車が目の前を通り過ぎる。思わず目を閉じてしまった。

閉じた両目から涙が溢れ出る。

全身ががくがくと震え、膝から崩れた。

地べたに四つん這いとなって嗚咽(おえつ)を漏らし、程なくして慟哭(どうこく)した。

「立て」

何時の間にか雑兵たちに囲まれていた。鑓を突きつけ、威圧してくる。頭を丸め、墨染めの衣に身を包んだ策伝に疑いの目を向けてきた。

「延暦寺の坊主だろう」

足軽の一人が言った。策伝は立ち上がり、

「いいえ、違います。わしは美濃からまいりました」

美濃の浄音寺の坊主で策伝だと名乗った。

「嘘をつけ」

足軽は信じようとしない。

「殺すがや。一人残らず殺さんと、わしらが殿さまから殺されるわ」

足軽の言葉にみなそうだと言い、鑓を向けられた。策伝は恐怖で身をすくませた。動くことも釈明の言葉を発することもできない。喉がからからに渇いた。

無惨な骸と化した子供たちが脳裏を過ぎり、生きていることが申し訳なく思えてきた。

すると、

「おお！　策伝」

と、凄惨な現場には不似合いな明るい声が聞こえた。

足軽たちの動きが止まった。足軽をかき分け、木下藤吉郎がやって来た。藤吉郎は足軽たちに、

「美濃の坊さんだわ。金森殿の弟だで」

足軽たちはそそくさと立ち去った。

ほっとしたが、足は震えたままだ。

「どうして、こんな所に来たがや。坊さんがこの辺りをうろうろしとると、殺されてまうで」

藤吉郎の問いかけに、答えが見つからない。信長が比叡山を焼き払い、僧侶ばかりか女、子供までも殺したと聞いて、居ても立ってもいられなくなったのだ。何もできないことはわかっていても、足を運ばずにはいられなかった。

「木下さま、殿さまはどうしてこのような惨い仕打ちをなされたのですか」

「殿さまが憎いか」

藤吉郎には珍しく厳しい顔と声音で返された。策伝も見返す。

答えられない。

真っ黒に焼けただれた子供たちの亡骸が思い出され、怒りの炎が立ち上る。

「戦が憎い」

策伝は呟いた。

本音ではない。仏に仕える身でありながら嘘を吐いた。信長が憎いのだ。どう取り繕おうと、これは笑って暮らせる世を創るための所業ではない。

戦ですらない。

女、子供……。確かに寺域にいてはならない者たちだ。なれど、罪もない者たち、武器を持たず、織田勢に戦を挑んでなどこない者たちまで殺す必要がどこにある。

単なる殺戮ではないか。

信長への信頼が音を立てて崩れてゆく。

燃え落ちた延暦寺のように、信長への期待が灰燼に帰した。

ところが藤吉郎はわが意を得たとばかりに何度も首肯し、

「そうだがや。悪いのは戦だで。殿さまは戦のない世を創ろうとなさっておられるのだわ。そのためには、悲しいかな戦をせんとあかん。こんなひどい戦もな……」

藤吉郎の声音は最初の内こそ大きかったが、最後には聞き取れないほどしぼんでいた。

策伝ははるか東の空を見上げた。天高く、鱗雲(うろこぐも)が広がる秋晴れの空だ。野鳥がさえずり歌って燕(つばめ)が番(つが)いで飛んでいく。地上でどのような凄惨な殺戮が繰り返されようが、天上は変わらない。

何時(いつ)の日にか、笑って暮らせる世がくる。

きっとくる。

比叡山で惨たらしく殺された者たちのためにも、策伝は祈らずにはいられなかった。

二十日、岐阜城に戻ると信長は本丸御殿の奥書院で金森長近を引見した。

「信玄め、書状を寄越しおった」

信玄から送られた書状を長近に見せた。天台宗に深く帰依する信玄は信長の比叡山焼き討ちを激しく批難してきた。

「比叡山焼き討ちのことよほど腹に据えかねておるようだ。わざわざ、天台座主沙門信玄と署名しておる。法主覚恕法親王さまを甲斐に迎えるようじゃ」

「信玄、敵に回りましょうか」

「そんなことはあるまい。信玄は欲深き男だ。己が父を追放してまでして、国を手に入れた男だ。まさしく煩悩の塊よ。そんな男が、損得以外の理由で戦をするはずはない」

言いながらも、何度も目算を誤ったことが思い出され、自信が揺らいだ。

「仰せの通りでございます」

長近は両手をついた。

「返書をしたためる。返書にはこう署名してやる」

信長は文机に広げられた美濃紙に向かって筆を走らせた。

――第六天魔王信長――

長近は両目を大きく見開いた。

第六天魔王とは、天界の最上層に君臨する仏教の破壊神である。

「ふん、信玄めどんな顔をするだろうな」

誰に何と批難されようが構うものか。

おれは正しいのだ。

笑って暮らせる世を創るおれは間違ってなどいない。

魔王にも悪鬼にも成ってやる。

信玄鳴動

一

　信長の比叡山焼き討ちは人々を戦慄させたが、信長を批判する声は思いの外小さい。京の町人たちが恐れる余り口をつぐんでいるのはわかるが、朝廷や幕府からも信長の行状を咎める声は聞かれない。陰口は叩いているのだろうが、公然と信長批判をする勇気を持つ者はいないのだろう。それに加え、大規模な禁裏御所の修繕を行いつつあることが、信長批判の声を抑え込んでいるのかもしれない。信長の力なくして修繕を行うことはできない以上、禁裏も幕府も比叡山焼き討ちに沈黙しているのだ。

　ただ、武田信玄だけは糾弾する文を寄越した上に信長を仏敵だと罵倒している。

　信長は岐阜城にあって天下の趨勢に耳目を傾けていた。

　明智光秀が面談を申し込んで来たのは紅葉が色づいた元亀二年（一五七一）十月半ばの

ことである。

麓屋形表御殿大広間の濡れ縁に座り、深山渓谷を模した庭を見た。滝が水飛沫を上げ、束の間の安らぎを覚える。光秀は脇で控え、比叡山焼き討ち後の都を中心とした畿内の情勢を報告した。

禁裏御所の修繕がようやくのことで終わった。

二年前の永禄十二年（一五六九）、将軍御所造営後に着手され、足掛け三年の歳月を経て完成させた。紫宸殿、清涼殿、内侍所、昭陽舎を中心として全ての建物を修繕し終えた。

「禁裏はそれはもう殿への感謝の言葉で満ち溢れております」

光秀は厳かに報告した。

本来なら幕府が行うべきことであるが、将軍義昭にそんな力がないことは誰の目にも明らかであり、信長も義昭に無理強いはしてこなかった。だが、腹立たしいのは信長が修繕を行ったことを義昭も近習たちも当然のように思っていることだ。

義昭への腹立ちはともかく、禁裏御所修繕を行ったことで、天下を事実上担うのは信長だということがより明確になった。

「続きまして、今後の禁裏台所の賄いにつきましてですが、殿のお指図通り都の町人どもに米を貸し付け、毎月その利息を禁裏に献上することを実施する運びとなりました」

信長はかねてより禁裏の財政について思案をしていた。これまでのように、信長をはじめとする有力な大名の献金を当てにしていては財政は安定せず、朝廷の儀式、典礼に支障をきたす。よって、安定した収入を得る方策を練っていたのである。

洛中の町衆に田畑一反につき米一升の段米(たんまい)を課して五百二十石を徴収し、上京八十四町の三百五石、下京四十三町に二百十五石を利息三割で貸し付けた。これで月に十三石、年間百五十六石が禁裏に納められる。

莫大な金ではなくとも、定まった収入が望め、御所運営の計画が立てられるというものだ。

光秀が都での情勢をひとしきり報告し終えたところで、

「ところで、公方は大人しくしておるか」

「今のところ、不穏な動きはお示しにはなっておられません。相変わらず、あちらこちらの大名に御内書を送っておられる御様子でございますが、挨拶程度のようでございます」

「火遊びが過ぎると、灸(きゅう)をすえてやらねばならぬが、目下のところ、浅井、朝倉、一向宗徒、三好らに目立った動きはないようだ。これからは雪の時節となる。朝倉は活発には動けまい。朝倉が動けない以上、浅井単独では大した戦(いくさ)はできぬ。差し当たって気になるのは北条氏康(ほうじょううじやす)が死んだことだ」

相模小田原城(さがみおだわらじょう)主北条氏康は早雲(そううん)、氏綱(うじつな)から受け継いだ領国を拡大し、関東に覇を唱えた。名将だという評判を裏付けるように生涯三十六の戦に出て一度も負けたことがなかった。居城である小田原城は巨大な城郭を誇り、上杉謙信、武田信玄の軍勢を以てしても落とすことができなかった程だ。

氏康が死んだのは十月三日のことである。氏康の死は保たれていた東国の均衡を崩すことになろう。

光秀にもよくわかっており、

「公方さまは弔問の使者は出したようですが、北条家に殿へ敵対せよとの指図はなさっておらぬご様子でございます」

「北条なんぞ気にはせぬ。後を継いだ氏政、とても氏康の器量には及ばぬ。仮に箱根より西に向かおうとしても家康が立派に防ぐであろう。気がかりなのは氏政の舅だ」

信長は言った。

「武田信玄でございますか」

光秀が答えると小さくうなずいた。

北条氏政の正室は武田信玄の息女である。北条氏康は上杉謙信と同盟を結び武田信玄と対抗していたが、氏康の死がきっかけとなり、信玄が北条と盟約を結ぶことは大いにありえる。光秀は唇を嚙み、

「実は確かな話ではないゆえ殿には申し上げなかったのですが」

と、言い訳じみた前置きをしてから、

「公方さま近習方の間でひそやかに語られておりました話がございます。氏康は氏政に自分の死後は上杉謙信とは断交し、武田信玄と盟約を結べと遺言したと」

「北条にとっては、遠い越後より近い甲斐と結んだ方が関東の支配は確かなものとなろう。それにしても、氏康、悪い時に死んでくれたものよ」

信長は舌打ちをした。

信玄が比叡山延暦寺焼き討ちを批難した直後である。信玄が信長に憤った直後に、北条との同盟の道が開かれた。

ということは……。

「山が動くかもしれぬな」

北条と結べば、西上する上で信玄は背後を確保できるということだ。

「信玄が西に進めば、徳川さまだけでは防ぎ切れませせぬ」

光秀は不安を募らせた。

風林火山の旗印を掲げた武田の軍勢が動けば、徳川勢だけでは食い止められないことは明らかだ。むろん、家康を見殺しにする気はないが、恐るべきは信玄が浅井、朝倉や三好党、本願寺と結びつくことである。

これまで、浅井、朝倉と一向宗徒、三好党が東西で示し合わせて蜂起し、散々に苦しめられたが、滅ぶことなく危機を脱することができたのは尾張、美濃という織田家の本領が脅威にさらされていなかったからだ。

加えて将軍義昭の存在も忘れてはならない。

義昭の臆病さが幸いした。義昭はおれを嫌い、邪魔だと思っている。滅んでもらいたいだろう。しかし、おれを滅ぼすために自らが立ち上がる勇気はない。それゆえ、浅井、朝倉との和睦に動き、信長は滅亡の危機を脱することができたのだ。

信玄の西上は尾張、美濃を脅かし、義昭の臆病を取り掃うものだ。

東の巨大な山が動き出せば、これまで築いてきた全てのものが失われてしまうかもしれない。

いかん。真っ赤に色づいた紅葉が血の色に見えて仕方がない。

弱気になっては戦う前に負けだ。

「光秀、公方が信玄と深く結びつかぬか、よくよく目を光らせよ」

「承知致しました」

光秀は平伏した。直垂（ひたたれ）から覗（のぞ）くうなじに汗が光っていた。

二

十一月の半ばとなり雪が降った。

城下の外れにある帰蝶の草庵も雪に閉ざされた。

「お身体に障ります」

藤野の危惧をよそに、帰蝶は病んだ身体で縁側に座っていた。冬晴れの空の下、雪が輝いている。泥濘と化すまで雪に覆われた庭を眺めていたい。

「お元気になられて信長が滅ぶ様をご覧あそばせ」

藤野は帰蝶を励ますが、帰蝶はうつろな目でうなずくだけだ。

信長への憎しみが全く消えたわけではないが、憎悪の炎は確実に弱まっている。ひょっとして、炎が消えるのは自分の寿命が尽きることを意味するのだろうか。

思えば、輿入れをした時から信長を受け入れていなかった。やることなすこと全てに嫌悪を抱いた。信長は若かりし頃も今も身勝手で冷酷、横暴、欲しいものを手に入れるためには手段を選ばず、しかも情け容赦はない、第六天魔王を自らが名乗るということは、仏じみた善人面などする気はないのだろう。潔いといえば誉めすぎだが、覚悟を決めた人間は強くて美しい。

たびたび、命を失ってもおかしくない窮地を潜り抜けてきたのは悪運の強さを物語ってもいる。桶狭間の合戦に勝って以来、信長は熱田大明神の御加護があると言っているそうだが、まこと御加護があるのかもしれない。いや、熱田大明神ではなく、地獄の鬼に守られているのではないか。

そんな信長に自分はひかれ始めたのだろうか。嫌っていた信長の一面が眩しく見えるのは、信長に好意を抱いているということか。

自分でもよくわからない。

降り積もる白雪が目に沁みる。

元亀三年（一五七二）が明けた。

正月、二月は岐阜を動かなかった。都から伝わる報せは不穏なものばかりだ。松永弾正、三好義継が離反し、仇敵であった三好三人衆と結んだという。油断ならぬ連中だ。元々、信用していたわけではないため、寝返ったことに驚きも嫌悪もない。

ただ、寝返った理由が気になる。

所詮は利で動く連中だ。旗色がいい方に味方し、生き残りと領地拡大を図る、松永弾正や三好義継が離反したということは、三好三人衆につく方が得だと判断したということだ。判断の背景には、信玄の存在があるのではないか。

信玄が西上すると思い、今の内に信長から離れておこうという魂胆なのかもしれない。

信玄は慎重な男だ。準備万端整うまで動かないだろう。家康は信玄の動きに神経質なまでに目を配っている。信玄が不穏な動きを示せば、即座に報告が届く。徳川領は信玄が西上するに当たって、まっ先に攻撃目標とされるのだ。家康に単独で信玄と戦う力がない以上、信長を頼みとしなければならない。信玄の一挙手一投足を信長にも知っておいてもらいたいだろう。

　信玄が動く前に浅井、朝倉を片付けたい。

　義昭を威圧し、信玄西上や浅井、朝倉、大坂本願寺、三好党に関わらないよう釘を刺しておこう。

　三月十二日、馬廻りだけを従えて、具足のまま将軍御所に参内し、大広間で義昭に拝謁した。延暦寺焼き討ちの報告の際には怯え切っていた義昭であるが、今日は薄気味悪いほどに上機嫌だ。近習たちににこやかな笑みを投げかけながら、信長の上洛を労った。

「まこと、信長殿はお忙しい。天下静謐のために粉骨なさっておられ、頼もしい限りですな。主上も信長殿を古今無双の名将と誉め上げておられたが、余も源義経、唐土の高祖、項羽にも劣らぬ英傑と思うておりますぞ」

　義昭は歯が浮くような世辞を並べ立てる。何か魂胆があるのだろうと勘繰ってしまう。信長は答えず、表情を消して義昭を見返した。

　義昭は一呼吸置いてから、

「天下静謐に尽くす信長殿に感謝の念を抱くのは余ばかりではない。畏れ多くも主上に置かれても、御心にかけておられる」

「身に余るお言葉でござります。主上に忠勤を励むことは当たり前のことでございますれば、お気遣いは御無用でござります」

禁裏に何ら忠勤を尽くさない義昭に皮肉を浴びせたつもりだが、わかったのか気づかないのか義昭は一向に介することなく、

「主上は信長殿が都に屋敷の一つも持っておらぬことをひどく気にかけておられるのじゃ。禁裏御所は立派に修繕がなされ、この御所も新造してもらった。信長殿が都で滞在する屋敷がないとは道理に合わぬ。未だ寺に住まうとはいかがなものかと主上も余も心配しておる」

「お気遣い痛み入りますが、それがしに京での屋敷は不要でござります」

実際不自由は感じていない。

宿舎としている妙覚寺や本能寺は滞在するために濠を巡らし設備も整えた。大軍を駐屯させることはできないが、都にいる間に不便はない。今更屋敷を欲しいとは思わなかった。第一、洛中に適当な土地が見当たらない。

「余は主上から強く頼まれたのじゃ。信長殿が洛中で屋敷を持つよう骨を折れと」

「お言葉ですが、手頃な土地もございません」

すると義昭はにんまりとした。

「それがのう、土地ならあるのじゃ」

三淵が信長に向き、

「上京の武者小路にあった権大納言徳大寺公雅卿の屋敷地が空地になっております」

「主上は是非とも徳大寺卿の御屋敷跡地に、信長殿が屋敷をお造りになることを勧めよとおおせにござった」

親切ごかしな義昭の物言いだが、要するに空地ができたから屋敷を建てたらどうかということだ。造営の費用は信長の自前であろう。

断るに限る。

余計な出費は控えたい。武田信玄との対決が待っているのである。浅井、朝倉、三好党とも決着がついていない。戦は続く。無駄遣いは慎むべきだ。

「せっかくのお話でございますが、この話」

と、断りを入れようとしたのを義昭は遮り、

「大坂本願寺と岩成友通が織田殿との和睦に興味を示しておる」

不意に話題を変えた。

何を言い出すのだ。おれをからかっているのか。法螺話を持ちかけて金品でも得ようというのか。

信長は三淵を見た。三淵は、

「公方さまにおかれましては、天下静謐の妨げとなっております、信長さまと大坂本願寺、

三好党との争いを仲裁なさろうとお骨折でございます」

四面を敵に囲まれた状況を思えば、実現すればありがたい。

「果たして、本願寺顕如殿、和睦に応じましょうかな」

疑わし気な目を義昭に向ける。

「余にお任せあれ。天下静謐の全てを信長殿任せでは申し訳ない。征夷大将軍の名が泣くというものじゃ」

義昭は自信を見せた。

あてにはできないが、駄目で元々だ。

「よしなにお願い申し上げます」

信長は一礼した。

「ならば、屋敷造営の件、承知してくれますな」

屋敷造営と本願寺、三好党との和睦はまったく関係がないのだが、義昭の中では密接に結びついているようだ。天皇から信長に屋敷を造らせよと命じられ、信長に承知させないわけにはいかないのだろう。そのために和睦に動くのか。

義昭という男は摑みどころがない。

「屋敷造営には余からも人足を出すように、畿内諸国に御内書を出しますぞ」

義昭は妙に親切だ。

「重ねてお礼申し上げます」

義昭に押し切られ、欲しくもない屋敷を造ることになってしまった。いい気はしないが、天皇と将軍の頼みとあれば致し方ない。余計な仕事が増えたが、大坂本願寺と三好党と和睦できれば儲けものである。

三

三月二十四日、鍬入れの儀式が行われて後、屋敷の造営が始まった。

尾張、美濃、近江の諸将は度重なる出陣から免除され、畿内の大名、土豪たちに普請を行わせた。足利義昭も幕府の命令で都や畿内の寺社、土豪に手伝わせた。一見して、信長と義昭の関係は良好であるかのようだ。

普請場は受け持ちの部署ごとに舞台が設けられ、美しく着飾った稚児や若衆が笛、大鼓、小鼓に合わせて囃し立てたため、人足たちも興に乗って仕事をした。

三年前に信長が行った将軍御所造営と同様、大勢の男女が見物に押し寄せた。見物人は手折りの花を持ち、華やかに飾り立てて集まったため、辺り一帯を薫香が漂い、普請場とは思えない華やかさだ。

四月になって普請が進む中、見物人の中に斎藤龍興、長井道利が紛れていた。二人は雲水に身をやつし饅頭笠を目深に被って普請の様子を見ている。

「信長め、精々、贅沢な屋敷を普請するがよいわ」

龍興は鼻を鳴らした。

「財を傾けて竜宮城のような屋敷を造ったはいいが、ろくに住むこともないのでしょうな」

道利もうれしげだ。

「信玄、ようやくのことで立ってくれる」

「延暦寺焼き討ちが命取り、信長には仏罰が下りますな」

やおら、見物人たちがざわめき人波が分かれた。巨漢の侍が近づいて来た。

道利が身構えたところで、現れたのは岩成友通である。道利が、

「驚きましたぞ」

友通はそれには答えずにやりとし、

「信長に会うてきますわ」

道利が怪訝な顔をした。

友通は近くの茶店で話そうと二人を誘った。

龍興たちは茶店の奥まった小部屋に入った。友通配下の侍たちが周辺に目を配る中、三人は対面した。

「何故、信長に会うのでござるか」

道利の問いかけに、

「和議を結ぶためでんがな」

人を食ったような友通の答えだ。目をむく道利の横で龍興は端然と微笑んでいる。道利が龍興に向く。龍興は、

「岩成殿の深謀でござろう」

「そういうこってすわ」

将軍足利義昭の呼びかけに応じて、信長と和睦することにしたことを友通は話した。

「本願寺法主顕如さまも公方さまのお声がかりで信長と和睦を致すこと承知なされた。和睦すなわち、武田信玄殿西上への下地ですわ」

「信長を欺くのですな」

道利は表情を柔らかにした。足利義昭は表面上信長と友好を保ち、それどころか信長のために和睦に奔走するように見せかけている。本願寺と三好党が和睦に応じれば信長の負担は大いに軽くなろう。

「本願寺と三好党の脅威が去ったとみれば、信長は信玄殿へ備えますぞ」

道利は危惧の念を示した。

「公方さまも岩成殿もそれが狙いなのだ」

龍興は言った。

西上の軍勢を発するとなると、大がかりな準備が必要となる。とても、信長や家康が放つ間者の目を誤魔化せるものではない。そこで、信玄は西上を大っぴらにするという。

「信玄殿は信長を仏敵だと断罪し、仏敵成敗に立つことを公言しますのや。既に、比叡山延暦寺焼き討ちを免れた僧侶を迎え、甲斐の身延山に延暦寺を再興すると言うてはりますわ」

友通は楽しげだ。

道利が疑念を口に出した。

「信玄殿、北条殿と盟約を結び背後の安全は確保されましたが、何と申しても仇敵上杉謙信殿がおられる。大軍を率いて甲斐を出陣なされば、それを機に武田の領国である信濃に兵を進めるのではござらんか。信長のことです。謙信殿に信濃を侵すよう要請するでしょう」

「ご懸念には及ばぬ。越後にも一向宗徒は数多おる。本願寺顕如さまは、越後国内の一向宗徒を蜂起させる。謙信殿は一向一揆に手を焼き、信濃どころではないであろう」

「なるほど、顕如さまは信長と和睦しながら、裏では越後の一向宗徒をけしかけ上杉謙信の動きを封じるということですな。いやはや、大した策士じゃ」

道利が感心すると、

「まさしく仏の方便だ」

　龍興はおかしげに肩を揺すった。

　三人は信玄西上を確信した。

　信玄西上となると、信長も信玄に備えて防備を強化する。これまで以上に家康との連携を強め、武田領と接する美濃東部や信玄西上の通り道となる尾張国内に砦を築くに違いない。

「ならば、尚の事、本願寺と三好党は信長に対して兵を挙げ続けた方がよいのではござらぬか。信長が武田勢への防備を邪魔立てすることとなりますぞ」

　またもや道利が疑問を呈すると、

「都や畿内を手薄にしたいのだ。織田勢を減らしたい。信長の目を西から離すのですわ。その隙に公方さまが兵を挙げますさかいな」

「まことでございますか」

　道利は半信半疑の様子だ。

「足利義昭さまというお方、中々の策士ということだ。将軍が立てば信長は幕府の敵だ。むろん公方さまは禁裏にも働きかけ信長追討の綸旨を賜る。さすれば、信長は朝敵となる。信長は朝敵の名の下に滅ぶのだ」

　龍興は身を震わせた。

「ようやくのことでここまできましたな」

道利は感慨深げだ。

「龍興殿の執念が実りつつありますぞ」

友通も言う。

「いや、信長が滅ぶさまをしかと見るまでは喜べぬ」

龍興の落ち着いた物言いに友通も道利もうなずいた。


信長は活気に満ちた普請場を一瞥(いちべつ)しただけで仮設された御座所に入った。元来、普請現場を見て回ることが好きだ。将軍御所造営の際に自ら陣頭指揮に当たったのは、迅速に造営がなされることを狙ったことに加えて普請現場が好きだからであった。

ところが、京の都に自分の屋敷を普請するというのにまるで関心をひかれないどころか、義昭の猫なで声が思い出され、鬱々として胸が閉ざされる。

御座所の奥座敷に腰を落ち着けたところで家臣が岩成友通の来訪を告げた。

通せと返事をすると、烏帽子(えぼし)、直垂(ひたたれ)に身を包んだ岩成友通がやって来た。名前の通り岩のような大男だ。信長好みのいい武者ぶりで、敵ながら好感を抱ける。

友通は平伏し、

「岩成友通でございます。お目通りくださり、感謝申し上げます」

まずは型どおりの挨拶をし、進物を記した目録を三宝に載せ差し出した。信長は知る由もないが、普段見せる調子の良さはなりを潜めている。無表情で目録に目を通し、信長は友通を見返した。

「こたび公方さまが間に入り、おれと和議を結びたいということだな」

友通の目を見る。

友通は信長の視線を受け止め、

「拙者そのつもりでまかりこしました」

「三好党の意志ということか。それともそなたの考えか」

「今は拙者の一存でございます」

友通は臆することなく答えた。

黙って友通の存念を推し量る。

四

「拙者、戦に飽きました。意地で信長さまと合戦してまいりました。かつて長慶さまの元で一致団結しておりました三好党ですが、松永弾正、三好義継らと仲違いをし、三好同士で争う有様。何時果てるともわからない、骨肉相食む不毛の戦を続けたくはござらん。この上は信長さまの下、天下静謐に働きたいと存じます」

「しかと相違ないな」

「相違ございませぬ」

友通は声を励ました。

「ならば、三好党より誓紙を出せ。そなたと三好長逸、政康の三人の連署でな」

「承知つかまつりました。但し、しばし時を頂きたいと存じます。三好党には未だ諦めきれぬご仁も多うございますので、説き伏せるには時を要します。ですから、信長さまからも約定を頂きたいと存じます。証文にして頂く必要はございませぬ。拙者、信長さまのお言葉を信じ、和議に向け三好党をまとめたいと存じます」

「何を約定せよと申すか」

「阿波の安堵でございます」

阿波三好一族の長老篠原長房は一昨年、兵を率いて野田城、福嶋城に拠る三好党を援護しようとした。阿波が信長の征討を受けるという恐れを抱いたからだ。信長が阿波には手をつけないと約束すれば三好党は信長に敵対しないと友通は言った。

目下のところ、阿波に軍勢を向けるゆとりはないし、どうせ口約束だ。浅井、朝倉、それから武田と決着をつけてから、阿波には手をつければいい。今は三好党に大人しくしておいてもらうだけで十分だ。

「よかろう」

「ありがたき幸せ」

友通は平伏した。

「早々に立ち返り和議を整えよ」

信長が命ずると友通は平伏して部屋を下がった。

光秀がやって来た。

「殿、本願寺法主顕如さまよりお使者が参られ、進物が届きましてございます」

光秀は三宝に載せられた紫の袱紗包みを開けた。

「白天目か」

信長は思わず相好を崩した。

天下の名物と評判の白天目の茶碗である。顕如は信長が茶器を収集していることを知り、機嫌を取り結ぼうと贈ってきたのだろう。

「それから、こちらを」

光秀は掛け軸を差し出した。

「万里江山の絵でございます」

光秀は言った。

顕如の気遣いがわかった。

「顕如さまは、近江で我らの軍勢に逆らう一向一揆勢に、鉾(ほこ)を納めるよう呼びかけるそうでございます」

「であるか」

大坂本願寺が本気で和平に動いていると知り、信長は心の内に安らぎを覚えた。


五月十九日の朝、将軍御所に赴いた。

足利義輝の祥月命日、義輝は七年前の今日、三好三人衆、松永弾正らによって弑逆(しぎゃく)された。本来なら昨年、盛大に七回忌法要を執り行うつもりだったが、伊勢長嶋攻めの大敗により上洛ができず果たせなかった。七回忌法要を補い、尚且つ三好党や大坂本願寺との和睦に動いてくれた義昭への感謝から多額の供養料を持参している。

義昭と共に足利将軍家の菩提寺である等持院に参詣し、義輝の思い出話など語らいたい。安置されている義輝の木像の前でなら、腹を割って話ができるのではないか。ぎくしゃくした関係も和むことだろう。

義輝のように文武両道の将軍になってくれるよう諭すにはまたとない機会でもある。

信長は高まる期待を胸に御殿の大広間に入った。両手には三宝を捧げ持っている。今日くらいは義昭の機嫌を取るのもよかろうと三宝には砂金を山と盛っていた。

ところが大広間はがらんとしている。一人三淵藤英のみが平伏していた。

「上さまはいかがされた」

立ったまま三淵に問いかける。

「上さまにおかれましては、お風邪を召されまして御寝所にて床に臥しておられます」

答える三淵の首筋は汗にまみれていた。信長の視線から逃れるように面を上げようとしない。

さては仮病か。

おれが来ると聞き、病と偽って寝間に籠っているのだろう。

つくづく嫌われたものだと失笑が漏れ、腹立たしくもなったが、義輝の命日は心静かに送りたい。努めて穏やかな顔で、

「本日は義輝公のご命日。それがし、等持院にて供養申し上げる。上さまには、お加減よろしくなられたなら、是非ともお越しくださるよう申し上げよ。終日等持院におるゆえな」

三淵が承知致しましたと額を畳にこすり付けたところで、

「上さま〜、お戯れが過ぎますぞ」

黄色い声が聞こえた。

三淵の肩がひどく揺れ、うろたえるのがわかった。

嬌声は庭から上がっている。

信長は大広間を出ると濡れ縁を横切り素足のまま庭に下り立つや、声の方へ走った。風に煽られ両手に持つ三宝から砂金が飛び散ったが構わない。女の声が大きくなり、水の音も混じって更には義昭の甲高(かんだか)い声も加わった。

池だ。

池の近くに置かれた巨石、藤戸石に至り、陰から様子を窺う。

義昭と数人の女たちが池で戯れていた。義昭は白絹の寝巻のまま、女たちに至っては腰巻をまとっているのは上品な方で、全裸の者も見受けられる。寝巻を背中にべっとりと貼り付かせた義昭が瓶子(へいじ)を手に女たちを追いかけ回していた。

酔いでふらつき、瓶子から酒がこぼれている。

「これ、待たんか」

思うように捕らえられないもどかしさからか瓶子を捨てると、義昭は女たちに向かって水を浴びせ始めた。両手でばしゃばしゃと水をすくい上げ、我を忘れて遊び惚(ほう)けている義昭には、義輝の面影を重ねようがない。

「上さま、冷とうございます」

「苦しゅうない。おまえたちも余に水をかけよ」

義昭に命じられ女たちもきゃっきゃと騒ぎながら義昭に水をかける。楽しげに水遊びに高じていた義昭であったが、ふと手を休めた。女たちも何事かと動きを止める。

「水は味気ないのう。水の代わりに酒にしよう。池を酒で満たすのじゃ。夏の宴にはもってこいじゃ。一々、瓶子から注がずともよいし涼やかであるのう」

さも妙案だと義昭は鼻高々である。女たちも口々に面白き趣向だと誉めそやした。

なんたるうつけ！

身体中が怒りで震え、今すぐ女たちもろとも斬り捨てたい衝動に駆られるのを必死で堪える。

よりにもよって兄の命日に何たる様だ。

憧憬の念を抱く義輝の弟ゆえ、何時の日にか将軍らしい振る舞いをし、おれとも分かり合えると、ささやかではあるが希望の火が灯っていた。

たった今、火は吹き消された。

こんな奴を将軍に就けたおれの愚かさにも腹が立つ。

池を酒で満たすだと、まるで酒池肉林ではないか。

……そうだ。

酒池肉林を行ったのは唐土殷王朝の紂王。そして、紂王を討って周王朝を打ち立てたのは周の武王。

おれは岐山から興って周王朝を開いた武王の故事に倣って岐阜と名付けたのだ。

よし、足利義昭という紂王を武王たる織田信長が追討する。

決めた。おれは武王となる。天下布武だ。

信長は三宝を力一杯放り投げた。

頭上高く舞った三宝から砂金がひらひらと降り注ぐ。金粉の御簾(みす)が下りたようだ。煌びやかな金の御簾の向こうに蠢(うごめ)く義昭の醜悪さといったらない。

地べたは砂金が土と混じり、金の斑(まだら)模様となった。

「せいぜい楽しめ、紂王め」

砂金を蹴散らかし、信長は庭を横切ると御殿の濡れ縁に上がった。足を拭くこともせず足音高らかに玄関に向かう。

濡れ縁には金の足跡が残された。


屋敷の完成を見ない内に岐阜へ戻った。雨中の行軍を続けてきたためすぐにも湯あみをしたい。岐阜城に帰ると、麓屋形の表御殿で一休みすることもなく具足のまま奥御殿に向かった。奥女中にお鍋を湯殿に寄こすよう命ずる。

廊下を大股で進み湯殿に至る渡り廊下でふと庭を見やった。そぼ降る雨に紫陽花(あじさい)が紫の花を咲かせている。心血注いで作った自慢の庭にもかかわらず、このところ愛(め)でるゆとりもなかった。雨中にひときわ鮮やかな紫に目を奪われ、濡れそぼった鎧(よろい)の重みも気にならず見入ってしまう。

紫陽花……。亡き吉乃が思い出される。尾張小折の土豪生駒家宗の娘、奇妙丸、茶筅丸、五徳の母、いや、何にもまして最愛の女であった。清洲城に帰蝶がいる間は生駒屋敷に住まわせておいた。帰蝶との暮らしの息苦しさから生駒屋敷に馬で乗りつけるのが楽しみだった。梅雨の時期、雨が降り込める濡れ縁に立ち、吉乃はおれが訪れることを待っていてくれた。

決まって紫陽花を見ていた。おれに気づくと笑顔の花を咲かせた。

おれはおれに気づくまえの吉乃が好きだった。俯き加減にじっと紫陽花を見ている時の物憂げな横顔に胸がしめつけられた。それゆえ木陰に身を隠し、声をかけることなく雨中にたたずんだものだ。

「ふん、たわけたことを……」

思い出に浸ってしまった恥ずかしさを吹っ切るようにして湯殿に入った。

脱衣所で具足、鎧直垂を脱ぎ捨て湯殿に足を踏み入れる。もうもうと立ち込める湯煙を進み、桶に湯を汲んで、頭から二度、三度浴びてからどぼんと湯船に身を浸す。

信長好みの熱い湯、浸かっていれば茹蛸のように全身が真っ赤になる。それが堪らない。生き返るような心地だ。

このまま湯の中で溶けたいという誘惑にさえ駆られる。自ずと目を閉じ、

「人間五十年、下天のうちをくらぶれば、夢幻の如くなり」

敦盛の一節を唸ってしまった。

朗々と響く己が声音は鼓も不要だ。

「殿さま」

お鍋の声がぼんやりと聞こえた。信長は両目を開ける。

湯帷子をまとったお鍋が入って来た。湯煙にたおやかな陰影が揺らめく。

「御背中、お流しします」

お鍋は言った。

「しばし、待て」

もう少し湯に浸っていたい。

「ほんに、急ですね。以前にも申したではござりませぬか。御渡りの時は、前以ておっしゃってくださいと。女には殿方を迎える支度があるのですよ」

お鍋はすねたように唇を尖らせた。

「奥へ渡るわけではない。ここは湯殿じゃ」

「湯殿とて、お召しとあらば同じでございます」

「同じではない。支度など必要ないではないか。化粧を施したり、着飾ることもない。素顔のままでよし、着物などもいらぬ。裸でかまわぬのだ」

やおら、信長は立ち上がる。

湯殿から湯が溢れ、分厚い胸板と引き締まった胴が湯滴を弾いた。

「まいれ」

湯船に入ったまま信長は両手を広げた。

吸い込まれるようにしてお鍋が信長の胸にしなだれかかった。

が、すぐに顔を離し、

「熱うございます。それに、湯帷子が……」

信長は乱暴な手つきで湯帷子をはぎ取り、お鍋を抱き上げてゆっくりと湯船に身を沈めた。お鍋の眉根が寄せられた。小さな声で、「熱い」と漏らし、てっきり熱さに抗うかと思ったが、お鍋は口を引き結んで堪えた。陶器のような白い肌がほんのりと薄紅に染まってゆく。髪がほつれ、汗に滲む額に貼りつかせた。やがて、長い睫毛がしばたたかれ、両の瞳が信長を見上げる。

「殿、お疲れではございませぬか」

「しゃべるな」

信長はお鍋の口を自らの口で塞いだ。

お鍋の舌がぬるりと信長の舌に絡まり、淡い吐息が漏れる。

二人の身体は湯に溶けた。

奥座敷で信長はお鍋の膝枕で身を横たえていた。

「殿、耳垢が溜まっておりますよ」

「戦陣にあっては耳などほじくってはおれぬ」

信長は鼻で笑った。

「殿は戦がお好きですか」

「好きなはずはなかろう」

「ならば、どうして戦を続けるのですか」

「平穏な世を創るためだ。笑って暮らせる世をな」

「笑って暮らせる世でございますか。それは素晴らしゅうございます。もっとも、鍋は殿のお顔を見ていると今でも笑っておられます。岐阜の御城の中で平穏の内に暮らしておるからでしょうが……。殿は誰もが笑って暮らせる世をお創りになるのですね」

お鍋が信長を覗き込んできた。

澄み渡った瞳は信長の心を映し出す鏡のようだ。

返事ができない。

これまで、血みどろの戦を続けた果てに笑って暮らせる世があると信じてきたが、本当に戦なき世などくるのか。

おれが滅べばどうなる。

いや、おれが滅んだ方が世は平穏になるのかもしれない。

今更ながら愚にもつかぬ葛藤(かっとう)が生じるとは、武田信玄西上の噂に怯えているのか、それともお鍋という安らぎを得て気弱になってしまったのか。

ふと、身内のことを思った。

二年前、三弟信治、五弟信興を戦で亡くした。遥(はる)か昔には次弟信勝(のぶかつ)をわが手で殺した。信玄は父を追い出し、息子を切腹に追い込んだ。そんな男が仏教に深く帰依(きえ)しおれを仏敵だと批難している。

妻を離縁し弟を殺した自分と、父を追い出し息子を死に追いやった信玄、どちらが悪党かを比べるのは無意味だが、二人とも修羅の道を進む戦国武者である。

信長はむっくりと身を起こし、

「そうじゃ、奇妙丸の元服と初陣(ういじん)をさせるか」

「若さまもお喜びになられましょう」

即座にお鍋も賛同した。

「お鍋、また、耳垢が溜まるかもしれぬぞ」

「どうぞ、存分にお溜めください。戦陣にて土や埃に汚れるくらいはよろしゅうございます。血などにまみれるよりは、よほどによろしゅうございます」

お鍋の顔が寂しげに歪(ゆが)んだ。

「おれは死なぬ」

「熱田大明神の御加護があるからですか」

「神仏の庇護(ひご)などあるものか。おれが死なぬのは第六天魔王だからだ」

信長は高笑いをした。

五

七月、嫡男奇妙丸が元服し、信忠(のぶただ)と名乗り、併せて初陣を飾った。

信長の嫡男が初陣を飾るとあって五万の軍勢が付き従った。

今度こそ浅井長政と朝倉義景を引っ張り出し、雌雄を決する。のんびりと信玄を待つことなど許してはならない。

十九日、岐阜を出陣し陸からばかりではなく、琵琶湖においても水軍を編成して湖岸の敵地に放火した。更には竹生島(ちくぶじま)にも船団を集結させ火矢、鉄砲、大筒を撃ちかけた。

二十七日には小谷城から三里ほどにある虎御前山に城を構築した。築くと同時に朝倉に虚報を流した。すなわち、伊勢長嶋の一向一揆勢が尾張、美濃と近江への交通を遮断したため、織田勢は進退窮まっている。

朝倉義景を引っ張り出すための餌である。

果たして義景は二十九日、一万五千の軍勢を率いて小谷城に来援した。ところが、周辺を織田勢が囲んでいるのを見て、大嶽山という高山に登って陣を構えた。陣を構えた後はいつものように動かず、虎御前山の城が着々と出来上がるのを妨害すらしなかった。

八月八日、義景の優柔不断さに愛想をつかした朝倉の武将前波吉継、富田長繁、戸田与次郎、毛屋猪介らが降ってきた。

成果といえば成果であるが、浅井、朝倉との合戦にはならないまま時が過ぎ、九月十六日信長は信忠を伴い横山城に引き、明くる日には岐阜に戻った。


岐阜城に戻ると、光秀から義昭の動静を知らせる書状が届けられた。

ひところ大人しくしていた義昭であったが、このところ盛んに御内書を諸国の大名に発しているのだとか。特に武田信玄には頻繁に書状を送っている。

「小賢しき公方め」

光秀はそればかりか義昭の所業を書き連ねていた。禁裏に参内せず、寵臣を露骨に贔屓し、信長の副状なく御内書を各地の大名に送っている等々である。自分が京にいない間ろくな所業をしていないだろうと思っていたが、予想以上の愚かしさだ。

猛然たる怒りが湧き上がる。

すぐにも討ち果たしてやりたいが、浅井、朝倉は依然として健在、信玄西上を前に岐阜を離れることはできない。それに将軍を討つとなれば大義がいる。怒りに任せては松永弾正や三好党の二の舞だ。

とはいっても何もせずにはいられない。効き目はなかろうが意見書を送ってやろう。祐筆を呼んだ。

祐筆に向かい、義昭へ送る意見書を口述した。

「もとい……」

何度も言葉に詰まり、

「いや、違う。もう一度、初めからじゃ」

怒りに任せた口述では気持ちばかりが高ぶって適切な文にならない。信長は一旦祐筆を下がらせると庭に降り立った。太刀を抜き、力任せに振るう。

池の畔に菊が咲き乱れている。

黄色い菊の花が義昭の顔に見えてきた。

「おのれ！」

信長は花を斬った。

一たび斬り出すと止まらない。

次々と花が庭に落ちる。小姓たちも近づくことはできない。凄まじい殺気を放っていることを信長自身がわかっていた。めったやたらと太刀を振り回し、何度も舌打ちと悪態を吐っく。全身汗だくだ。

息が上がって動きを止めたところでお鍋がやって来た。お鍋はにこやかに微笑み、

「まあ、お庭が菊の花だらけでございますね」

菊の花を拾い上げ掌の上に乗せて香りを嗅いだ。

「お鍋、皮肉か」

信長は太刀を鞘に戻した。

「とんでもございませぬ。よくぞ、お庭を菊の花で飾ってくださいましたな」

「嘘をつけ。おれが取り乱し、花に当たったことを蔑んでおるのだろう」

「菊はまた花を咲かせます。人はそういうわけにはまいりません。殿、心乱され、己をなくしてしまわれたら心が死にますぞ」

「生意気申しおって」

波立った心が平らかになった。

奥書院に戻り、祐筆を呼んで口述を再開した。

今度は言葉に詰まることも語調が乱れることもなかった。淡々とした調子で述べ立て、ついには十七ヵ条に及ぶ意見書となった。

永禄十一年に上洛して以来、朝廷に忠勤を励むことを言ってきたのに早くも忘れ近頃で

はすっかり怠っておられる、と、まずは朝廷に対する義昭の不忠を批難した。

続いて諸国に御内書を送り、馬などを無心しておられるが信長の副状なしとはどういうことか。

奉公衆たちの中できちんと勤めている者に見合った知行を与えず、えこ贔屓によって取り立てているのはいかがなものか。

信長と親しい者には女房衆にまで辛く当たるとはどういうことか。

信長に無断で賀茂神社の所領の一部を岩成友通に与えたのはよろしくないことである。

欲深く道理も外聞も憚らないゆえ町人、百姓までが悪御所と評判しておるとか、何故そんな陰口を叩かれるのかよくよく考えて欲しい。

などと書状にしたためた。

出来上がった意見書を読み直し、

「この写しを沢山作れ」

と、命じた。

足利義昭本人に送るのは当然のこと、全国の諸大名にも送るのだ。義昭の非を天下に示す。義昭討伐の大義を整えねばならない。

十月になって徳川家康から信玄が甲府を出陣したという報せが届いた。家康は援兵を求めている。

これまでに家康には助勢してもらってきた。一人でも多くの兵を送ってやりたいが、越前の朝倉義景が動き出したということもあり、三千の軍勢が精一杯であった。武田勢は三万だそうだ。家康の軍勢は一万二千、織田の援軍三千と合わせても半分の一万五千である。いかにも心もとないが、信長には希望があった。

信玄は城攻めが苦手ということだ。

城攻めの軍略が下手（へた）というよりは、武田の雑兵たちが長期の対陣に耐えられないのだ。多くが農民であるため、戦になれば雑兵として出陣するが普段は農耕に従事している。

信玄が打倒信長を叫びながら出陣が十月になったのは、信玄という男の用意周到さもあろうが、十月まで兵を動かせなかったからだ。農繁期を終えてでないと、三万の大軍を整えることはできなかったのだ。

よって、信玄が行動できるのは来年の春までだろう。その間に家康を蹴散らし、尾張に軍勢を進め、織田と戦をしなければならない。

家康は浜松城（はままつじょう）に籠（こも）っていればいいのである。籠城していれば、信玄は長期の対陣はできない。浜松城を通り過ぎ三河から尾張に軍を進めるだろう。

さすれば、織田と徳川で挟み撃ちにすればいい。

信長は勝利を確信した。

醒睡（せいすい）の世

一

武田勢の進撃は凄（すさ）まじい。

風林火山の旗が進むところ無敵であった。

信玄率いる武田の本軍は信濃路を通り青崩峠（あおくずれとうげ）を越えて遠江に侵攻するや、元亀三年（一五七二）十二月十九日には二俣城（ふたまたじょう）を落とし、家康の居城浜松城に迫った。この間、秋山虎繁率いる五千の別働隊が東美濃に進軍し、恵那郡岩村城を戦わずして手に入れた。

二十二日、二俣城を落とした武田勢二万五千が浜松城を目指すと思いきや、浜松城を通り過ぎ三方ヶ原（みかたはら）に至った。

家康は浜松城を打って出て武田勢を追撃した。まさしく信玄の思う壺（つぼ）だった。家康の追撃を予想し、三方ヶ原で待ち構えていたのだ。武田勢二万五千に対し徳川勢は織田の援軍を含めても一万一千、到底勝ち目はなかった。案の定、徳川、織田連合軍は大敗を喫した。家康は命からがら浜松城に逃げ帰り、織田勢は平手汎秀が討ち死にを遂げた。

武田信玄、恐るべしである。

信長は岩村城落城と三方ヶ原の敗報に衝撃を受けた。三方ヶ原は遠江という他国ながら、岩村城は美濃国内、しかも、武田の将秋山虎繁は四年前、信玄の名代として岐阜を訪れた際に鵜飼(うかい)でもてなした男である。

秋山が岩村城を奪ったことを恨みには思わぬ。

しかし、お艶……。

祖父信定(のぶさだ)が歳(とし)を取ってから生まれた娘、信長よりも年下であるが叔母に当たる。美貌と評判で、それゆえ武田の備えとして要(かなめ)となる岩村城主遠山景任に嫁がせた。信長と同じ血が流れているからであろうか、気丈な女で、病がちだった夫景任を補佐した。昨年景任が子のないままに死ぬと、信長の五男坊丸(ぼうまる)を養子に迎え、幼い坊丸に代わって城主の役割を果たしていた。

城が落ちたことはやむなし。責任の一端はおれにもある。籠城戦は援軍をあてにしてこそ戦うことができる。おれは援軍を送るゆとりがなかった。

身勝手ながら、城と共に滅んでくれていたならお艶をあっぱれと誉(ほ)めてやった。

「よくも、武田に降りおって」

お艶は敵将秋山虎繁の求めで城を明け渡したのだ。間者の報告では、虎繁はお艶を妻に迎えたがっているそうだ。そして、お艶も応じるらしい。

怒りで全身が滾ったが、心の奥底にはこうなるのではないかという予感めいたものがあった。

岐阜を訪れた際、虎繁は途中、岩村城で歓待を受け、お艶の美貌を称賛していた。

まんまと虎繁の思いを遂げさせてしまうことが悔しい。

悔しいが今は動くべき時ではない。岐阜城にあって武田の動きを見極めるべきだ。

美濃国内にも攻め込まれた以上、武田信玄は東の巨大な壁となった。その壁、やはり西へ向け動き続けるか。

「佐久間殿、お戻りにござります」

報告する金森長近の声が震えているのは、信盛を前に信長の怒りが爆発することを恐れているためだろう。

「通せ」

己を宥めつつ命じた。

程なくして、濡れ縁を足音と甲冑の草擦りの音が近づいてきた。冷静になれという心の声がしぼんでゆく。

大広間の真ん中で佐久間信盛は平伏し、

「申し訳ございません！」

声を限りに詫びた。

言い訳を並べることが信長の不興を買うことを思ってのことだろう。

信長は言葉を発することができない。

髪はざんばら、厳寒の時節だというのに、うなじまでじっとりと汗ばんだ信盛は敗残の将そのものだ。

信盛はこの惨めな姿を武田勢に晒し、戦場から逃げて来たのか。

「信盛、何故わしの命を守らなかった」

怒りは押し包んだが口調は冷ややかとなった。

信盛が面を上げた。

「おれは命じたはずだ。家康を武田勢との合戦に及ばせるなと」

「拙者は徳川殿を引き止めたのでございます。ですが、徳川殿は聞く耳持たずに打って出られました」

汗まみれの顔を歪め信盛は必死で言い訳をした。

醜い。

吐き気がする。

抑えていた怒りの虫が解き放たれ、腰が浮いた。

と、そこへ、

「いやあ、家康さま、とんだ失態をなさったですぞ」

緊張し切った空気を緩ませる藤吉郎の陽気な声が響き渡った。信長は鼻を鳴らし、浮かした腰を落ち着けた。

藤吉郎は信盛の斜め後ろに正座すると、

「家康さま、勇んで信玄に挑みかかったのはええですが、こてんぱんにやっつけられて、ほうほうの体(てい)で浜松城に逃げ帰ったそうですわ。姉川の合戦の折、自軍に倍する朝倉勢を押し戻したことを誇って武田勢に挑んだんですわな。ところが武田信玄、朝倉義景のように甘(あも)うはなかったということですわ。人間、驕(おご)ったらいけません。家康さまも懲(こ)りたことでしょう」

一息に捲(ま)くし立てた。

信盛も長近も口を閉ざしている。静まり返った大広間に藤吉郎の声が能役者のように朗々と響き渡る。藤吉郎は沈黙を恐れるように家康の驕りをからかい、武田勢の精強ぶりを語り、

「徳川勢が崩れてはお味方も為す術(すべ)がなくて当然のことですわ」

信盛を庇(かば)った。

こいつめ、信盛に貸しを作る気か。つくづく如才ない奴だ。

「猿、佐久間めは平手を見殺しにし、我先に逃げ帰ったのだぞ」

信長は信盛をなじった。信盛は肩を震わせ恥辱に耐えている。藤吉郎も言葉に窮すると思いきや、

「そこですわ。これが大笑いです」

何がおかしいのか腹を抱えて笑い出した。これには長近も黙ってはいられず、

「これ、木下殿、無礼も大概にせよ」

藤吉郎は、「すみません」と笑いを引っ込めたがじきに噴き出して、

「そりゃ、殿さま、佐久間殿が逃げるのも無理ありませんわ。家康さま、武田勢に追い立てられて馬上で糞を漏らしたそうです。臭いのなんの、あんまり臭うもんで武田勢も追撃せず、佐久間殿がお逃げになったのも無理にゃあです」

「家康が糞を……。まことか」

信長は鼻で笑った。

「家康さまも恥ずかしくなったのでしょうな。浜松城に帰ってからご家来に見つかり、これは糞にあらず、腰の弁当の味噌である、と申されたとか」

藤吉郎が笑い声を上げると信長も大笑いした。淀んだ空気が晴れ、長近も信盛も笑い声こそ上げなかったが、引き攣った笑みを広げる。

「腰の弁当の味噌とは、家康め、よほどに慌てたのだろう。目に浮かんでくるわ。そうじや、策伝が聞いたら喜ぶであろうて」

信盛の不甲斐なさが少しは許せた。

「糞せる家康、糞せぬ佐久間を奔らす、でございますな」

信長は高笑いをし、信盛を下がらせた。

藤吉郎と長近は目を見合わせ小さくうなずき合った。

「殿さま、武田勢と合戦に及ぶ前には存分に糞をなさってくださりませ」

したり顔で藤吉郎は言上した。

藤吉郎の奴、機転を利かせておれの勘気を退けたとうぬぼれておる。姉川の働きに驕った家康も腹立たしいが、己が才気を誇る藤吉郎の鼻っ柱も折ってやりたい。

「猿、存分に糞せよとはおれが武田勢に敗走すると申すか」

思いもかけない信長の怒りであったのだろう。

「いえ……、決してそのような」

藤吉郎は口を半開きにした。

上段の間を降りるや信長は足早に藤吉郎の前まで進み、顔面に足蹴を浴びせた。藤吉郎の顔から鼻血が飛んだ。藤吉郎は仰向けに倒れたが、慌てて身を起こすと、一言の抗弁もなく這いつくばったまま大広間から出て行った。両手で鼻を押さえ血が垂れることを防いだが、防ぎきれなかった血が畳を汚した。

「誰かある」

信長は声を放った。

四方から返事が聞こえ、あっという間に大勢の家来が集まる。

「この畳を替えよ」

鼻血が染みとなっている畳に信長は視線を落とした。が、すぐに、

「全ての畳を替えよ。明朝までにやり遂げるのじゃ」

と、命じ直した。

高ぶった気持ちを静める。

信玄なんぞ恐れるな。

春までの辛抱だ。

春になれば武田勢は帰る。

全軍ではないにしても、半分以上が領国へ帰るだろう。軍勢の多くが農耕に従事する武田勢は田起こしの時節を迎え帰国せざるを得ないのだ。

幸い、家康は討ち死にを遂げたわけではない。徳川勢の損害は大きいが浜松城は健在だ。たとえ、武田勢が遠江、三河に残ったとしても、織田勢と共に挟み撃ちにできる。さすれば、信玄が甲斐に戻らずとも武田勢は西へは進めまい。

信玄頼みの浅井、朝倉なんぞは物の数ではない。

果たして、武田勢は三方ヶ原近くの刑部という寒村で越年した。軍勢が動き出したのは年が変わって元亀四年（一五七三）の正月七日のことだった。三河に侵攻し、菅沼定盈が守る野田城を囲んだ。菅沼は武田の大軍を相手に一月以上奮戦した。野田城が落ちたのは二月十七日のことである。

勢いに乗った武田勢は西上の途中にある吉田城、徳川家父祖伝来の本城ともいうべき岡崎城を攻め落とすだろう。両城が陥落すれば信長の本国尾張に達する。

しかし、武田勢は野田城を落としてから東北約二里半にある長篠城に入った。一見して、東に戻ったことになる。

その頃、斎藤龍興は長井道利と共に近江小谷城、本丸に用意された客殿の奥座敷で膳を囲んでいた。

「信玄、さすがでございますな。織田、徳川勢を鎧袖一触の下に打ち破りました。まるで、大人と子供の喧嘩であったそうな」

道利は勝利の美酒を味わっている。

「それだけに、朝倉義景の動きが物足りぬ」

龍興は不満を漏らした。

龍興ばかりか、浅井勢の中からも信長との決戦を前に越前に帰った朝倉勢を批難する声が上がっている。朝倉義景は越前が雪で閉ざされることを恐れ、さっさと帰国してしまった。信玄も義景の退陣を自分に対する裏切りだと怒りを募らせているそうだ。

「朝倉義景殿、まこと性根のなきお方よ。だが、そうしたお方に限って欲深いものだ。信玄が信長を亡ぼそうとする時になって、自分も利を得ようと動き出す。それこそ、雪を踏み散らかして美濃か京へ向かうだろう」

龍興は続けた。

「目に浮かびますな」

道利は舌打ちをした。

「朝倉殿のことはよい。いよいよ、公方さまが起たれるそうだ」

都にいる岩成友通から、足利義昭が信長成敗に挙兵する意志を固めたという報せが届いた。義昭は信玄が上洛すると確信し自ら合戦の指揮を執る気だという。

朗報を受けたにもかかわらず、道利は声の調子を落とした。

「少々、気がかりなことがござります」

「何じゃ」

「三方ヶ原で徳川勢と織田勢を打ち破った武田勢、三河に侵攻して野田城を落とし、いよいよその勢いで三河を通り、今頃は尾張に迫ってもよろしいかと思います。ところが、野田城よりも東にある長篠城に入ったまま動きを止めております」

道利の危惧は龍興も感じていたことで、

「信玄らしいとは思うがな。信玄はまこと慎重な男だ」

「おおせの如く、尾張を攻めるに当たって、信玄は長篠城にあって策を練っておるのやもしれません。ですが、時を費やすのは得策ではないと存じます」

大事なのは時だ。長篠城でぐずぐずとしている内に春がきてしまう。家康は三方ヶ原の敗戦の痛手により軍勢を催すことはできない。信長も美濃国内の岩村城を落とされ、岐阜を動けない。

今こそ軍勢を西に進めるべきだ。

「ひょっとして……」

龍興の声が不安げにくぐもった。

道利も杯を膳に置く。

「信玄め、信長成敗も上洛も考えてはおらぬかもしれぬ」

「すると、信玄の狙いは何でしょう。仏敵信長を倒すと公言し、三万の大軍を率いて甲斐を発した目的や如何に……」

「家康の領国が欲しいのではないか。遠江と三河が。うまく両国を奪うことができればそれでよし、今回は遠江一国でも満足しておるのかもな」

「信玄動く、の報を諸国に流し浅井と朝倉に信長を引き付けさせておいて、自分は領国の拡大を図るとは、いかにも策士信玄入道が考えそうな軍略ですな」

「感心しておる場合ではない。もし、信玄の狙いが徳川領を奪うことだとすれば、我らの目論見は頓挫する。そして、信長ならば信玄の企みを見抜くだろう」

龍興は一転して危惧の念を露わにした。

「まだ、そうと決まったわけではございませんぞ」

道利の言葉は慰めにはならない。

「おそらくは間違ってはおるまい。こうなったら、是が非にも信玄を西に向かわせねばならん。岩成殿に文を出す」

膳を遠ざけ龍興は文机に向かった。

硯になみなみと水をたたえ、墨をする。力を込めてひたすらすり続ける。休むことがないため肩が痛くなったがかまわない。額から汗が滴り、硯に落ちたところで筆を執った。

友通への書状をしたためる。

将軍義昭から信玄に上洛を命ずる御内書を出してもらうよう友通に熱を込めて依頼した。

「信玄、領国の拡大に汲々とするな。もっと、大きな望みを持て。天下が欲しくはないのか。甲斐の山猿で終わってよいものか」

願いを込めて書状をしたためると濡れ縁に出た。

「万蔵」

庭に向かって呼ばわる。植え込みから姿を現した韋駄天の万蔵が片膝(かたひざ)をつく。

「これを、岩成殿に届けよ」

龍興は書状を万蔵に託した。万蔵はかしこまりましたと返事をしてから、

「岐阜の帰蝶さま、お具合がよくねえです」

龍興は都と堺で薬を買い求めるよう金を渡した。

「今まさに我らの望みが叶(かな)おうとしておる。共に信長が滅ぶ様を見届けようと叔母上に伝えよ」

東の空に白雪を頂いた伊吹山が神々しいまでに美しい。伊吹山の向こうに願いが届くことを切に祈った。

二

三月になっても信玄は動かない。

長篠城に入ったまま西に向かおうとはしない。

間者の報告によると、野田城、長篠城の修繕をしているそうだ。奪った城を修繕すると

いうことは、守りに入ったことを意味する。最早、西上の意志はない。

岐阜城麓屋形の表御殿にある奥書院で信長は金森長近を引見した。

「信玄め、西に進むことはあるまい」

信長は断じた。長近も異を唱えることなく黙ってうなずく。

「このまま甲斐へと引き上げるのであろう」

一月前までは、信玄が西上しないことは願望を伴うものであったが、今では確信に変わっている。

「ところが、公方さまは信玄が上洛するものと信じておられるようです」

明智光秀から足利義昭が信玄に盛んに御内書を送っているとの報告が届いている。

「火遊びのお好きな公方さまであられます」

長近は言った。

「童の如く無邪気に遊びが好きなのではなく、公方のは多分に邪気を含んだ遊びじゃ。火の粉が自分に降り注ぐことになろうなどと思ってもおらぬ」

信長は冷笑を放った。

そこへ、細川藤孝の来訪が告げられた。

「茶室へ通せ」

信長は腰を上げた。

本丸表御殿に設けられた茶室に向かう。渡り廊下には山桜の花弁が散っているが、掃除にうるさい信長も桜に限っては溜まるに任せている。信玄帰国により、鏡の如く磨き立てられた廊下に舞う薄紅の花を愛(め)でるゆとりができた。

茶室に入ると既に茶釜の湯が沸き立っており、室内は程よく温まっている。信長が亭主となり、長近と藤孝が客となった。

信長は白天目の茶碗に肩衝(かたつき)茶入れから茶杓(ちゃしゃく)で茶粉を入れた。本願寺法主顕如から和睦の印に贈られた名物である。柄杓(ひしゃく)で湯を入れ茶筅(ちゃせん)でかき混ぜる。

長近、藤孝の順で回し飲んだ。

「公方さまは、息災か」

信長は藤孝に問いかけた。

「至ってご健勝にございます」

表情を消し、藤孝は信長の真意を測るかのように目を凝らした。

「殿が御存じない御内書を諸国の大名に出しておられるとか。御内書には殿の副状(そえじょう)を付けること、公方さまも受け入れられたはず」

長近が横から言葉を添える。

「申し訳ございません」

藤孝が平伏した。信長は切れ長の目を向け、

「武田信玄に向けて出しておる書状が多いようだのう」

「今後は目を光らせますゆえ、平に御容赦くださりませ」

平伏する藤孝の肩が震えた。

信長は黙って藤孝を見据え続けた。気配を察したのか面を上げた藤孝が信長の視線を受け止める。

「藤孝よ、我に仕えぬか」

やおら信長は誘いをかけた。

藤孝は言葉を呑み込んだ。

「光秀も公方に仕えておったが、おれの家来となり、今や近江坂本城主だ。そなたも大名になりたくはないか」

信長の言葉を受け、

「殿は細川殿を殊の外高く買っておられます。細川殿の器量、織田家で役立ててくださらぬか。殿の元で共に天下静謐のために尽くそうではござりませぬか」

長近も言う。

「大変にありがたきお言葉でござります」

藤孝の口調には警戒が含まれている。義昭には愛想尽かしをしているが、かといって信

長の誘いに乗ることの軽率さを諫めているようだ。

「おれに仕える気があるのならば、その証を立てよ」

信長は決断を迫った。

「公方さまに叛旗を翻せと申されますか」

「いいや」

「では、いかがせよと」

理解できないように藤孝は目を大きく見開いた。信長はそれには答えず話題を変えた。

「公方は信玄を当てにしておるのであろう」

「それは……」

藤孝が返事に窮すると、

「細川殿、腹を割ってくだされ。殿は細川殿に胸襟を開いておられるのですぞ」

長近が藤孝の逡巡を責めるように語調を強めた。

藤孝は背筋をぴんと伸ばしてから、信長に向かって、

「公方さまは、信玄殿さえ動けば信長さまを倒すことができるとお考えでございます」

「ならば、信玄も公方の気持ちに応えるよう動かねば不忠というものだな」

「おっしゃっている意味がわかりません」

藤孝が当惑を示す。

信長は長近に目くばせをした。長近は懐中から書状の束を取り出し、藤孝の前に置くと読むよう目で促す。藤孝は手に取って目を通し始めた。信玄から義昭に送られた書状である。

一通目は義昭への忠義を露わにし、信長の不忠を批難している。次の書状では三方ヶ原における武田勢大勝を記し、織田、徳川勢のみじめな戦いぶりを嘲っていた。続いて、野田城を落とし、長篠城で兵馬を休めて春には尾張に攻め入る。浅井、朝倉と連携し、伊勢長嶋の一向一揆勢も味方に引き入れながら、信長を亡ぼし、上洛すると書き綴られてあった。

「やはり、信玄殿は公方さまのご期待に応えて動かれるということですか。このこと、公方さまのお耳に達すれば、公方さまは信長さま成敗の兵を挙げられることでしょう」

藤孝は危ぶんだ。

「面白いのう」

信長は余裕の笑みを浮かべた。

「面白いとはいかなることなのでしょうか」

「これは、信玄の書状にはあらず。これまでに、殿に届いた信玄からの書状を祐筆が筆遣いを真似て仕立てたものです」

長近が言った。

「偽書でござりますか。どうして偽の文などをお作りになったのです」

「細川殿より、公方さまにお渡し頂くためでござります」

「これを公方さまに渡せとは、公方さまに兵を挙げさせよとお考えなのですか」

この問いかけには長近ではなく信長が答えた。

「公方めは、あてにもならぬ信玄に踊らされるということじゃ」

「公方さまの自滅を誘うのでござりますか」

「そういうことじゃ。藤孝、できるか」

信長に射すくめられ、

「やります。但し、一つ条件がござります」

藤孝の顔は迷いが去り、晴れやかであった。

「申せ」

「公方さまのお命、お命ばかりは奪わないで頂きたいのです」

長近が、

「戦になれば公方さまとて敵将、安易にその言葉を受け入れるわけにはまいりませんぞ」

「公方さまは僧侶であられたのをわたくしと明智殿がお連れし、諸国を浪々し共に辛酸を舐めたお方でござります」

「忠義か」

信長は薄笑いを浮かべた。

自分とて義昭に期待した。うつけではない本物と仰ぎ見た足利義輝公の弟、武威と文化を体現する征夷大将軍にふさわしいお方だと思った。ところが、実際の義昭は金にしか興味を示さぬ俗物であった。臆病にして姑息(こそく)、権力欲と体面ばかりを気にする正真正銘のうつけだ。

といっても義輝公の弟、足利将軍家の正統な血筋であることを思い、将軍らしい振る舞いをしてくれるものと御所を造営し、様々な諫言をしてきた。

が、全ては無駄であった。

自分は見捨てた義昭だが、藤孝には格別の思いがあるのだろう。

「たとえ、公方さまに落ち度があったとしても、公方さまのお命を奪うことは信長さまの評判を落とすもの。公方さまに代わり天下を治められるのならば、十三代義輝公を弑逆(しぎゃく)せし松永弾正の如き汚名を着てはなりませぬ」

藤孝の口調が熱を帯びた。

「おれも公方の首なんぞは欲しくはない」

信長は了承した。

藤孝はその言葉を受け、

「ならば、公方さまをいかになされますか」

「悔い改めて頂く。和議を結び、その後には今度こそ五カ条に従って頂く」

三年前に信長が出した五カ条に則った政を行うよう約束させる。すなわち、諸国の大名に御内書を出すときは信長の副状を添えること、勝手に恩賞を与えないこと、禁裏に忠勤を尽くすこと等である。つまりは、全て信長の了解の下に政を進めよということだ。

「信長さまに従うということでしょうが、それができるお方であれば今の事態は迎えておりませぬ」

藤孝は苦悩を滲ませた。

「戦となっても一度は許す。二度はない」

「公方さまが二度叛旗を翻されたなら、何となされますか」

「都よりいなくなって頂く。殺しはせぬ」

「公方さまを都より追い出されて後、信長さまが天下の仕置きをなされるのですな。公方さまに代わり、いかなる世をお創りになるおつもりですか。とくと承りたい」

藤孝は腹を括ったようで臆することなく信長の目を見た。

信長は藤孝の激情を冷ますかのようにゆっくりとした所作で、今度は自分のために茶を点て、飲み干してから、

「笑って暮らせる世だ」

と、笑みを広げた。

藤孝はしばらくその言葉の意味を咀嚼するように思案をしていたが、

「笑って暮らせる世、で、ござりますか。なるほど、まことよき響き、そしてそれこそが正しき世でござります。承知致しました。不肖細川藤孝、今、この時より信長さまの目となり耳となります」

言葉に偽りは感じられない。

藤孝は茶室を辞去した。

長近と向かい合い、

「おれは公方を、足利義昭を見くびっておった。意のままに操ることのできる傀儡の如き男と侮った。ところが、その傀儡におれは苦しめられておる。将軍の名と力を甘く考えた報いだ。浅井長政の裏切りに始まる一連の戦の根は、おれが公方の力を見誤ったことにあるのやもしれぬ」

滅多にない信長の気弱な発言に長近は言葉を返せなかった。

「が、勝つのはおれだ」

信長は茶を喫するような落ち着きで自信を示した。

三

桜が散る頃には、将軍足利義昭が信長に敵対していることは都の民にまで知られるところとなった。

「かぞいろと　養い立てし　甲斐もなく　いたくも花を　雨のうつ音」

という落首が都のあちらこちらに掲げられた。

意味は、信長は父母のようになって将軍を守りたてた甲斐もなく、将軍を討つことになった。花の御所を雨が激しく打つ音がする。

義昭に勝ち目はないことをこの落首は物語っている。また、信長が将軍を討つことを正当なものとしてもいた。

三月二十五日、信長は軍勢を引き連れ岐阜を発した。上洛を妨げる敵勢はない。順調に行軍し、二十九日逢坂に至ったところで細川藤孝の出迎えを受けた。最早、藤孝は義昭を見限ったことを明確にしていた。

都に入ると東山にある知恩院に陣を据える。

知恩院の本陣にやって来た藤孝を信長は庫裏の書院で引見した。

「公方に和議のこと伝えたな」

信長からいくつかの条件を出した。信長の方から人質を出すという非常に丁寧且つ、へりくだった内容である。

「公方さまは拒絶されましてございます」

思惑通りである。

信長が決して私欲で無慈悲に義昭に戦を仕掛けるのではないことを天下に示すことができた。一方で信玄の偽文書を、藤孝を通じて義昭に届けている。自分が上洛するから、都で信長に敵対する勢力を結集してくれという文だ。

義昭は信玄の願いに応えるように信長の和平提案を拒絶し、信玄や浅井、朝倉の支援を受け信長と合戦に及ぶことを明らかにした。上京の有徳人、寺社に戦費の提供を呼びかけ都周辺の土豪たちにも信長成敗に応じるよう御内書を発したそうだ。

「つくづくと軽薄なお方よ」

信長は憐れみすら感じた。

四月三日、まずは洛外の堂塔寺庵以外の寺に放火した。その最中にも義昭に使いを出し、和平を呼びかけたが義昭は応じなかった。

救いようのないうつけだ。

これで御所を攻めても誰も信長を批難しないだろう。

翌日には、御所を囲んだ。

囲みはしたが御所を攻めることはなく、上京を焼き払った。上京には有徳人が多く住み、有徳人の中には信長を田舎大名、出来星大名と陰口を叩く者、信玄には到底かなわないと揶揄(やゆ)する者たちが珍しくなく、今回の義昭の呼びかけに応じて戦費の提供もしていた。

家屋敷を焼かれ、家財を略奪され、命からがら逃げまどう者の口からは、信長を批難する言葉より義昭の無力さへの嘆きが多かった。都の平安を守れない将軍などは無用なのである。

義昭は和睦に応じた。

和睦が成ると義昭や近臣たちを処罰することなく、信長は七日には都を引き上げた。

岐阜城に帰るとお鍋と庭を散策した。侍女を従え打掛に身を包んだお鍋はいつにも増して艶(あで)やかだ。匂い立つような笑顔を見ると戦の疲れが癒される。

「これで、公方さまとは戦をしなくてよくなったのでしょう」

「お鍋は公方と戦をすることに反対か」

「公方さまに限らず、どなたとも戦をして欲しくはござりません。でも、そんなことは無理だとも思っております」

お鍋は思いをはっきりと口に出す。帰蝶も同じだったが、帰蝶からは批難めいた言葉しか聞かされなかった。

霞がかった空を鳶が舞う。

と、不意に、

「野駆けじゃ」

信長は思い立った。

お鍋は目をぱちくりとさせたものの、いつもの信長の気まぐれだと表情を落ち着かせた。

「どうぞ、行ってらっしゃいませ」

「おまえも一緒じゃ」

信長は侍女に支度せよと命じた。戸惑う侍女たちに、

「殿さまはご機嫌なのですよ」

お鍋は穏やかに声をかけた。


信長は馬に跨りお鍋を前に乗せた。

お鍋は小袖に深紅の裁着け袴を穿き、肩まで垂らした髪を束ねている。麓屋形の厩を出ると金森長近が馬に乗り、ついてきた。

梅雨入りを前にした城下は若葉が芽吹き、稲葉山が青空にくっきりと急峻な稜線を刻んでいる。長良川は瀬音豊かに清流をたたえ、河原で鵜匠たちが鵜飼の支度をしていた。

堤に至り馬上から見下ろす。

弥吉が信長に気づき平伏した。他の鵜匠たちも手を止めて土下座をする。

「かまわぬ、続けよ」

信長が放った声が一帯に響き渡る。お鍋もにこやかな笑みを投げかけた。

「そろそろ、美味(うま)い鮎(あゆ)が食せるのう」

信長が語りかけるとお鍋も食べたいと応じた。

ふと宗吉の姿がないことに気づいた。信長はお鍋を馬上に残し、長近に託すと徒(かち)で堤を降り河原を横切った。鵜匠たちは何事であるかとたじろいだ。弥吉の前に立つと、弥吉の大人びた風貌に驚いた。

「宗吉はどうした」

「病で寝ております」

「重いのか」

「大丈夫だと言ってますが、床から起きることもできません」

「案内せよ」

言葉短かに命じたため弥吉は戸惑ったが、宗吉を見舞ってくれるのだと気づき立ち上がった。

信長よりも背が高くなっている。日に焼けた面差(おもざ)し、肩幅も広くなり胸板も厚い。剝(む)き出しとなった二の腕は肉が盛り上がり、両の掌は手綱を操っているせいか胼胝ができていた。岐阜に入城して間もなく信長の命を狙った少年とはまるで別人だ。逞しい若者、鵜飼をしっかりと受け継ぐ鵜匠が目の前にいた。

感無量であるが、今は宗吉の病状が気がかりだ。

弥吉の家に入った。

宗吉は病床に臥せっていた。信長からもらった薬が効いたのか一時は持ち直したが、今月からまた調子を崩し、三日前からは床を離れられなくなったそうだ。信長が枕元に座ると、

「爺ちゃん、殿さまがお見舞いにいらしたがや」

弥吉が語りかける。宗吉の目が開かれたが、光はなくうつろな弱々しさをたたえるばかりだ。それでも信長とわかったようで身を起こそうとしたが、

「構わぬ、寝ておれ」

信長は優しく語りかけた。宗吉の唇が動いたが言葉にならない。

「しゃべらずともよい。申したいことはわかる。今はゆるりと養生するがよい。鵜飼は鵜匠どもによって受け継がれてゆく。いつの世になっても鵜飼は行われる。長良川の流れが絶えぬ限りな」

宗吉の目が涙で潤んだ。目元は緩み目尻には深い皺が刻まれた。一本、一本の皺が鵜飼に生涯を捧げてきたことの確かな足跡のようだ。

宗吉、そなたこそが鵜匠じゃ。そなたのような鵜匠が安心して鵜飼を続けられる世を創るぞと、改めて心に誓い、養生せよともう一度声をかけてから立ち上がり小屋を出た。弥吉が挨拶に出て来た。

「爺ちゃんはもう死にます」

弥吉は言った。

「そんなことはない」

などといううつけた言葉をかけてやる気はない。

「弥吉は一人になるのう」

弥吉の目がかっと見開かれた。

「寂しかなんかないです。おいらには鵜飼があります。爺ちゃんやおっとうに約束しました。おいらが獲った鮎を殿さまに食べてもらうって」

「よう申した。そなた、いくつになった」

「十九でございます」

「すると、おれの命を狙った時は十三……。あれから六年か」

信長に首を刎ねられそうになってから弥吉は鵜飼と戦ってきたのだ。

「益々、精進せよ」

「殿さま、これからも岐阜を戦に巻き込まんようにしてください」

「むろんのことだ」

信長が答えたところで不意に弥吉は土下座をした。

信長がいぶかしむと、

「殿さま、おいら……おいら、殿さまのことを信じておりませんでした。長良川の河原で首を刎ねられそうになった時、岐阜を戦に巻き込まないと、殿さまはおっしゃいましたが、おいら信じませんでした。調子のいいことを言っているだけだと思っておりました。ほんでも、殿さまは守ってくださいました」

弥吉は目を潤ませて信長を見上げ、嗚咽混じりに語った。

「まだ約束を守ったことにはならぬぞ。これからも戦は続くからのう。弥吉も耳にしておろう。岐阜の外では随分と戦を繰り返してまいった。惨たらしい戦をな」

信長は二度、三度うなずいた。

「戦のことはようわからんですが、殿さまはおいらとの約束を一生懸命果たそうとしておられます。おいら、殿さまを信じます」

「弥吉、自分の目に見えるものだけを信じるのだ。おれがおまえとの約束を果たすかどうか、しっかと見ておれ。おれが死ぬまでな」

信長は言い置くと、くるりと背中を向け足早に歩き出した。

弥吉は立ち上がるや、

「おいら、一人前の鵜匠になります。長良川一の……、天下一の鵜匠になってみせます。その時は、おいらの獲った鮎を召し上がってください」

信長は立ち止まり振り返ると柔らかな笑みを返した。


信長が宗吉の家を訪問して弥吉と別れるまでのやり取りを策伝が見ていた。

宗吉の見舞いにやって来たところに偶然信長が来合わせたのだ。家の戸の隙間から信長が宗吉を見舞う姿を見てから足音を忍ばせ立ち去った。

枕元に座った信長の顔は魔王どころか仏のような慈愛溢れるものだった。

あれが素顔の信長なのか。しかし、比叡山延暦寺焼き討ちという無慈悲極まる蛮行をしたのも信長である。

織田信長、あなたは一体何者なのですか。

策伝は去り行く信長の背中に問いかけた。

堤に戻ると馬に跨り、加納の楽市に向かう。家臣たちの屋敷が軒を連ねる大道を疾走する。風に煽られたお鍋の髪が鼻先をかすめ、甘い香りが鼻孔を刺激する。お鍋は時折嬌声を放つものの、怖がってはいない。むしろ、信長の荒々しい手綱捌きを楽しんでいた。

加納の楽市は相変わらずの賑わいである。お鍋は大道芸人たちの様々な芸に見入った。

「武田勢を追わせた間者より報せが届きました」

長近が、耳元で囁いた。

信長は表情を変えることなく木株に腰を下ろし、手巾で汗を拭いながら長近の報告を受けた。

「武田勢、信濃路を北上し、帰国の途についておりますが、その間、信玄は輿に乗ったままでござります。途中、馬上に姿を現すのは弟信廉が扮する影武者とのこと」

「信玄、病か」

「かねてより信玄には労咳を患っておるという噂がござりました」

「労咳が重くなったと考えれば、武田勢が帰って行くのも得心がゆく」

信長はうなずいた。

「間者の中には信玄が死んだという者もおります。まことならば、殿が熱田大明神の御加護を受けていることの証と存じます」

「おれは魔王だ。第六天魔王よ。仏法の守護者を自認する信玄め、魔王の前に滅び去ったのかもしれぬな」

信玄が死のうが生きていようが、東の脅威は過ぎ去った。

すると、楽市で托鉢をしていた雲水が急ぎ足で近づいて来た。長近に近づき耳打ちをした。長近の顔が輝いた。信長に向き、

「信玄、十二日に信濃駒場にて死んだそうでございます」

武田信玄、巨大な獣が餌を求めて縄張りを広げようと、遠江と三河を荒し回った挙げ句、屍となって己が巣へと戻って行った。死期を悟った獣の本能がそうさせたのだろうか。仏教に深く帰依しながら、死ぬまで煩悩に突き動かされていたのだ。人間は煩悩を断ち切れぬ。欲を捨てることは生を諦めることだ。

義昭め、信玄の死を知ったならどんな顔をするだろう。

信玄の死は伏せておく。義昭のことだ、性懲りもなく再び兵を挙げるだろう。

武田信玄、本当に労咳であったとは。

ふと、帰蝶のことが思い出された。

帰蝶も労咳のようだ。あの侘しい庵ではろくな養生もできまい。意地を張って自分の助けを受けはしないだろうが、放ってもおけない。

「長近、帰蝶の様子を見てまいれ」

長近は承知しましたと頭を下げ、松の木に繋いだ自分の馬に向かった。

お鍋が戻って来た。長近が同道しないことに疑念を抱いたようで、

「金森さま、どちらへ行かれるのですか」

「ちょっとな」

つい曖昧(あいまい)に濁してしまった。

お鍋は疑念を抱いたようだ。目つきが厳しくなっている。

「わたくしにはおっしゃることができぬ所なのですか」

どうやら、隠している女がいるとでも疑っているようだ。お鍋も焼き餅を焼くのかと意外であり、うれしくもなった。

「さあ、城に帰るぞ」

信長はお鍋を抱き上げた。

「殿、人目があります。国主たる者のすることではございません」

お鍋は抗(あらが)ったが不愉快ではなさそうだ。

「ここは楽市じゃ。大名も将軍も商人もない」

信長はお鍋を抱いたまま馬に歩いて行った。

四

四月の終わり、龍興は道利と共に饅頭笠(まんじゅうがさ)、墨染めの粗末な衣という雲水姿となり、焼け野原となった上京の地に立っていた。岩成友通から文が届き、足利義昭が引見したいと命じてきたのだ。信長打倒を前に義昭の御意を得ておくのは悪くはないと二人はやって来た。

「信長め、思い切ったことをやったものですな」

道利は饅頭笠を持ち上げ周囲を見回した。織田勢による焼き討ちに遭ってから二十日余り経つが、復興の動きはない。まばらに掘っ立て小屋が建つ他は、酒や青物、干し魚などの食料品や衣料品、更には太刀や鑓、具足を売る露店が庶民の逞しさを示していた。

「信長にとって上京を焼き討ちにすることなど、野駆けのようなものだ。それよりも信玄はどうしたのだ」

龍興は甲斐に帰った武田勢に不審を示した。

そこへ岩成友通が馬を進めて来た。友通は馬を下り、

「信長、迅速でしたな」

「公方さまは、いかがされておられますか」

龍興の問いかけに、

「しばらくはなりを潜めておられますが、まだまだ、意気軒昂でっせ」

「何故の強気でござりますかな」

道利が問うと、

「武田信玄殿に決まってますがな」

友通は金色の扇を広げて頭上でひらひら振った。

「信玄ですと……」

龍興は意外な思いで友通を見返した。

「公方さまは、まだ信玄殿をあてにしておるのですか」

道利も驚きをもって尋ねた。

「今や遅しと信玄殿がやって来るのを待っておられますがな」

友通は扇を閉じて東の空を指した。

「しかし、武田勢は信濃路を通り、甲斐へ引き上げましたぞ」

道利は小さく舌打ちした。

「信玄、死んだのではないかという噂さえある」

龍興が言い添える。

「流言に惑わされてはあきまへん。信玄死すの報は、信長の間者が触れ回っておるのです。信玄殿はご健在でっせ。公方さまは信玄殿に書状を出し、返事も頂いておるのですからな」

友通によると、信玄の弟信廉から返書が届き、信玄は病を得て一時帰国したものの、静養の後、二月か三月すれば再び上洛の軍を起こすそうだ。

「今度は、徳川勢が武田勢に加わるそうですわ」

友通は続けた。

信玄が遠江、三河を席巻しながら家康に止(とど)めを刺さなかったのは、家康を配下に従え、信長打倒の先兵にするためだと信廉が書き記してきたそうだ。

「公方さまは、相変わらず武田信玄殿に望みを託して挙兵されるということか」

龍興の口調は冷めたものになった。

「龍興殿も公方さまの軍勢に加わればよいと存ずる。そのつもりで公方さまも引見されるのだ」

友通の口調が硬くなった。

「まこと公方さまは会ってくださるのですな」

道利の言葉に友通は深くうなずき、二人の案内に立った。黒い焦げが目立つ練塀に沿って歩き御所の裏門から中に入った。織田勢の攻撃はなかったものの、類焼を受けた御所内は所々焼けている。それでも焼け野原となった上京にあっては雅(みやび)らしさを留(とど)めていた。焦土と化した上京にあって場違いな優雅さは、将軍の威厳ではなく無力さを伝えているように龍興には思えてならない。

築山や石灯籠(いしどうろう)、四季の花が彩る回遊式の庭を通り、泉水をたたえた池の畔(ほとり)で龍興と道利は控えた。饅頭笠を取り、片膝をつき義昭を待つ。

しばらくして近臣や側室たちを従えた義昭がやって来た。友通が二人を紹介した。

「その方どもの忠義は岩成より聞いておる。余のために、信長が滅ぶよう奔走してくれておるそうな」

続いて友通が、

「龍興殿と道利殿のご尽力には並々ならぬものがございます」

「まことあっぱれなる忠義者じゃのう。斎藤龍興、そなた信長より国を奪われたのであったな」

「御意にござります」

「されば、信長滅んで後、改めて余がそのほうに美濃を与える。美濃ばかりではない。尾張も与えよう。また、その方の父同様に幕府相伴衆に加え、一色姓を下賜することも約束しようぞ」

義昭は言った。

「ありがたき幸せに存じます」

道利が興奮で顔を赤らめ、頭(こうべ)を垂れた。

龍興も礼を言ったが言葉に力がこもらない。それどころか、信長と戦う前から法外な恩賞を約束されたことで、義昭から気持ちが離れていく。言葉だけで生きてきた人間だ。かつての自分の姿を重ねてしまった。戦国の世にあって、戦わずして地位を得てきた者の空虚な言葉としか思えない。

「岩成、信玄の上洛はいつになろうな」

「七月には甲斐を発するものと存じます」

「あと二月余りか、それまでに軍勢を整えよ。兵を挙げるにはこの御所はふさわしくはない」

友通が七月に挙兵する際は槇島城がよいと進言し、槇島城は宇治川を天然の濠とした要害で大軍を引き受けても籠城できると言い添えた。

義昭に憂いの影はない。そのことが龍興に暗雲をもたらした。

五

果たして七月、足利義昭は挙兵した。

御所には織田勢を引きつけるために三淵藤英ら近臣を置き、自身は槇島城に移る。

信長は義昭挙兵の報に接すると迅速に軍勢を発した。琵琶湖を大船で押し渡り、都へと軍勢を進める。七月六日には坂本に上陸して、明くる七日には入京し、妙覚寺に本陣を据えた。七万の大軍で御所を包囲する。義昭の近臣たちは大軍に胆をつぶして即座に降参した。

十六日、軍勢を槇島城に進めた。

義昭がさすがに覚悟を決めて籠った城だけはあった。

水みなぎる宇治川が織田勢の前に立ちはだかっていた。流れの速い大河とあって容易には渡れそうにない。諸将はどうしたものかと息を呑んでしまった。

信長が、

「おれが先陣を務めよう」

諸将も躊躇っている場合ではなくなり、我先に先陣を申し出た。

「二手に分かれ、川を渡る」

織田勢は源平合戦の先例に則った。

平等院の北東から、かつて梶原源太景季と佐々木四郎高綱が先陣を争ったところを稲葉一鉄と息子貞通、彦六が先陣を切り、総勢二万を超える軍勢が渡河し平等院の門前に集結した。鬨の声を上げるや周辺を焼き払う。

また、川下である五カ荘から西向きに佐久間信盛、丹羽長秀、柴田勝家、木下藤吉郎改め羽柴藤吉郎秀吉ら三万を超す軍勢が怒濤の勢いで渡った。

こうして七月十八日、合流した織田勢五万が中洲を目指し進軍した。

中洲に達すると人馬を休めてから槇島城を囲んだ。

義昭は浮足立った。

まさしく、予想を遥かに上回る織田勢の進軍だった。信玄どころか、浅井、朝倉も、呼応した都周辺の土豪も駆け付ける間もなく、義昭は追い詰められてしまった。

信長は本陣で藤孝を引見した。甲冑姿の藤孝に、

「公方へ使者に立て」

「畏まりました」

藤孝は声を励ます。

「和議の条件は公方の嫡子義尋殿を人質として預かることじゃ。さすれば、公方の命は奪わぬ」

「御意にござります」

藤孝が返事をすると、

「まこと、お命をお助けしてよろしいのですか。公方さまは、命ある限り諸国に殿さま追討を命ずる御内書を発し続けることと存じます」

柴田勝家が危ぶみの声を発した。諸将も勝家に賛同しているかのようにうなずく。

「恨みには情けで報いるのだ」

信長は表情を消して言った。

勝家は口を閉ざした。本陣に異様な空気が流れる。信長の言葉は胸を打つものだが、苛烈で疑い深い人柄を思えば俄かには信じがたい。果たして、信長の真意なのか推し量ろうとする余り、諸将は言葉もなく黙り込んでしまった。藤孝も片膝をついたまま動けずにい

る。

「藤孝、何をしておる。さっさと、使者に立て」

信長は急かせた。

「承知致しました」

藤孝は弾けたように立ち上がると急いで本陣を立ち去った。

半刻と経たず、藤孝は義昭が承知したことを告げに戻った。

「猿、公方を警固せよ」

信長は藤吉郎を義昭の警固につけ、河内国若江城に届けよと命じると早々に陣払いをした。

細川昭元に槇島城を任せ、周囲の村々を焼いて都に凱旋をした。

これで、義昭との決着はついた。

永禄十一年、岐阜で対面して以来五年余り、上洛当初は自分を父とまで慕ってくれた義昭と決別した。これからは、義昭が、足利将軍が担ってきた、いや、担うべきであった政をおれが行う。

それが定めのように思えた。

二十六日、京を発して近江高嶋郡に着陣した。ここで義昭に与した土豪たちを掃討する。二十八日、朝廷に奏請して元号を、「元亀」から、「天正」に改元した。天下を正す、信長は改元に己が強い意志を込めた。うつけ世ではない本物の世を創るのだ。

そんな最中にも岩成友通が山城国淀城に籠って抵抗を続けている。

「あの、二枚舌め」

友通ばかりは許すつもりはない。信長は勇者に対しては寛大である。戦で敵対しても、降ってきた者を許すことは珍しくはない。しかし友通ばかりは、いくら優れた武将であろうと受け入れるつもりはない。自分に取り入る振りをして接近してきた。その裏で卑怯にも義昭と結び信長滅亡を策していたとは腹に据えかねる。

藤吉郎に命じて淀城に籠る敵将を調略させた。

藤吉郎は友通と共に立て籠る諏訪飛騨守、番頭大炊頭を寝返らせた。その上で細川藤孝が淀城を攻め立てた。岩成友通は諏訪と番頭と共に討って出た。

ところが、諏訪も番頭も友通の軍勢を見捨て織田勢に奔ったため、岩成勢は孤立した。

「よくも、謀りおって」

友通は欺かれたことを悟った。

が、時すでに遅く四面は細川勢に囲まれてしまった。覚悟を決め、馬を下りる。

永禄十一年の信長上洛によって都を追われ浪々の戦いを繰り返してきたが、ついに終焉を迎えた。信長に一矢報いたかったが仕方あるまい。諏訪と番頭を調略したとは手抜かりないものだ。いや、見抜けなかった自分が迂闊だったのだ。

算盤を誤った。

友通は馬に近づいた。本来なら馬上筒を入れておく鉄砲入れから算盤を取り出した。次いで算盤を左手に持つと激しく上下に振った。戦場には不似合いなじゃらじゃらとした算盤球の音が響く。

「勘定間違いばかりであったわ」

右の拳で算盤の背を殴る。二度、三度殴ると算盤が壊れ算盤球が弾け飛んだ。

算盤を壊してから友通は太刀で斬りまくった。雑兵たちを次々と血祭に上げ、心の臓が動く限り暴れに暴れる。

獣の如く雄叫びを上げながら四半刻も暴れると兜は脱げ、面頬は割られ、具足には矢が刺さり、太刀は刃こぼれがした。さすがに足元が覚束なくなる。

友通は太刀を捨て金の扇を手にすると、

「いよ、いよ、織田のみなさん、凄い！」

よいしょを始めた。周囲を取り囲んだ兵たちは戸惑いの余り攻撃の手を止めた。

「信長はん、天下を取りはった。めでたいな。ほんまめでたい」

友通は左手で扇をひらひらさせ、右肩で神輿を担ぐ格好をした。次いで、

「わっしょい！　わっしょい！　天下人信長はん、わっしょい！」

囃し立てながら動き回ったが足がもつれよろめいてしまう。それでも、笑顔を絶やさずに神輿を担ぎ続けた。

薄気味悪い物でも見るように呆然と取り巻いていた兵たちだったが、誰からともなく「放て」という声が上がり鉄砲が火を噴いた。

友通の身体が弾け飛んだ。

近江高嶋の信長本陣に届けられた友通の首は、目尻が下がり、口が大きく開かれ、まるで信長に哄笑を放っているかのように楽しげだった。

八月四日、岐阜に帰ったが兵馬を休めるつもりはない。

信玄が死に、義昭を京都から追い払った今こそ浅井と朝倉の息の根を止めるのだ。

信長の威勢に恐れを成したのか、浅井の有力武将阿閉貞征が寝返ることを伝えてきた。

八月八日のことである。その日の内に信長は出馬し、阿閉は居城である山本山城を信長に明け渡した。

阿閉の寝返りによる織田勢の侵攻に浅井長政は朝倉義景に援軍を求めた。当然、信長は予想していた。というよりも義景が出て来るのを待っていた。そこで、大獄の北にある山本山に全軍を着陣させ小谷と越前の道を遮断した。

義景は二万の軍勢を率い、織田勢を囲むように余呉、木本、田部山に陣取った。織田勢の中には、朝倉はお義理で出陣してくるだけで、ろくに刃を交えることもなく越前に帰るだろうと言い立てる者がいる。そう考える者が多いせいか、信玄が死に足利義昭がいなくなったせいか、空気がなんとなく緩んでいる。馬廻りとして金森長近は軍勢の士気が低下していることを危ぶんだ。

すると、

「兄上」

雲水姿の策伝がやって来た。

策伝は信長を見極めようと思った。

比叡山延暦寺焼き討ち以後、信長を見限ろうと思っていた。惨たらしい殺戮を平然と行った信長は己が所業を悔いるどころか、第六天魔王を自称したそうだ。度重なる戦が信長の心を蝕んだのだろうか。裏切りと陰謀の渦中を生き抜き、人の心を失ってしまったのではないか。そんな信長に、笑って暮らせる世など創り出せるはずはない。

ずっと見限っていたのだが、信長が宗吉を見舞った場に遭遇した。戸の隙間から垣間見た信長の慈愛に満ちた眼差し、決して魔王でも血に飢えた人殺しでもなかった。

迷いが生じた。

信長を見限るのは間違いではないか。

いや、あれはたまたまだ。親しき者に見せる気紛れなのだ。

葛藤（かっとう）の結果、信長の戦を見たくなった。まこと、笑って暮らせる世を創るための戦なのか、この目で確かめてやる。

戦場での信長、魔王と化す信長を見て憎み切れたら信長とは決別する。

「おまえ、何しに来た」

長近は険しい目を向けた。策伝は饅頭笠を取り、

「殿さまにお目通り願いたいのです」

「何をたわけたことを申す。ここは戦場であるぞ」

「だから会いたいのです」

策伝は訴えかけた。

「ならん」

長近は言葉を荒らげた。

「お願いします」

策伝はすがるような目をしたが、長近はこればかりは聞けぬと拒絶した。風に幔幕がたなびいた。織田家の家紋である五つ木瓜が大きく揺れる。空には分厚い雲が垂れ込めてい

る。野分の襲来が近いようだ。

　やおら、策伝は幔幕に駆け込んだ。長近が慌てて追いかける。

「殿さま、策伝でござります」

　声の限り叫び、幔幕を捲り上げた。

　盾机を囲んで織田の諸将が床几に腰を据え、緊張の面持ちで信長の指図を聞いていた。策伝は警固の足軽に長柄の鑓を向けられた。すぐに長近が追いついてきて、策伝の頰を殴りつけた。策伝は地べたに転がった。

「申し訳ござりませぬ。たわけ者が身の程もわきまえずに無礼なる所業でござります」

　信長は立ち上がり策伝に向かった。策伝は雑兵に両腕を摑まれ身動きができない。信長は離すよう命じた。策伝は地べたに正座をした。

「戦場までおれを訪ねて来たのはいかなるわけじゃ」

「僭越ですが、確かめたいことがございます」

「なんじゃ」

「笑って暮らせる世を創ること、今も思っておられるのでござりますか」

　策伝は比叡山延暦寺の焼き討ちの惨状が脳裏を去らず、つい批難めいた口調になった。

「今も変わらぬ」

　信長はきっぱりと答えた。

「まことでござりますか」

「まことじゃ。こたびの戦も笑って暮らせる世を創るためぞ。丁度よい。策伝、戦がどのようなものか見てゆけ。そなた、戦というものを知らぬであろう」

策伝は両目を大きく見開いた。

「戦は残酷無慈悲なもの。おまえが学ぶ仏の道とは正反対じゃ。だがな、生と死は隣り合わせたるものぞ。人が死とはいかなるものかを知るのはおのれが死ぬ時だが、死を見ることは生きておってもできる。死を見ずして生きておることにはならぬ。仏の道に仕える者なれば、美しきものばかり見ておっては駄目だ。極楽と地獄を知らねば仏の道を説くことはできまい。あの世の地獄を見ることはできぬ。よって、この世の極悪、人はここまで悪党になることができるのだということを、しっかりとその目で見、心に焼き付けよ。その結果、おれを嫌いになるもよし。ひたすらに仏道修行をするもよし。その上で、笑って暮らせる世とはいかなるものか、自分に問うてみるのだ」

今日の空とは大違いに信長の顔は晴れやかだ。

笑って暮らせる世、戦なき世が来ることを念じ続けてきた。その心に偽りはない。しかし、戦から目をそむけてきたことも確かだ。自分は平穏に身を置いたまま、戦をする武者たちを咎(とが)めるばかりでは、夢物語を語って一生を終えることになろう。自分も戦うのだ。弓や鑓を用いなくとも戦場という地獄を巡ってみせる。

「わたしも参陣致します。大袈裟ですが、わたしの初陣です」

策伝は頭を下げた。

「長近、馬廻りの中に加えよ」

「は、はい」

長近は戸惑いながらも承知した。

六

十二日の晩、野分が北近江の地に襲来した。信長は馬廻りのみを引き連れ、朝倉勢が陣取る太尾山、大獄山へ駆け上がる。風も雨も激しく打ち付け、山が動くのではないかとさえ思える。木々の枝がしなり、折れるとあっては進むことは容易ではない。

策伝は長近が乗る馬の横について山を登る。へこたれそうになるが、歯を食い縛り、戦とはどのようなものかこの目で見、身体で覚えるのだ。

大嵐より怖い信長の号令以下織田勢は敵勢に近づく。敵陣から朝倉勢が飛び出し、刃を交えた。怒号が風雨にかき消される。血飛沫が雨に流れ、首や腕を失った敵が泥まみれとなって地べたを転がる。

不意をつかれた敵勢は戦意を喪失し、やすやすと表門から突入することができた。敵勢を打ち果たしたところで、残った将兵たちを朝倉本陣に逃がせと信長は命じた。

策伝はひょっとして信長が自分の目を意識しているのではないかと勘ぐった。敵を全て殺すことを躊躇ったのではと思ったのだが、

「この雨と風では義景め、大獄山の陣が落ちたこと、知らぬままであろう。陣が落ちたことを報せる。義景のことだ、大獄山が落ちたことを知れば、越前に帰る。そこを追撃するぞ」

信長の意図を知り、策伝は納得はしたものの合戦の現実を思い知らされた。

果たして敵勢は義景の本陣へ報せに走った。

明くる十三日、信長は諸将に伝令を飛ばした。

今夜の内に朝倉勢は越前に退却する。退却を始めたらすぐさま追撃できるよう支度をしておけと伝えた。


龍興と道利は朝倉義景の陣にあった。

あまりにもあっけなかった義昭の敗北、岩成友通の討ち死にに加えて三好長逸と三好政康は行方不明、一月を経ずして足利幕府と三好三人衆は戦乱の世から姿を消したのである。

そして今まさしく朝倉と浅井が存亡の危機に立たされている。

信長打倒、美濃国主への返り咲き、自分の夢は風雨と共に飛び去っていくのか。

信長という男、戦国の世に現れた大嵐だ。その嵐に抗う己は稲穂の如き存在か。稲穂でも構わぬ。

信長に一矢報いねば。危機にあってこそ、人は性根を試されるのだ。

「朝倉さま、またしても越前に帰るつもりですぞ」

道利は言った。

「最早、滅びるしかないか」

「お気の弱いことを申されますな。一乗谷に戻れば再起の道はあります。信玄が死んだとしても、信玄が残した武田勢は健在、長嶋の一向宗徒も士気旺盛です」

「信長が朝倉の帰国を許すと思うか。必ず攻めてくる。わが稲葉山城を囲んだ時のように、この嵐よりも早く進軍し、数日にして一乗谷を焼き尽くすことだろう」

龍興はまるで他人事(ひとごと)のように言った。

七

信長の勘は的中した。

十三日の夜半、朝倉勢は陣を払い帰国の途に就いたのだ。

再三、出陣の備えをしておけと伝令を飛ばしたにもかかわらず、諸将は動かなかった。

彼らは朝倉勢が退くことに半信半疑となり、準備を怠ったのである。

業を煮やした信長は馬廻りだけを率いて追撃した。策伝も長近について必死で駆けた。

諸将が追いついたのは越前国境に近い地蔵山である。

嵐が去り、十三夜の月明かりが皓々と降り注ぐ中、柴田勝家、丹羽長秀、滝川一益、蜂屋頼隆、羽柴秀吉、稲葉一鉄たち重臣が恐怖におののきながら雨でぬかるんだ野道に平伏した。

信長は馬上から叱責の言葉を浴びせる。雷鳴のような怒声に重臣たちは顔も上げられない。一番遅参した秀吉は、面を水溜りに突っ込みひたすらに許しを請うた。

その中にあって佐久間信盛のみは目に涙を浮かべ、

「そうはおっしゃいましても、我らほどの家臣はお持ちにはなれませぬ」

月光を浴びた信長の顔がほの白く染まる。

「おのれは自分の分を自慢しおるか。三方ヶ原での無様な負け戦といい、片腹痛いわ」

信長は吐き捨て怒りを信盛にぶつけようと思ったが、今は朝倉勢を追撃することが先決だと思い留まった。怒りは判断を誤らせる。

物見の報告によると、朝倉勢は中野河内方面と刀根方面の二手に分かれ退却しているという。

自軍も二つに分けようかと思ったが、敵は疋壇、敦賀にある朝倉の城を目指すと考え、刀根方面に全軍を向けることにした。

龍興と道利は朝倉軍に加わり、刀根山に至った。信長の予想通り朝倉義景は中野河内方面には雑兵を行軍させ、自らは主だった武将と共に刀根山から敦賀を目指したのだった。

刀根山の頂きに至ったところで、軍勢は休息した。龍興と道利は木立の中で腰を下ろした。

「信長は追ってきますかな」

道利は空を見上げた。紫がかった空が明るんできた。暴風で木々が倒れ、がけ崩れが起きているとあって、足元が明るくなるまでしばし休めと全軍に布達されていた。

「追って来るに違いない。獲物を見つけた鷹の如く、朝倉義景殿を仕留めようとする。こんな所で休んでおる場合ではない。一刻も早く疋壇城に入らねばならぬ」

龍興は言った。

「ならば、そのこと朝倉さまに言上致しましょうぞ」

道利は腰を上げた。

「とうに話した。朝倉殿は聞き入れてくださらなかった。信長は攻めて来ない。これまでも追撃はなかった。朝倉勢が引いたのをいいことに、小谷城攻めに専念するとのお見通しだ」

龍興は義景への不満を漏らすこともなく、冷めていた。

織田勢は駆けに駆けた。

信長の叱責が鞭となり、全軍一丸となって朝倉勢を追う。足元の不具合に難儀をし、騎馬武者の中には馬を下りて徒で進む者もあった。策伝は草履の緒が切れ、裸足となった。石ころが足の裏に刺さり、皮がむける。痛みに顔をしかめ、立ち止まると後ろから突き飛ばされた。

これくらいのことでへこたれて何とする。

合戦はこれから、地獄のとば口にも至っていないのだ。

「行くぞ！」

策伝は雄叫びを上げ、まっしぐらに走り出した。

うとうとまどろんでいた龍興を突然の衝撃が襲った。

地の底から湧き上がる鬼たちの咆吼が脳裏にこだましたのだ。ところが、目を開けると森閑とした闇が広がるばかりだ。山霧が晴れ将兵の寝息が聞こえる。

夜露に濡れる具足に手をやり、鑓を引き寄せて立ち上がった。朝倉勢は眠りの中にある。

やおら人馬の声といななきが耳朶に触れた。

「道利、起きよ」

鑓の石突で道利の胴を突いた。道利ははっとして起き上がる。

「織田勢の襲来だぞ！」

龍興は声を限りに叫ぶ。道利も織田勢がやって来たことを報せて回った。さすがに朝倉の将兵も目を覚まし、鉦（かね）が打ち鳴らされた。

迎え討つ支度が整わないまま雲霞の如き織田勢が襲いかかってきた。朝倉勢は浮き足立った。混乱の余り、味方に鑓をつける者、逃げ惑う者、めったやたらと太刀を振り回す者が続出し、軍勢の体（てい）を成していない。

指揮を執るべき朝倉義景を始めとする武将たちは為す術（すべ）もなく我先にと戦場を離脱した。

「御屋形さま、お逃げくだされ」

道利は龍興の腕を取った。

「逃げぬ。わしは逃げぬぞ」

龍興は道利の手を振り払った。

「落ち着いてくだされ。一時の激情に惑わされてはなりません」

道利は必死の形相（ぎょうそう）で諫めた。

「一時の激情ではない。気の迷いでもない。わしはここを死に場所と定めた。もう、信長に背中を見せるのはまっぴらじゃ」

龍興は鑓を手に織田勢に躍りかかった。

いけませぬという言葉を道利は呑み込んだ。龍興の背中が大きく見えたのだ。鑓を振り回し敵勢を蹴散らす姿は決して猪武者ではない。多勢に無勢を承知でわが子との合戦に臨み、覚悟の討ち死にを遂げた道三の血を受け継いでいる。

よくぞ、よくぞここまでご立派な武将になられた。

道利は両目をかっと見開き、

「お供つかまつる」

龍興に続く。

四方から矢が飛来する。木の幹や雑兵に突き刺さる。龍興はものともせず鑓を振り回した。硝煙の臭(にお)いが立ち上る。

雑兵たちをかき分け一人の武者が現れた。背に赤い母衣(ほろ)を負った武者、金森長近である。

道利の顔から笑みがこぼれた。

「長井殿、決着をつけましょうぞ」

長近が声をかけてきた。

「望むところ」

道利も鑓をしごいた。

「者ども、手出しするでないぞ」

長近は母衣を置き、雑兵たちを遠ざけて鑓を構えた。

龍興も木陰で見守った。

銃声、怒号飛び交う林の中、二人の武者の間には静寂が漂った。野鳥が囀り歌い、紋白蝶が舞っている。

道利が鑓を腰だめに構え長近に突進した。

長近も走り鑓を突き出した。

穂先がぶつかる音が響き、二人は立ち止まった。しばし睨み合って後、道利は鑓を振り下ろした。柄が長近の兜に当たる。長近は片膝をついた。

道利は鑓を構え直した。

が、血まみれの籠手とあって柄が滑り落ちそうになった。道利の目が一瞬長近からそれた時、長近の鑓が道利の胴を刺し貫いた。

木の幹に道利はもたれかかった。ずるずると身体が滑り落ち、ついには幹を背中に尻餅をつき息も絶え絶えとなった。長近は止めを刺すことなく一礼すると木立の間に走り去った。

木陰から飛び出し、龍興が道利の側に跪いた。

「道利、しっかりせよ」

道利の口から鮮血が溢れる。

血に染まった壮絶な顔に笑みが広がり、双眸が見開かれた。

「道利、よくぞついて来てくれた。礼を申す。三途の川で待っておれ。共に渡ろうぞ」

龍興は六文銭を道利の手に握らせた。

「お先に……」

笑顔のまま言葉を搾り出すと道利はがっくりと首を折った。

龍興は骸となった道利に両手を合わせ、鑓を手に織田勢に立ち向かった。前後左右から突き出される鑓を撥ね飛ばし、雑兵を串刺しにする。

死の恐怖はない。

ひたすらに躍動し、戦場の息吹を味わった。

さて、一人でも多くの敵を血祭りに上げよう。

雑兵たちの旗指物が入り乱れ、怒号や悲鳴が飛び交っている。敵味方の区別もつかない有様だ。冥途の土産に大将首の一つも取りたいところだが、贅沢は言うまい。

大上段に鑓を構えたところで背中が猛烈に熱くなった。

前に進もうとしたが動けない。振り返ることもできない。胸の辺りから鑓の穂先が突き出ている。

「ふん、これまでか」

龍興は哄笑を放った。が、笑ったつもりが口からは笑い声ではなく血反吐が溢れ出る。

朝日を受けた穂先が眩しく双眸を射たと思うと、鑓が引き抜かれた。

同時に龍興は仰向けに倒れた。

「斎藤龍興、氏家直昌じゃ。父の仇を討ったぞ」

直昌は仁王立ちして龍興を見下ろした。

「そうか、氏家の息子か……」

「父はおまえを見逃した。おまえはその恩を仇で返しおった。見逃したことを利用し、父を引き入れんとは卑怯千万。卑怯者には卑怯な所業で仕返しをしてやった。背中から刺し貫いてやったわ」

勝ち誇る直昌に、

「わしは氏家に感謝しておる」

龍興は言ったつもりだが、言葉にはならず、直昌の耳には届かなかったのだろう。直昌は耳を傾けることなく次の敵を求め樹間に姿を消した。

思えば氏家卜全に見逃されたからこそ武将らしい生き様ができた。思う存分暴れ回り、策を巡らすこともできた。何よりも、美濃国主へ返り咲くという夢を描くことができたのだ。

木立の間に鱗雲が真っ白に輝いている。

もう一度、稲葉山に登りたかった。山頂から長良川を、美濃の大地を見下ろしたかった。

次第に闇が押し寄せたと思いきや黄金色の稲穂が揺れている。

まさしく、美濃の実りであった。

木漏れ日を受けた龍興の死に顔は、少年のように無邪気な笑みが浮かんでいた。

万蔵は龍興の最期を見届け自分の役目は終わったと思ったが、

「いや、最後の役目がある」

龍興と道利の死を帰蝶に伝えねばならない。

労咳で衰弱した帰蝶には酷に過ぎる報せだ。信長打倒という望みにすがることで命ながらえてきた帰蝶はこの先どうなるのだろう。

そして自分もどうすればいいのだ。

いや、自分のことよりも帰蝶だ。

いかに辛い報せであろうと届けるのが自分の役目、この先のことは帰蝶自身が決めるだろう。

踵を返したところで雑兵たちが鑓を向けてきた。

「退け！」

万蔵は叫び、棒手裏剣を投げる。首に棒手裏剣を受けた者たちがばたばたと倒れる。敵の死まで見届ける暇も必要もない。木立の間を右に左に走る。敢えて枝を伸ばす木々を選んで飛び込んでいった。

　万蔵は枝を潜り、飛び越え速度が落ちるどころか斜面を下る毎に加速する。雑兵たちは一人、二人と脱落し、残る者も息が切れている。それでも、矢を射掛けてきたが木に刺さるだけだ。

「たわけ！」

　嘲笑を浴びせるゆとりを見せると、万蔵は飛び上がるや枝に摑まり、猿のように木から木へと飛び移る。諦めずに追いかけて来る敵を眼下に見定め、棒手裏剣で打ち落とす。敵は次々と草むらに倒れた。

　敵の姿がなくなったところで枝から飛び降りた。背後から勝鬨が聞こえる。声の主が織田勢であることは確かめるまでもない。

　峠の道に出たところで撒き菱を路上に撒いた。

　朝焼けの空の下、万蔵は疾風の如く走る。日に二十里を走る韋駄天の万蔵に追い着く者はいなかった。

　織田軍の圧勝だった。

　この後は、朝倉の本拠地一乗谷まで一気に攻め立てる。

死屍累々の刀根山を信長は検分した。脇に策伝が従っている。策伝は経文を唱えながらしっかりと目を見開いて戦場を頭に焼き付けた。

首や手、足を失くした遺骸、弾丸を浴びて顔半分が損傷している亡骸、具足を割られ腸が飛び出ている骸、ここには敵も味方もない。勝利も敗北もなかった。

死霊すらも息絶えたかのような無と化した世界、討ち死にした者は極楽どころか地獄へも行けないのではないか。

笑って暮らせる世、そんな世が果たしてやって来るのだろうか。

祈る、ひたすらに祈ることしかできない。

戦なき世の到来を。

すると、金森長近が信長に耳打ちをした。信長はうなずくと長近の後を歩く。策伝も続いた。

長近は一体の亡骸の横に跪いた。信長も立ち止まると亡骸を見下ろす。

「斎藤龍興殿でござります」

長近は信長を見上げると合掌した。

龍興は染み透るような笑顔であるが、右手はしっかりと鑓を握りしめている。今にも起き上がって信長に鑓を繰り出さんばかりだ。

稲葉山城を落とし、降ってきた龍興を引見した。あの時は戦国の世にあってはならない愚将としか思えなかった。身も世もなく泣き崩れた負け犬に過ぎなかった。与えた鑓でおれを殺すどころか、構えるのも覚束なかった。

六年に及ぶ流浪の果て、人はこうも変わるのか。眼下に横たわる龍興は、まごうかたなき歴戦の猛将だ。胸が熱くなるほどの武者ぶりである。

信長は片膝をつき、

「龍興殿、あっぱれなる討ち死にだ。疲れたであろう。この後は存分に休まれよ」

両手を合わせる。策伝も龍興の冥福を祈った。

「長近、龍興殿の遺髪、岐阜に持ち帰り、弔え」

信長の命令を受けた長近の目に涙が光った。

「策伝、長近と共にこの地に留まり龍興殿を懇ろ(ねんご)に弔え」

「かしこまりました」

策伝が返事をすると信長は立ち上がった。

「出陣だ！　一乗谷まで駆けに駆けよ」

信長の声が山間(やまあい)にこだました。

八

龍興の死後、事態は急展開を遂げた。

　織田勢は越前深く侵攻して一乗谷を焼き払った。八月二十日朝倉義景は自刃し、百年に亘って越前国を支配してきた名門朝倉家は滅んだ。

　朝倉家滅亡を見届けた信長は軍勢を近江に返し、小谷城を囲んだ。孤立無援の中、難攻不落を誇った小谷城は九月一日に落ち、浅井久政、長政親子は自刃した。

浅井長政、八つ裂きにしてやりたかった。自分の手で殺したかった。

家臣どもはお市を慮って長政の命は助けるよう進言した。

おれは進言を退けた。

お市は諦めた。お市とて戦国の女、おれに似て誇り高き気性ゆえ生き恥じを晒すことはあるまい。夫に殉じる覚悟であるに違いないし、長政もお市を生きて返さないだろうと決めてかかっていた。

　実際、小谷城明け渡しの交渉に赴かせた使者に対し、長政は断固として降伏を拒否し、お市も城から出ることを拒んだのだ。

　それが、落城と共にお市は三人の娘を連れおれの本陣を訪れた。長政に生きるよう説き伏せられ、長政が用意した輿に揺られてやって来た。

お市が長政の説得に折れたのは三人の娘を思ってのことなのだろう。理由はどうあれ、お市と娘たちを拒むつもりはなかった。

「長政め、最期を遂げるに及んでもおれを裏切ったな」

浅井長政、よくぞこの織田信長を欺き通したものだ。

誉めてやろうとは思わない。

「欺くことでしか己を誇示できなかったか……。うつけ者め」

腹立たしい中にも長政の無念さに思いを巡らすと、長政への憐れみが募った。

ふくよかな横顔が脳裏を過ぎる。

常楽寺で催した相撲の折、身を乗り出して観戦していた。好勝負には笑顔を弾けさせた。誰よりも晴天が似合う笑顔だった。

「うつけ、たわけ、馬鹿、阿呆……」

この世にある全ての嘲り(あざけ)の言葉を投げてやりたい。

それが長政への手向け(たむ)だ。

元亀元年（一五七〇）四月の朝倉攻めに始まる、浅井、朝倉との争いは血で血を洗う三年半の合戦の末に信長の完勝に終わった。

勝った喜びはあるが、三年半の間に味わった苦闘は己が蒔(ま)いた種という慙愧(ざんき)に堪えないものだ。勝っては驕り、驕っては足をすくわれ、死ななくてもよかった命を随分と失った。

浅井、朝倉、三好党、六角、武田ら自分を脅かした勢力は去り、都には将軍もいない。

これからは名実共に織田信長が天下静謐を担わねばならない。

将軍の御内書ではなく、信長の朱印状、すなわち天下布武の朱印状がこの世の秩序を築く。

うつけ世ではない真の世を創り上げるのだ。

笑って暮らせる世を創ることこそが死んでいった者たちへの供養となろう。

秋風爽やかな昼下がり、加納の楽市で策伝は辻立ちをしていた。

大勢の見物人を前に、

「信長公に対し、将軍足利義昭公が御謀反なされ、上京が焼き討ちになった時のことでございます」

策伝はここで言葉を止めた。

将軍が謀反という表現に違和を抱く者はいない。

事実上、天下を治める信長に戦を挑むとは、たとえ将軍であれ謀反であると受け止められている。名ばかりの将軍、天下を担う力なき者より、官位は低くとも、実力で天下を差配する者こそが天下人だと乱世に生きる民は受け入れているのだ。

虚飾に満ちた見せかけの権威から実を伴った本物が求められる世となった。

うつけ世ではなくなろうとしているのだ。

見物人たちを見回し、

「二条に住むある女、われとわが子だけでも助かろうと夫を捨て、わが子を背負い四条の橋まで逃げました。三つの幼子ながら重いこと尋常ならず」

　策伝は子供を背負う真似をし、「重い、重い」と腰砕けとなって見せた。見物人から笑い声が上がる。

「息も絶え絶えとなり、やっとのことで四条の橋に辿り着きました。さては、わが子め僅かの間に随分と育ったものだ、いや、これこそ焼け太りというものか、などと思いながら子供を下ろしたそうな」

　策伝は蹲って子供を下ろす格好をし、背中を振り返る。次いで大きく目と口を開け、

「なんと、子供ではなく石臼だったそうな」

　見物人たちは爆笑した。

　戦から笑いのネタを仕込むのは不謹慎だと思っていた。しかし、信長について合戦に参加し、戦を見た。戦は現実だ。現実から目をそむけては笑って暮らせる世を見ることはできない。

　いかに惨たらしい戦であれ、たとえ地獄であれ、自分が笑いにしてみせる。楽しいから笑うのではない。笑うから楽しいのだ。

　策伝は誰にも増して大声で笑った。

　お鍋は帰蝶の草庵を訪れた。

野駆けで加納の楽市に立ち寄った際、金森長近が共に帰城せずに何処かへ向かった光景がどうしても頭を離れず、長近を問い質した。

長近は恍(とぼ)けていたが、お鍋の執拗さと信長には秘密の囲い女がいるのではという疑念に、とうとう帰蝶のことを打ち明けたのだった。

信長の正室であった帰蝶は労咳(ろうがい)を患い床に臥しているようだ。離縁された恨みからか、岐阜城で養生することを受け入れないという。長近によると、信長はこれまでに何度も援助の手を差し伸べたが、帰蝶は頑(かたく)なに拒んできたらしい。

正室であった女が侘(わ)びしい草庵で病と闘う姿を信長は放ってはおけまい。信長の申し出は聞き届けられなくとも、女である自分なら耳を傾けてくれるのではないか。余計なお世話だが、信長と所縁(ゆかり)ある女同士、帰蝶のために役立ちたいと思いやって来たのだった。

長近は藤野という帰蝶の侍女と繋ぎをつけていた。予断を許さない帰蝶の病状を思い、藤野は信長へのわだかまりを捨てて長近が運んでくる薬や金子(きんす)を帰蝶には内緒で受け取っている。お鍋の訪問も了承したばかりか、お鍋から帰蝶に岐阜城に入ることを勧めて欲しいそうだ。

草庵の寝間に通された。

片隅で控える藤野に会釈(えしゃく)してから枕元に座った。帰蝶は布団(ふとん)に半身を起こし、怪訝(けげん)な目を向けてきた。

「突然の訪問、失礼致します。わたくし鍋と申します。信長さまにお世話を頂いておる女子にございます」

お鍋は静かに語りかけた。

「信長殿の……」

帰蝶の声音（こわね）は身体同様にか細く、目はうつろだった。病に加えて生きる張り合いを失くしている。

「奥方さま、本日はお願いがあってまいりました」

奥方という言葉に帰蝶は目をしばたたいた。表情が引き締まり、視線は鍋に定まった。

「奥方ではありませぬ。わたくしは離縁された身です」

「お言葉ですが、信長さまは帰蝶さまの他には正室を置いておられませぬ。帰蝶さまこそが岐阜城の奥方さまでございます」

「物は言いようですね」

「お気に障ったのでしたらお詫び申し上げます。帰蝶さま、どうかわたくしとお城にお入りください」

「今更、奥方の役目などできませぬ」

「帰蝶さまは今でも信長さまを恨んでおられますか。憎んでおられますか」

語る内に気持ちが昂（たかぶ）り、お鍋は唇を噛んだ。帰蝶はお鍋から視線を外し、宙を彷徨（さまよ）わせ

た。しばし口を閉ざしてから視線をお鍋に戻し、

「わかりませぬ」

うつむいた横顔は困惑に彩られている。

「ならば、確かめられてはいかがですか。信長さまにお会いになられて、ご自分の胸に問うてご覧になられませ」

「余命いくばくもない女がお城に入っては、信長殿は迷惑がるでしょう」

帰蝶は小さくため息を吐いた。

「困らせればよいではありませぬか。我儘（わがまま）を申されて、信長さまをうんと困らせてはいかがでございましょう。わたくしも信長さまがお困りになる顔、見とうございます」

「信長殿を困らせる……。なるほど、それは面白いですね。決して弱みを見せなかった信長殿が困る顔、思っただけで愉快です」

表情を柔らかにし帰蝶は藤野を見た。

藤野は何度もうなずいた。


九月十日、信長は岐阜城の天守閣に登った。

帰蝶を伴っている。

帰蝶は食欲がなく、粥（かゆ）さえも喉を通らない様子だ。目は落ちくぼみ、寝巻きの袖からは

痩せ衰え枯れ木のような腕が覗いている。

信長への悪態も吐けなくなっていたが、鮎の塩焼きには箸をつけた。信長が身を解し、小皿に盛った鮎を美味そうに食した時は頬に赤みが差したように見えた。

「美味いか」

信長が尋ねると、

「懐かしゅうございます」

答えた帰蝶の口調に刺々しさはない。病がもたらした弱気なのか、己が余命を悟り信長への憎しみが和らいだのか。

今更、愛情を交わし合おうとは思わない。恨まれたまま、嫌われたまま死への旅に出て行ってもかまわない。余命いくばくもない帰蝶の世話をしていることは罪滅ぼしでもない。

ただ、最期は看取ってやりたい。

織田信長の妻として弔ってやりたい。

「何か望みはないか」

信長の問いかけに帰蝶は一瞬の逡巡もなく答えた。

「稲葉山城、いえ、岐阜城の天守閣に登りとうございます」

「山頂は風が強い。病に障ってもよいか」

「是非」

帰蝶の願いを聞き入れ、信長は天守閣に連れて来たのだ。

天守閣までは輿に寝かせて運んで来た。天守閣に入ると、帰蝶に階段を登る力はなく信長がおぶった。

背中の帰蝶は軽い。その軽さを感じた時、目頭が熱くなった。滲む涙がこぼれぬよう上を見上げ階段を上がった。四重に至ると蔀戸が開け放たれているため、強い風が吹き込んでくる。

そっと下ろすと帰蝶はよろめきながらも欄干に達した。眼下に広がる景色に視線を注ぐ。

長良川、伊吹山、たわわに実った稲穂が揺れる田圃、帰蝶はため息を漏らした。

「父上に見せられたものと同じ景色でございます」

帰蝶の涙が欄干を濡らした。

信長が横に立つ。

「ありがとうございます」

帰蝶は笑みを広げた。

初めて見る帰蝶の笑顔だ。

帰蝶、おまえはこんなにも美しい女であったのか。歳を重ねた上に病身とあって決して容貌優れてはいない。

だが、透き通った穢れなき美しさを感じる。

「これ、お受け取りください」

帰蝶は一振りの懐剣を差し出した。

黒漆に金泥で二頭波を描いた拵、ため息が出る程の美麗さだ。

見忘れるはずはない。清洲城の奥向きで帰蝶はこの懐剣を愛しむように抱きしめ道三の名を呼んでいた。

「父の形見です。どうぞお受け取りください」

帰蝶はくり返した。

最も愛し、最も尊敬する父の形見をおれにくれるとは、ようやくおれを受け入れたということか。道三はおれにとっても特別の人間であった。

父を亡くしてから道三に父を見た。道三に誉められると喜び勇んだものだ。

この懐剣には道三の魂と帰蝶の思いが籠っている。断じておろそかな気持ちでは受け取らぬ。

両手で強く握りしめ、

「道三殿に誇れる世を創ってみせる」

信長は誓いを立て懐に仕舞った。

風に煽（あお）られたか、体力が尽きたか帰蝶の身体が傾き、信長に凭（もた）れかかってきた。信長は抱きしめ、

「帰るぞ」

声をかけ、今度は両腕で抱き上げた。

「初めてでございます」

腕の中で帰蝶は言った。

信長が見返すと、

「帰蝶は初めて信長殿に抱かれました。信長殿の胸は案外と温かいのですね」

帰蝶の両目が閉じられた。

信長は強く帰蝶を抱きしめた。

眼下に広がる濃尾平野と岐阜の城下町。

「帰蝶、見ておれ。笑って暮らせる世を創るぞ。尾張のうつけが、いや、うつけにふさわしい笑いの絶えぬ世を招いてみせる」

信長の心の声に応えるように野鳥の囀りがかまびすしく響き渡る。

閉じられた帰蝶の瞼(まぶた)から涙が溢れ煌(きら)めきを放った。

主な参考文献

『原本現代訳　信長公記上下』太田牛一原著、榊山潤訳（教育社新書、上一九八九年、下一九九一年）
『醒睡笑　全訳注』安楽庵策伝著、宮尾與男訳注（講談社学術文庫、二〇一四年二月）
『国史跡　岐阜城跡』岐阜市教育委員会
『織田信長家臣人名辞典　第2版』谷口克広著（吉川弘文館、二〇一〇年十月）
『織田信長合戦全録　桶狭間から本能寺まで』谷口克広著（中公新書、二〇〇二年一月）
『織田信長の外交』谷口克広著（祥伝社新書、二〇一五年十一月）
『信長と将軍義昭　連携から追放、包囲網へ』谷口克広著（中公新書、二〇一四年八月）
『信長と消えた家臣たち　失脚・粛清・謀反』谷口克広著（中公新書、二〇〇七年七月）
『信長の親衛隊　戦国覇者の多彩な人材』谷口克広著（中公新書、一九九八年十二月）
『街道をゆく1　新装版　湖西のみち、甲州街道、長州路ほか』司馬遼太郎著（朝日文庫、二〇〇八年八月）
『織田信長〈天下人〉の実像』金子拓著（講談社現代新書、二〇一四年八月）
『信長研究の最前線　ここまでわかった「革新者」の実像』日本史史料研究会編（歴史新書y、二〇一四年十月）

『中世武士選書29　斎藤道三と義龍・龍興　戦国美濃の下克上』横山住雄著（戎光祥出版、二〇一五年九月）
『中世武士選書10　織田信長の尾張時代』横山住雄著（戎光祥出版、二〇一二年六月）
『歴史群像シリーズ54　［元亀］信長戦記　織田包囲網撃滅の真相』学研プラス（一九九八年二月）
『歴史文化セレクション　信長と石山合戦　中世の信仰と一揆』神田千里著（吉川弘文館、二〇〇八年五月）
『戦争の日本史14　一向一揆と石山合戦』神田千里著（吉川弘文館、二〇〇七年九月）
『戦争の日本史11　畿内・近国の戦国合戦』福島克彦著（吉川弘文館、二〇〇九年七月）
『信長・本願寺十年戦争　信長が最も苦戦した戦い』武田鏡村著（ワニ文庫・ベスト歴史文庫、二〇一六年三月）
『日本の歴史12　改版　天下一統』林屋辰三郎著（中公文庫、二〇〇五年四月）
『信長の戦争「信長公記」に見る戦国軍事学』藤本正行著（講談社学術文庫、二〇〇三年一月）
『別冊歴史読本85　織田信長　天下布武への道』新人物往来社（一九八九年五月）
『カラー版　戦国武器甲冑事典』中西豪・大山格監修、ユニバーサル・パブリシング編（誠文堂新光社、二〇一〇年四月）

『京都時代MAP　安土桃山編』新創社編（光村推古書院、二〇〇六年六月）
『復原　戦国の風景　戦国時代の衣・食・住』西ヶ谷恭弘著（PHP研究所、一九九六年三月）
『戦国の村を行く』藤木久志著（朝日選書、一九九七年六月）
『戦う村の民俗を行く』藤木久志著（朝日選書、二〇〇八年六月）
『伊吹山の植物』大川勝徳著（幻冬舎ルネッサンス、二〇〇九年十月）
『おもしろサイエンス　薬草の科学』佐竹元吉著（日刊工業新聞社、二〇一三年二月）
『ヤマトタケルと伊吹山』伊吹町教育委員会編（伊吹町教育委員会）

この作品は2016年9月徳間書店より刊行されました。

本書のコピー、スキャン、デジタル化等の無断複製は著作権法上での例外を除き禁じられています。本書を代行業者等の第三者に依頼してスキャンやデジタル化することは、たとえ個人や家庭内での利用であっても著作権法上一切認められておりません。

徳間文庫

うつけ世(よ)に立(た)つ

岐阜信長譜

© Shun Hayami 2018

2018年8月15日 初刷

著者 早見(はやみ)俊(しゅん)

発行者 平野健一

発行所 株式会社徳間書店

東京都品川区上大崎三-一-一 〒141-8202
目黒セントラルスクエア

電話 編集〇三(五四〇三)四三四九
販売〇四八(四五一)五九六〇

振替 〇〇一四〇-〇-四四三九二

印刷 大日本印刷株式会社
製本

ISBN978-4-19-894377-6 (乱丁、落丁本はお取りかえいたします)

徳間文庫の好評既刊

天野純希

北天に楽土あり

最上義光伝

伊達政宗の伯父にして山形の礎を築いた戦国大名・最上義光。父との確執、妹への思い、娘に対する後悔、甥との戦。戦場を駆ける北国の領主には、故郷を愛するがゆえの数々の困難が待ち受けていた。調略で戦国乱世を生き抜いた荒武者の願いとは……。策謀に長けた人物とのイメージとは裏腹に、詩歌に親しむ一面を持ち合わせ、幼少期は凡庸の評さえもあったという最上義光の苛烈な一生！

徳間文庫の好評既刊

佐藤恵秋

雑賀の女鉄砲撃ち

紀州雑賀は宮郷の太田左近の末娘・蛍は、鉄砲に魅せられ射撃術の研鑽に生涯をかける。雑賀衆は、すぐれた射手を輩出する鉄砲集団だ。武田の侵攻に対し織田信長が鉄砲三千挺を揃えたと聞いた蛍は、左近に無断で実見に赴き、三州長篠で武田騎馬隊が粉砕される様子を目の当たりにした！　信長、家康を助け、秀吉、雑賀孫一と対立。戦国を駆け抜けた蛍はじめ四姉妹の活躍を描く歴史時代冒険活劇。

徳間文庫の好評既刊

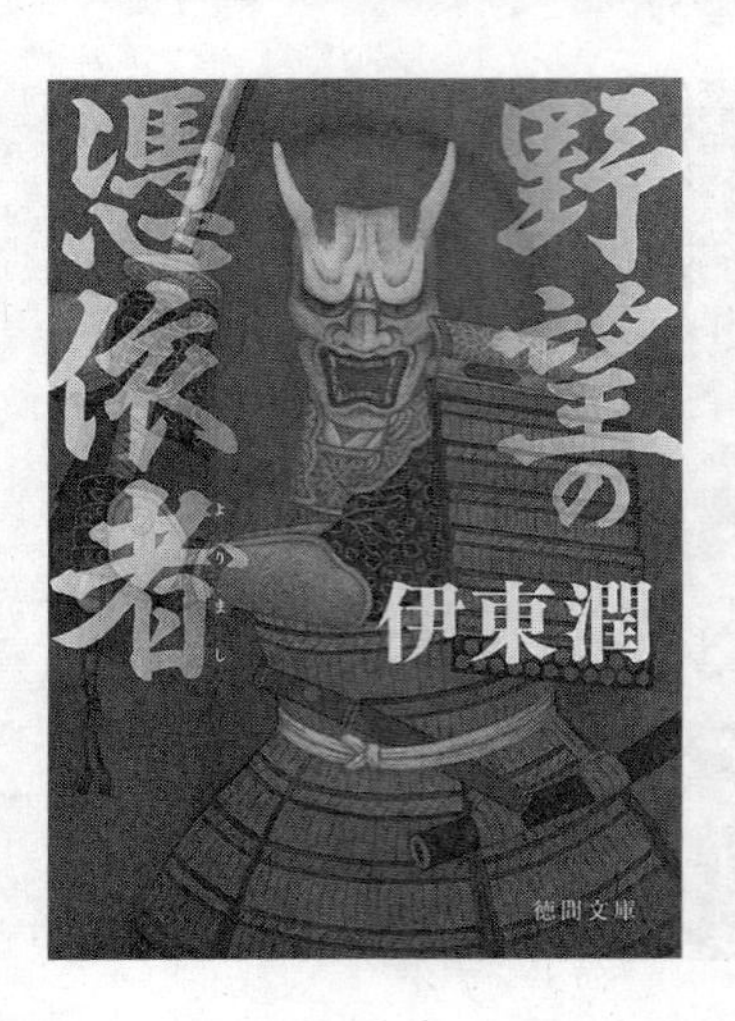

伊東潤

野望の憑依者

時は鎌倉時代末期。幕府より後醍醐帝追討の命を受け上洛の途に就いた高師直は、思う。「これは主人である尊氏に天下を取らせる好機だ」。帝方に寝返った足利軍の活躍により、鎌倉幕府は崩壊。建武の新政を開始した後醍醐帝だったが、次第に尊氏の存在に危機感を覚え、追討の命を下す。そのとき師直は……。野望の炎を燃やす婆娑羅者・高師直の苛烈な一生を描いた南北朝ピカレスク、開演。

徳間文庫の好評既刊

上田秀人

日輪にあらず
軍師黒田官兵衛

いずれ劣らぬ勇将が覇を競う戦国の世。播磨で名を馳せし小寺家に仕える黒田官兵衛は当主政職の蒙昧に失望し、見切りをつける。織田家屈指の知恵者・羽柴秀吉に取り入り、天下統一の宿願を信長に託した。だが本能寺の変が勃発。茫然自失の秀吉に官兵衛は囁きかける。ご運の開け給うときでござる——。秀吉を覇に導き、秀吉から最も怖れられた智将。その野心と悲哀を描く迫真の戦国絵巻。

徳間文庫の好評既刊

好村兼一

伊藤一刀斎[上]

　時は戦国乱世。大島から脱け出した二十歳の弥五郎は、剣豪鐘捲自斎、領主松田康長との出会いにより、剣術の道を極めることを決意するのだったが……。天下一とうたわれた剣聖が伊藤一刀斎と名乗るまで、一刀流開祖の礎はいかにして築かれていったのか。

好村兼一

伊藤一刀斎[下]

　剣術家として廻国修行の旅に出た伊藤一刀斎。京の吉岡一門、奈良の宝蔵院胤栄、柳生石舟斎らとの邂逅により、己の剣を天下一と確信、一刀流と命名した。小野善鬼との友情。加齢による葛藤。天下一とは何か。剣士としての大悟にいたる歩みを活写する！

徳間文庫の好評既刊

幡　大介

真田合戦記
幸綱風雲篇

書下し

信州善光寺の行人・次郎三郎と仲間たちは、戦国大名たちを相手に馬や兵糧などを取り引きする武辺の商人。度肝を抜く知恵と行動力で乱世を生き抜いている。次郎三郎とは誰あろう後に大坂方の知将として名を馳せる真田幸村の祖父・幸綱その人であった。

幡　大介

真田合戦記
幸綱雌伏篇

書下し

次郎三郎は信濃国で産駒に長けた滋野一族の末葉だが、戦国の混乱で武田家に真田の郷の本貫地を追われ、山内上杉家に身を寄せている。武田に恨み骨髄だが、武田信虎が追放される大事件を奇貨に、旧領回復を目指していた。武田・真田の興亡を描く！

徳間文庫の好評既刊

幡 大介

真田合戦記
幸綱雄飛篇

書下し

　真田の郷の故地を回復する悲願のために、次郎三郎は上杉家に身を寄せていたが、信虎追放後の武田晴信(信玄)と、道鬼坊こと山本勘助を通じて結びつくことになる。信濃に再び戦雲渦巻くなかで、駒を操る滋野の一党を糾合し、知謀を尽くして奮戦していた。

幡 大介

真田合戦記
幸綱躍進篇

書下し

　武田晴信（信玄）と結びついた真田幸綱。戦乱の信濃で滋野一党を糾合し悲願の旧領回復を果たした。関東管領山内上杉家が衰退する一方、上杉景虎が勢力を伸張。真田は武田の部将として、越後上杉家と対峙し川中島合戦などで大きな役割を果たしてゆく。

徳間文庫の好評既刊

幡 大介

真田合戦記

昌幸の初陣

書下し

上杉政虎は関東管領に補任され本格的な関東攻略に乗りだした。甲州、信州、上州の領主たちは武田・上杉ふたつの巨大勢力の間で生き残りをかけて揺れ動く。街道支配権を巡り武田と上杉は激突。真田源五郎(昌幸)の初陣であった。幸村の父昌幸の若き日々。

幡 大介

真田合戦記

京洛の妻問

書下し

川中島決戦で武田家は死屍累々の大損害を出しながら上杉政虎を討ち果たすことはかなわなかった。大勢力、武田と上杉の狭間で戦に駆り出されて殺し合っても、滋野一党に益はない。真田幸綱は思案する。小勢力が生き残る道はどこにあるのか……。

徳間文庫の好評既刊

幡 大介

真田合戦記

義信謀叛

書下し

　信綱・昌幸兄弟は武田の部将として地歩を固めつつあったが、乱世で生き残るため、真田家としての去就をどうするか悩む幸綱であった。そんな折幸綱は、信玄の継嗣義信が駿河の今川家と内通して謀叛を企てた嫌疑に連座した。この危機をどう切り抜ける!?

幡 大介

銅（あかがね）信左衛門剣錆録（けんせいろく）㈠

北溟（ほくめい）の三匹

書下し

　陸奥国の小藩大仁戸藩にお家騒動が勃発。藩政を壟断する家老に反旗を翻した若侍十六人が駕籠訴に及ぼうと江戸表に向かう。彼らの暴発は藩を取り潰したい幕閣の思う壺。訳あって江戸に隠棲していた銅雲斎はじめ凄腕の老骨三人が故郷の危機に立ち上がる！